[illegible]

[illegible]

[illegible] monde [illegible]

[illegible]

RENFLOUEZ LE TITANIC !

Clive Cussler est né le 15 juillet 1931 à Aurora, Illinois, et passe son enfance et la première partie de sa vie adulte à Alhambra, en Californie. Après des études au collège de Pasadena, il s'engage dans l'armée de l'Air pendant la guerre de Corée et y travaille comme mécanicien d'avions. Il entre ensuite dans la publicité où il devient rédacteur puis concepteur pour deux des plus grandes agences de publicité américaines, écrivant et produisant des spots publicitaires pour la radio et la télévision, qui reçoivent plusieurs récompenses, tels le New York Cleo et le Hollywood International Broadcast, ainsi que plusieurs mentions dans des festivals du film, y compris le Festival de Cannes.

Il commence à écrire en 1965 et publie en 1973 un roman, *The Mediterranean Caper,* dans lequel apparaît pour la première fois son héros Dirk Pitt. Ce roman sera suivi en 1975 par *Iceberg,* puis *Renflouez le Titanic !* en 1976, *Vixen 03* en 1978, *L'Incroyable Secret* en 1981, *Pacific Vortex* en 1983, *Panique à la Maison-Blanche* en 1984, *Cyclope* en 1986, *Trésor* en 1988, *Dragon* en 1990, *Sahara* en 1993, *L'Or des Incas* en 1995, *Onde de choc* en 1997, *Chasseurs d'épaves* en 1998, *Raz de marée* en 1999, *Le Serpent* en 2000 et *Atlantide* en 2001.

Collectionneur réputé de voitures anciennes, il possède vingt-deux des plus beaux modèles existant de par le monde.

Cussler est aussi une autorité reconnue internationalement en matière de découverte d'épaves puisqu'il a localisé trente-trois sites de naufrages connus historiquement. Parmi les nombreux navires qu'il a retrouvés, on compte le *Cumberland,* le *Sultana,* le *Florida,* le *Carondelet,* le *Weehawken* et le *Manassas.*

Il est président de l'Agence nationale maritime et sous-marine (National Underwater and Marine Agency : NUMA), membre du Club des explorateurs (Explorers Club) et de la Société royale géographique (Royal Geographic Society), président régional du Club des propriétaires de Rolls-Royce, chevalier de la chaîne des Rôtisseurs, et président de la Ligue des auteurs du Colorado.

Paru dans Le Livre de Poche :

CYCLOPE

DRAGON

ICEBERG

L'INCROYABLE SECRET

ONDE DE CHOC

L'OR DES INCAS

PANIQUE À LA MAISON-BLANCHE

SAHARA

TRÉSOR

VIXEN 03

CHASSEURS D'ÉPAVES
(en collaboration avec Craig Dirgo)

CLIVE CUSSLER

Renflouez le Titanic !

TRADUIT DE L'AMÉRICAIN PAR JEAN ROSENTHAL

LE LIVRE DE POCHE

Titre original :
RAISE THE TITANIC !

Cet ouvrage est publié avec l'accord de Peter Lampack Agency, Inc. New York — USA

Avec gratitude à ma femme Barbara,
à Errol Beauchamp,
à Janet et Randy Richter,
et à Dick Clark.

Avril 1912

PRÉLUDE

L'homme qui occupait la cabine 33 sur le Pont A s'agita et se retourna sur son étroite couchette, perdu dans les profondeurs d'un cauchemar. Il était petit, guère plus d'un mètre cinquante-cinq, avec des cheveux blancs clairsemés et un visage sans caractère, dont le seul trait frappant était une paire de sourcils sombres et broussailleux. Il avait les mains croisées sur sa poitrine, les doigts crispés. Il paraissait la cinquantaine. Sa peau avait la couleur et le grain du macadam et les rides sous ses yeux étaient très marquées. Et pourtant, il lui faudrait attendre dix jours encore pour atteindre son trente-quatrième anniversaire. Le labeur épuisant et les tortures morales des cinq derniers mois l'avaient amené au bord de la folie. Lors de ses heures de veille, il se retrouvait l'esprit errant dans des dédales sans fin, perdant toute notion du temps et de la réalité. Il lui fallait sans cesse se rappeler où il était et quel jour on était. Il était en train de devenir fou : c'était un processus lent mais irréversible, et le pire de tout, c'était qu'il savait qu'il devenait fou.

Ses yeux s'ouvrirent et son regard se fixa sur le ventilateur fixé au plafond de sa cabine. Il se passa les mains sur le visage et sentit sa barbe de deux jours. Il n'avait pas besoin de regarder ses vêtements : il savait qu'ils étaient salis, froissés, tachés de sueur. Après s'être embarqué, il aurait dû prendre un bain et se changer mais, au lieu de cela, il s'était jeté sur sa couchette et avait dormi d'un sommeil terrible et hanté pendant près de trois jours.

Il était tard dans la soirée du dimanche, et le navire ne devait accoster à New York que tôt le mercredi matin, dans un peu plus de cinquante heures.

Il essaya de se dire qu'il était en sûreté maintenant, mais son esprit refusait de l'accepter, en dépit du fait que le butin qui avait coûté tant de vies était parfaitement à l'abri. Pour la centième fois, il tâta la poche de son gilet. S'étant assuré que la clef était toujours là, il passa une main sur son front baigné de sueur et referma les yeux.

Il ne savait pas très bien combien de temps il s'était assoupi. Quelque chose l'avait brusquement éveillé. Pas un bruit très fort, ni un mouvement violent : on aurait dit plutôt un tremblement qui était parvenu jusqu'à son matelas et un étrange grincement qui venait de quelque part très en dessous de la cabine qu'il occupait à tribord. Il se redressa et s'assit, les jambes pendantes. Quelques minutes s'écoulèrent et il perçut un silence insolite, une absence de vibrations. Son esprit embrumé en comprit alors la raison. Les machines avaient stoppé. Il resta là, L'oreille tendue, mais les seuls bruits qui lui parvenaient c'étaient les plaisanteries qu'échangeaient des stewards dans la coursive et des conversations étouffées dans les cabines voisines.

Il sentit comme un tentacule glacé l'envelopper d'un malaise. Un autre passager aurait pu n'attacher aucune importance à cette interruption et se rendormir aussitôt, mais il était à deux doigts de la dépression nerveuse, et ses cinq sens surmenés grossissaient la moindre impression. Trois jours enfermé dans sa cabine sans manger ni boire, à revivre les horreurs des cinq derniers mois, n'avaient servi qu'à alimenter les flammes de la démence dans son esprit qui déclinait rapidement.

Il ouvrit la porte et s'avança d'un pas incertain dans la coursive jusqu'au grand escalier. Des gens riaient et bavardaient, en regagnant leur cabine. Il jeta un coup d'œil à la lourde pendule en bronze flanquée de deux bas-reliefs au-dessus du palier intermédiaire de l'escalier. Les aiguilles dorées indiquaient 11 h 51.

Un steward, planté au pied d'un énorme lampadaire au bas de l'escalier, lui lança un regard dédaigneux, sans cacher l'agacement manifeste qu'il éprouvait à voir un passager aussi peu soigné déambuler entre les salons des premières classes pendant que tous les autres foulaient les somptueux tapis d'Orient en élégantes tenues de soirée.

« Les machines... elles ont stoppé, fit-il d'une voix rauque.

— Sans doute pour un léger réglage, monsieur, répondit le steward. Vous savez ce que c'est, un navire tout juste sorti des chantiers, le voyage inaugural ; c'est normal qu'il y ait quelques petites mises au point à faire. Mais il n'y a pas de quoi s'inquiéter. Le bateau est insubmersible, vous savez.

— S'il est en acier, il peut couler. » Il frotta ses yeux injectés de sang. « Je crois que je vais aller jeter un coup d'œil dehors. »

Le steward secoua la tête. « Je vous le déconseille, monsieur. Il fait bigrement froid là-haut. »

Le passager au costume fripé haussa les épaules. Il avait l'habitude du froid. Il tourna les talons, gravit un étage et franchit une porte qui donnait sur le côté du pont des embarcations. Il suffoqua comme s'il avait été piqué par une aiguille. Après trois jours passés dans le tiède cocon de sa cabine, le choc était rude de se retrouver par quelques degrés au-dessous de zéro. Il n'y avait pas le moindre souffle de brise, rien qu'un froid mordant et immobile qui tombait du ciel sans nuage comme un linceul.

Il se dirigea vers le bastingage et remonta le col de sa veste. Il se pencha mais ne vit que la mer noire, calme comme un étang. Il regarda vers l'avant, puis vers l'arrière. Depuis le toit surélevé du fumoir des premières classes jusqu'à la timonerie au-delà du carré des officiers, le pont des embarcations était tout à fait désert. Seules la fumée qui montait en volutes nonchalantes de trois des énormes cheminées jaunes et noires, les lumières qui brillaient aux fenêtres du salon et de la salle de lecture trahissaient le moindre signe de vie.

L'écume blanche qui bordait la coque se fit plus grêle et disparut peu à peu tandis que l'énorme navire continuait sur son erre et glissait sans bruit sous la couverture infinie des étoiles. Le commissaire de bord sortit du carré des officiers et regarda par-dessus bord.

« Pourquoi avons-nous stoppé ?

— Nous avons heurté quelque chose, répondit le commissaire sans se retourner.

— C'est sérieux ?

— Sans doute pas, monsieur. S'il y a la moindre voie d'eau, les pompes devraient maîtriser ça. »

Brusquement, un grondement fracassant pareil au tonnerre de cent locomotives s'engouffrant en même temps dans un tunnel jaillit des huit conduits d'échappement. À l'instant même où il se bouchait les oreilles, le passager en reconnut la cause : il avait assez longtemps fréquenté les salles de machines pour savoir que c'était le surplus de vapeur provenant des machines à mouvement alternatif du navire qui s'échappait par les soupapes de dérivation. Le formidable fracas rendit impossible toute autre conversation avec le commissaire. L'homme se retourna pour voir d'autres membres de l'équipage faire leur apparition sur le pont des embarcations. Une crainte affreuse lui serra le ventre lorsqu'il les vit commencer à ôter les bâches des canots de sauvetage et à dégager les cordages pour les fixer sur les daviers.

Il resta là pendant près d'une heure tandis que le vacarme des conduits d'échappement s'éteignait peu à peu dans la nuit. Cramponné au bastingage, indifférent au froid, ce fut à peine s'il remarqua les petits groupes de passagers qui commençaient à s'aventurer sur le pont des embarcations dans une sorte d'étrange confusion silencieuse.

Un des lieutenants du navire passa. Il était jeune, une vingtaine d'années, et son visage avait le teint d'un blanc laiteux caractéristique des Anglais et l'expression d'indicible ennui qu'arborent souvent les Britanniques. Il s'approcha de l'homme appuyé au bastingage et lui tapa sur l'épaule.

« Je vous demande pardon, monsieur. Mais il faut mettre votre gilet de sauvetage. »

L'homme se retourna lentement et le dévisagea. « Nous allons couler, n'est-ce pas ? » demanda-t-il d'une voix sans timbre.

L'officier hésita un moment, puis acquiesça. « Nous prenons l'eau plus vite que les pompes ne parviennent à la rejeter.

— Pour combien de temps en avons-nous ?

— C'est difficile à dire. Peut-être encore une heure si l'eau n'arrive pas au niveau des chaudières.

— Qu'est-ce qui s'est passé ? Il n'y avait aucun autre navire dans les parages. Qu'est-ce que nous avons heurté ?

— Un iceberg. Ça a déchiré la coque. Un vrai coup de malchance. »

Il serra le bras de l'officier si fort que le jeune homme en tressaillit. « Il faut que je descende dans la cale.

— Il y a peu de chances, monsieur. La salle du courrier du Pont F est inondée et les bagages flottent déjà dans la cale.

— Il faut que vous me guidiez jusque-là. »

L'officier essaya de se libérer le bras, mais l'homme le maintenait comme dans un étau. « Impossible ! Mes ordres sont de m'occuper des canots de sauvetage de tribord.

— Un autre officier peut surveiller les canots, dit le passager d'une voix sourde. Vous allez me montrer le chemin de la cale. »

Ce fut alors que l'officier remarqua deux détails fort déplaisants. D'abord, l'air crispé, dément du passager et ensuite le canon du pistolet qui s'enfonçait dans son bas-ventre.

« Faites ce que je vous demande, murmura l'homme, si vous souhaitez voir un jour vos petits-enfants. »

L'officier contempla le pistolet puis leva les yeux. Il se sentit soudain malade. Pas question de discuter ni de résister. Les yeux rougis qui le fixaient avaient un éclat qui ne devait rien à la raison.

« Je peux toujours essayer.

— Alors essayez ! ricana le passager. Et pas de blague. Je serai toujours derrière vous. Une bêtise et je vous tire une balle qui vous cassera le dos en deux. »

Pour plus de discrétion, il fourra le pistolet dans une poche de sa veste, appuyant le canon contre les reins de l'officier. Ils se frayèrent sans mal un passage à travers la foule de ceux qui encombraient maintenant le pont des embarcations. Ce n'était plus le même navire : plus de rires ni de gaieté, plus de distinction de classe ; riches et pauvres étaient unis dans une commune terreur. Les stewards étaient les seuls à sourire et à plaisanter tout en distribuant les gilets de sauvetage d'un blanc fantomatique.

Les fusées de détresse s'élevaient dans les airs, semblant toutes petites et inutiles dans la nuit noire, leur jaillissement d'étincelles n'étant vu que par ceux qui se trouvaient à bord du vaisseau condamné. Cela faisait une toile de fond irréelle aux adieux déchirants, aux expressions d'espoir contraint qu'on lisait dans le regard des hommes tandis qu'ils soulevaient avec précaution leurs femmes et leurs enfants pour les déposer dans des chaloupes. La terrible irréalité de la scène se trouva accentuée encore lorsque l'orchestre de huit musiciens du navire se rassembla sur le pont des embarcations, l'air absurde avec leurs instruments et leurs gilets de sauvetage blêmes. Ils commencèrent à jouer « Alexander's Ragtime Band » d'Irving Berlin.

Le jeune lieutenant, poussé par le canon de pistolet, parvint à descendre le grand escalier à contre-courant du flot des passagers qui se précipitaient vers les canots de sauvetage. L'inclinaison de la proue était de plus en plus prononcée à mesure que le navire donnait de la bande, et cela les déséquilibrait lorsqu'ils descendaient l'escalier. Sur le Pont B, ils prirent un ascenseur jusqu'au Pont D.

L'officier se retourna et toisa l'homme dont l'étrange caprice l'avait inexorablement rapproché d'une mort certaine. Les lèvres étaient retroussées sur les dents, les yeux brillaient d'un éclat lointain. Le passager s'aperçut que le jeune lieutenant le dévisageait. Un long moment, leurs regards se croisèrent.

« Ne vous inquiétez pas...

— Bigalow, monsieur.

— Ne vous inquiétez pas, Bigalow. Vous vous en tirerez avant qu'on coule.

— Quelle partie de la cale cherchez-vous ?

— Le coffre du navire dans la cale numéro Un, Pont G.

— Le Pont G est certainement sous l'eau maintenant.

— Nous le saurons quand nous y serons, n'est-ce pas ? » Le passager fit un geste avec le pistolet dans sa poche de veste tandis que les portes de l'ascenseur s'ouvraient. Ils descendirent et se frayèrent un chemin à travers la cohue.

Bigalow arracha son gilet de sauvetage et se précipita dans l'escalier qui menait au Pont E. Là il s'arrêta et, regardant en bas, il vit l'eau qui montait peu à peu, poursuivant marche par marche son impitoyable avance. Quelques lumières brûlaient encore sous l'eau verte et glacée, projetant une lueur vacillante, inquiétante.

« Inutile. Voyez vous-même.

— Il y a un autre accès ?

— Les portes étanches ont été fermées juste après la collision. Nous pourrions descendre par une des échelles de secours.

— Alors, allez-y. »

Le trajet ne fut pas trop long par les coursives, puis par l'interminable labyrinthe des couloirs et des échelles. Bigalow s'arrêta, souleva un panneau d'écoutille et regarda par l'étroite ouverture. Chose étonnante, dans la cale en dessous, l'eau ne montait qu'à une cinquantaine de centimètres.

« Rien à faire, dit-il sans vergogne. C'est inondé. »

Le passager écarta sans douceur l'officier pour regarder lui-même.

« C'est bien assez sec pour moi », dit-il lentement. Du canon de son arme il désigna l'écoutille. « Continuez. »

L'éclairage électrique du plafond brûlait encore dans la cale, éclairant les deux hommes qui pataugeaient vers la chambre forte du navire. La faible lumière faisait briller les cuivres d'une énorme limousine Renault attachée au pont.

Tous deux trébuchèrent et tombèrent à plusieurs reprises dans l'eau glacée qui leur engourdissait les membres. Trébuchant comme des hommes ivres, ils arrivèrent enfin au coffre. C'était un cube installé au milieu de la cale et qui mesurait environ deux mètres cinquante de côté ; ses robustes parois étaient construites en acier de Belfast épais de trente centimètres.

Le passager tira une clef de la poche de son gilet et l'introduisit dans l'orifice. La serrure était neuve et un peu dure, mais le pêne finit par se déplacer avec un cliquetis bien perceptible. Il poussa la lourde porte et pénétra dans le coffre. Puis il se retourna et sourit pour la première fois. « Merci de votre aide, Bigalow. Vous feriez mieux de remonter sur le pont. Vous avez encore le temps.

— Vous restez ? fit Bigalow, abasourdi.

— Oui, je reste. J'ai tué huit valeureux gaillards. Je ne peux pas vivre avec ça. » Il avait dit cela d'un ton neutre, mais définitif. « C'est fini. Tout est fini. »

Bigalow voulut parler, mais les mots ne venaient pas.

Le passager hocha la tête et commença à tirer la porte pour la refermer derrière lui.

« Dieu soit loué, dit-il, il y a Southby. » Là-dessus il disparut, englouti dans les ténèbres du coffre.

Bigalow survécut.

Il battit à la course l'eau qui montait, parvint à regagner le pont des embarcations et se jeta par-dessus bord quelques secondes à peine avant que le navire ne sombrât.

Tandis que la masse du paquebot géant disparaissait aux regards, son pavillon rouge frappé de l'étoile blanche qui jusque-là pendait mollement, tout en haut du grand mât, se déroula soudain en touchant la mer, comme dans un ultime salut aux quinze cents hommes, femmes et enfants qui étaient en train de mourir de froid ou de se noyer dans les eaux glaciales qui leur servaient de tombeau.

En proie à un instinct aveugle, Bigalow tendit la main et saisit le pavillon au moment où il passait devant lui. Avant d'avoir pu réfléchir, avant d'avoir compris tout le danger de son imprudence, il se trouva entraîné sous l'eau. Cependant il tenait bon, refusant de lâcher prise. Il était à près de six mètres au-dessous de la surface quand enfin les estropes du pavillon s'arrachèrent à la drisse et il se retrouva le tenant toujours. Ce ne fut qu'alors qu'il se débattit pour remonter à travers ces ténèbres liquides. Après ce qui lui parut une éternité, il émergea de nouveau dans l'air de la nuit, bien heureux que la succion du navire en train de couler et à quoi il s'attendait ne l'eût pas emporté.

L'eau à moins deux degrés faillit le tuer. Dix

minutes de plus dans sa morsure glaciale, et il n'aurait été qu'une victime de plus à mettre au bilan de cette terrible tragédie.

Ce fut une corde qui le sauva ; sa main effleura et empoigna une corde qui traînait d'un canot chaviré. Rassemblant les dernières ressources de ses forces déclinantes, il parvint à hisser à bord son corps à demi gelé pour partager avec trente autres hommes le sourd engourdissement du froid jusqu'au moment où quatre heures plus tard ils furent sauvés par un autre navire.

Les pitoyables cris des centaines de malheureux qui mouraient retentiraient à jamais dans l'esprit des survivants. Mais, comme il se cramponnait à la chaloupe renversée et à demi submergée, les pensées de Bigalow s'attardaient sur un autre souvenir : l'homme étrange à jamais enfermé dans le coffre du navire.

Qui était-il ?

Qui étaient les huit hommes qu'il prétendait avoir assassinés ? Quel était le secret du coffre ?

Telles étaient les questions qui devaient hanter Bigalow pendant les soixante-seize années suivantes, jusqu'aux toutes dernières heures de son existence.

PREMIÈRE PARTIE

LE PROJET SICILE

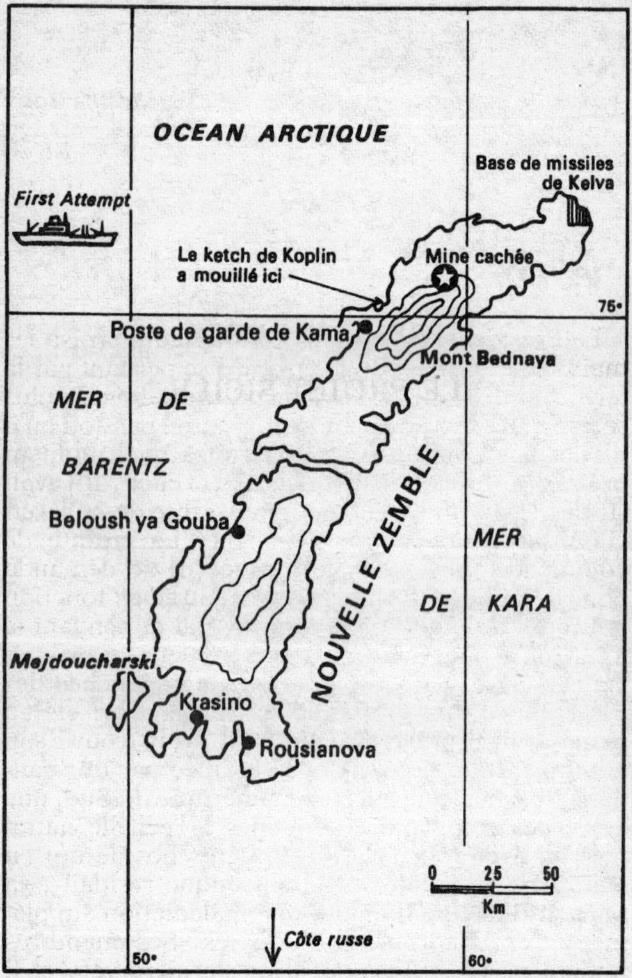
OCEAN ARCTIQUE
Base de missiles
de Kelva
First Attempt
Le ketch de Koplin
a mouillé ici
Mine cachée
75°
Poste de garde de Kama
Mont Bednaya
MER DE
BARENTZ
NOUVELLE ZEMBLE
Beloush ya Gouba
MER
DE KARA
Mejdoucharski
Krasino
Rousianova
0 25 50
Km
Côte russe
50°
60°

Juillet 1987

1

Le Président pivota dans son fauteuil, croisa les mains derrière sa tête et, le regard se perdant par la fenêtre du Salon Ovale, il maudit une fois de plus son sort. Il exécrait son poste avec une passion qu'il n'avait pas crue possible. Il savait à quel moment précis son travail avait cessé de l'exciter : il l'avait su dès le matin où il avait trouvé dur de se lever. C'était toujours le premier signe. La crainte de commencer une nouvelle journée. Il se demanda pour la millième fois depuis son entrée en fonction pourquoi il s'était donné tant de mal et pendant si longtemps pour faire ce foutu métier. Le prix en était si élevé. Sa route politique était jonchée des ossements d'amis perdus et d'un mariage brisé. Et à peine avait-il prêté serment qu'il avait trouvé son administration nouveau-née ébranlée par un scandale financier, une guerre en Amérique du Sud, une grève des compagnies aériennes à l'échelle nationale et, avec tout cela, un Congrès hostile qui en était arrivé à se méfier de quiconque résidait à la Maison-Blanche. Il ajouta une malédiction supplémentaire à l'adresse du Congrès. Ses membres avaient passé outre à ses deux derniers veto et il l'avait mal supporté.

Dieu merci, il allait échapper à toute la foutaise d'une nouvelle campagne électorale. Comment il était parvenu à tenir deux mandats, voilà qui le surprenait encore. Il avait enfreint tous les tabous politiques que devait respecter un candidat pour réussir. Non seulement il était divorcé, mais il ne pratiquait pas, fumait le cigare en public et arborait en outre une grosse moustache. Il avait fait campagne sans s'occuper de ses adversaires et en assenant de solides vérités aux électeurs. Et ils avaient adoré ça. Il avait eu la chance d'arriver à une époque où l'Américain moyen en avait par-dessus la tête des candidats aux airs de petits saints qui souriaient tout le temps et faisaient l'amour aux caméras de télévision, qui ne s'exprimaient que par banalités, en phrases nulles que la presse n'arrivait pas à déformer, où elle ne parvenait pas à trouver de sens caché à inventer entre les mots.

Encore dix-huit mois et son second mandat serait terminé. C'était la seule pensée qui lui permettait de tenir. Son prédécesseur avait accepté le poste de doyen de l'Université de Californie. Eisenhower s'était retiré dans sa ferme de Gettysburg, et Johnson dans son ranch du Texas. Le Président sourit tout seul. Pas question pour lui de ces formules style vieil homme d'État sur la touche. Son projet, c'était de s'exiler dans le Pacifique sud sur un voilier de douze mètres. Là-bas, il ne saurait rien de toutes les crises qui agiteraient le monde pendant que lui siroterait du rhum en lorgnant les filles au nez plat et à la poitrine ronde qui déambuleraient devant lui. Il ferma les yeux et s'abandonnait à cette agréable vision quand son secrétaire entrouvrit la porte et s'éclaircit la voix.

« Pardonnez-moi, monsieur le Président, mais M. Seagram et M. Donner attendent. »

Le Président se retourna vers son bureau et passa ses doigts dans ses cheveux argentés. « Bon, faites-les entrer. »

Son visage s'éclaira. Gene Seagram et Mel Donner avaient toujours accès au Président à toute heure du jour ou de la nuit. Ils étaient les principaux experts de la Section Méta, un groupe de savants qui travaillaient dans un secret total sur des projets dont on ne soufflait encore mot, des projets qui s'efforçaient de faire faire à la technologie actuelle un bond de vingt à trente ans.

La Section Méta était une idée du Président. Il l'avait conçue durant la première année de son mandat ; c'était lui qui avait trouvé et manipulé les fonds secrets illimités, lui encore qui avait recruté personnellement le petit groupe d'hommes brillants et dévoués qui en constituaient le noyau. Dans le secret de son cœur, il était très fier de ce projet. Même la CIA et l'Agence nationale de Sécurité ne savaient rien de son existence. Il avait toujours rêvé de soutenir une équipe d'hommes qui pourraient consacrer leur habileté et leur talent à des projets impossibles, des projets fantastiques avec une chance de réussite sur un million. Le fait que la Section Méta n'eût encore marqué aucun point au bout de cinq ans ne troublait en rien sa confiance.

Il n'y eut pas de poignées de main, simplement un bonjour cordial. Puis Seagram ouvrit un porte-documents au cuir fatigué dont il tira un dossier bourré de photographies aériennes. Il les déposa sur le bureau du Président et désigna plusieurs régions entourées d'un cercle sur des feuilles transparentes.

« La région montagneuse de l'île septentrionale de Nouvelle-Zemble, au nord du continent russe. Toutes les indications fournies par les sondes de nos satellites font état d'une vague possibilité dans cette zone.

— La barbe ! murmura le Président. Chaque fois que nous découvrons quelque chose comme ça, il faut que ce soit en Union soviétique ou dans quelque autre endroit impossible. » Il examina les photographies, puis leva les yeux vers Donner. « La terre est grande. Il doit quand même y avoir d'autres régions prometteuses ? »

Donner secoua la tête. « Je suis désolé, monsieur le Président, mais les géologues recherchent le byzanium depuis qu'Alexander Beesley a découvert son existence en 1902. À notre connaissance, personne n'en a jamais trouvé en quantité suffisante.

— Sa radioactivité est si extrême, dit Seagram, qu'il a depuis longtemps disparu des continents, où il n'en subsiste plus que des traces infimes. Les rares fragments de cet élément que nous avons rassemblés ont été glanés sur de petites particules préparées artificiellement.

— Vous ne pouvez pas nous en fournir par synthèse ? demanda le Président.

— Non, monsieur, répondit Seagram. La particule ayant la plus grande longévité que nous soyons parvenus à produire avec un accélérateur à haute énergie s'est décomposée en moins de deux minutes. »

Le Président se renversa dans son fauteuil et regarda Seagram. « Quelle quantité vous faut-il pour mettre au point votre programme ? »

Seagram regarda Donner, et puis le Président. « Vous vous rendez compte bien sûr, monsieur le Président, que nous sommes encore au stade des hypothèses...

— Combien vous en faut-il ? répéta le Président.

— À mon avis, environ deux cent cinquante grammes.

— Je vois.

— Ce n'est que la quantité nécessaire pour faire une expérience valable sur le principe, ajouta Donner. Il faudrait six kilos de plus pour avoir un équipement tout à fait opérationnel à des emplacements stratégiques aux frontières du pays. »

Le Président se laissa retomber dans son fauteuil. « Alors, je pense que nous renonçons à cette affaire et que nous passons à autre chose. »

Seagram était un grand gaillard dégingandé, avec une voix calme, des manières courtoises et, à part un grand nez aplati, il aurait presque pu passer pour un Lincoln sans barbe.

Donner était tout l'opposé de Seagram. Il était

petit et semblait presque aussi large que haut. Il avait des cheveux couleur de blé, un regard mélancolique et il avait toujours l'air dans les nuages. Il se mit à parler avec une rapidité de mitrailleuse. « Le projet Sicile est trop proche de sa réalisation pour qu'on l'enterre et qu'on l'oublie. Je conseille vivement que nous poursuivions. Bien sûr c'est un peu chercher une quinte par le ventre, mais si nous réussissons, mon Dieu, monsieur le Président, les conséquences sont fantastiques.

— Je suis ouvert à toutes les suggestions », dit le Président d'un ton tranquille.

Seagram prit une profonde inspiration et se lança. « Primo, nous aurions besoin de votre autorisation pour construire les installations nécessaires. Secundo, des fonds indispensables. Et tertio de l'assistance de l'Agence Nationale de Recherches Océanographiques. »

Le Président jeta à Seagram un regard interrogateur. « Je comprends vos deux premières requêtes, mais je ne vois pas ce que vient faire l'ANRO là-dedans.

— Nous allons être obligés de débarquer clandestinement des experts en minéralogie en Nouvelle-Zemble. Comme c'est un territoire entouré d'eau, une expédition océanographique de l'ANRO fournirait une parfaite couverture pour notre mission.

— Combien de temps vous faudra-t-il pour tester, construire et installer le système ?

— Seize mois et une semaine, répondit Donner sans hésiter.

— Jusqu'où pouvez-vous aller sans byzanium ?

— Jusqu'au dernier stade », répondit Donner.

Le Président se carra dans son fauteuil et son regard se posa sur une pendule marine posée sur son bureau. Pendant près d'une minute il resta silencieux. Puis il dit : « Si je comprends bien, messieurs, vous voulez que je finance pour vous à concurrence de plusieurs millions de dollars la construction d'un système complexe que nous n'avons pas testé et qui ne fonctionnera pas parce qu'il nous manque l'ingrédient primordial que nous allons peut-être être obligés de dérober à un pays non ami. »

Seagram tripota son porte-documents cependant que Donner se contentait de hocher la tête.

« Et si vous me disiez, poursuivit le Président, comment expliquer le foisonnement de ces installations aux quatre coins du pays à quelque membre du Congrès près de ses sous qui se mettrait dans la tête de se renseigner.

— C'est la beauté du système, dit Seagram. Il est petit et peu encombrant. Les ordinateurs nous assurent qu'un bâtiment construit suivant les dimensions d'une petite centrale électrique conviendra à merveille. Ni les satellites espions russes ni un fermier des environs ne remarquera rien d'extraordinaire. »

Le Président se frotta le menton. « Pourquoi voulez-vous accélérer ainsi le projet Sicile avant d'être cent pour cent prêts ?

— C'est un pari, monsieur le Président, fit Donner. Nous parions que dans les seize mois à venir nous allons pouvoir soit faire une découverte qui nous permette de produire du byzanium en laboratoire, soit trouver quelque part sur la terre un gisement exploitable.

— Même si cela nous prend dix ans, lança Seagram, les installations seraient là, toutes prêtes. Nous n'aurions perdu que du temps. »

Le Président se leva. « Messieurs, je vous suis dans votre projet qui sent fort la science-fiction, mais à une condition. Vous avez exactement dix-huit mois et dix jours. C'est la date à laquelle le nouveau Président, quel qu'il puisse être, va prendre le pouvoir. Alors si vous voulez jusque-là vous garder l'affection de votre papa-gâteau, obtenez-moi quelques résultats. »

Les deux hommes firent triste mine.

Seagram parvint enfin à parler. « Merci, monsieur le Président. Je ne sais pas comment, mais d'une façon ou d'une autre, l'équipe va trouver le filon. Vous pouvez compter là-dessus.

— Bon. Maintenant, si vous voulez bien m'excuser. Il faut que je pose dans la Roseraie, avec toute une bande d'abominables Filles de la Révolution Américaine. » Il leur tendit la main. « Bonne chance, et n'oubliez pas, que tout ça reste clandestin. Je ne veux pas me retrouver comme Eisenhower avec une autre affaire U-2. Compris ? »

Sans laisser à Seagram ni à Donner le temps de répondre, il tourna les talons et sortit par une porte de côté.

La Chevrolet de Donner franchit les grilles de la Maison-Blanche. Il se glissa dans le flot de la circulation et traversa le Potomac. Il osait à peine regarder dans le rétroviseur de crainte que le Président n'eût changé d'avis et redoutant d'apercevoir un motard lancé à leur poursuite pour leur signifier son refus. Il abaissa la vitre et respira l'air humide de l'été.

« On s'en est bien tiré, dit Seagram. Je pense que tu le sais.

— Tu parles. S'il avait su que voilà plus de deux semaines nous avons envoyé un homme en territoire soviétique, ça aurait bardé.

— Ça le pourrait encore, marmonna Seagram. Ça le pourrait encore si l'ANRO ne peut pas récupérer notre homme. »

2

Sid Koplin était certain qu'il était en train de mourir.

Il avait les yeux fermés et le sang qui ruisselait de

son côté venait tacher la neige blanche. Un jaillissement de lumière tourbillonna dans l'esprit de Koplin tandis qu'il reprenait peu à peu connaissance, la nausée déferla sur lui et il fut secoué de vomissements incontrôlables. Avait-il reçu une balle, ou bien deux ? Il ne savait même pas.

Il ouvrit les yeux et roula pour se mettre à genoux. Sa tête martelait affreusement. En se tâtant le crâne, il rencontra le sang figé d'une plaie qui lui entaillait la peau au-dessus de la tempe gauche. À part cette douleur à la tête, il ne ressentait rien ; les sensations étaient atténuées par le froid. Mais rien ne venait émousser la brûlure lancinante qui lui mordait le côté gauche, juste au-dessous de la cage thoracique, là où la seconde balle l'avait touché, et il sentait la viscosité sirupeuse du sang qui filtrait sous ses vêtements, sur ses cuisses et le long de ses jambes.

Une rafale d'armes automatiques retentit sur les pentes de la montagne. Koplin regarda autour de lui, mais il ne vit rien d'autre que les tourbillons de neige blanche fouettée par le terrible vent polaire. Une nouvelle rafale déchira l'air glacé. Il calcula que cela venait d'à peine cent mètres. Une patrouille soviétique devait tirer à l'aveuglette dans le blizzard avec le vague espoir de le toucher encore.

Tout espoir de fuite était maintenant anéanti. C'était fini. Il savait qu'il n'arriverait jamais à regagner la crique où il avait ancré son sloop. Il n'était pas davantage en état de piloter le petit cotre de huit mètres à travers les cinquante milles de mer qui le séparaient du lieu de rendez-vous avec le navire océanographique américain qui l'attendait.

Il se laissa retomber dans la neige. Le sang qu'il avait perdu l'avait affaibli au point de rendre impossible tout nouvel effort physique. Il ne fallait pas que les Russes le trouvent. Cela faisait partie de son contrat avec la Section Méta. S'il devait mourir, on ne devrait pas découvrir son corps.

Il se mit à gratter péniblement la neige pour s'ensevelir. Il ne serait bientôt plus qu'un petit monticule blanc sur une pente désolée du mont Bednaya, enterré pour toujours sous la plaque de glace qui ne cessait de s'amonceler.

Il s'arrêta un instant et tendit l'oreille. Les seuls sons qu'il percevait, c'étaient sa respiration haletante et le vent. Il écouta encore, mettant ses mains en cornet autour de ses oreilles. À travers les hurlements du vent il perçut à peine les aboiements d'un chien.

« Oh, mon Dieu », pensa-t-il. Tant que son corps serait encore chaud, les narines sensibles du chien ne manqueraient pas de flairer sa trace. Il s'écroula, effondré. Il ne lui restait plus rien à faire que de rester là en laissant la vie s'écouler goutte à goutte.

Mais une petite flamme tout au fond de lui refusait de s'éteindre. Dieu miséricordieux, pensa-t-il dans son délire, il ne pouvait tout de même pas rester là à attendre que les Russes viennent le prendre. Il n'était qu'un professeur de minéralogie, pas un agent secret entraîné. Son esprit et son corps de quadragénaire n'étaient pas prêts à supporter un interrogatoire intensif. S'il vivait, on pourrait lui arracher toute l'histoire en quelques heures. Il ferma les yeux : l'accablement de l'échec vint effacer toute souffrance physique.

Lorsqu'il les rouvrit, son champ visuel était tout entier envahi par la tête d'un énorme chien. Koplin reconnut un Komondor, un berger hongrois, une bête puissante, haute de quatre-vingts centimètres, couverte d'une épaisse toison de poils blancs. Le grand chien poussait des grognements sauvages et aurait sauté à la gorge de Koplin s'il n'avait pas été tenu en laisse par la main gantée d'un soldat soviétique. L'homme avait un air indifférent, il était planté là à contempler sa proie désemparée, serrant la laisse dans sa main gauche pendant que sa main droite tenait un fusil-mitrailleur. Il était impressionnant dans sa grande capote qui tombait sur ses bottes jusqu'aux chevilles, et ses yeux pâles et impassibles ne témoignaient d'aucune compassion pour les blessures de Koplin. Le soldat mit son arme en bandoulière et se pencha pour aider Koplin à se relever. Puis, sans un mot, le Russe se mit à traîner l'Américain blessé vers le poste de sécurité de l'île.

Koplin faillit s'évanouir de douleur. Il avait l'impression qu'on l'avait traîné dans la neige pendant des kilomètres alors qu'en fait il ne s'agissait que d'une cinquantaine de mètres. Il n'avait guère parcouru plus lorsqu'une vague silhouette apparut dans la tourmente, brouillée par le rideau de flocons blancs. Dans la brume de sa demi-conscience, Koplin sentit le soldat se crisper.

Un petit « plop » retentit dans le vent et l'énorme Komondor s'abattit sans bruit sur le flanc dans la neige. Le Russe lâcha Koplin et s'efforça frénétiquement d'épauler son fusil-mitrailleur, mais le bruit bizarre se répéta et un petit trou qui s'étoila aussitôt de rouge apparut soudain au milieu du front du soldat. Puis le regard devint vitreux et l'homme s'effondra auprès du chien.

Il se passait quelque chose d'inexplicable ; tout ça n'était pas normal, se dit Koplin, mais son esprit épuisé était incapable de tirer la moindre conclusion valable. Il tomba à genoux et vit un homme de grande taille en parka grise surgir de la brume blanche et regarder le chien.

« Dommage », dit-il sèchement.

L'homme était imposant. Le visage tanné comme un chêne paraissait déplacé dans l'Arctique. Les traits étaient fermés, presque cruels. Mais ce furent les yeux qui frappèrent Koplin : il n'en avait jamais vu de pareils. Ils étaient verts comme de l'eau de mer et rayonnaient d'une sorte de chaleur pénétrante, qui contrastait avec les traits durs du visage.

L'homme se tourna vers Koplin en souriant ; « Dr Koplin, je présume ? » Il parlait d'une voix douce et sans effort.

L'étranger fourra dans sa poche un pistolet muni d'un silencieux, s'agenouilla auprès du blessé et hocha la tête en voyant le sang qui suintait à travers le tissu de la parka de Koplin. « Je ferais mieux de vous emmener à un endroit où je puisse regarder ça. » Puis il prit Koplin comme on pourrait charger un enfant sur son épaule et se mit à descendre en direction de la mer.

« Qui êtes-vous ? murmura Koplin.

— Je m'appelle Pitt. Dirk Pitt.

— Je ne comprends pas... D'où veniez-vous ? »

Koplin n'entendit jamais la réponse : le voile noir de l'inconscience s'abattit brusquement et il se laissa sombrer sans protester.

3

Seagram terminait un Margarita tout en attendant, dans un petit restaurant à deux pas de Capitol Street, de retrouver sa femme pour déjeuner. Elle était en retard. Jamais depuis huit ans qu'ils étaient mariés il ne l'avait vue arriver nulle part à l'heure. Il héla le garçon et commanda un autre verre.

Dana Seagram entra enfin et s'arrêta un moment dans la salle en cherchant son mari du regard. Elle le repéra et commença à naviguer entre les tables dans sa direction. Elle portait un chandail orange et une jupe de tweed marron avec une telle jeunesse qu'on aurait dit une étudiante. Elle avait les cheveux blonds rassemblés dans une écharpe et ses yeux couleur café avaient une lueur amusée, vive et joyeuse.

« Ça fait longtemps que tu attends ? dit-elle en souriant.

— Dix-huit minutes pour être précis, répondit-il. Soit dix minutes, dix secondes de plus que d'habitude.

— Je suis désolée, fit-elle. L'amiral Sandecker a convoqué une réunion et ça a duré plus tard que je ne pensais.

— Quelle est sa dernière marotte ?

— Une nouvelle aile pour le musée de la Marine. Il a obtenu le budget et maintenant il fait des plans pour se procurer les pièces.

— Les pièces ? interrogea Seagram.

— Toutes sortes d'objets sauvés sur des navires célèbres. » Le garçon arriva avec la consommation de Seagram et Dana commanda un Daïquiri. « C'est extraordinaire comme il reste peu de choses : un ou deux gilets de sauvetage du *Lusitania*, une manche à air du *Maine* par-ci, une ancre du *Bounty* par-là, et rien de tout cela n'est décemment abrité sous un même toit.

— Il y a, me semble-t-il, de meilleures façons de claquer l'argent des contribuables. »

Elle rougit. « Comment ça ?

— Collectionner de vieux débris, dit-il en avançant prudemment, exposer des cochonneries rouillées et bouffées par les ans, impossibles à identifier dans une vitrine pour qu'on puisse béer devant : c'est du gaspillage. »

Les hostilités étaient ouvertes.

« La conservation de navires et de bateaux fournit un élément important du passé historique de l'homme. » Les yeux bruns de Dana flamboyaient. « Contribuer à la connaissance est une entreprise à laquelle un trou du cul comme toi n'entend rien.

— Voila qui est parlé comme une véritable archéologue de la Marine », dit-il.

Elle eut un sourire torve. « Ça te casse encore les couilles que ta femme ait fait une carrière, n'est-ce pas ?

— La seule chose qui me casse les couilles, mon trésor, c'est ton langage de salle de garde. Pourquoi donc chaque femme libérée trouve-t-elle chic de s'exprimer de façon ordurière ?

— Tu es mal placé pour me donner une leçon de

savoir-vivre, répliqua-t-elle. Cinq ans dans la capitale et tu continues à t'habiller comme un vendeur d'enclumes d'Omaha. Tu ne peux donc pas te coiffer comme tout le monde ? Cette façon d'avoir les cheveux taillés en brosse, ça ne se fait plus depuis des années. Ça me gêne quand on nous voit ensemble.

— Ma position dans l'Administration ne me permet pas d'avoir l'air d'un *nipple* des années 60.

— Mon Dieu, mon Dieu, fit-elle en secouant la tête d'un air las. Pourquoi n'ai-je pas pu épouser un plombier ou un horticulteur ? Pourquoi a-t-il fallu que je tombe amoureuse d'un physicien né dans la cambrousse ?

— C'est réconfortant de savoir que tu m'as aimé jadis.

— Je t'aime encore, Gene, dit-elle, son regard s'adoucissant. Cette brèche entre nous ne s'est ouverte que depuis deux ans. Nous ne pouvons même plus déjeuner ensemble sans essayer de nous faire du mal. Pourquoi ne pas envoyer tout ça au diable et passer le reste de l'après-midi à faire l'amour dans un motel ? Je suis d'humeur à me sentir délicieusement excitable.

— Est-ce qu'à la longue ça changerait quelque chose ?

— Ce serait toujours un début.

— Je ne peux pas.

— Toujours ton foutu sens du devoir, dit-elle en détournant la tête. Tu ne vois donc pas ? Nos métiers nous ont séparés. Nous pouvons nous sauver, Gene. Nous pouvons tous les deux donner notre démission et revenir à l'enseignement. Avec ton doctorat de physique et mon doctorat d'archéologie, sans parler de notre expérience et de nos références, nous pourrions choisir l'université de notre choix. Nous appartenions à la même faculté quand nous nous sommes rencontrés, tu te souviens. Ce sont les plus heureuses années que nous ayons vécues ensemble.

— Je t'en prie, Dana, je ne peux pas démissionner. Pas maintenant.

— Pourquoi ?

— Je suis sur un projet important...

— Depuis ces cinq dernières années tous les projets sont importants, je t'en prie, Gene, je te supplie de sauver notre mariage. Il n'y a que toi qui puisses faire le premier geste. Si nous réussissons à quitter Washington, je serai d'accord avec tout ce que tu décideras. Mais si nous attendons encore, cette ville anéantira tout espoir de sauver notre vie commune.

— Il me faut encore un an.

— Même un mois de plus, ce sera trop tard.

— Je suis engagé dans une affaire qui ne souffre pas de délai.

— Quand cesseront donc ces ridicules projets secrets ? Tu n'es qu'un instrument de la Maison-Blanche.

— Je n'ai pas besoin que tu me prodigues tes généreuses foutaises libérales.

— Gene, au nom du ciel, renonce !

— Ça n'est pas au nom du ciel, Dana, c'est au nom de mon pays. Je suis désolé si je n'arrive pas à te faire comprendre ça.

— Renonce, répéta-t-elle, des larmes se formant dans ses yeux. Personne n'est indispensable. Laisse Mel Donner prendre ta place. »

Il secoua la tête. « Non, dit-il d'un ton ferme. J'ai créé ce projet à partir de rien. C'est ma matière grise qui l'a engendré. Il faut que je veille à son aboutissement. »

Le serveur réapparut en demandant s'ils étaient prêts à commander !

Dana secoua la tête. « Je n'ai pas faim. » Elle se leva et le regarda. « Tu rentreras pour dîner ?

— Je vais travailler tard au bureau. »

Elle ne parvenait plus maintenant à retenir ses larmes.

« Quoi que tu fasses, j'espère que ça en vaut la peine, murmura-t-elle. Parce que ça va te coûter un prix terrible. »

Sur quoi elle tourna les talons et s'éloigna à grands pas.

4

Contrairement à l'officier de renseignement russe si souvent représenté dans les films américains, le capitaine André Prevlov n'avait ni une carrure de taureau ni le crâne rasé. C'était un bel homme, bien bâti, qui portait les cheveux assez longs et arborait une fine moustache. Son image, bâtie autour d'une voiture de sport italienne orange et d'un appartement meublé de façon cossue et dominant la Moskova, n'enthousiasmait pas ses supérieurs du Service de Renseignement de la Marine soviétique. Toutefois, malgré les tendances irritantes de Prevlov, il n'était guère possible de l'évincer de la haute position qu'il occupait dans le service. La réputation qu'il s'était soigneusement bâtie d'être le plus brillant spécialiste du renseignement de la Marine et le fait que son père fût le numéro douze du Parti s'alliaient pour rendre le capitaine Prevlov intouchable.

Du mouvement nonchalant de quelqu'un qui en a l'habitude, il alluma une Winston et se versa un verre de gin de Bombay. Puis il se carra dans son fauteuil et se plongea dans la pile de dossiers que son adjoint, le lieutenant Pavel Marganine, avait déposée sur son bureau.

« C'est un mystère pour moi, mon capitaine, fit doucement Marganine, de voir avec quelle facilité vous vous adaptez à toute cette corruption occidentale. »

Prevlov leva les yeux et lança à Marganine un regard froid et dédaigneux. « Comme tant de nos camarades, vous ne connaissez pas le vaste monde.

Je pense comme un Américain, je bois comme un Anglais, je conduis comme un Italien et je vis comme un Français. Et savez-vous pourquoi, lieutenant ? »

Marganine rougit et marmonna : « Non, mon capitaine.

— Pour connaître l'ennemi, Marganine. La clef, c'est de connaître votre ennemi mieux qu'il ne vous connaît, mieux qu'il ne se connaît lui-même. Faites-lui alors ce que vous ne souhaiteriez pas qu'il vous fît.

— C'est une citation du camarade Nerv Tchetsky ? »

Prevlov eut un haussement d'épaules désespéré. « Non, espèce d'idiot ; je parodie la Bible chrétienne. » Il inhala puis rejeta un flot de fumée par les narines et but une gorgée de gin. « Étudiez les mœurs occidentales, mon ami. Si nous n'en apprenons rien, alors notre cause est perdue. » Il se replongea dans ses dossiers. « Voyons maintenant. Pourquoi adresse-t-on cela à notre service ?

— La seule raison, c'est que l'incident a eu lieu sur une côte ou à proximité d'une région côtière.

— Qu'est-ce que nous savons là-dessus ? fit Prevlov en ouvrant le dossier suivant.

— Très peu de choses. Un soldat chargé de patrouiller dans l'île septentrionale de Nouvelle-Zemble a disparu avec son chien.

— Il n'y a guère de quoi semer l'affolement dans les services de Sécurité. La Nouvelle-Zemble est pratiquement déserte. Une station de missiles démodés, un poste de garde, quelques pêcheurs... aucune installation secrète à des centaines de kilomètres. C'est vraiment une perte de temps de se donner même la peine d'envoyer un homme et un chien patrouiller là-bas.

— Les Occidentaux penseraient sans doute la même chose à l'idée d'envoyer un agent là-bas. »

Prevlov pianota sur la table tout en lorgnant le plafond.

« Un agent ? finit-il par dire. Il n'y a rien là... rien qui présente un intérêt militaire... et pourtant... » Il s'interrompit et abaissa une manette de son téléphone intérieur. « Apportez-moi le relevé de la route du navire de l'Agence Nationale de Recherches Océanographiques depuis ces deux derniers jours. »

Marganine haussa les sourcils. « Ils n'oseraient pas envoyer une mission océanographique près de la Nouvelle-Zemble. C'est en plein dans les eaux territoriales soviétiques.

— Nous n'avons aucun droit sur la mer de Barentz, expliqua Prevlov avec patience. Ce sont des eaux internationales. »

Une jolie secrétaire blonde, vêtue d'un élégant tailleur marron, entra dans la pièce, remit un dossier à Prevlov et ressortit en fermant sans bruit la porte derrière elle.

Prevlov feuilleta les papiers jusqu'à ce qu'il trouvât ce qu'il cherchait. « Nous y voici. Le *First Attempt,* navire de l'ANRO, repéré pour la dernière fois par un de nos chalutiers à trois cent vingt milles nautiques au sud-ouest de la Terre François-Joseph.

— Donc pas loin de la Nouvelle-Zemble, dit Marganine.

— Bizarre, murmura Prevlov. D'après le Plan d'Opérations des Navires Océanographiques américains, le *First Attempt* aurait dû, à l'époque où on l'a repéré là, faire des études sur le plancton au large des côtes de Caroline du Nord. » Il but le reste de son gin, écrasa le mégot de sa cigarette et en alluma une autre. « Une coïncidence bien intéressante.

— Qu'est-ce que ça prouve ? demanda Marganine.

— Ça ne prouve rien, mais cela permet de supposer que le soldat qui patrouillait en Nouvelle-Zemble a été tué et que l'agent qui en est responsable s'est échappé, fort probablement pour retrouver le *First Attempt.* Cela donne à penser que les

États-Unis ont une idée derrière la tête quand un navire de recherche de l'ANRO dévie sans explication de son plan de travail prévu.

— Qu'est-ce qu'ils pourraient bien chercher ?

— Je n'en ai pas la moindre idée. » Prevlov se renversa dans son fauteuil et se lissa la moustache. « Demandez des agrandissements des photos prises par satellite des environs immédiats à l'heure de l'événement en question. »

Les ombres du soir obscurcissaient les rues derrière les fenêtres du bureau, lorsque le lieutenant Marganine étala les agrandissements sur le bureau de Prevlov et lui tendit une puissante loupe.

« Votre intuition a payé, mon capitaine. Nous avons ici quelque chose d'intéressant. »

Prevlov examina avec attention les photographies. « Je ne vois rien d'insolite à propos du navire ; l'équipement de recherche typique, pas de matériel de détection militaire apparent. »

Marganine désigna une photo prise avec un objectif grand angle et qui révélait à peine un navire sous la forme d'une petite tache blanche sur l'émulsion. « Veuillez noter la petite forme à environ deux mille mètres du *First Attempt* dans le coin supérieur droit. »

Prevlov regarda à la loupe pendant près d'une demi-minute. « Un hélicoptère !

— Oui, mon capitaine, c'est pourquoi je vous apporte les agrandissements avec un peu de retard. J'ai pris la liberté de faire analyser les photos par la Section R.

— Un appareil de nos patrouilles de sécurité, j'imagine.

— Non, mon capitaine. »

Prevlov fronça les sourcils. « Suggérez-vous que cet hélicoptère appartienne au navire américain ?

— C'est leur hypothèse, mon capitaine. » Marganine déposa deux autres photos devant Prevlov. « Ils ont examiné des clichés antérieurs pris par un autre satellite de reconnaissance. Comme vous pouvez le voir en les comparant, l'hélicoptère suit une route qui va de la Nouvelle-Zemble en direction du *First Attempt*. Ils ont estimé son altitude à trois mètres et sa vitesse à moins de quinze nœuds.

— De toute évidence pour éviter notre surveillance radar, dit Prevlov.

— Faut-il alerter nos agents en Amérique ? dit Marganine.

— Non, pas encore. Je ne veux pas qu'ils risquent leur couverture avant que nous soyons certains de ce que recherchent les Américains. »

Il rassembla les photographies et les rangea avec soin dans un dossier, puis consulta son chronomètre Omega. « J'ai tout juste le temps de prendre une légère collation avant le ballet. Rien d'autre, lieutenant ?

— Juste le dossier sur l'Expédition du Courant Lorelei. Le dernier rapport en date signale le sous-marin américain dans quinze mille pieds d'eau au large de Dakar. »

Prevlov se leva, prit le dossier et le fourra sous son bras. « Je vais étudier ça quand j'en aurai l'occasion. Il n'y a sans doute rien là-dedans qui intéresse la sécurité navale. Malgré tout, ça devrait être une bonne lecture. Comptez sur les Américains pour avoir d'étranges et merveilleux projets. »

5

« Merde, merde et remerde ! lança Dana. Regarde les pattes-d'oie que je commence à avoir autour des yeux. » Assise à sa coiffeuse, elle contemplait avec consternation son reflet dans le miroir. « Qui donc a dit que la vieillesse était une forme de l'être ? »

Seagram arriva derrière elle, lui souleva les cheveux et posa un baiser sur la chair tiède de son cou.

« Trente et un ans à ton dernier anniversaire, et tu te crois déjà au troisième âge. »

Elle le regarda dans la glace, étonnée de cette rare manifestation d'affection. « Tu as de la chance, les hommes n'ont pas de problème.

— Les hommes souffrent aussi du vieillissement et des pattes-d'oie. Qu'est-ce qui fait croire aux femmes que nous ne craquons pas aux coutures, nous aussi ?

— La différence, c'est que vous vous en foutez.

— Nous sommes plus enclins à accepter l'inévitable, dit-il en souriant. À propos d'inévitable, quand vas-tu avoir un bébé ?

— Salaud ! Tu ne renonces jamais, hein ? » Elle jeta une brosse à cheveux sur la coiffeuse, abattant du même coup tout un régiment de flacons de produits de beauté soigneusement rangés sur l'étagère de verre. « Nous en avons discuté cent fois. Je refuse de me soumettre aux épreuves de la grossesse. Je ne veux pas rincer dix fois par jour des langes pleins de merde dans un lavabo. Que quelqu'un d'autre s'occupe de la repopulation. Je ne m'en vais pas me diviser comme une vulgaire amibe.

— Ce sont des raisons bidons. En toute honnêteté, tu n'y crois pas toi-même. »

Elle se retourna vers le miroir sans répondre.

« Un bébé pourrait nous sauver, Dana », dit-il avec douceur.

Elle se prit la tête à deux mains. « Je ne veux pas plus renoncer à ma carrière que toi à ton précieux projet. »

Il caressa sa douce chevelure blonde en regardant son image dans le miroir. « Ton père était un alcoolique qui a abandonné sa famille quand vous n'aviez que dix ans. Ta mère travaillait dans un bar et ramenait des hommes à la maison pour gagner de quoi boire. Ton frère et toi étiez traités comme des animaux jusqu'au jour où vous avez eu l'âge de vous enfuir de cette poubelle que vous appeliez votre maison. Il a mal tourné et il s'est mis à attaquer les débits de boisson et les stations-service; charmante occupation qui lui a valu une condamnation pour meurtre et la prison à vie à San Quentin. Dieu sait que je suis fier de la façon dont tu t'es arrachée à cet égout en travaillant dix-huit heures par jour pour faire tes études. Oui, tu as eu une sale enfance, Dana, et tu as peur d'avoir un bébé à cause de tes souvenirs. Mais il faut que tu comprennes : ton cauchemar n'appartient pas à l'avenir; tu ne peux pas refuser à un fils ou à une fille une chance de vivre. »

La muraille de pierre demeura sans brèche. Elle repoussa les mains toujours posées sur ses cheveux et se mit à s'épiler les sourcils avec rage. La discussion était close; elle l'avait fait taire de façon aussi définitive que si elle l'avait amené à quitter la pièce.

Lorsque Seagram sortit de sous la douche, Dana était plantée devant une glace en pied. Elle s'étudiait d'un œil aussi critique qu'un modéliste en train d'observer pour la première fois une création terminée. Elle portait une simple robe blanche qui lui moulait le torse avant de tomber jusqu'à ses chevilles. Le décolleté était vague et offrait une vue généreuse sur ses seins.

« Tu ferais mieux de te dépêcher », dit-elle d'un ton très naturel. On aurait dit que la querelle n'avait jamais eu lieu. « Il ne s'agit pas de faire attendre le Président.

— Il y aura plus de deux cents personnes là-bas. Personne ne nous mettra une mauvaise note si nous sommes en retard.

— Ça m'est égal. » Elle eut une petite moue. « Ça n'est pas tous les jours que nous sommes invités à la Maison-Blanche. J'aimerais au moins faire une bonne impression en arrivant à l'heure. »

Seagram soupira et s'attaqua au délicat rituel qui consistait à faire son nœud de cravate, puis à passer ses boutons de manchette d'une seule main.

S'habiller pour ces soirées officielles était une corvée qu'il abhorrait. Pourquoi donc les réceptions à Washington ne pouvaient-elles se passer en songeant au confort des invités ? C'était peut-être pour Dana un événement excitant, mais pour lui, c'était une perspective assommante.

Il acheva de frotter ses chaussures et de se peigner, puis passa dans le salon. Dana était assise sur le divan, à examiner des rapports, son porte-documents ouvert sur la table basse. Elle était si absorbée qu'elle ne leva pas les yeux lorsqu'il entra.

« Je suis prêt.

— Je suis à toi dans un instant, murmura-t-elle. Pourrais-tu s'il te plaît aller me chercher mon étole ?

— C'est le plein été. Pourquoi diable veux-tu transpirer dans une fourrure ? »

Elle ôta ses lunettes à monture d'écaille et dit : « Je trouve que l'un de nous au moins devrait avoir un peu de classe, tu ne penses pas ? »

Il passa dans le vestibule, décrocha le téléphone et composa un numéro. Mel Donner répondit au milieu de la première sonnerie.

« Donner.

— Toujours pas de nouvelles ? demanda Seagram.

— Le *First Attempt*...

— C'est ce navire de l'ANRO qui était censé recueillir Koplin ?

— Oui. Il est passé au large d'Oslo il y a cinq jours.

— Mon Dieu ? Pourquoi ? Koplin devait débarquer et prendre de là un avion commercial pour rentrer.

— Pas moyen de savoir. Suivant tes instructions, le navire observe un total silence radio.

— Ça ne sent pas bon.

— Ça n'était pas prévu, en tout cas.

— Je serai à la soirée du Président jusque vers

onze heures. Si tu apprends quoi que ce soit, appelle-moi.

— Tu peux y compter. Amuse-toi bien. »

Seagram raccrochait juste au moment où Dana arriva du salon. Elle vit l'expression songeuse de son visage. « Mauvaises nouvelles ?

— Je ne suis pas encore certain. »

Elle l'embrassa sur la joue. « C'est quand même dommage que nous ne puissions pas vivre comme des gens normaux pour que tu puisses me confier tes problèmes. »

Il lui pressa la main. « Si seulement je pouvais...

— Ces secrets d'État. Quel ennui ! Elle eut un petit sourire. Eh bien ?

— Eh bien quoi ?

— Tu ne vas pas te conduire en gentleman ?

— Pardonne-moi. J'allais oublier. » Il prit son étole dans la penderie et la lui glissa sur les épaules. « C'est une mauvaise habitude que j'ai de ne pas m'occuper de ma femme. »

Un sourire moqueur s'épanouit sur ses lèvres. « Pour te punir, tu seras fusillé à l'aube. »

Bonté divine, pensa-t-il avec horreur, je ne serai peut-être pas si loin du peloton d'exécution si Koplin a déconné en Nouvelle-Zemble.

6

Les Seagram s'installèrent derrière la foule rassemblée à l'entrée du Salon Est et attendirent leur tour dans la cohue des invités. Dana était déjà venue à la Maison-Blanche, mais le cadre l'impressionnait encore.

Le Président était là, élégant et diablement bel homme. La cinquantaine à peine passée, il était très séduisant. Il n'y avait d'ailleurs qu'à voir debout auprès de lui, accueillant chaque invité avec la ferveur qu'on met à découvrir un parent fortuné, Ashley Fleming, la divorcée la plus élégante et la plus sophistiquée de Washington.

« Oh, merde ! » s'exclama Dana.

Seagram la regarda en fronçant les sourcils. « Qu'est-ce qu'il y a encore ?

— La pépée à côté du Président.

— Figure-toi que c'est Ashley Fleming.

— Je sais, chuchota Dana en essayant de se dissimuler derrière la carrure rassurante de Seagram. Regarde sa robe. »

Seagram ne comprit pas tout de suite, puis la vérité le frappa, et il eut toutes les peines du monde à maîtriser une violente envie de rire... « Bon sang, mais vous portez toutes les deux la même robe !

— Ça n'est pas drôle, dit-elle d'un ton sévère.

— Où as-tu acheté la tienne ?

— Je l'ai empruntée à Annette Johns.

— La lesbienne qui habite en face de chez nous, le mannequin ?

— Le modèle lui a été donné par Claude d'Orsini, le couturier. »

Seagram la prit par la main. « En tout cas, ça montre quel bon goût a ma femme. »

Avant qu'elle eût le temps de répondre, la file avança de quelques pas et ils se trouvèrent soudain plantés devant le Président.

« Gene, ravi de vous voir. » Le Président eut un sourire poli.

« Merci de nous avoir invités, monsieur le Président. Vous connaissez ma femme, Dana. »

Le Président l'examina, ses yeux s'attardant sur le décolleté. « Bien sûr, charmante, tout à fait charmante. » Puis il se pencha et lui murmura quelque chose à l'oreille.

Dana ouvrit de grands yeux et devint toute rouge.

Le Président se redressa et dit : « Puis-je vous présenter ma délicieuse hôtesse, Miss Ashley Fleming. Ashley, M. et Mrs Gene Seagram.

— Je suis enchanté de faire enfin votre connaissance, Miss Fleming », murmura Seagram.

Il aurait aussi bien pu s'adresser à un arbre. Le regard d'Ashley Fleming découpait en lambeaux la robe de Dana.

« Il me semble évident, Mrs Seagram, dit Ashley d'un ton suave, que dès demain matin, l'une de nous va se mettre en quête d'un nouveau couturier.

— Oh, je ne pourrai pas changer, répondit Dana avec une charmante innocence. Je vais chez Jacques Pinnegh depuis que je suis petite fille. »

Les sourcils soigneusement dessinés d'Ashley Fleming se mirent en accent circonflexe.

« Jacques Pinnegh ? Je n'ai jamais entendu parler de lui.

— Il est plus connu sous le nom de J.C. Penney, fit Dana avec un exquis sourire. Ils font des soldes le mois prochain au rayon de prêt-à-porter. Ce serait drôle d'y aller ensemble. Comme ça, nous ne nous retrouverions pas ayant l'air de deux jumelles. »

Le visage d'Ashley Fleming n'était qu'un masque d'indignation tandis que le Président était pris d'une violente quinte de toux. Seagram fit un petit salut de la tête, empoigna Dana par le bras et l'entraîna à grands pas vers le cœur de la foule.

« Tu étais obligée de faire ça ? grommela-t-il.

— Je n'ai pas pu résister. Cette femme n'est qu'une putain de haut vol. » Là-dessus Dana leva vers lui un regard abasourdi. « Il m'a fait des propositions, fit-elle, incrédule. Le Président des États-Unis m'a fait des propositions.

— Harding et Kennedy avaient la réputation d'être de joyeux viveurs. Lui n'est pas différent. Après tout, ce n'est qu'un être humain.

— Un paillard comme Président. C'est répugnant.

— Tu vas le prendre au mot ? fit Seagram en souriant.

— Ne sois pas ridicule, riposta-t-elle.

— Puis-je me joindre à la bataille ? » La question venait d'un petit homme aux cheveux d'un roux flamboyant, et qui portait une pimpante veste de smoking bleu vif. Il avait une barbe taillée avec soin de la même couleur que ses cheveux et qui faisait ressortir ses yeux noisette au regard perçant. La voix parut vaguement familière à Seagram, mais le visage ne lui disait rien.

« Ça dépend dans quel camp vous êtes, dit Seagram.

— Connaissant le penchant de votre femme pour le MLF, dit l'inconnu, je serais trop heureux de rallier les rangs de son mari.

— Vous connaissez Dana ?

— Je devrais. Je suis son patron. »

Seagram le considéra avec stupéfaction. « Alors vous devez être...

— L'amiral James Sandecker, intervint Dana en riant, Directeur de l'Agence Nationale de Recherches Océanographiques ; puis-je vous présenter Gene, mon mari, qui se démonte facilement.

— Très honoré, amiral, dit Seagram en tendant la main. J'attendais avec impatience l'occasion de vous remercier en personne de cette petite faveur. »

Dana parut surprise. « Vous vous connaissez tous les deux ? »

Sandecker acquiesça. « Nous nous sommes parlé au téléphone mais nous ne nous étions jamais rencontrés. »

Dana prit les deux hommes par le bras. « Mes deux hommes préférés qui complotent derrière mon dos. Qu'est-ce que ça veut dire ? »

Seagram regarda Sandecker droit dans les yeux. « J'ai un jour appelé l'amiral pour lui demander un petit renseignement. Voilà tout. »

Sandecker prit Dana par la main et lui dit : « Pourquoi ne pas vous gagner la reconnaissance éternelle d'un vieil homme en allant lui chercher un scotch. »

Elle hésita un moment, puis posa un baiser léger

sur la joue de Sandecker et, docile, entreprit de se frayer un chemin au milieu des groupes qui stationnaient aux environs du buffet.

Seagram secoua la tête avec admiration. « Vous savez vous y prendre avec les femmes. Si je lui avais demandé d'aller me chercher un verre, elle m'aurait craché à la figure.

— Moi, dit Sandecker, je lui paie un salaire. Vous pas. »

Ils sortirent sur le balcon et Seagram alluma une cigarette tandis que Sandecker tirait sur un énorme cigare à la Churchill. Ils marchèrent en silence jusqu'à ce qu'ils fussent seuls dans un coin à l'écart, sous une haute colonne.

« Pas de nouvelles du *First Attempt* de votre côté ? demanda Seagram.

— Il a accosté à notre base sous-marine du Firth of Clyde à treize heures, heure de Washington.

— Ça fait près de huit heures. Pourquoi nc m'a-t-on pas prévenu ?

— Vos instructions étaient très claires, dit Sandecker d'un ton froid. Aucune communication émanant de mon navire tant que votre agent n'était pas de retour sain et sauf sur le sol américain.

— Mais alors comment ?...

— J'ai eu mes renseignements d'un vieil ami de la Marine. Il m'a téléphoné il n'y a pas une demi-heure, fou de rage, en exigeant de savoir au nom de quoi le commandant de mon bateau utilisait sans autorisation des installations de la Marine de guerre.

— Il y a eu un cafouillage quelque part, dit Seagram. Votre navire était censé faire escale à Oslo et laisser mon homme débarquer. Qu'est-ce qu'il fout en Écosse ? »

Sandecker regarda Seagram sans douceur. « Mettons les choses bien au point, M. Seagram, l'ANRO n'est pas une branche de la CIA, du FBI ni d'aucun autre service de renseignements, et je n'aime pas beaucoup risquer la vie de mes gens juste pour que vous puissiez fourrer votre nez en territoire communiste et jouer aux petits espions. Notre travail, c'est la recherche océanographique. La prochaine fois que vous voudrez jouer les James Bond, demandez à la Marine ou aux Garde-Côtes de faire votre sale boulot. N'allez pas intriguer auprès du Président pour qu'il donne des ordres à l'un de mes navires. Vous comprenez, M. Seagram ?

— Je suis désolé du dérangement que cela a pu occasionner à votre agence, amiral. Je ne voulais absolument pas être désagréable, mais vous devez comprendre mon inquiétude.

— J'aimerais la comprendre. » L'expression de l'amiral parut s'adoucir un peu. « Mais vous rendriez les choses fichtrement plus simples si vous vouliez bien me faire confiance et me dire ce que vous cherchez.

— Je suis désolé, dit Seagram en détournant la tête.

— Je vois, fit Sandecker.

— Pourquoi, à votre avis, le *First Attempt* n'a-t-il pas fait escale à Oslo ? demanda Seagram.

— Je pense que votre agent a estimé trop dangereux de prendre un avion civil pour quitter Oslo et qu'il a choisi un avion militaire. Notre base sous-marine nucléaire du Firth of Clyde est celle qui est la plus proche d'un terrain, alors il a sans doute ordonné au commandant de mon navire océanographique de passer au large de la Norvège et de mettre le cap sur l'Écosse.

— J'espère que vous avez raison. Mais je crains que ce changement apporté à notre plan initial ne soit signe de difficultés. »

Sandecker aperçut Dana debout sur le seuil du balcon, un verre à la main. Elle les cherchait. Il lui fit un signe qu'elle aperçut et elle s'approcha d'eux.

« Vous êtes un heureux homme, Seagram. Votre femme est une fille tout à fait remarquable. »

Mel Donner apparut tout d'un coup, se précipita devant Dana et arriva le premier auprès d'eux. Il présenta ses excuses à l'amiral Sandecker.

« Un avion de transport de la Marine vient de se poser il y a vingt minutes, avec Sid Koplin à bord, murmura Donner. On l'a conduit à l'hôpital Walter Reed.

— Pourquoi Walter Reed ?

— Il a été assez salement blessé.

— Seigneur, gémit Seagram.

— J'ai une voiture qui attend. Nous pouvons être là-bas dans un quart d'heure.

— Bon, donne-moi quelques minutes. »

Il revint vers Sandecker et demanda à l'amiral de bien vouloir raccompagner Dana, puis il exprima ses regrets au Président, et il suivit Donner jusqu'à la voiture.

7

« Je suis navré, mais on lui a administré des calmants et je ne peux autoriser aucun visiteur pour l'instant. » La voix aristocratique était calme et courtoise, mais il était impossible de ne pas voir la colère qui flamboyait dans les yeux gris du médecin.

« Est-il capable de parler ? demanda Donner.

— Pour un homme qui a repris connaissance voilà quelques minutes à peine, ses facultés mentales sont tout à fait remarquables. » Les yeux étincelaient toujours. « Mais ne vous y laissez pas tromper : il ne va pas jouer au tennis d'ici quelque temps.

— Dans quelle mesure son état est-il sérieux ? demanda Seagram.

— Son état est exactement ça : sérieux. Le médecin qui l'a opéré à bord du navire de l'ANRO a fait du beau travail. La blessure par balle qu'il a au côté gauche cicatrisera sans problème. Mais l'autre blessure a laissé une toute petite fissure dans la boîte crânienne. Votre ami Koplin aura de temps en temps des migraines.

— Il faut que nous le voyions maintenant, dit Seagram d'un ton ferme.

— Comme je vous l'ai dit, je regrette, mais pas de visite. »

Seagram fit un pas en avant et vint se planter devant le médecin, presque à le toucher. « Mettez-vous ça dans la tête, docteur. Mon ami et moi allons entrer dans cette chambre, que ça vous plaise ou non. Si vous essayez personnellement de nous en empêcher, nous vous déposerons sur une de vos tables d'opération. Si vous appelez vos infirmiers à l'aide, nous leur tirerons dessus. Si vous alertez la police, ils respecteront nos pouvoirs et feront ce que nous leur dirons. » Seagram s'arrêta et ses lèvres esquissèrent un sourire satisfait. « Maintenant, docteur, à vous de choisir. »

Koplin était allongé dans le lit, le visage aussi blanc que la taie d'oreiller derrière la tête, mais son regard était étonnamment vif.

« Avant que vous ne le demandiez, dit-il d'une voix sourde et rauque, je me sens très mal foutu. Et c'est vrai. Mais ne me dites pas que j'ai l'air bien. Parce que ce serait un mensonge éhonté. »

Seagram approcha une chaise du lit et sourit. « Nous n'avons pas beaucoup de temps, Sid, alors si vous vous sentez d'attaque, nous irons droit au fait. »

Koplin désigna du menton les tuyaux branchés sur son bras. « Ces saloperies m'embrument l'esprit, mais j'essaierai de tenir le coup aussi longtemps que possible. »

Donner hocha la tête. « Nous sommes venus vous poser la question à vingt millions cash.

— Si c'est ce que vous voulez dire, j'ai trouvé des traces de byzanium.

— Vous en avez trouvé ! Vous êtes certain ?

— Mes essais sur le terrain ne sont évidemment

pas aussi précis qu'aurait pu l'être une analyse en labo, mais je suis sûr à 99 % que c'était du byzanium.

— Dieu soit loué, soupira Seagram. Avez-vous obtenu un chiffre de titrage ? demanda-t-il.

— Mais oui.

— Combien... combien de kilos de byzanium estimez-vous qu'on puisse extraire du mont Bednaya ?

— Avec de la chance, peut-être une cuillerée à café. »

Seagram ne comprit pas tout de suite, mais la vérité le frappa de plein fouet. Donner était assis, pétrifié et sans expression, les mains crispées sur les bras de son fauteuil.

« Une cuillerée à café, murmura Seagram, accablé. Vous êtes sûr ?

— Vous n'arrêtez pas de me demander si je suis sûr. » Le visage aux traits tirés de Koplin rougit d'indignation. « Si vous ne croyez pas ce que je vous dis, envoyez donc quelqu'un d'autre dans ce foutu bled.

— Un instant, fit Donner en posant une main apaisante sur l'épaule de Koplin. La Nouvelle-Zemble, c'était notre seul espoir. Vous en avez bavé là-bas plus que vous ne pouviez vous y attendre. Nous vous sommes reconnaissants, Sid, vraiment reconnaissants.

— Tout espoir n'est pas encore perdu », murmura Koplin. Ses paupières s'abaissèrent.

Seagram n'avait pas entendu, il se pencha vers le lit. « Quoi donc, Sid ?

— Vous n'avez pas encore perdu. Le byzanium était bien là. »

Donner s'approcha. « Comment ça, le byzanium était bien là ?

— Disparu... Extrait...

— Je ne vous comprends pas.

— Je suis tombé sur des débris minéraux au fond de la montagne. » Koplin hésita un moment. « J'ai creusé un peu...

— Vous voulez dire que quelqu'un a déjà extrait du byzanium du mont Bednaya ? fit Seagram, incrédule.

— Oui.

— Bonté divine, fit Donner. Les Russes sont sur la même piste que nous.

— Non... non... », chuchota Koplin.

Seagram colla son oreille contre les lèvres de Koplin.

« Pas les Russes... »

Seagram et Donner échangèrent des regards déconcertés.

Koplin essaya de serrer la main de Seagram. « Les... Les... gars du Colorado... »

Là-dessus, ses yeux se fermèrent et il sombra dans l'inconscience.

Ils traversèrent à pas lents le parc de stationnement tandis qu'au loin gémissait la sirène d'une ambulance. « Qu'est-ce que tu crois qu'il a voulu dire ? demanda Donner.

— Je n'en sais rien, répondit Seagram d'un ton vague. Je n'en sais vraiment rien. »

8

« Qu'est-ce qu'il y a de si important pour vous faire me réveiller le jour où je ne suis pas de service ? » grommela Prevlov. Sans attendre de réponse, il ouvrit la porte sans douceur et fit signe à Marganine d'entrer dans l'appartement. Prevlov portait un peignoir de soie japonais ; il avait les traits tirés, l'air fatigué.

Tout en traversant à la suite de Prevlov la salle de séjour pour passer dans la cuisine, le regard professionnel de Marganine s'attarda sur le mobilier, en inventoriant chaque pièce. Pour quelqu'un qui vivait dans une petite chambre de caserne de deux mètres cinquante sur trois mètres cinquante, le décor, les vastes proportions de l'appartement évoquaient plutôt le Palais d'Été de Pierre le Grand. Tout y était, les lustres de cristal, les tapisseries tombant du plafond jusqu'au parquet, les meubles français. Ses yeux remarquèrent aussi deux verres et une bouteille à demi vide de Chartreuse sur le dessus de la cheminée; et sur le sol, sous le divan, dépassait une paire de chaussures de femme. Des chaussures chères, occidentales d'après l'aspect. Il saisit au passage un cheveu et se surprit à contempler la porte fermée de la chambre à coucher. Elle devait être fort séduisante : le capitaine Prevlov était difficile.

Prevlov se pencha sur l'intérieur du frigidaire et y prit un carafon de jus de tomate. « Vous en voulez ? »

Marganine secoua la tête.

« Vous mélangez ça avec les ingrédients qu'il faut, murmura Prevlov, comme font les Américains, et vous avez un excellent médicament contre la gueule de bois. » Il but une gorgée du jus de tomate et fit la grimace. « Alors, que voulez-vous ?

— Le KGB a reçu hier soir un message d'un de ses agents à Washington. Ils n'en comprenaient absolument pas la signification et espéraient que nous pourrions peut-être les éclairer un peu. »

Marganine rougit. La ceinture du peignoir de Prevlov s'était dénouée et il pouvait constater que le capitaine ne portait rien dessous.

« Bon, soupira Prevlov, continuez.

— Le message disait : « Américains brusquement intéressés recueillir cailloux. Opération ultra-secrète sous nom de code Projet Sicile. »

Prevlov le regarda par-dessus son Bloody Mary. « Qu'est-ce que c'est que cette foutaise ? » Il vida son verre d'une gorgée et le reposa avec brutalité sur le bord de l'évier. « Notre illustre service de renseignement frère, le KGB, est-il devenu une maison de fous ? » C'était la voix impassible et efficace du Prevlov officiel : froide et sans inflexion aucune, sinon un ennui qui confinait à l'irritation. « Et vous, lieutenant ? Pourquoi venez-vous me déranger maintenant avec cette charade puérile ? Est-ce que ça n'aurait pas pu attendre demain matin que je sois de retour au bureau ?

— Je... j'ai pensé peut-être que c'était important, balbutia Marganine.

— Naturellement. » Prevlov eut un sourire glacé. « Chaque fois que le KGB siffle, les gens sautent. Les menaces voilées ne m'intéressent pas. Les faits, mon cher lieutenant, les faits, voilà ce qui m'intéresse. Que trouvez-vous donc de si important dans ce Projet Sicile ?

— Il m'a semblé que l'allusion à la collection de cailloux pouvait avoir un rapport avec le dossier sur la Nouvelle-Zemble. »

Vingt secondes peut-être s'écoulèrent avant que Prevlov répondît. « C'est possible. C'est possible, mais nous n'avons aucune certitude qu'il y ait un rapport.

— Je... j'ai pensé...

— Je vous en prie, lieutenant, laissez-moi penser tout seul. » Il resserra la ceinture de son peignoir. « Maintenant, si vous n'avez plus d'autre chasse aux sorcières de ce genre à me proposer, j'aimerais bien me recoucher.

— Et si les Américains recherchent quelque chose ?

— Oui, mais quoi ? demanda sèchement Prevlov. Quel minéral est si précieux pour eux qu'ils doivent aller le rechercher dans un pays qui n'est pas ami ? »

Marganine haussa les épaules.

« Répondez à cette question, et vous aurez la clef de l'énigme. »

Le ton de Prevlov se fit un peu plus dur. « En attendant, je veux des solutions. N'importe quel crétin de paysan peut poser des questions stupides. »

Le visage de Marganine s'empourpra de nouveau. « Les Américains ont parfois des sens cachés dans leurs noms de code.

— En effet, dit Prevlov avec une feinte gravité. Ils ont un penchant pour la publicité. »

Marganine se lança. « J'ai fait des recherches sur les expressions américaines faisant allusion à la Sicile, et ce qui domine, ce semble être leur obsession concernant une fraternité de bandits et de gangsters.

— Si vous aviez bien fait vos devoirs... fit Prevlov en bâillant... vous auriez découvert que cela s'appelle la Mafia.

— Il existe aussi un ensemble musical qui s'appelle les Stylets de Sicile. »

Prevlov tourna vers Marganine un regard glacial.

« Il y a aussi une grosse usine de produits alimentaires du Wisconsin qui fabrique une huile d'olive sicilienne.

— Assez ! fit Prevlov en levant la main. De l'huile d'olive. Je ne me sens pas de taille à affronter de telles stupidités à une heure aussi matinale. » Il désigna la porte du palier. « Je suis sûr que vous avez d'autres projets à notre bureau plus stimulants que le ramassage des cailloux. »

Dans le salon il s'arrêta devant une table sur laquelle était posé un échiquier en ivoire sculpté et il déplaça une des pièces. « Dites-moi, lieutenant, vous jouez aux échecs ? »

Marganine secoua la tête. « Pas depuis longtemps. Je jouais un peu quand j'étais cadet à l'Académie navale.

— Le nom d'Isaak Boleslavski vous dit-il quelque chose ?

— Non, mon capitaine.

— Isaak Boleslavski était un de nos plus grands maîtres d'échecs, déclara Prevlov, comme s'il faisait la leçon à un collégien. Il a conçu un grand nombre de remarquables variations du jeu. L'une d'elles s'appelait La Défense sicilienne. » Il lança d'un geste nonchalant le roi noir à Marganine qui l'attrapa au vol. « Un jeu fascinant, les échecs. Vous devriez vous y remettre. »

Prevlov se dirigea vers la porte de la chambre et l'entrebâilla. Puis il se retourna et adressa à Marganine un sourire indifférent. « Maintenant, si vous voulez bien m'excuser. Vous pouvez disposer. Au revoir, lieutenant. »

Une fois sorti, Marganine contourna l'immeuble où se trouvait l'appartement de Prevlov et passa derrière. La porte qui donnait sur le garage était fermée à clef ; il jeta un coup d'œil furtif dans la ruelle, puis frappa à petits coups avec son poing sur le carreau d'une fenêtre de côté jusqu'à ce que le verre se brisât. Il ramassa avec soin les morceaux pour pouvoir passer la main à l'intérieur et débloquer la fermeture. Encore un coup d'œil autour de lui, puis il poussa le châssis, enjamba l'appui de la fenêtre et pénétra dans le garage.

Une limousine noire, une Ford américaine, était garée auprès de la Lancia orange de Prevlov. Marganine eut tôt fait de fouiller les deux voitures et d'apprendre par cœur les numéros de la plaque diplomatique de la Ford. Pour faire croire que c'était l'œuvre d'un cambrioleur, il ôta les balais d'essuie-glace — ce genre de vol était un passe-temps national en Union soviétique — puis ouvrit de l'intérieur la porte du garage et sortit.

Il revint à grands pas vers la façade de l'immeuble et n'eut que trois minutes à attendre pour le tramway suivant. Il régla le contrôleur, s'installa sur une banquette et regarda par la fenêtre. Puis il se mit à sourire. Ç'avait été une bien bonne matinée.

Rien ne pouvait être plus loin de ses pensées que le Projet Sicile.

DEUXIÈME PARTIE

LES GARS DU COLORADO

Août 1987

9

Mel Donner vérifia par habitude que la pièce ne comportait aucun dispositif d'écoute électronique et mit en marche le magnétophone. « Essai de niveau de voix. » Il parla dans le microphone d'une voix sans timbre. « Un, deux, trois. » Il régla les manettes de volume et de tonalité, puis fit signe à Seagram.

« Nous sommes prêts, Sid, fit Seagram avec douceur. Dès que ça commencera à vous fatiguer, dites-le-nous, et nous interromprons jusqu'à demain. »

Le lit de l'hôpital avait été réglé de façon que Sid Koplin était assis presque droit. Le minéralogiste semblait en bien meilleur état que lors de leur dernière rencontre. Il avait repris des couleurs et ses yeux brillaient d'un éclat plus vif. Seul le bandage autour de son crâne chauve portait témoignage qu'il avait été blessé. « Je tiendrai jusqu'à minuit, dit-il. Tout pour me distraire de cet ennui. Je déteste les hôpitaux. Les infirmières ont toutes des mains glacées et la couleur n'arrête pas de changer sur ce foutu poste de télé. »

Seagram sourit et posa le microphone entre les jambes de Koplin. « Si vous commenciez par votre départ de Norvège.

— Sans histoire, dit Koplin. Le chalutier norvégien *Godhawn* a remorqué mon sloop jusqu'à deux cents milles de la Nouvelle-Zemble, comme prévu. Le capitaine a ensuite offert au condamné un somptueux repas de rôti de renne avec de la sauce au fromage de chèvre, l'a généreusement gratifié de six bouteilles d'Aquavit, a largué l'amarre et expédié votre serviteur vers les eaux de la mer de Barentz.

— Pas de problèmes de temps ?

— Aucun : vos prévisions météorologiques étaient parfaites. Il faisait un froid à geler les testicules d'un ours polaire, mais j'ai eu sur tout le trajet un temps excellent pour naviguer. » Koplin s'arrêta pour se gratter le nez. « C'était un joli petit sloop que vos amis norvégiens m'avaient procuré. On l'a récupéré ? »

Seagram secoua la tête. « Il faudra que je vérifie, mais je suis presque sûr qu'on a dû le détruire. Il n'y avait pas moyen de l'embarquer à bord du navire océanographique de l'ANRO, et on ne pouvait pas le laisser dériver sur la route d'un bateau soviétique. Vous comprenez.

— Dommage, fit Koplin avec tristesse. J'avais fini par m'y attacher.

— Continuez, je vous prie, dit Seagram.

— J'ai relevé l'île septentrionale de la Nouvelle-Zemble à la fin de l'après-midi du second jour. J'étais à la barre depuis plus de quarante heures, à sommeiller de temps en temps et je commençais à être incapable de garder les yeux ouverts. Dieu merci, j'avais l'Aquavit. Après quelques lampées, j'avais l'estomac qui me brûlait comme un feu de forêt et ça m'a réveillé d'un coup.

— Vous n'avez pas aperçu d'autres navires ?

— Je n'en ai jamais repéré un seul à l'horizon, répondit Koplin. La côte, poursuivit-il, s'est révélée être une étendue apparemment sans fin de falaises rocheuses. Je n'ai vu aucun endroit où tenter de débarquer : d'ailleurs la nuit commençait à tomber. Alors j'ai remis le cap au large, je me suis mis en panne et j'ai réussi à dormir quelques heures. Au matin j'ai longé les falaises jusqu'au moment où j'ai repéré une petite crique abritée et je suis alors entré en utilisant le moteur diesel.

— C'est votre bateau qui vous a servi de camp de base ?

— Pendant les douze jours suivants. Je faisais deux, parfois trois voyages d'exploration par jour à ski, en prospectant avant de revenir prendre un repas chaud et passer une bonne nuit de repos dans une couchette douillette.

— Et jusque-là, vous n'aviez vu personne ?

— J'ai évité avec soin la base de missiles de Kelva et le poste de garde de Kama. Je n'ai vu aucune trace des Russes jusqu'au dernier jour de la mission.

— Comment avez-vous été découvert ?

— Un soldat russe en patrouille ; son chien avait dû croiser ma piste et flairer mon odeur. Pas étonnant. Ça faisait près de trois semaines que je n'avais pas pris de bain. »

Seagram eut un bref sourire. Donner reprit l'interrogatoire, sur un ton plus froid, plus agressif. « Revenons à vos voyages d'exploration. Qu'avez-vous trouvé ?

— Je ne pouvais pas parcourir toute l'île à ski, alors je me suis concentré sur les régions prometteuses qui avaient été localisées d'après les calculs fournis par l'ordinateur du satellite. » Il regarda le plafond. « L'île septentrionale ; — la continuation dans l'océan des chaînes de l'Oural et du Yougorski, quelques vastes plaines, des plateaux et des montagnes, dont la plupart sont couvertes d'une couche de glace éternelle. En général, des vents violents. Le froid est meurtrier. Je n'ai trouvé aucune autre végétation que quelques lichens. S'il y avait des animaux à sang chaud, ils ne se montraient pas.

— Revenons-en à la prospection, fit Donner, et gardons la conférence de voyage pour une autre fois.

— C'était juste pour expliquer ce qu'est le terrain, fit Koplin en lançant à Donner un regard de reproche, et il reprit d'un ton glacial : Si je puis poursuivre sans être interrompu...

— Bien sûr », dit Seagram. Il installa sa chaise dans une position stratégique entre le lit et Donner. « C'est à vous de jouer, Sid, et nous suivrons vos règles.

« Merci. » Koplin se réinstalla de façon plus confortable. « Du point de vue géographique, l'île est très intéressante. Une description des failles et des soulèvements de roches qui n'étaient jadis que des sédiments constitués au fond d'une ancienne mer pourrait emplir plusieurs ouvrages. Sur le plan minéralogique, la paragénèse magmatique est nulle.

— Voudriez-vous avoir l'obligeance de traduire cela ? »

Koplin sourit. « L'origine et l'apparition géologiques d'un minerai s'appelle paragénèse. Le magma, d'autre part, est la source de toute matière ; ce sont des roches liquides, chauffées sous pression et qui deviennent solides pour former une roche éruptive, peut-être plus connue sous le nom de basalte ou de granit.

— Fascinant, dit sèchement Donner. Alors, ce que vous affirmez, c'est que la Nouvelle-Zemble ne contient pas de minerai.

— Vous êtes étonnamment perceptif, M. Donner, fit Koplin.

— Mais comment avez-vous trouvé des traces de byzanium ? demanda Seagram.

— Le treizième jour, je fouillais sur la pente nord du mont Bednaya et je suis tombé sur un amas de déblais.

— Un amas de déblais ?

— Un entassement de rochers qui avaient été enlevés lors de l'excavation d'un puits de mine. J'ai repéré parmi ces déblais des traces infimes de minerai de byzanium. »

Le visage de ceux qui l'interrogeaient se fit soudain grave.

« L'entrée du puits était habilement dissimulée, poursuivit Koplin. Il m'a fallu presque tout un après-midi pour la découvrir.

— Une minute, Sid, fit Seagram en touchant le bras de Koplin. Voulez-vous dire que l'entrée de cette mine avait été cachée de propos délibéré ?

— Un vieux truc espagnol. L'orifice est comblé jusqu'à ce qu'il soit au niveau de la pente naturelle de la colline.

— Est-ce que l'amas de déblais ne devrait pas se trouver dans le prolongement de l'entrée ? demanda Donner.

— Dans des circonstances normales, oui. Mais dans ce cas, les déblais étaient répartis sur une centaine de mètres, suivant un arc qui parcourait le flanc de la montagne vers l'ouest.

— Mais avez-vous quand même découvert l'entrée ? insista Donner.

— On avait ôté les rails et les traverses pour les wagons de minerai et recouvert l'emplacement de la voie, mais j'ai réussi à en retrouver le tracé en m'éloignant à environ quinze cents mètres et en étudiant la pente de la montagne à la jumelle. Ce qu'on ne pouvait pas voir quand on était dessus devenait évident avec le recul. L'emplacement exact de la mine était dès lors facile à déterminer.

— Qui irait se donner tout ce mal pour cacher une mine abandonnée en plein Arctique ? demanda Seagram dans le vide. Ça n'a ni méthode ni logique.

— Vous n'avez qu'à moitié raison, Gene, dit Koplin. La logique de cette affaire, je le crains, reste une énigme. Mais la méthode a été brillamment exécutée par des professionnels : les gars du Colorado. »

Il avait dit cela avec lenteur, presque avec respect. « Ce sont les hommes qui ont creusé la mine du mont Bednaya. Les corniauds, les pétaradeurs, les creuseurs, les foreurs, les gars de Cornouailles, d'Irlande, d'Allemagne et de Suède. Pas des Russes. Mais des hommes qui ont émigré aux États-Unis et sont devenus les mineurs légendaires des Rocheuses du Colorado. Comment ils se sont trouvés sur les pentes glacées du mont Bednaya, c'est un autre problème, mais ce sont ces hommes-là qui sont venus extraire le byzanium et puis qui ont disparu dans les ténèbres de l'Arctique. »

Une expression de totale incompréhension se peignit sur le visage de Seagram. Se tournant vers Donner, il vit le même ahurissement. « Ça semble dingue, absolument dingue.

— Dingue ? répéta Koplin. Peut-être, mais ça n'en est pas moins vrai.

— Vous avez l'air rudement sûr de vous, marmonna Donner.

— Je le reconnais. J'ai perdu la preuve tangible de ce que je vous dis lorsque j'ai été pris en chasse par le garde du poste ; vous n'avez que ma parole, mais pourquoi en douter ? En tant que savant, je ne fais que rapporter des faits, et je n'ai aucun motif tortueux de mentir. Alors, si j'étais vous, messieurs, je me contenterais tout simplement de ma parole.

— Vous avez parlé de preuve tangible, fit Donner, calme et d'une froide efficacité.

— Après avoir pénétré dans le puits de mine — j'ai dégagé sans trop de mal les déblais à la main : je n'ai eu qu'à creuser un tunnel d'un mètre. La première chose contre laquelle je me sois cogné la tête dans l'obscurité, c'était un convoi de wagonnets. À la quatrième allumette, j'ai découvert une vieille paire de lampes à pétrole. Elles étaient toutes les deux en état de marche et à la troisième tentative, j'ai réussi à les allumer. » Les yeux d'un bleu délavé semblaient contempler on ne sait quoi au-delà du mur de la chambre d'hôpital. « C'était une scène étrange qui dansait à la lueur de la lampe : des pics et des pioches bien rangés sur les râteliers, des wagonnets vides immobilisés sur des rails à voie étroite tout rouillés, du matériel de forage prêt à attaquer la roche ; on aurait dit que la mine attendait que l'équipe suivante vienne extraire le minerai et sortir les déblais.

— Pourriez-vous nous dire si on avait l'impression de gens partis précipitamment ?

— Pas du tout. Tout était à sa place. Les couchettes dans un petit dortoir étaient faites, la cuisine était en ordre, tous les ustensiles à leur place. Même les mules qui servaient à remorquer les wagonnets avaient été emmenées dans une salle et abattues très proprement : leur crâne portait chacun un petit trou rond à leur centre. Non, à mon avis, le départ a été très méthodique.

— Vous n'avez pas encore expliqué ce qui vous a amené à conclure qu'il s'agissait de mineurs du Colorado, dit Donner.

— J'y arrive. » Koplin tapota un oreiller et se tourna tant bien que mal sur le côté. « Tous les indices étaient là, bien sûr. Le matériel lourd portait encore la marque de fabrique de l'usine. Les wagonnets avaient été construits par la fonderie Guthrie et Fils, à Pueblo, dans le Colorado ; le matériel de forage venait des Forges et Ateliers Thor, de Denver, et le petit outillage portait les noms de divers forgerons qui les avaient fabriqués. La plupart provenaient de Central City et d'Idaho Springs, deux villes minières du Colorado. »

Seagram se renversa en arrière sur sa chaise. « Les Russes auraient pu acheter cet équipement au Colorado et l'acheminer jusqu'à l'île.

— Possible, dit Koplin. Toutefois, il y avait quelques autres éléments qui eux aussi désignaient le Colorado.

— Par exemple ?

— Eh bien, le corps allongé dans une des couchettes. »

Seagram fronça les sourcils. « Un corps ?

— Avec des cheveux roux et une barbe rousse, précisa Koplin, sans se démonter. Admirablement conservé sous cette température polaire. C'est l'inscription gravée dans le bois au-dessus des montants de la couchette qui m'a le plus intrigué. Elle disait, en anglais, je dois l'ajouter : « Ici repose Jake Hobart, né en 1874. Un bien brave gars mort de froid dans une tempête, 10 février 1912. »

Seagram se leva et se mit à marcher autour du lit. « Un nom : voilà au moins un début. » Il s'arrêta pour regarder Koplin. « Restait-il des effets personnels ?

— Tous les vêtements avaient disparu. Chose étrange, les étiquettes sur les boîtes de conserve étaient françaises. Mais il y avait une cinquantaine d'emballages vides de tabac à chiquer américain répandus sur le sol. Mais la dernière pièce du jeu de patience, celle qui désigne sans équivoque les gars du Colorado, c'était un vieil exemplaire jauni de *L'Écho des Rocheuses*, daté du 17 novembre 1911. C'est cette preuve-là que j'ai perdue. »

Seagram prit dans sa poche un paquet de cigarettes et le secoua pour en faire tomber une. Donner lui tendit un briquet et Seagram le remercia de la tête.

« Alors, il se peut que les Russes n'aient pas de byzanium en leur possession, dit-il.

— Il y a encore autre chose, ajouta Koplin d'un ton calme. On avait découpé avec soin le coin supérieur droit de la page trois du journal. Cela ne veut peut-être rien dire, mais d'un autre côté, une vérification dans les archives de la publication pourrait vous apprendre quelque chose.

— C'est possible en effet, fit Seagram en regardant Koplin d'un air songeur. Grâce à vous, voici notre plan de travail tout préparé. »

Donner acquiesça. « Je vais prendre une place sur le prochain vol pour Denver. Avec un peu de chance, je devrais revenir avec quelques réponses.

— Va d'abord au journal, puis essaie de retrouver la trace de Jake Hobart. D'ici, je vais faire faire des vérifications sur les vieux états militaires. Contacte donc aussi sur place un spécialiste de l'histoire de l'extraction minière dans l'Ouest et vois les noms des fabricants que Sid nous a indiqués. Si improbable que cela soit, l'un d'eux pourrait être encore en activité. »

Seagram se leva et regarda Koplin. « Nous vous devons plus que nous ne pourrons jamais vous rendre, fit-il avec douceur.

— J'estime que ces mineurs de jadis ont dû extraire à peu près une demi-tonne de minerai à haute teneur de byzanium des entrailles de cette saloperie de montagne, dit Koplin, en passant sa main sur sa barbe d'un mois. Il a bien fallu entreposer ce minerai quelque part dans le monde. D'un autre côté, s'il n'a toujours pas réapparu depuis 1912, il est peut-être à jamais perdu. Mais, si vous le retrouvez, disons plutôt quand vous le retrouverez, vous pourrez me remercier en m'en donnant un petit échantillon pour ma collection.

— Considérez que c'est chose faite.

— Et, pendant que vous y êtes, donnez-moi l'adresse du type qui m'a sauvé la vie, pour que je puisse lui envoyer une caisse de bon vin. Il s'appelle Dirk Pitt.

— Vous parlez sans doute du médecin du navire océanographique qui vous a opéré.

— Je parle de l'homme qui a tué le garde soviétique et son chien et qui m'a fait quitter l'île. »

Donner et Seagram échangèrent un regard consterné.

Donner fut le premier à se remettre. « Qui a tué un garde soviétique ! » C'était plus une affirmation qu'une question. « Mon Dieu, il ne manquait plus que ça !

— Mais c'est impossible ? parvint enfin à balbutier Seagram. Quand vous avez rallié le navire de l'ANRO, vous étiez seul.

— Qui vous a dit ça ?

— Ma foi... personne. Nous avons supposé...

— Je ne suis pas un surhomme, dit Koplin d'un ton sarcastique. Le garde qui patrouillait a repéré mes traces, s'est approché à moins de deux cents mètres et m'a tiré dessus à deux reprises. Après cela, je n'étais guère en état de distancer un chien à la course et ensuite de barrer un sloop sur cinquante milles de mer.

— D'où venait ce Dirk Pitt ?

— Je n'en ai pas la moindre idée. Le garde était bel et bien en train de me traîner jusqu'à son commandant quand Pitt a surgi dans le blizzard comme un dieu vengeur scandinave et calmement, comme s'il faisait ça tous les jours avant le petit déjeuner, il a sans crier gare abattu le chien puis le garde.

— Les Russes vont en faire tout un foin, gémit Donner.

— Comment ça ? interrogea Koplin. Il n'y avait pas de témoin. Le garde et son chien sont sans doute maintenant enfouis sous un mètre cinquante de neige : on ne les retrouvera peut-être jamais. Et quand bien même ? Ça va prouver quoi ? Vous vous affolez tous les deux pour rien.

— C'était un fichu risque à prendre de la part de ce type, dit Seagram.

— Je suis bien content qu'il l'ait pris, murmura Koplin. Sans cela, au lieu d'être sain et sauf bien au chaud dans mon lit d'hôpital stérile, je croupirais dans une cellule de prison russe à cracher tout ce que je sais sur la section Méta et le byzanium.

— Il y a du vrai dans ce que vous dites, reconnut Donner.

— Décrivez-le, ordonna Seagram. Taille, stature, vêtements, tout ce dont vous pouvez vous souvenir. »

Koplin s'exécuta. Le signalement qu'il donna manquait de précisions sur certains points, mais sur d'autres il put donner des détails d'une remarquable précision.

« Avez-vous parlé avec lui durant le voyage jusqu'au navire de l'ANRO ?

— Impossible. J'ai tourné de l'œil juste après

qu'il m'a ramassé et je n'ai repris connaissance qu'en me retrouvant ici, à Washington, à l'hôpital. »

Donner fit un geste à Seagram. « Nous ferions mieux de mettre la main sur ce type, et vite. »

Seagram acquiesça. « Je vais commencer par l'amiral Sandecker. Pitt a dû être en liaison avec le navire océanographique. Peut-être quelqu'un à l'ANRO peut-il l'identifier.

— Je me demande bien ce qu'il sait », dit Donner en fixant le plancher.

Seagram ne répondit pas. Il pensait à une silhouette fantomatique sur une île enneigée de l'Arctique. Dirk Pitt : il se répéta tout bas le nom. Sans qu'il sût pourquoi, ce nom lui semblait étrangement familier.

10

Le téléphone sonna à minuit dix. Sandecker ouvrit un œil et posa quelques instants sur l'appareil un regard meurtrier. Puis il finit par céder et décrocha à la huitième sonnerie.

« Oui, qu'est-ce que c'est ? demanda-t-il.

— Gene Seagram à l'appareil. Amiral, vous étiez couché ?

— Oh, bien sûr que non, fit Sandecker en bâillant. Je ne me mets jamais au lit sans avoir écrit cinq chapitres de mon autobiographie, cambriolé au moins deux magasins de liqueurs et violé la femme d'un ministre. Bon, qu'est-ce que vous voulez, Seagram ?

— Il est arrivé quelque chose.

— Laissez tomber. Je ne veux plus risquer aucun de mes hommes ni de mes navires pour aller repêcher vos agents en territoire ennemi. »

Il employait le mot ennemi comme si le pays était en guerre.

« Ça n'est pas ça du tout.
— Quoi alors ?
— J'ai besoin de tuyaux sur quelqu'un.
— Pourquoi vous adresser à moi en pleine nuit ?
— Je pense que vous le connaissez sans doute.
— Son nom ?
— Pitt. Dirk. Son nom de famille est Pitt, sans doute P-I-T-T.
— Rien que pour satisfaire la curiosité d'un vieil homme, qu'est-ce qui vous fait croire que je le connais ?
— Je n'ai aucune preuve, mais je suis certain qu'il a un rapport avec l'ANRO.
— J'ai environ deux mille personnes sous mes ordres. Je ne peux pas me rappeler tous leurs noms.
— Pourriez-vous vérifier ? Il est indispensable que je lui parle.
— Seagram, grommela Sandecker, vous me cassez les pieds à un point à peine croyable. L'idée ne vous est jamais venue d'appeler mon directeur du personnel pendant les heures de bureau ?
— Pardonnez-moi, dit Seagram. Je travaillais tard et...
— Bon, si je retrouve ce personnage, je lui dirai de prendre contact avec vous.
— Je vous en serais reconnaissant. »
Le ton de Seagram demeurait très impersonnel. « Au fait, l'homme que vos gens ont sauvé dans la mer de Barentz se remet très bien. Le médecin du *First Attempt* a fait un très beau travail en extrayant la balle.
— Koplin, c'est ça ?
— Oui, il devrait être sur pied dans quelques jours.
— Nous l'avons échappé belle, Seagram. Si les Russes nous étaient tombés sur le paletot, nous aurions maintenant sur les bras un bel incident.
— Qu'est-ce que je peux dire ? fit Seagram.
— Vous pouvez me dire bonsoir et me laisser me rendormir, marmonna Sandecker. Mais dites-moi d'abord ce que Pitt vient faire dans le tableau.

— Koplin allait être capturé par un garde soviétique quand ce type a surgi du blizzard, abattu le garde, transporté Koplin en pleine tempête sur cinquante milles, sans parler du fait qu'il a réussi à arrêter l'hémorragie de ses blessures et à le déposer je ne sais comment à bord de votre navire de recherches, prêt à être opéré.

— Que comptez-vous faire quand vous l'aurez trouvé ?

— Ça ne regarde que Pitt et moi.

— Je vois, dit Sandecker. Eh bien, bonne nuit, M. Seagram.

— Merci, Amiral. Au revoir. »

Sandecker raccrocha puis resta assis quelques instants, l'air songeur. « Il a tué un garde soviétique et sauvé un agent américain. Dirk Pitt... Eh bien, mon salaud. »

11

Le premier vol de l'United Air Lines se posa sur l'aéroport Stapleton, à Denver, à 8 heures du matin. Mel Donner traversa rapidement la salle de livraison des bagages et s'installa au volant d'une Plymouth de location pour effectuer les quinze minutes de trajet jusqu'au 400 West Colfax Avenue où se trouvaient les bureaux de *L'Écho des Rocheuses*. Il suivit le flot de la circulation, son regard allant du pare-brise à un plan de la ville étalé auprès de lui sur la banquette.

Il n'était encore jamais venu à Denver, et il fut quelque peu surpris de voir un voile de brume planer au-dessus de la ville. Il s'attendait à ce genre de nuages gris et brun sale au-dessus d'endroits comme Los Angeles et New York, mais Denver avait toujours évoqué dans son esprit l'image d'une ville baignant dans un air d'une pureté de cristal, blottie sous l'ombre protectrice des Rocheuses. Même à cet égard il fut déçu : Denver était plantée à la lisière des grandes plaines, à quarante kilomètres au moins des pentes les plus proches.

Il gara sa voiture et se fit expliquer où étaient les archives du journal. La fille assise derrière le comptoir le regarda par-dessus ses petites lunettes aux verres en forme de larmes en lui adressant un sourire aimable.

« Puis-je vous aider ?

— Avez-vous un numéro de votre journal en date du 17 novembre 1911 ?

— Oh, mon Dieu, ça remonte loin. » Elle plissa les lèvres. « Je peux vous donner une photocopie, mais les originaux sont à la Société historique de l'État.

— Je n'ai besoin que de voir la page 3.

— Si vous voulez bien attendre, cela va prendre environ un quart d'heure de retrouver le film du 17 novembre 1911 et de passer la page qu'il vous faut sur la machine à photocopier.

— Merci. Au fait, y a-t-il par hasard un annuaire du Colorado par professions ?

— Certainement. » Elle fouilla sous le comptoir et posa sur la planche plastifiée un petit annuaire.

Donner s'assit pour le consulter tandis que la fille disparaissait pour aller faire ses recherches. Il n'y avait pas trace d'une Fonderie Guthrie et Fils à Pueblo. Il passa aux T. Rien là non plus pour les Forges et Ateliers Thor de Denver. C'était quand même beaucoup demander, se dit-il, de trouver deux établissements existant encore au bout de presque quatre-vingts ans.

Les quinze minutes s'écoulèrent et la fille n'était pas revenue, alors il se mit à feuilleter l'annuaire pour passer le temps. À quelques exceptions près, il y avait très peu d'entreprises dont le nom lui était familier. Soudain il tressaillit. À la lettre J son regard tomba sur Jensen et Thor, métallurgiste à

Denver. Il arracha la page, la fourra dans sa poche et remit l'annuaire sur le comptoir.

« Voici, monsieur, dit la fille. Ce sera cinquante cents. »

Donner paya et parcourut rapidement le gros titre dans le coin supérieur droit de la page photocopiée. C'était un article à propos d'une catastrophe minière.

« C'est ce que vous cherchiez ? demanda la fille.

— Il faudra que je m'en contente », dit-il en s'éloignant.

L'entreprise métallurgique Jensen et Thor était située entre la gare de triage de la ligne Burlington-Northern Pacific et la rivière de South Platte. C'était une gigantesque horreur aux toits de tôle ondulée qui aurait masqué n'importe quel paysage, sauf celui qui l'entourait. Dans l'atelier, des ponts roulants déplaçaient d'énormes longueurs de tuyaux rouillés d'une pile à l'autre, cependant que des emboutisseuses martelaient le métal dans un fracas infernal que les tympans de Donner avaient du mal à supporter. Les bureaux étaient installés sur un côté, derrière des murs de béton insonorisés creusés de hautes fenêtres cintrées.

Une charmante hôtesse à la poitrine plantureuse l'escorta le long d'un couloir couvert d'une épaisse moquette jusqu'à un vaste bureau aux murs lambrissés. Karl Jensen fit le tour de son bureau pour venir serrer la main de Donner. Il était jeune — pas plus de vingt-huit ans —, les cheveux longs, une moustache soigneusement taillée et il portait un costume à carreaux de bonne coupe. Le type même du diplômé de l'Université de Californie.

« Merci de prendre le temps de me recevoir, M. Jensen. »

Jensen eut un sourire prudent. « Ça semblait important. Un important personnage de Washington et tout ça. Comment pouvais-je refuser ?

— Comme je vous l'ai expliqué au téléphone, je vérifie d'anciennes archives. »

Le sourire de Jensen pâlit un peu. « Vous n'êtes pas des contributions directes, j'espère. »

Donner secoua la tête. « Pas du tout. L'intérêt du gouvernement est purement historique. Si vous les avez encore, j'aimerais consulter vos états de vente de juillet à novembre 1911.

— C'est une plaisanterie, fit Jensen en riant.

— Je vous assure, c'est très sérieux. »

Jensen le regarda. « Vous êtes sûr que vous ne vous êtes pas trompé de société ?

— Certain, dit Donner d'un ton sec, si cette maison a pour origine les Forges et Ateliers Thor.

— La vieille entreprise de mon arrière-grand-père, reconnut Jensen. Mon père a racheté toutes les actions et a changé de nom en 1942.

— Auriez-vous encore les vieilles archives ? »

Jensen haussa les épaules. « Nous avons jeté toute l'histoire ancienne il y a quelque temps. Si nous avions conservé chaque reçu de vente depuis que mon arrière-grand-père a ouvert ses bureaux en 1897, il nous faudrait un entrepôt grand comme un gratte-ciel rien que pour les ranger. »

Donner prit un mouchoir et essuya les gouttes de sueur qui perlaient sur son visage. Il se tassa un peu dans son fauteuil.

« Toutefois, reprit Jensen, vous pouvez rendre grâce à la prévoyance de mon père, nous avons tous nos vieux livres sur microfilms.

— Sur microfilms ?

— Après cinq ans, nous filmons tout. L'efficacité personnifiée, c'est nous. »

Donner ne pouvait en croire sa chance. « Alors vous pouvez bel et bien me montrer les états de vente des six derniers mois de 1911 ? »

Jensen ne répondit pas. Il se pencha sur son bureau, parla dans le téléphone intérieur, puis se renversa dans son fauteuil directorial.

« Pendant que nous attendons, puis-je vous offrir une tasse de café, M. Donner ?

— Je préférerais quelque chose d'un peu plus corsé.

— Voilà qui ne m'étonne pas de la part d'un homme qui vient de la grand-ville. » Jensen se leva et s'approcha d'un petit bar aux parois de glace où il prit une bouteille de Chivas Regal. « Vous allez trouver Denver très province. Un bar dans un bureau, c'est en général mal vu. L'idée qu'on se fait de la façon de recevoir des visiteurs de passage, c'est de leur offrir un grand Coca Cola puis un somptueux déjeuner à base de hamburgers. Heureusement pour nos honorables clients de l'extérieur, j'ai fait mon apprentissage commercial à Madison Avenue. »

Donner prit le verre qu'on lui offrait et le vida d'un trait.

Jensen le considéra en connaisseur, puis lui versa une nouvelle rasade. « Dites-moi, M. Donner, qu'est ce que vous comptez trouver au juste ?

— Rien d'important, fit Donner.

— Allons donc. Le gouvernement ne ferait pas traverser à un homme la moitié du pays afin d'éplucher des états de vente vieux de soixante-six ans simplement pour plaisanter.

— Le gouvernement a souvent une drôle de façon de traiter ses secrets.

— Un secret qui remonte à 1911 ? fit Jensen en secouant la tête d'un air stupéfait. C'est très étonnant.

— Disons que nous nous efforçons de trouver la solution d'un crime ancien dont l'auteur s'est acquis les services de votre arrière-grand-père. »

Jensen sourit et, en homme courtois, accepta ce mensonge.

Une fille brune en jupe longue et chaussée de bottes entra en virevoltant dans la pièce, lança à Jensen un regard séducteur, posa sur le bureau des documents photocopiés et se retira.

Jensen prit le papier et l'examina. « De juin à novembre, ça a dû être une période de récession pour mon ancêtre. Les ventes sur ce mois-là sont minimes. Y a-t-il un article en particulier auquel vous vous intéressiez, M. Donner ?

— Du matériel minier.

— Oui, ça doit être ça... Du matériel de forage. Commandé le 10 août et l'acquéreur en a pris livraison le 1er novembre. » Un large sourire éclaira le visage de Jensen. « On dirait, monsieur, que les rieurs vont être de mon côté.

— Je ne vous suis pas.

— L'acheteur, ou comme vous me l'avez confié, le criminel... » Jensen marqua un temps théâtral... « c'était le gouvernement américain. »

12

Le quartier général de la Section Méta était enfoui dans un vieil immeuble grisâtre auprès de l'arsenal de Washington. Un grand panonceau dont les lettres peintes s'écaillaient sous le double assaut de l'humidité et de la chaleur estivale annonçait modestement que c'était le siège des garde-meubles Smith.

Les plates-formes de chargement avaient un air tout à fait normal : des caisses et des cartons s'entassaient à des emplacements stratégiques, et pour les gens qui passaient sur l'autoroute de Suitland, les camions garés dans la cour derrière des murs de quatre mètres cinquante surmontés de barbelés avaient tout à fait l'aspect que devraient avoir des camions de déménagement. Il aurait fallu regarder de plus près pour découvrir dès le départ qu'il manquait des moteurs et que l'intérieur inutilisé était couvert de poussière. C'était un décor qui aurait réchauffé le cœur d'un accessoiriste de cinéma.

Gene Seagram relisait les rapports sur les achats immobiliers pour les installations du Projet Sicile. Quarante-six au total. Les plus nombreux étaient le long de la frontière canadienne, suivis de près par la côte atlantique. On prévoyait huit sites pour la côte Pacifique, alors qu'il n'y en avait que quatre le long de la frontière du Mexique et du golfe du Mexique. Les transactions s'étaient passées sans heurts ; l'acquéreur dans chaque cas s'était présenté sous le couvert du Département des Études sur l'Énergie. On n'aurait aucune raison de se méfier. Les installations étaient conçues pour ressembler à de petits relais électriques. Même les esprits les plus soupçonneux ne trouveraient en apparence rien d'extraordinaire.

Il examinait les estimations des frais de construction lorsque le téléphone sonna sur sa ligne directe. Par habitude, il rangea avec soin les rapports dans leurs dossiers et les glissa avec soin dans son bureau, puis décrocha.

« Ici Seagram.

— Bonjour, M. Seagram.

— Qui est à l'appareil ?

— Commandant McPatrick, Bureau des Archives de l'Armée. Vous m'avez demandé de vous appeler à ce numéro si je trouvais quelque chose à propos d'un mineur du nom de Jake Hobart.

— Oui, bien sûr. Pardonnez-moi, j'avais l'esprit ailleurs. »

Seagram imaginait fort bien son interlocuteur. Ancien élève de West Point, moins de trente ans : la voix assez jeune et les phrases sèches trahissaient tout cela. Il serait sans doute général à quarante-cinq ans, à condition de s'être fait les relations nécessaires lors de son passage au Pentagone.

« Qu'est-ce que vous avez, Commandant ?

— J'ai trouvé votre homme. Jason Cleveland Hobart. Né le 23 janvier 1874 à Vinton, Iowa.

— Au moins l'année correspond.

— L'occupation aussi : il était mineur.

— Quoi d'autre ?

— Il s'est engagé dans l'armée en mai 1898 et a servi dans le Premier Régiment de Volontaires du Colorado aux Philippines.

— Vous avez bien dit Colorado ?

— Exact, monsieur. » McPatrick marqua un temps et Seagram l'entendit qui feuilletait des papiers. « Hobart avait d'excellents états de service. Il a été promu sergent. Il a été sérieusement blessé en combattant les rebelles philippins et a été décoré deux fois pour conduite exceptionnelle au feu.

— Quand a-t-il été démobilisé ?

— En ce temps-là on disait « rayé des contrôles », dit McPatrick d'un ton docte. Hobart a quitté l'armée en octobre 1901.

— C'est la dernière trace que vous avez de lui ?

— Non, sa veuve touche toujours une pension.

— Attendez, l'interrompit Seagram. La veuve de Hobart est toujours en vie ?

— Elle met tous les mois à la banque son chèque de 50 dollars et 40 cents, comme une horloge.

— Elle doit avoir plus de quatre-vingt-dix ans. Ça n'est pas un peu extraordinaire de servir une pension à la veuve d'un ancien combattant de la guerre hispano-américaine ? On imaginerait que la plupart d'entre elles seraient mortes et enterrées maintenant.

— Oh, pas du tout. Nous avons encore sur nos rôles près d'une centaine de veuves de la Guerre de Sécession. Aucune n'était même née quand Grant a pris Richmond. Les mariages du printemps et de l'hiver entre de jeunes créatures et de vénérables anciens combattants édentés étaient tout à fait courants en ce temps-là.

— Je croyais qu'une veuve n'avait droit à une pension que si son mari avait été tué au combat.

— Pas nécessairement, répondit McPatrick. Le gouvernement verse des pensions aux veuves dans deux cas. Le premier en cas de décès en service commandé. Cela comprend, bien sûr, la mort sur le champ de bataille, une maladie ou une blessure fatales dont ils ont été victimes entre telle ou telle date fixée par le Congrès. Le second cas est celui du décès en dehors du service commandé. Tenez, vous, par exemple. Vous avez servi dans la Marine lors de la guerre au Viêt-nam entre les dates requises pour ce conflit particulier. Cela donne droit à votre femme, ou à toute autre future épouse, à une petite pension si vous étiez renversé par un camion dans quarante ans d'ici.

— Je mentionnerai cela dans mon testament, dit Seagram, mal à l'aise à l'idée que ses états étaient à la disposition de n'importe quel clown du Pentagone. Pour en revenir à Hobart...

— Nous en arrivons maintenant à une étrange négligence dans les archives de l'Armée.

— Négligence ?

— Les états de service de Hobart omettent de mentionner son réengagement, et pourtant il est enregistré comme « Mort au Service de son pays ». Aucune indication de la cause du décès, rien que la date... 17 novembre 1911. »

Seagram se redressa soudain dans son fauteuil. « Je tiens de bonne source que Jake Hobart est mort en tant que civil le 10 février 1912.

— Comme je l'ai dit, il n'y a pas trace de la cause du décès. Mais, je vous assure, Hobart est mort en tant que soldat, et non pas civil le 17 novembre. J'ai dans son dossier une lettre datée du 25 juillet 1912, signée de Henry L. Stimson, secrétaire à la Guerre sous le Président Taft, ordonnant à l'Armée d'accorder à la femme du sergent Jason Hobart une pleine pension de veuve jusqu'à la fin de ses jours. Comment Hobart a éveillé l'intérêt personnel du secrétaire à la Guerre est un mystère, mais cela ne laisse aucun doute sur le statut de notre homme. Seul un soldat de haut mérite aurait bénéficié de cette sorte de traitement préférentiel, assurément pas un mineur.

— Ce n'était pas un mineur, lança Seagram.

— Enfin, peu importe.

— Avez-vous une adresse pour Mrs Hobart ?

— Je l'ai quelque part. » McPatrick hésita un moment. « Mrs Adeline Hobart, 261-B Calle Aragon, Laguna Hills, Californie. Elle habite une de ces grandes résidences pour troisième âge au sud de Los Angeles.

— Parfait, dit Seagram. Je vous remercie de votre concours dans cette affaire, Commandant.

— Je suis navré de vous le dire, M. Seagram, mais je crois que nous avons ici deux hommes différents.

— Vous avez peut-être raison, répondit Seagram. Il se pourrait bien que je sois sur la mauvaise piste.

— Si je puis vous être encore de quelque utilité, je vous en prie, n'hésitez pas à m'appeler.

— Je n'y manquerai pas, grommela Seagram. Merci encore. »

Après avoir raccroché, il laissa tomber sa tête dans ses mains et s'affala dans le fauteuil. Il resta assis dans cette position, sans bouger, pendant près de deux minutes. Puis il posa les mains à plat sur son bureau et eut un large sourire épanoui.

Deux hommes différents auraient fort bien pu exister avec le même nom de famille, la même année de naissance et travailler dans le même État et le même métier. Cette partie de l'énigme aurait pu être une coïncidence. Mais pas le rapport, le fantastique rapport à 365 contre 1 qui unissait les deux hommes par un lien mystérieux et n'en faisait qu'un : la mort de Hobart inscrite dans les registres de l'état civil et le vieux journal découvert par Sid Koplin dans la mine du mont Bednaya qui portaient la même date : 17 novembre 1911.

Il abaissa la manette du téléphone intérieur pour appeler sa secrétaire. « Barbara, appelez-moi Mel Donner au Brown Palace Hôtel à Denver.

— Pas de message à laisser s'il n'est pas là ?

— Demandez simplement qu'il m'appelle sur ma ligne directe quand il sera rentré.

— Entendu.

— Et encore une chose, prenez-moi pour demain matin de bonne heure un billet d'avion pour Los Angeles.

— Bien, monsieur. »

Il coupa le contact et se renversa dans son fauteuil d'un air songeur. Adeline Hobart, quatre-vingt-dix ans passés. Il priait le ciel qu'elle ne fût pas gâteuse.

13

Donner ne descendait pas en général dans un hôtel du centre. Il préférait le décor plus discret d'un motel des faubourgs, mais Seagram avait insisté en arguant qu'un enquêteur trouve les indigènes plus enclins à coopérer s'il leur fait savoir qu'il a pris une chambre dans le plus vieil hôtel et le plus prestigieux de la ville. Enquêteur, le mot l'écœurait. Si un de ses collègues du campus de l'université de Californie du Sud lui avait dit, voilà cinq ans, que son doctorat en physique l'amènerait à jouer un pareil rôle clandestin, il se serait étranglé de rire. Mais aujourd'hui, Donner ne riait pas. Le Projet Sicile était bien trop vital pour les intérêts du pays pour qu'il prît le risque d'une fuite en acceptant une aide extérieure. Seagram et lui avaient conçu et créé le projet tout seuls et il était entendu qu'ils le pousseraient seuls aussi loin que possible.

Il laissa sa voiture de location au gardien du parc de stationnement et traversa Tremont Place, franchit les vieilles portes tournantes de l'hôtel et pénétra dans le hall plaisamment décoré où le jeune employé moustachu de la réception lui remit un message sans même esquisser un sourire. Donner le prit sans même articuler un merci, puis gagna l'ascenseur et sa chambre.

Il claqua la porte derrière lui, jeta sur le bureau la clef et le message de Seagram, puis alluma la télévision. Ç'avait été une longue et fatigante journée, et il vivait encore à l'heure de Washington. Il téléphona pour se commander à dîner, puis se débarrassa de ses chaussures, desserra sa cravate et s'allongea sur le lit.

Pour la dixième fois peut-être, il inspecta la photocopie de la page du vieux journal. C'était une lecture intéressante, c'est-à-dire si Donner s'intéressait aux petites annonces d'accordeurs de piano, de ceintures électriques pour hernies et d'étranges remèdes, sans parler d'éditoriaux sur la détermination du conseil municipal de Denver de débarrasser telle ou telle rue de coupables lieux de plaisir ; et il y avait aussi d'étonnants petits encadrés destinés à faire béer d'horreur innocente les lectrices du début du siècle.

RAPPORT D'AUTOPSIE

« La semaine dernière, les habitués de la Morgue de Paris ont été fort étonnés par une étrange jambe en caoutchouc exposée aux fins d'identification sur une des tables. On avait repêché dans la Seine le corps d'une femme élégamment vêtue et âgée apparemment d'une cinquantaine d'années, mais le corps était dans un tel état de décomposition qu'il avait été impossible de le conserver. On avait remarqué, toutefois, que la jambe gauche, amputée à la hauteur de la cuisse, avait été remplacée par une jambe en caoutchouc de conception fort ingénieuse, que l'on exposait dans l'espoir qu'on parviendrait ainsi à en identifier la propriétaire. »

Donner sourit en lisant cette historiette et son attention revint à la partie supérieure droite de la page, cette partie dont Koplin disait qu'elle manquait sur l'exemplaire du journal qu'il avait découvert en Nouvelle-Zemble.

« Tragique accident de bonne heure ce matin : l'explosion d'une charge de dynamite a provoqué un effondrement à la mine du Petit Ange, près de Central City, emprisonnant neuf mineurs de la première équipe, parmi lesquels Joshua Hays Brewster, le célèbre ingénieur des mines respecté de tous.
« Les sauveteurs épuisés et hagards annoncent que les espoirs de retrouver les hommes vivants sont bien minces. Bull Mahoney, le vaillant contremaître de la mine de Satan, a fait des efforts herculéens pour atteindre les mineurs prisonniers, mais il a rencontré un véritable mur d'eau qui a inondé le puits principal.
« Les pauvres gars ont eu leur compte, c'est sûr, a déclaré Mahoney à des journalistes venus sur les lieux de la catastrophe. L'eau a jailli à près de deux étages au-dessus de là où ils travaillaient. Ils ont dû être noyés comme des rats sans savoir ce qui leur arrivait. »
« La foule silencieuse et consternée qui se pressait devant l'entrée de la mine est accablée à l'idée que c'est là un de ces accidents où les corps des mineurs ensevelis ne seront pas dégagés et ramenés à la surface pour être enterrés dans les règles.
« On sait de source sûre que M. Brewster avait l'intention de rouvrir la mine du Petit Ange, fermée depuis 1880. Selon des amis et des relations d'affaires, Brewster avait souvent déclaré que les premier travaux d'extraction avaient manqué le filon à haute teneur et, qu'avec de la chance et du courage, il allait, lui, le découvrir.
« Comme on lui demandait un commentaire, M. Ernest Bleser, ancien propriétaire, aujourd'hui à la retraite, de la mine du Petit Ange, a dit à notre envoyé spécial sur le perron de sa maison de Golden : "Cette mine est maudite depuis le jour où je l'ai ouverte. Elle n'a jamais donné que de la houille de basse qualité et n'a jamais rapporté." M. Bleser a ajouté : "Je pense que Brewster avait tout à fait tort. Il n'y a jamais eu aucun indice permettant de croire à l'existence d'un filon plus riche. Je suis très étonné qu'un homme de sa réputation ait pu le croire."
« À Central City, aux dernières nouvelles, on estimait que, si la situation est entre les mains du Tout-Puis-

sant, le puits sera scellé pour servir de tombe et que les disparus reposeront à jamais dans les ténèbres, sans jamais revoir la surface ni la lumière.

« Voici la liste des victimes de cette terrible catastrophe :
Joshua Hays BREWSTER, Denver
Alvin COULTER, Fairplay
Thomas PRICE, Leadville
Charles P. WIDNEY, Cripple Creek
Vernon F. HALL, Denver
John CALDWELL, Central City
Walter SCHMIDT, Aspen
Warner E. O'DEMING, Denver
Jason C. HOBART, Boulder
« *Puisse Dieu veiller sur ces braves ouvriers de la mine.* »

Le regard de Donner avait beau parcourir et reparcourir l'article, il revenait toujours au dernier nom sur la liste des mineurs disparus. Lentement, comme un homme en transe, il posa le journal sur ses genoux, décrocha le téléphone et composa un numéro de l'interurbain.

14

« Le Monte Cristo ! s'exclama Harry Young avec ravissement. J'approuve de tout cœur le Monte Cristo. L'assaisonnement au Roquefort est excellent, lui aussi. Mais tout d'abord, j'aimerais un Martini très sec, avec un zeste de citron.

— Un sandwich Monte Cristo et un assaisonnement au Roquefort pour votre salade. Bien, monsieur, répéta la jeune serveuse, se penchant sur la table si bien que sa courte jupe se retroussa pour révéler une petite culotte blanche. Et pour vous, Monsieur ?

— La même chose. » Donner hocha la tête. « Seulement je commencerai par un Manhattan. »

Young suivit des yeux par-dessus la monture de ses lunettes la petite serveuse qui s'éloignait vers la cuisine. « Si seulement quelqu'un me donnait ça pour Noël », dit-il en souriant.

Young était un petit homme décharné. Jadis, on l'aurait traité de vieux sot habillé avec trop de recherche. Mais aujourd'hui, c'était un bon vivant de soixante-dix-huit ans, alerte et toujours à l'affût de la beauté. Il était assis en face de Donner, vêtu d'un chandail bleu à col roulé et d'une veste de sport à grands carreaux.

« M. Donner! fit-il avec entrain. C'est vraiment un plaisir. Le Broher est mon restaurant favori. » Il désigna de la main les murs et les niches lambrissés de noyer. « Vous savez qu'autrefois c'était une chambre forte.

— C'est ce que j'ai remarqué quand j'ai dû franchir cette énorme porte.

— Vous devriez venir ici pour dîner. On vous sert un énorme plateau de crevettes en guise d'apéritif. » Il rayonnait rien qu'à cette pensée.

« Je m'en souviendrai pour ma prochaine visite.

— Alors, monsieur, fit Young en le regardant droit dans les yeux. Que voulez-vous ?

— J'ai quelques questions à vous poser. »

Young haussa les sourcils. « Oh, mon Dieu, mon Dieu, mais vous avez chatouillé ma curiosité. Vous n'êtes pas du FBI, n'est-ce pas ?

— Au téléphone, vous m'avez simplement dit que vous apparteniez au gouvernement fédéral.

— Non, je ne suis pas du FBI. Et je ne suis pas non plus un employé du fisc. Ma partie, c'est la Sécurité sociale. C'est mon travail que de vérifier le bien-fondé des demandes de pensions.

— En ce cas, comment puis-je vous aider?

— Le projet qui m'occupe actuellement, c'est une enquête sur une catastrophe minière survenue il y a soixante-seize ans et qui a coûté la vie à neuf hommes. L'une des descendantes de la victime fait une demande de pension. Je suis ici pour m'assurer de la validité de cette revendication. Votre nom, M. Young, m'a été recommandé par la Société historique de l'État, qui vous a décrit avec chaleur comme une encyclopédie ambulante de l'histoire minière de l'Ouest.

— C'est un peu exagéré, dit Young, mais je n'en suis pas moins flatté. »

Les consommations arrivèrent et, pendant une minute, ils les burent à petites gorgées sans rien dire. Donner en profita pour examiner les photographies des rois de l'argent du Colorado au début du siècle, qui étaient accrochées aux murs. Leurs visages affichaient tous les mêmes regards intenses, comme s'ils essayaient de faire fondre les lentilles de l'appareil de photo avec leur arrogance fortifiée par la richesse.

« Dites-moi, M. Donner, comment quelqu'un peut-il réclamer une pension à la suite d'un accident survenu il y a soixante-seize ans ?

— Il semble que la veuve n'ait pas reçu ce à quoi elle avait droit, répondit Donner, sentant qu'il avançait sur un terrain délicat. Sa fille demande le versement des arriérés, pour ainsi dire.

— Je vois », dit Young. Son regard se perdit dans le vide, puis il se mit à tambouriner sur la table avec sa cuillère. « Auquel des hommes qui ont péri dans la catastrophe de la mine du Petit Ange vous intéressez-vous ?

— Mes compliments, fit Donner, évitant son regard et dépliant sa serviette avec gêne. Vous êtes très fort.

— Ça n'est rien, vous savez. Une catastrophe minière datant d'il y a soixante-seize ans. Neuf disparus. Ça ne pouvait être que l'accident du Petit Ange.

— L'homme en question s'appelait Brewster. »

Young le regarda un moment, puis cessa de tambouriner avec sa cuillère qu'il reposa dans un claquement sec. « Joshua Hays Brewster, murmura-t-il. Fils de William Buck Brewster et d'Ettie Masters, né à Sidney, Nebraska, le 4 avril... ou était-ce le 5 avril 1878. »

Donner ouvrait des yeux ronds comme des soucoupes. « Comment pouvez-vous savoir tout cela ?

— Oh, j'en sais bien plus encore, fit Young en souriant. Les ingénieurs des mines, ou la Brigade des Bottines, comme on les appelait jadis, forment un petit groupc asscz fermé. C'est l'une des rares professions où les fils suivent leurs pères et épousent également des sœurs ou des filles d'autres ingénieurs des mines.

— Allez-vous me dire que vous êtes apparenté à Joshua Hays Brewster ?

— Mon oncle. » Young sourit.

La glace venait de céder et Donner se sentit patauger lamentablement.

« Vous m'avez l'air capable de prendre encore un verre, Mr Donner. » Young fit signe à la serveuse. « Inutile de dire qu'il n'y a pas de fille qui réclame une pension ; le frère de ma mère est mort célibataire et sans enfant.

— Le mensonge ne réussit jamais, fit Donner avec un pâle sourire. Je suis navré si je vous ai embarrassé en me mettant dans cette situation grotesque.

— Pouvez-vous m'éclairer ?

— Je préférerais ne pas le faire.

— Vous êtes bien du gouvernement ? » demanda Young.

Donner lui montra ses papiers.

« Alors, puis-je vous demander pourquoi vous faites une enquête sur la lointaine disparition de mon oncle ?

— J'aimerais autant pas, répondit Donner. Du moins pas pour l'instant.

— Que désirez-vous savoir ?

— Tout ce que vous pouvez me dire sur Joshua Hays Brewster et l'accident de la mine du Petit Ange. »

Les consommations arrivèrent en même temps que la salade. Donner convint que l'assaisonnement était excellent. Ils déjeunèrent en silence. Quand Young eut terminé et essuya sa petite moustache blanche, il prit une profonde inspiration et s'appuya contre le dossier de la niche.

« Mon oncle était le type même de ces hommes qui ont développé les mines au début des années 1900; blond, plein d'ardeur et bourgeois; et à part sa petite taille — il n'avait qu'un mètre cinquante-cinq — il aurait fort bien pu passer pour ce que les romanciers de l'époque décrivaient avec entrain comme un gentleman mineur, insouciant, toujours prêt à l'aventure et à se servir de ses poings, avec bottes étincelantes, culotte de cheval et chapeau à large bord.

— On dirait un héros de roman-feuilleton.

— Un héros de roman n'aurait pas pu être à la hauteur, dit Young. C'est un domaine très spécialisé aujourd'hui, bien sûr, mais un ingénieur de la vieille école devait être aussi dur que la roche qu'il creusait, et il devait avoir des talents variés : être mécanicien, électricien, arpenteur, métallurgiste, géologue, avocat, arbitre entre une direction près de ses sous et des travailleurs qui avaient plus de muscles que de tête; voilà le genre d'homme qu'il fallait pour diriger une mine. Joshua Hays Brewster était comme ça. »

Donner garda le silence, faisant lentement tourner l'alcool dans son verre.

« Lorsque mon oncle est sorti de l'École des Mines, poursuivit Young, il a exercé sa profession dans le Klondike, en Australie et en Russie avant de revenir dans les Rocheuses en 1908 pour diriger Malroche et Bison, deux mines de Leadville appartenant à un groupe de financiers français de Paris qui n'avaient jamais mis les pieds au Colorado.

— Les Français possédaient des intérêts miniers aux États-Unis ?

— Mais oui. Leurs capitaux se déversaient dans

tout l'Ouest. Or et argent, bovins, moutons, immobilier; ils avaient un doigt partout.

— Quelle idée a pris Brewster de rouvrir la mine du Petit Ange?

— C'est en soi une étrange histoire, dit Young. La mine ne valait rien. Le Sillon d'Alabama, à trois cents mètres de là, a donné deux millions de dollars en argent avant que l'eau des niveaux inférieurs ait commencé à arriver trop vite pour les pompes. C'est celui-là, le puits qui est tombé sur le filon à haute teneur de minerai. Il n'en a jamais été question avec la mine du Petit Ange. » Young s'interrompit pour boire une gorgée, puis contempla son verre comme s'il distinguait une vieille image dans les glaçons.

« Lorsque mon oncle a annoncé à qui voulait l'entendre son intention de rouvrir la mine, les gens qu'il connaissait bien ont été choqués. Oui, M. Donner, choqués. Joshua Hays Brewster était un homme prudent, minutieux. Ses moindres gestes étaient calculés avec soin en termes de réussite. Il ne jouait jamais qu'après avoir mis toutes les chances de son côté. Pour lui, annoncer publiquement un projet aussi écervelé était impensable. Tout le monde considéra que c'était là l'acte d'un fou.

— Peut-être avait-il découvert un indice que les autres n'avaient pas vu.

Young secoua la tête. « J'ai été géologue pendant soixante ans, M. Donner, et un rudement bon géologue. J'ai pénétré dans la mine du Petit Ange pour l'examiner jusqu'aux étages inondés, j'ai analysé tout ce qui était accessible dans le Sillon d'Alabama, et je vous affirme sans aucune équivoque qu'il n'y a pas là-bas aujourd'hui un filon argentifère intact, pas plus qu'il n'y en avait en 1911. »

Les sandwiches Monte Cristo arrivèrent et on leur retira les assiettes de salade.

« Suggérez-vous que votre oncle était devenu fou?

— C'est une possibilité que j'ai envisagée. Les tumeurs au cerveau n'étaient en général pas diagnostiquées en ce temps-là.

— Pas plus que les dépressions nerveuses. »

Young engloutit le premier quart de son sandwich et éclusa son second Martini. « Comment est votre Monte Cristo, Mr Donner ? »

Donner avala non sans peine quelques bouchées. « Excellent, et le vôtre ?

— Tout à fait délicieux. Voulez-vous que je vous expose ma théorie personnelle ? Ne vous donnez pas le mal d'être poli ; vous pouvez rire sans gêne. Tout le monde le fait quand on m'entend la formuler.

— Je vous promets de ne pas rire, fit Donner d'un ton infiniment grave.

— Ne manquez pas de tremper votre Monte Cristo dans la confiture de raisin, M. Donner. Ce n'en est que plus délectable. Donc, comme je vous l'ai dit, mon oncle était un homme qui avait le souci du détail. J'ai recueilli la plupart de ses carnets et journaux ; cela occupe une bonne partie des rayonnages de ma bibliothèque. Ses remarques concernant les mines de Malroche et du Bison, par exemple, couvrent 527 pages de croquis fort précis et d'une écriture très lisible. Toutefois les pages du carnet sous la rubrique « Mine du Petit Ange » sont restées vierges.

— Il n'a rien laissé derrière lui concernant la mine du Petit Ange, pas même une lettre, vous en êtes sûr ? »

Young haussa les épaules et secoua la tête. « On aurait dit qu'il n'y avait rien à noter. On aurait dit que Joshua Hays Brewster et son équipe de huit hommes sont descendus dans les entrailles de la terre sans avoir jamais l'intention de remonter.

— Qu'en pensez-vous ?

— Pour ridicule que cela paraisse, reconnut Young, l'idée d'un suicide collectif m'a un jour traversé l'esprit. Des recherches approfondies m'ont montré que les neuf hommes étaient tous soit célibataires, soit veufs. La plupart étaient des solitaires itinérants qui allaient d'un site minier à l'autre, cherchant n'importe quelle excuse pour continuer leur chemin lorsqu'ils commençaient à s'ennuyer ou à en avoir assez du contremaître ou de la direction de la mine. Il ne leur restait pas grand-chose pour vivre lorsqu'ils étaient devenus trop vieux pour travailler à la mine.

— Mais Jason Hobart avait une femme, dit Donner.

— Quoi? Comment ça? fit Young en ouvrant de grands yeux. Je n'ai trouvé trace d'épouse pour aucun d'eux.

— Croyez-moi sur parole.

— Bonté divine! Si mon oncle avait su ça, il n'aurait jamais engagé Hobart.

— Pourquoi donc?

— Vous ne voyez donc pas? Il lui fallait des hommes auxquels il pouvait faire confiance, des hommes qui n'avaient pas d'amis ou de parents proches pour poser des questions si jamais ils disparaissaient.

— Je ne vous comprends pas, fit Donner.

— C'est tout simplement que la réouverture de la mine du Petit Ange et la tragédie qui a suivi, tout cela n'était qu'un prétexte, une imposture. Je suis convaincu que mon oncle était en train de devenir fou. Comment, ce qui a causé sa maladie mentale, on ne le saura jamais. Son caractère s'est modifié de façon radicale, jusqu'au point de donner un homme différent.

— Un dédoublement de la personnalité?

— Exactement. Ses valeurs morales ont changé; sa chaleur, son affection pour ses amis ont disparu. Quand j'étais plus jeune, j'ai parlé à des gens qui se souvenaient de lui. Ils étaient tous d'accord sur un point : le Joshua Hays Brewster qu'ils avaient tous connu et aimé est mort des mois avant la catastrophe du Petit Ange.

— En quoi cela prouve-t-il une imposture ?

— Démence mise à part, mon oncle était quand même un ingénieur des mines. Il était parfois capable de dire en quelques minutes si une mine serait rentable ou non. Le filon du Petit Ange ne pouvait rien donner, il le savait. Il n'avait aucune intention de découvrir un filon à haute teneur en minerai. Je n'ai pas la moindre idée de la partie qu'il jouait, M. Donner, mais il y a une chose dont je suis certain : si jamais on pompe l'eau des étages inférieurs de ce vieux puits, on ne trouvera pas d'ossements. »

Donner termina son Manhattan et regarda Young d'un air interrogateur. « Alors, vous pensez que les neuf hommes qui sont descendus dans la mine en ont réchappé ?

— Personne ne les a jamais vus entrer, M. Donner, fit Young en souriant. On a supposé, et c'était bien normal, qu'ils étaient morts là sous ces eaux noires parce qu'on n'a plus jamais entendu parler d'eux.

— Ça ne fait pas assez de preuves, fit Donner.

— Oh, j'en ai d'autres, bien d'autres, répondit Young avec enthousiasme.

— Je vous écoute.

— *Premier indice : la galerie la plus basse du Petit Ange était à trente bons mètres au-dessus du niveau moyen de l'eau. En mettant les choses au pire, les parois n'ont dû que suinter un peu. Les puits des niveaux inférieurs étaient déjà inondés parce que l'eau s'était peu à peu amassée au cours des années pendant lesquelles la mine avait été fermée. Il était donc impossible que l'explosion d'une charge de dynamite ait pu faire déferler une muraille d'eau sur mon oncle et son équipe.*

« Deuxième indice : l'équipement qu'on est censé avoir retrouvé dans la mine après la catastrophe était du vieux matériel usé. Ces hommes étaient des professionnels, M. Donner. Ils ne seraient jamais descendus au fond avec de l'équipement de second ordre.

« Troisième indice : bien qu'il ait fait savoir à tout le monde qu'il rouvrait la mine, mon oncle n'a jamais consulté ni discuté le projet avec Ernest Bloeser, le propriétaire du Petit Ange. Bref, mon oncle faisait de l'extraction illicite. Un geste impensable chez un homme de sa réputation.

« Quatrième indice : le premier signe d'une catastrophe possible ne s'est manifesté que le lendemain après-midi, lorsque le contremaître de la mine Satan, un certain Bill Mahoney, a trouvé sous la porte de sa cabane un mot qui disait : « Au secours ! Mine du Petit Ange. Venez vite ! » Une façon bien étrange de donner l'alarme, vous ne trouvez pas ? Bien entendu, le mot n'était pas signé.

« Cinquième indice : le shérif de Central City a déclaré que mon oncle lui avait donné une liste des membres de son équipe en lui demandant de la communiquer aux journaux en cas d'accident. Une étrange prémonition, c'est le moins qu'on puisse dire. On aurait dit qu'Oncle Joshua voulait être certain qu'on ne se méprendrait pas sur l'identité des victimes. »

Donner repoussa son assiette et but un verre d'eau. « Votre théorie pique ma curiosité, mais elle ne me convainc pas pleinement.

— Ah, mais enfin, mais peut-être surtout, M. Donner, j'ai gardé pour la bonne bouche le plat de résistance.

« Sixième indice : plusieurs mois après la tragédie, mon père et ma mère, qui faisaient un voyage à travers l'Europe, ont vu mon oncle sur le quai du ferry à Southampton, en Angleterre. Ma mère a souvent raconté comment elle s'était approchée de lui en lui disant : « Seigneur Dieu, Joshua, c'est vraiment toi ? » Le visage qui la contemplait était barbu et d'une pâleur mortelle, l'œil hagard. « Oublie-moi », murmura-t-il, puis il s'éloigna en courant. Mon père l'a poursuivi sur le quai, mais ne tarda pas à le perdre dans la foule.

— La réponse logique me paraît être un simple cas d'erreur d'identité.

— Une sœur qui ne connaît pas son propre frère ? fit Young d'un ton sarcastique. Allons donc, M. Donner, vous pourriez sûrement reconnaître votre frère au milieu d'une foule.

— Je crains que non. Je suis fils unique.

— Quel dommage. Vous manquez une des grandes joies de la vie.

— En tout cas, je n'ai pas eu à partager mes jouets. » L'addition arriva et Donner posa une carte de crédit sur la soucoupe. « Alors, ce que vous dites, c'est que la catastrophe du Petit Ange était une couverture.

— C'est ma théorie, fit Young en s'essuyant la bouche. Pas moyen de la prouver, bien sûr, mais j'ai toujours l'impression obsédante que la Société des Mines de Lorraine était derrière tout ça.

— Qui était-ce ?

— Ils étaient et ils sont toujours pour la France ce que Krupp est pour l'Allemagne, ce que Mitsubishi est pour le Japon, ce qu'Anaconda est pour les États-Unis.

— Qu'est-ce que la Société... peu importe son nom... vient faire là-dedans ?

— C'étaient des financiers français qui avaient engagé Joshua Hays Brewster comme directeur-ingénieur de l'exploration. C'étaient eux qui avaient assez d'argent pour payer neuf hommes afin qu'ils disparaissent de la surface de la terre.

— Mais pourquoi ? Où est le motif ? »

Young eut un geste d'impuissance : « Je n'en sais rien. » Il se pencha en avant et une flamme s'alluma dans son regard. « Mais ce que je sais, c'est que, quel qu'en ait été le prix, quelle que soit l'influence qui s'est exercée, cela a suffi à entraîner mon oncle et son équipe de huit hommes dans je ne sais quel enfer inconnu hors de ce pays.

— Jusqu'à ce qu'on retrouve les corps, qui dira que vous vous trompez ?

— Vous êtes un homme courtois, M. Donner, dit Young en le regardant. Je vous remercie.

— Pourquoi donc ? Pour un déjeuner aux frais du gouvernement ?

— Pour n'avoir pas ri », murmura Young.

Donner hocha la tête sans rien dire. L'homme assis en face de lui venait de remettre en place une des pièces du puzzle qui menaient au squelette à la barbe rousse de la mine du mont Bednaya. Il n'y avait pas de quoi rire, absolument pas de quoi rire.

15

Seagram rendit son sourire d'adieu à l'hôtesse, franchit la porte de l'appareil et s'apprêta à parcourir les quelque quatre cents mètres qui le séparaient de la sortie de l'Aéroport international de Los Angeles. Il finit par arriver dans le hall d'entrée où il alla aussitôt louer une Lincoln. Il s'engagea dans Century Boulevard et au bout de quelques blocs, prit la bretelle sud qui menait à l'autoroute de San Diego. C'était un jour sans nuages, la brume était étonnamment légère et permettait de distinguer les contours de la Sierra Madre. Il roulait sans se presser sur la voie de droite de l'autoroute à cent kilomètres à l'heure, se laissant dépasser par des voitures de la région roulant à cent vingt ou cent trente avec une belle indifférence pour les panneaux annonçant que la vitesse était limitée à 90 kilomètres à l'heure. Il eut bientôt dépassé la raffinerie de Torrance et les puits de pétrole qui entouraient Long Beach pour pénétrer dans l'immensité du comté d'Orange où le terrain soudain s'aplatissait et se couvrait d'une mer sans fin de petites maisons banlieusardes toutes semblables.

Il lui fallut plus d'une heure pour atteindre la sortie menant au Nouvel Éden. Le cadre était idyllique : des terrains de golf, des piscines, des écuries, des parcs et des pelouses entretenus avec soin, des retraités au teint doré qui pédalaient sur leur bicyclette.

Il s'arrêta à l'entrée principale où un gardien, du troisième âge lui aussi, lui indiqua où se trouvait le 261-B Calle Aragon. C'était un charmant petit duplex bâti au flanc d'une colline qui donnait sur un parc immaculé. Seagram gara la Lincoln contre le trottoir, traversa un petit patio plein de rosiers et alla sonner. La porte s'ouvrit et ses craintes se dissipèrent : Adeline Hobart n'avait rien du genre sénile.

« M. Seagram ? fit-elle d'une voix enjouée.

— Oui. Mrs Hobart ?

— Entrez, je vous en prie. » Elle tendit la main. Elle avait la poigne ferme comme celle d'un homme. « Seigneur, personne ne m'appelle plus comme ça depuis plus de soixante-dix ans. Quand j'ai reçu votre coup de fil concernant Jake, j'ai été si surprise que j'ai failli en oublier de prendre mon Géritol. »

Adeline était trapue, mais elle portait sans mal ses kilos supplémentaires. Ses yeux bleus semblaient rire à chaque phrase et son visage avait une expression affable et chaleureuse. C'était tout à fait l'idée qu'on se faisait de la délicieuse petite vieille dame aux cheveux de neige.

« Je n'ai pas l'impression que vous ayez besoin de médicament », dit-il.

Elle lui tapota le bras. « Si c'est de la flatterie, je l'accepte. » Elle lui indiqua un fauteuil dans un salon meublé avec goût. « Venez vous asseoir. Vous allez rester déjeuner, n'est-ce pas ?

— Avec plaisir, si ça ne vous dérange pas.

— Bien sûr que non. Bert va passer sa journée au golf, et j'apprécie la compagnie. »

Seagram leva les yeux. « Bert ?

— Mon mari.

— Mais je croyais...

— Que j'étais toujours la veuve de Jake Hobart,

termina-t-elle pour lui avec un sourire innocent. En vérité, je suis devenue une Mrs Bertram Austin il y a soixante-deux ans.

— L'Armée le sait ?

— Oh, Seigneur oui. J'ai écrit voilà longtemps plusieurs lettres au ministère de la Guerre pour les informer de ma situation conjugale mais ils ont tout simplement envoyé des réponses polies et vagues tout en continuant à m'expédier mes chèques.

— Bien que vous soyez remariée ? »

Adeline haussa les épaules. « Je ne suis qu'une faible femme, M. Seagram. Pourquoi discuter avec le gouvernement ? Si ces gens-là insistent pour envoyer de l'argent, est-ce à moi de leur dire qu'ils sont fous ?

— Un petit arrangement lucratif ? »

Elle acquiesça. « Je ne le nierai pas, surtout compte tenu des dix mille dollars que j'ai reçus à la mort de Jake. »

Seagram se pencha en avant en fronçant les sourcils. « L'armée vous a versé une indemnité de dix mille dollars ? Est-ce que ça n'était pas beaucoup pour 1912 ?

— Vous n'auriez pas pu être aussi surpris que je l'ai été sur le moment, fit-elle. Oui, en ce temps-là, c'était une petite fortune.

— On ne vous a donné aucune explication ?

— Aucune, répondit-elle. Je vois encore le chèque après toutes ces années. Ça disait seulement « versement veuve » et c'était à mon ordre. Rien d'autre.

— Nous pouvons peut-être commencer par le début.

— Quand j'ai fait la connaissance de Jake ? »

Seagram hocha la tête.

Pendant quelques instants, le regard de la vieille femme se perdit dans le vide. « J'ai rencontré Jake durant le terrible hiver de 1910. C'était à Leadville, dans le Colorado, et je venais de prendre seize ans.

Mon père était en voyage d'affaires dans les régions minières en quête d'investissement possible sur plusieurs terrains, et comme on était près de Noël et que j'avais quelques jours de vacances, il a accepté de nous emmener, ma mère et moi. Le train était à peine entré en gare de Leadville quand la pire tempête de neige qu'on ait vue depuis quarante ans a frappé les hautes terres du Colorado. Le blizzard a duré deux semaines et, croyez-moi, ça n'était pas drôle, surtout quand on pense que Leadville est à plus de trois mille mètres d'altitude.

— Ça a dû être toute une aventure pour une fille de seize ans.

— Je pense bien. Papa arpentait le hall de l'hôtel comme un taureau prisonnier pendant que maman restait assise à s'inquiéter, mais moi, je trouvais ça merveilleux.

— Et Jake ?

— Un jour, ma mère et moi, nous nous efforcions de traverser la rue pour aller au grand magasin — une véritable épreuve quand on est fouetté par des vents de 80 kilomètres-heure et qu'il fait moins trente — quand voilà que surgit d'on ne sait où ce géant qui nous prend chacune sous un bras, nous fait traverser les congères et nous dépose à la porte du magasin, comme si de rien n'était.

— C'était Jake ?

— Oui, fit-elle d'un ton lointain, c'était Jake.

— De quoi avait-il l'air ?

C'était un robuste gaillard, plus d'un mètre quatre-vingts, le torse puissant. Il travaillait dans les mines de Galles quand il était enfant. Chaque fois qu'on apercevait un groupe d'hommes à un kilomètre, c'était facile de repérer Jake. C'était le rouquin, qui riait toujours.

— Roux de cheveux et de barbe ?

— Oui, il était très fier du fait qu'il se distinguait toujours des autres.

— Tout le monde aime un homme qui rit. »

Elle eut un grand sourire.

« On ne peut pas dire que pour ma part ç'a été le coup de foudre, je peux vous le dire. Je trouvais que Jake avait l'air d'un gros ours mal léché. Il n'avait guère le genre à séduire une jolie fille.

— Mais vous l'avez quand même épousé. »

Elle acquiesça. « Il m'a fait la cour durant toute la tempête ; et, le quatorzième jour, quand le soleil a fini par percer à travers les nuages, j'ai accepté sa demande en mariage. Mon père et ma mère, bien sûr, étaient désolés, mais Jake a fini par les conquérir à leur tour.

— Vous n'avez pas dû être mariée longtemps ?

— Je l'ai vu pour la dernière fois un an plus tard.

— Le jour où lui et les autres ont disparu dans la mine du Petit Ange. » C'était plus une affirmation qu'une question.

« Oui », fit-elle d'un ton triste. Elle évita son regard et se tourna d'un air énervé vers la cuisine. « Mon Dieu, je ferais mieux de vous préparer à déjeuner. Vous devez mourir de faim, M. Seagram. »

Mais Seagram avait perdu son air détaché et une soudaine excitation brillait dans ses yeux. « Vous avez eu des nouvelles de Jake après l'accident de la mine, n'est-ce pas, Mrs Austin ? »

Elle parut s'enfoncer dans les coussins de son fauteuil. L'appréhension envahit son doux visage. « Je ne sais pas ce que vous voulez dire.

— Je crois que si, fit-il sans la brusquer.

— Non... non, vous vous trompez.

— Pourquoi avez-vous peur ? »

Ses mains tremblaient maintenant. « Je vous ai dit tout ce que je peux.

— Il y a plus, beaucoup plus, Mrs Austin. » Il se pencha et lui prit les mains. « Pourquoi avez-vous peur ? répéta-t-il.

— J'ai juré de garder le secret, murmura-t-elle.

— Pouvez-vous m'expliquer ? »

Elle reprit d'un ton hésitant : « Vous appartenez au gouvernement, M. Seagram. Vous savez ce que c'est que de garder un secret.

— Qui était-ce ? Jake ? C'est lui qui vous a demandé de garder le silence ? »

Elle secoua la tête.

« Alors qui ?

— Je vous en prie, supplia-t-elle, croyez-moi. Je ne peux pas vous dire... Je ne peux rien vous dire. »

Seagram se leva et la toisa. Elle semblait avoir vieilli, les rides creusaient des sillons plus profonds dans sa peau parcheminée. Elle s'était retirée dans sa coquille. Il faudrait un petit traitement de choc pour la forcer à s'ouvrir.

« Puis-je me servir de votre téléphone, Mrs Austin ?

— Oui, bien sûr. Vous trouverez un poste dans la cuisine. »

Il lui fallut sept minutes avant d'avoir à l'autre bout du fil la voix familière. Sans tarder, Seagram expliqua la situation et formula sa requête. Puis il se tourna vers le salon. « Mrs Austin, pouvez-vous venir un moment ? »

Timide, elle s'approcha.

Il lui tendit le combiné.

« Voici quelqu'un qui désire vous parler. »

Avec prudence elle lui prit l'appareil des mains. « Allô, murmura-t-elle, ici Adeline Austin. »

Pendant un bref instant, une expression de total désarroi se refléta dans ses yeux, puis se transforma peu à peu pour se figer en stupéfaction sincère. Elle ne cessait de hocher la tête, sans rien dire, comme si la voix qui lui parlait appartenait à quelqu'un planté devant elle et non pas à l'autre bout d'une ligne téléphonique.

Enfin, au terme d'une conversation qui semblait plutôt être un monologue, elle parvint à articuler quelques mots : « Oui, monsieur le Président... certainement, monsieur le Président, au revoir. »

Elle raccrocha lentement et resta pétrifiée, comme en transe. « C'était... c'était vraiment le Président des États-Unis ?

— Mais oui. Vous pouvez vérifier si vous le désirez. Appelez l'Inter et demandez la Maison-Blanche. Quand on répondra, demandez à parler à Gregg Collins. C'est le chef de cabinet du Président. C'est lui qui a passé mon appel.

— Vous vous imaginez : le Président m'a demandé de l'aider. » Elle secoua la tête, tout étourdie. Je n'arrive pas à croire que ce soit vrai.

— C'est vrai, Mrs Austin. Croyez-moi, tout renseignement que vous pouvez nous donner concernant votre premicr mari ct les étranges circonstances entourant son décès seraient d'un grand intérêt pour la nation. Je sais que ça fait un peu pompier, mais...

— Qu'est-ce qu'on peut refuser à un Président ? » Elle avait retrouvé son doux sourire. Ses mains ne tremblaient plus. Elle avait retrouvé son équilibre, enfin elle était prête à parler. Seagram lui prit le bras et la guida avec douceur jusqu'à son fauteuil dans le salon. « Alors parlez-moi maintenant des rapports entre Jake Hobart et Joshua Hays Brewster.

— Jake était un spécialiste des explosifs, un des meilleurs de la région. Il connaissait la dynamite comme un forgeron connaît sa forge, et puisque M. Brewster ne voulait que les meilleurs pour constituer ses équipes de mineurs, il engageait souvent Jake pour s'occuper des explosifs.

— Brewster savait-il que Jake était marié ?

— C'est bizarre que vous demandiez ça. Nous avions une petite maison à Boulder, à l'écart des camps de mineurs parce que Jake ne voulait pas qu'on sache qu'il avait une femme. Il prétendait que les contremaîtres n'engageraient pas un spécialiste des explosifs marié.

— Alors évidemment, Brewster, ignorant la situation conjugale de Jake, l'a payé pour s'occuper de la dynamite dans la mine du Petit Ange.

— Je sais ce qu'on a imprimé dans les journaux, M. Seagram, mais Jake n'a jamais mis les pieds dans la mine du Petit Ange, pas plus que le reste de l'équipe. »

Seagram approcha son fauteuil, si bien que leurs genoux se touchaient presque. « Alors la catastrophe était une imposture », fit-il d'une voix rauque.

Elle leva les yeux vers lui. « Vous savez... Vous savez ça ?

— Nous nous en doutions, mais nous n'avons pas de preuve.

— Si ce sont des preuves qu'il vous faut, M. Seagram, je vais vous en procurer. » Elle se mit debout, repoussant les efforts de Seagram pour l'aider, et disparut dans une autre pièce. Elle en revint avec une vieille boîte à chaussures qu'elle entreprit d'ouvrir avec révérence.

« La veille du jour où il devait entrer dans la mine du Petit Ange, Jake m'a emmenée à Denver et m'a entraînée dans un tourbillon d'emplettes. Il m'a acheté de belles toilettes, des bijoux et m'a fait dîner au champagne dans le meilleur restaurant de la ville. Nous avons passé notre dernière nuit ensemble dans l'appartement des jeunes mariés du Brown Palace Hotel. Vous le connaissez ?

— J'ai un ami qui y séjourne en ce moment.

— Le matin, il m'a dit de ne pas croire ce qu'on dirait ou ce que je lirais dans les journaux à propos de sa mort dans une catastrophe minière, et qu'il serait absent plusieurs mois pour un travail quelque part en Russie. Quand il reviendrait, il m'a dit que nous serions riches au-delà de nos rêves. Puis il a mentionné quelque chose que je n'ai jamais compris.

— Quoi donc ?

— Il a dit que les Français s'occupaient de tout et que quand tout cela serait fini, nous vivrions à Paris. » Son visage prit un air rêveur. « Le matin, il avait disparu. Sur son oreiller il avait laissé un mot qui disait simplement : « Je t'aime, Ad » et une enveloppe contenant cinq mille dollars.

— Avez-vous la moindre idée d'où provenait cet argent ?

— Pas du tout. Nous n'avions qu'environ trois cents dollars en banque à cette époque.

— Et c'est la dernière fois où vous avez entendu parler de lui ?

— Non. » Elle tendit à Seagram une carte postale fanée représentant une vue coloriée de la Tour Eiffel. « C'est arrivé dans le courrier environ un mois plus tard. »

Chère Ad, le temps ici est pluvieux et la bière est épouvantable. Je vais bien, et les autres gars aussi. Ne t'inquiète pas. Comme tu le vois, je ne suis pas mort du tout. Signé tu sais qui.

L'écriture était gauche et appliquée. Le cachet de la poste était daté de Paris, 1er décembre 1911.

« Une semaine plus tard, j'ai reçu une seconde carte », dit Adeline en la remettant à Seagram. Elle représentait le Sacré-Cœur mais elle était postée du Havre.

Chère Ad, nous partons pour l'Arctique. Ce sera mon dernier message d'ici quelque temps. Sois courageuse. Les Français nous traitent bien. Bonne nourriture, bon bateau. Signé tu sais qui.

« Vous êtes sûre que c'est l'écriture de Jake ? interrogea Seagram.

— Absolument. J'ai d'autres papiers et de vieilles lettres de Jake. Vous pouvez les comparer si vous voulez.

— Ce ne sera pas nécessaire, Ad. » Elle sourit en l'entendant utiliser son diminutif. « Vous avez eu d'autres nouvelles ? »

Elle hocha la tête. « La troisième et dernière carte. Jake avait dû en faire un stock à Paris. Celle-ci représente la Sainte-Chapelle, mais elle a été expédiée d'Aberdeen, en Écosse, le 4 avril 1912. »

Chère Ad, c'est un endroit épouvantable. Le froid est

affreux. Nous ne savons pas si nous allons survivre. Si je réussis à te faire parvenir cette carte, on s'occupera de toi. Dieu te bénisse. Jake.

Sur le côté, une autre main avait écrit :

Chère Mrs Hobart. Nous avons perdu Jake dans une tempête. Nous avons dit des prières pour lui. Nous sommes désolés. V.H.

Seagram prit la liste des noms de l'équipe que Donner lui avait lue au téléphone.

« V.H. devait être Vernon Hall, dit-il.

— Oui, Vern et Jake étaient bons amis.

— Qu'est-ce qui s'est passé après ça ? Qui vous a fait jurer le secret ?

— Environ deux mois plus tard, je crois que c'était au début juin, un certain colonel Patman ou Patmore — je ne me souviens plus — est venu à notre maison de Boulder et m'a dit que je devais surtout ne jamais révéler avoir eu des nouvelles de Jake après l'affaire de la mine du Petit Ange.

— Vous a-t-il donné une raison ? »

Elle secoua la tête. « Non, il a simplement dit que c'était dans l'intérêt du gouvernement que je garde le silence, et puis il m'a remis le chèque de dix mille dollars et il est reparti. »

Seagram se laissa retomber dans son fauteuil comme si on venait de lui ôter un grand poids des épaules. Il ne semblait pas possible que cette petite femme de quatre-vingt-treize ans possédât la clef d'une cache où se trouvait pour des milliards de minerai perdu, mais c'était pourtant vrai.

Seagram la regarda en souriant. « Cette invitation à déjeuner commence à me sembler fichtrement attirante. »

Elle lui rendit son sourire et il vit dans ses yeux une lueur malicieuse. « Comme aurait dit Jake, au diable le déjeuner. Prenons d'abord une bière. »

16

Les rayons pourpres du soleil couchant s'attardaient encore à l'horizon de l'ouest, lorsque le premier grondement d'un tonnerre lointain annonça l'arrivée d'un orage. L'air était tiède et la douce brise qui venait de la mer baignait de façon plaisante le visage de Seagram, assis à la terrasse du Club de Balboa Bay, où il buvait à petits coups son cognac d'après dîner.

Il était 8 heures du soir, l'heure où les résidents de Newport Beach commençaient leurs mondanités. Seagram avait piqué une tête dans la piscine du club, puis avait dîné de bonne heure. Il était assis là à écouter les grondements de l'orage qui arrivait. L'atmosphère était lourde et chargée d'électricité, mais sans aucun signe de pluie ni de vent. À la lueur éphémère des éclairs, il apercevait les bateaux de plaisance qui naviguaient dans la baie, avec leurs feux verts et rouges et leurs coques blanches qui leur donnaient l'aspect de fantômes silencieux. Un nouvel éclair déchira la nuit ; il vit la foudre frapper quelque part derrière les toits, et presque au même instant, le roulement du tonnerre parvint à ses oreilles comme un barrage d'artillerie.

Tous les convives avaient nerveusement gagné l'abri de la salle à manger et Seagram ne tarda pas à se retrouver seul sur la terrasse. Il resta là à savourer le feu d'artifice que lui offrait la nature. Il termina son cognac et se renversa dans son fauteuil, guettant le nouvel éclair. Il ne tarda pas à arriver, illuminant une silhouette plantée auprès de sa table. En ce bref instant de lumière, il distingua un homme de haute taille aux cheveux noirs et aux traits taillés à coups de serpe qui le dévisageait de ses yeux froids au regard perçant. Puis l'étranger se fondit de nouveau dans l'obscurité.

Comme les roulements du tonnerre s'éloignaient,

une voix qui semblait désincarnée demanda : « Vous êtes Gene Seagram ? »

Seagram hésita, laissant ses yeux se réadapter à l'obscurité qui suivait l'éclair.

« Oui.

— Je crois que vous me cherchez.

— Pour le moment, c'est vous qui avez l'avantage.

— Pardonnez-moi. Je m'appelle Dirk Pitt. »

Le ciel une nouvelle fois s'éclaira et Seagram fut soulagé d'apercevoir un visage souriant. « Il semblerait, M. Pitt, que les entrées spectaculaires soient chez vous une habitude. C'est vous, l'auteur de cet orage ? »

Pitt lui répondit par un rire qui se trouva accompagné d'un grondement de tonnerre.

« Je n'ai pas encore réussi cet exploit, mais je fais des progrès dans mes essais pour séparer les eaux de la mer Rouge. »

Seagram lui désigna un siège vide. « Vous ne voulez pas vous asseoir ?

— Je vous remercie.

— Je vous offrirais bien un verre, mais le serveur m'a l'air d'avoir peur des éclairs.

— Le pire est en train de passer », dit-il en scrutant le ciel. Le ton était calme et assuré.

« Comment m'avez-vous trouvé ? demanda Seagram.

— J'ai procédé par étapes, répondit Pitt. J'ai appelé votre femme à Washington, et elle m'a dit que vous étiez en voyage d'affaires au Nouvel Éden. Comme ça n'est qu'à quelques kilomètres d'ici, je suis allé trouver le gardien de l'entrée. Il m'a dit avoir reçu un certain Gene Seagram qui était autorisé à entrer par une Mrs Bertram Austin. Elle m'a indiqué à son tour qu'elle vous avait recommandé le Balboa Bay Club quand vous aviez exprimé le désir de ne repartir que demain pour Washington. Le reste était facile.

— Je devrais me sentir flatté de votre obstination.

— Tout ça est très simple, fit Pitt.

— C'est un bienheureux concours de circonstances que nous nous trouvions dans les mêmes parages, dit Seagram.

— J'aime toujours prendre quelques jours de congé pour faire du surf à cette époque de l'année. Mes parents ont une maison juste de l'autre côté de la baie. J'aurais pu vous contacter plus tôt, mais l'amiral Sandecker a dit que ce n'était pas pressé.

— Vous connaissez l'amiral ?

— Je travaille pour lui.

— Alors, vous êtes de l'ANRO ?

— Oui, je suis directeur des projets spéciaux de l'agence.

— J'avais bien l'impression que votre nom m'était familier. Ma femme m'a parlé de vous.

— Dana ?

— Oui, vous avez travaillé avec elle ?

— Une seule fois. J'ai piloté l'avion qui apportait du ravitaillement à l'île Pitcairn, l'été dernier, quand elle et son équipe d'archéologie sous-marine de l'ANRO plongeaient pour retrouver des objets provenant du *Bounty*. »

Seagram le regarda. « Ainsi l'amiral Sandecker vous a dit qu'il n'y avait pas urgence à me contacter. »

Pitt sourit. « D'après ce que j'ai cru comprendre, vous l'avez énervé avec un coup de téléphone au milieu de la nuit. »

Les nuages noirs s'étaient éloignés vers la mer et les éclairs s'abattaient maintenant au-dessus du chenal.

« Maintenant que vous m'avez dans votre viseur, dit Pitt, qu'est-ce que je peux faire pour vous ?

— Vous pouvez commencer par me parler de la Nouvelle-Zemble.

— Il n'y a pas grand-chose à dire, dit Pitt d'un ton nonchalant. Je commandais l'expédition chargée de récupérer votre homme. Comme il ne s'est pas présenté au rendez-vous, j'ai emprunté l'hélicoptère du navire et j'ai fait un vol de reconnaissance en direction de l'île russe.

— Vous avez pris un risque. Les radars soviétiques auraient pu vous apercevoir.

— J'ai pris cette éventualité en considération. Je suis resté à trois mètres de l'eau sans dépasser la vitesse de quinze nœuds. Même si j'avais été repéré, mon écho radar aurait paru celui d'un petit bateau de pêche.

— Qu'est-il arrivé après que vous avez eu atteint l'île ?

— J'ai suivi la côte jusqu'au moment où j'ai trouvé le sloop de Koplin ancré dans une crique. J'ai posé l'hélico sur la plage voisine et j'ai commencé à le chercher. C'est alors que j'ai entendu à travers un tourbillon de neige des coups de feu qu'une rafale de vent m'apportait.

— Comment vous a-t-il été possible de tomber sur Koplin et sur le garde russe ? Les trouver au milieu d'une tempête de neige, c'est comme découvrir une aiguille dans une meule de paille gelée.

— Les aiguilles n'aboient pas, répondit Pitt. J'ai suivi le bruit d'un chien sur une piste. Ça m'a conduit à Koplin et au garde.

— Ce dernier, bien sûr, vous l'avez tué, dit Seagram.

— J'imagine qu'un procureur pourrait suggérer cela, fit Pitt avec un geste désinvolte. D'un autre côté, ça semblait la chose à faire pour le moment.

— Et si le garde avait été un de mes agents, lui aussi ?

— Des frères d'armes ne se traînent pas avec sadisme dans la neige par la peau du cou, surtout quand l'un d'eux est grièvement blessé.

— Et le chien, fallait-il tuer le chien ?

— L'idée m'est venue qu'abandonné à lui-même, il aurait pu conduire une patrouille jusqu'au corps de son maître. Alors que là, il y a de bonnes chances qu'on ne découvre jamais ni l'un ni l'autre.

— Vous avez toujours un pistolet avec un silencieux sur vous ?

— Ce n'était pas la première fois que l'amiral Sandecker me chargeait d'un sale boulot en dehors de mes affectations normales, dit Pitt.

— Avant de ramener Koplin jusqu'à votre navire, je suppose que vous avez détruit son bateau, dit Seagram.

— Non sans habileté, me semble-t-il », répondit Pitt. Il n'y avait aucune nuance de vanité dans son ton. « J'ai fait un trou dans la coque, j'ai hissé la voile et je l'ai fait partir vers la pleine mer. À mon avis, le bateau a dû couler à trois milles de la côte.

— Vous avez fait preuve de bien trop d'assurance, dit Seagram avec agacement. Vous avez osé vous mêler de quelque chose qui ne vous concernait pas. Vous avez bravé la surveillance des Russes en prenant sans autorisation un grand risque. Et vous avez tué de sang-froid un homme et son chien. Si nous étions tous comme vous, M. Pitt, ce serait un bien triste pays que le nôtre. »

Pitt se leva et se pencha sur la table en regardant Seagram droit dans les yeux. « Vous ne me rendez pas justice, dit-il avec un regard froid comme un glacier. Vous avez laissé de côté les meilleurs morceaux. C'est moi qui ai donné à votre ami Koplin un litre de sang pendant son opération. C'est moi qui ai donné l'ordre au navire d'éviter Oslo et de mettre le cap sur le terrain d'aviation militaire américain le plus proche. Et c'est moi qui ai persuadé le commandement de la base de laisser partir son propre avion de transport pour rapatrier Koplin aux États-Unis. En conclusion, M. Seagram, ce tueur de chien assoiffé de sang de Pitt plaide coupable d'avoir sauvé votre sournoise petite mission d'espionnage dans l'Arctique. Je ne m'attendais pas à une revue triomphale dans Broadway ni à la médaille d'or; un simple merci aurait suffi. Au lieu de cela, il coule de votre bouche une véritable diarrhée de grossièretés et de sarcasmes. Je ne sais pas ce qui vous travaille, Seagram, mais il y a une chose qui est bien claire, vous êtes un sinistre trou du cul.

Et, permettez-moi de vous le dire le plus gentiment du monde : vous pouvez aller vous faire foutre. »

Sur quoi, Pitt tourna les talons, s'enfonça dans l'obscurité et disparut.

17

Le professeur Peter Barshov passa une main desséchée dans ses cheveux grisonnants et, à travers le bureau, braqua le tuyau de sa pipe en écume de mer sur Prevlov.

« Non, non, laissez-moi vous assurer, Capitaine, que l'homme que j'ai envoyé en Nouvelle-Zemble n'est pas victime d'hallucinations.

— Mais un tunnel de mine... murmura Prevlov incrédule. Un tunnel de mine inconnu, dont il n'y a de traces nulle part, en territoire russe ? Je n'aurais pas cru ça possible.

— Ça n'en est pas moins un fait, répliqua Barshov. Les premières indications en sont apparues sur nos photographies aériennes. D'après mon géologue qui y a pénétré, le tunnel était très ancien, il datait de soixante-dix ou quatre-vingts ans.

— D'où venait-il ?

— Pas d'où, capitaine. La question est qui ? Qui l'a creusé et pourquoi ?

— Vous dites que l'Institut de Géologie de Leongorod n'en a aucune trace ? demanda Prevlov.

— Pas un mot, fit Barshov en secouant la tête. Toutefois, vous pourriez peut-être en retrouver la trace dans les vieux dossiers de l'Okhrana.

— L'Okhrana... Oh, oui, la police secrète des tsars. » Prevlov marqua un temps : « Non, c'est peu probable. Leur seule préoccupation en ce temps-là c'était la révolution. Ils ne se seraient pas souciés d'une mine clandestine.

— Clandestine ? Vous ne pouvez pas en être sûr. »

Prevlov se retourna et regarda par la fenêtre. « Pardonnez-moi Professeur, mais dans mon travail, je trouve à tout des motifs machiavéliques. »

Barshov ôta la pipe d'entre ses dents jaunies et en tapota le fourneau. « J'ai souvent lu des histoires de mines fantômes dans l'hémisphère occidental, mais c'est le premier mystère de ce genre dont j'aie entendu parler en Union soviétique. On dirait presque que ce bizarre phénomène est un don des Américains.

— Pourquoi dites-vous cela ? » Prevlov se retourna vers Barshov. « Qu'est-ce qu'ils ont à voir là-dedans ?

— Peut-être rien, peut-être tout. L'équipement découvert à l'intérieur du tunnel était de fabrication américaine.

— Ça n'est guère une preuve positive, dit Prevlov d'un ton sceptique. Le matériel aurait fort bien pu être acheté aux États-Unis et utilisé par d'autres.

— Très bonne hypothèse, fit Barshov en souriant, à part le fait que le corps d'un homme a été retrouvé dans le tunnel. Je tiens de source autorisée que son épitaphe était écrite en langue américaine.

— Intéressant, dit Prevlov.

— Pardonnez-moi de ne pas vous fournir d'élément plus sûr, dit Barshov. Mes remarques, vous le comprenez, sont sûrement de seconde main. Vous aurez dans la matinée sur votre bureau un rapport détaillé concernant nos découvertes en Nouvelle-Zemble et mes gens seront à votre disposition pour tout supplément d'enquête.

— La Marine vous est reconnaissante de votre concours, Professeur.

— L'Institut de Leongorod est toujours au service de notre pays. »

Barshov se leva et s'inclina avec raideur. « C'est tout pour l'instant, Capitaine, je vais regagner mon bureau.

— Il y a encore une chose, Professeur.

— Oui ?

— Vous ne m'avez pas dit si vos géologues avaient trouvé des traces de minerai ?

— Rien de valeur.

— Rien du tout ?

— Des traces de nickel et de zinc, plus de légères indications radioactives signalant la présence d'uranium, de thorium et de byzanium.

— Je ne connais pas bien les deux derniers.

— Le thorium peut être utilisé comme carburant nucléaire une fois bombardé par des neutrons, expliqua Barshov. Il est utilisé aussi dans la fabrication de différents alliages de magnésium.

— Et le byzanium ?

— On ne sait pas grand-chose sur lui. On n'en a jamais découvert encore en quantité suffisante pour mener des expériences constructives. » Barshov cogna sa pipe contre un cendrier. « Les Français sont les seuls au long des années à avoir manifesté quelque intérêt pour ce métal. »

Prevlov leva la tête. « Les Français ?

— Ils ont dépensé des centaines de millions de francs pour envoyer des expéditions géologiques autour du monde à la recherche de byzanium. À ma connaissance, aucune d'elles n'a réussi.

— Il semblerait alors qu'ils savent quelque chose que nos savants ignorent. »

Barshov haussa les épaules. « Nous ne sommes pas les premiers dans toutes les disciplines scientifiques, Capitaine. Si c'était le cas, ce serait nous et pas les Américains qui piloterions des autos à la surface de la lune.

— Merci encore, Professeur. J'attends votre rapport définitif. »

18

À quatre blocs du bâtiment du ministère de la Marine, le lieutenant Pavel Marganine était assis sur un banc de square à lire un livre de poèmes. Il était midi et les pelouses étaient envahies d'employés de bureau qui déjeunaient sous les rangées d'arbres régulièrement espacés. De temps en temps il levait la tête pour jeter un coup d'œil de connaisseur sur une jolie fille qui passait.

À midi et demi, un gros homme au costume chiffonné vint s'asseoir à l'autre extrémité du banc et se mit à déballer des tranches de pain noir et une gamelle de soupe aux patates. Il se tourna vers Marganine avec un grand sourire.

« Tu veux partager un peu de pain, matelot ? » fit l'étranger d'un ton jovial. Il se caressa la panse. « J'ai plus qu'il n'en faut pour deux. Ma femme insiste toujours pour me faire trop manger et me garder gros pour éviter que les jeunes filles ne me poursuivent. »

Marganine secoua la tête et se replongea dans sa lecture.

L'homme haussa les épaules et fit semblant de mordre un morceau de pain. Il se mit à mâcher avec vigueur, mais c'était de la comédie ; il avait la bouche vide :

« Qu'est-ce que vous avez pour moi ? » murmura-t-il entre deux mouvements de mâchoire.

Marganine fixait toujours son livre et il le souleva un peu pour masquer ses lèvres. « Prevlov a une aventure avec une femme qui a des cheveux noirs, coupés court, qui porte des chaussures de bottier à talons bas, taille six, qui a un faible pour la Chartreuse. Elle roule dans une voiture de l'ambassade américaine, immatriculée USA-1-4-6.

— Vous êtes sûr de vos faits ?

— Je ne suis pas spécialisé dans la fiction, marmonna Marganine tout en tournant une page d'une main nonchalante. Je vous conseille d'agir sans tarder sur mes renseignements. Nous sommes peut-être au bord de ce que nous cherchons.

— Je l'aurai fait identifier avant ce soir. » L'étranger se mit à boire sa soupe bruyamment. « Rien d'autre ?

— J'ai besoin de renseignements sur le Projet Sicile.

— Je n'en ai jamais entendu parler. »

Marganine abaissa le livre et se frotta les yeux, gardant une main devant sa bouche. « C'est un projet de défense qui a un rapport avec l'Agence Nationale de Recherches Océanographiques.

— Ils vont peut-être faire des difficultés pour des fuites à propos de projets concernant la défense.

— Dites-leur de ne pas s'inquiéter. Ce sera traité avec discrétion.

— Dans six jours. Aux toilettes des hommes au restaurant Borodino. Six heures quarante du soir. » Marganine referma son livre et soupira.

L'étranger avala encore une cuillerée de soupe sans s'occuper le moins du monde de Marganine puis se leva et s'éloigna en direction du bâtiment du ministère de la Marine soviétique.

19

Le secrétaire du Président eut un sourire courtois et se leva de derrière son bureau. Il était grand et jeune et il avait un air aimable.

« Mrs Seagram, bien sûr. Voulez-vous venir par ici ? »

Il escorta Dana jusqu'à l'ascenseur de la Maison-Blanche et s'écarta pour lui laisser le passage. Elle prenait un air indifférent en regardant droit devant elle. S'il savait, s'il se doutait de quelque chose, il la déshabillerait en pensée. Elle jeta un bref coup d'œil au visage du secrétaire ; son regard impassible restait fixé sur les numéros des étages qui s'allumaient les uns après les autres.

Les portes s'ouvrirent et elle le suivit dans le couloir jusqu'à une des chambres du second étage.

« C'est là, sur la cheminée, dit le secrétaire. Nous l'avons découvert dans les sous-sols au fond d'une caisse sans aucune marque. Beau travail. Le Président a insisté pour qu'on le monte ici où on peut l'admirer. »

Dana plissa les yeux pour inspecter la maquette d'un voilier abrité sous une cloche de verre au-dessus de la cheminée.

« Il espérait que vous pourriez jeter quelque lumière sur son histoire, poursuivit le secrétaire. Comme vous pouvez le voir, il n'y a aucune indication de nom ni sur la coque ni sur la vitrine. »

Elle s'approcha d'un pas hésitant pour regarder de plus près. Elle était déconcertée : ce n'était guère ce à quoi elle s'attendait. Au téléphone de bonne heure ce matin, le secrétaire avait simplement dit : « Le Président se demande s'il vous serait possible de passer à la Maison-Blanche vers 2 heures ? » Une étrange sensation la parcourut. Elle ne savait pas trop si c'était de la déception ou du soulagement.

« Un navire marchand du début XVIIIe, d'après son aspect, dit-elle. Il faudrait que je fasse quelques croquis pour les comparer avec des dessins des archives de la Marine.

— L'amiral Sandecker a dit que si quelqu'un pouvait l'identifier, c'était vous.

— L'amiral Sandecker ?

— Oui, c'est lui qui vous a recommandée au Président. »

Le secrétaire se dirigea vers la porte. « Il y a un bloc et un crayon sur la table de nuit auprès du lit. Il faut que je retourne à mon bureau. Je vous en prie, prenez tout le temps dont vous avez besoin.

— Mais est-ce que le Président ?...

— Il joue au golf cet après-midi. Vous ne serez pas dérangée. Quand vous aurez fini, vous n'aurez qu'à descendre au rez-de-chaussée par l'ascenseur. » Là-dessus, sans laisser à Dana le temps de répondre, le secrétaire tourna les talons et sortit.

Dana se laissa tomber sur le lit et soupira. Après le coup de téléphone, elle s'était précipitée chez elle, avait pris un bain parfumé et avait passé avec soin une robe d'un blanc virginal sur des dessous noirs. Et tout cela pour rien. Le Président ne voulait pas faire l'amour : il voulait simplement lui faire identifier la maquette d'un vieux rafiot sans intérêt.

Complètement désemparée, elle entra dans la salle de bains pour se regarder dans la glace. Lorsqu'elle en ressortit, la porte de la chambre était fermée et le Président était planté devant la cheminée, l'air jeune et bronzé, en pantalon de flanelle et chemise polo.

Dana ouvrit de grands yeux. Pendant quelques instants, elle ne trouva rien à dire. « Vous êtes censé jouer au golf, finit-elle par dire stupidement.

— C'est ce qui est marqué sur mon carnet de rendez-vous.

— Alors, cette histoire de maquette de bateau...

— Le brick Roanoke, de Virginie, dit-il en désignant du menton la maquette. Lancé en 1728, il a coulé sur des écueils au large de la Nouvelle-Écosse en 1743. Mon père a construit cette maquette de toutes pièces il y a une quarantaine d'années.

— Vous vous êtes donné tout ce mal rien que pour me voir seule ? fit-elle, abasourdie.

— C'est évident, non ? »

Elle le contempla sans rien dire. Il soutint sans sourciller son regard et elle rougit.

« Vous comprenez, reprit-il, je voulais avoir une petite conversation avec vous, en tête à tête, sans que nous soyons dérangés ou interrompus par tout le train-train de mon bureau. »

Elle avait l'impression que la pièce tournait autour d'elle. « Vous... vous voulez juste parler ? »

Il la regarda un moment avec curiosité, puis il se mit à rire. « Vous me flattez, Mrs Seagram. Il n'a jamais été dans mes intentions de vous séduire. Je crains que ma réputation de Don Juan ne soit quelque peu exagérée.

— Mais à la soirée...

— Je crois que je comprends. » Il la prit par la main et la conduisit jusqu'à un fauteuil. « Quand j'ai murmuré : "Il faut que je vous voie seule", vous avez pris cela pour la proposition déshonnête d'un vieux paillard. Pardonnez-moi, ce n'était pas mon intention. »

Dana soupira. « Je me demandais ce qu'un homme qui pouvait avoir n'importe laquelle de cent millions de femmes rien qu'en claquant des doigts pouvait bien voir dans une femme mariée et assommante de trente et un ans spécialisée dans l'archéologie sous-marine.

— Vous ne vous rendez pas justice, fit-il soudain sérieux. Vous êtes tout à fait ravissante. »

Une fois de plus, elle se prit à rougir. « Voilà des années qu'aucun homme ne m'a fait la cour.

— C'est peut-être parce que les hommes les plus honorables ne font pas la cour aux femmes mariées.

— J'aimerais le croire. »

Il approcha un fauteuil pour s'asseoir en face d'elle. Elle se tenait très raide sur son siège, les genoux serrés, les mains posées sur ses jambes. La question, quand il la lui posa, la prit tout à fait au dépourvu.

« Dites-moi, Mrs Seagram, êtes-vous toujours amoureuse de lui ? »

Elle le dévisagea, l'incompréhension se lisant dans les yeux. « De qui ?

— Votre mari, bien sûr.

— Gene ?

— Oui, Gene, fit-il en souriant, à moins que vous n'ayez un autre époux caché quelque part.

— Pourquoi me demandez-vous ça ? fit-elle.

— Gene est en train de craquer. »

Dana parut surprise. « Il travaille dur, mais je ne peux pas croire qu'il soit au bord d'une dépression nerveuse.

— Pas au sens clinique du terme, non. » Le Président avait un air sévère. « Il est toutefois soumis à une pression considérable. S'il est confronté à de sérieux problèmes conjugaux en plus de la masse de son travail, il pourrait bien basculer. Je ne peux pas le permettre, pas encore, pas avant qu'il ait réalisé un projet extrêmement secret qui est d'une importance vitale pour le pays.

— C'est ce foutu projet secret qui s'est glissé entre nous, lança-t-elle avec fureur.

— Ça et quelques autres problèmes — comme votre refus d'avoir des enfants. »

Elle le regarda, stupéfaite. « Comment pouvez-vous savoir tout ça ?

— Mes méthodes habituelles. Peu importe comment. Ce qui compte, c'est que vous ne lâchiez pas Gene au cours des seize mois à venir et que vous lui donniez toute l'affection et toute la tendresse que vous pouvez trouver pour lui dans votre cœur. »

Nerveusement elle croisa et décroisa les mains. « C'est si important ? demanda-t-elle d'une toute petite voix.

— C'est si important, dit-il. Vous voulez bien m'aider ? »

Elle hocha la tête sans rien dire.

« Bon. » Il lui serra les mains. « Entre nous, nous arriverons peut-être à empêcher Gene de craquer.

— J'essaierai, monsieur le Président. Puisque c'est si important, je vais essayer. Je ne peux pas vous promettre davantage.

— J'ai une totale confiance en vous.

— Mais s'il s'agit d'avoir un bébé, là je tire un trait », lança-t-elle d'un ton de défi.

Il arbora le célèbre sourire si souvent saisi par les photographes.

« Je peux déclencher une guerre, je peux ordonner à des hommes de mourir, mais même le Président des États-Unis n'a pas le pouvoir d'ordonner à une femme d'être enceinte. »

Pour la première fois, elle éclata de rire. Ça paraissait si bizarre d'avoir une conversation aussi intime avec un homme qui détenait un tel pouvoir. Le pouvoir était vraiment un aphrodisiaque et elle commençait à ressentir une amère déception à ce qu'on ne l'emmène pas au lit.

Le Président se leva et lui prit le bras. « Il faut que je parte maintenant. J'ai rendez-vous avec mes conseillers économiques dans quelques minutes. » Il se mit à la guider vers la porte. Puis il s'arrêta, attira son visage vers lui et elle sentit la ferme pression de ses lèvres sur les siennes. Lorsqu'il la lâcha, il la regarda dans les yeux et dit : « Vous êtes une femme très désirable, Mrs Seagram. N'oubliez pas ça. »

Puis il l'accompagna jusqu'à l'ascenseur.

20

Dana attendait dans le hall lorsque Seagram débarqua de son avion.

— Qu'est-ce qui se passe ? fit-il en la regardant d'un air interrogateur. Ça fait des éternités que tu n'es venue me chercher à l'aéroport.

— Un irrésistible élan d'affection. » Elle sourit.

Il alla chercher ses bagages et ils se dirigèrent vers le parc de stationnement. Elle lui serrait le bras. L'après-midi semblait maintenant un rêve lointain. Elle devait se forcer à se rappeler qu'un autre homme l'avait trouvée séduisante et l'avait bel et bien embrassée.

Elle se mit au volant et s'engagea sur l'autoroute. L'heure de pointe était passée et le trafic était moins dense : elle fila bon train à travers la campagne de Virginie.

« Tu connais Dirk Pitt ? demanda-t-il en rompant le silence.

— Oui, c'est le directeur des projets spéciaux de l'amiral Sandecker. Pourquoi ?

— J'aurai sa peau, à ce salaud, dit-il.

— Quels rapports as-tu avec lui ? fit-elle en lui jetant un regard surpris.

— Il a bousillé une importante partie du projet. »

Les mains de Dana se crispèrent sur le volant. « Tu as la peau dure, dit-elle.

— Pourquoi dis-tu ça ?

— Il a une réputation légendaire à l'ANRO. La liste de ses exploits depuis qu'il est entré à l'agence ne pâlit qu'auprès de ses états de service pendant la guerre.

— Et alors ?

— Alors, il est le chouchou de l'amiral Sandecker.

— Tu l'oublies, mais j'ai plus d'influence auprès du Président que l'amiral Sandecker.

— Plus d'influence que le sénateur George Pitt, de Californie ? » demanda-t-elle d'un ton tranquille.

Il se retourna pour la regarder. « Ils sont parents ?

— Le père et le fils. »

Il se retrancha dans un silence morose pendant les quelques kilomètres suivants.

Dana posa la main droite sur son genou. Lorsqu'elle s'arrêta à un feu rouge, elle se pencha pour l'embrasser.

« C'était pour quoi ?

— Pour t'acheter.

— Ça va me coûter combien ? marmonna-t-il.

— J'ai une idée formidable, annonça-t-elle. Pourquoi ne va-t-on pas voir ce nouveau film de Brando, et après nous pourrions faire un somptueux dîner de homard à la vieille auberge du Potomac, puis rentrer à la maison, éteindre les lumières et...

— Conduis-moi au bureau, dit-il. J'ai du travail.

— Je t'en prie, Gene, ne te mène pas à ce train-là, supplia-t-elle. Tu auras le temps de travailler demain.

— Non, maintenant ! » fit-il.

Le fossé qui les séparait était infranchissable, et désormais les choses ne seraient plus jamais les mêmes.

21

Seagram regarda le porte-documents métallique posé sur son bureau, puis leva les yeux vers le colonel et le capitaine plantés devant lui. « Pas d'erreur ? »

Le colonel secoua la tête. « Recherché et vérifié par le directeur des Archives de la Défense, monsieur.

— C'est du travail vite fait. Je vous remercie. »

Le colonel ne donnait aucun signe de départ. « Excusez-moi, monsieur, je dois attendre et rentrer au Département de la Défense avec le dossier en ma possession.

— Sur l'ordre de qui ?

— Du Secrétaire, répondit le colonel. La politique du Département de la Défense stipule que tout matériel classé comme Confidentiel Code Cinq doit être à tout moment sous surveillance.

— Je comprends, dit Seagram. Puis-je étudier le dossier seul ?

— Oui, monsieur. Mon aide de camp et moi attendrons dans le couloir, mais je dois respectueusement vous prier de ne laisser personne entrer dans votre bureau ni en sortir tant que le dossier est en votre possession. »

Seagram acquiesça. « Très bien, messieurs, installez-vous confortablement. Ma secrétaire sera à votre disposition si vous voulez du café ou des rafraîchissements.

— Merci de votre courtoisie, M. Seagram.

— Et, encore une chose, dit Seagram avec un petit sourire. J'ai mes propres toilettes, alors ne comptez pas me voir pendant un moment. »

Seagram resta quelques instants immobile après que la porte se fut refermée. La justification de cinq années de labeur était enfin sous ses yeux. L'était-elle vraiment ? Peut-être les documents contenus dans le classeur ne le mèneraient-ils qu'à un mystère de plus ou, pire encore, à une impasse. Il inséra la clef dans la serrure du porte-documents et l'ouvrit. À l'intérieur il y avait quatre dossiers et un petit carnet. Les dossiers portaient des étiquettes sur lesquelles on pouvait lire :

CD 5 C 7665 1911
Rapport sur la valeur scientifique et financière de l'élément rare appelé byzanium.

CD 5 SC 76687 1911
Correspondance entre le secrétaire à la Guerre et Joshua Hays Brewster sur les possibilités de se procurer du byzanium.

CD 5 C 7720 1911
Mémorandum du secrétaire à la Guerre au Président concernant des fonds pour le Plan Secret de l'Armée 371/990/R 85.

CD 5 C 8039 1912
Rapport de clôture de l'enquête sur les circonstances entourant la disparition de Joshua Hays Brewster.

Le carnet s'intitulait simplement : « Journal de Joshua Hays Brewster. »

La logique aurait voulu que Seagram étudiât d'abord les dossiers, mais il mit la logique de côté, se carra dans son fauteuil et ouvrit le journal.

Quatre heures plus tard, il reposait avec soin le

carnet par-dessus les dossiers et poussait un bouton sur le côté de son téléphone intérieur. Presque aussitôt un panneau dans une cloison sur le côté s'ouvrit et un homme en blouse blanche entra.

« Combien de temps vous faut-il pour photocopier tout ça ? »

Le technicien feuilleta le carnet et inspecta les dossiers. « Donnez-moi quarante-cinq minutes. »

Seagram acquiesça. « Bon, allez-y. Mais il y a quelqu'un dans le couloir qui attend les originaux. »

Quand le panneau se fut refermé, Seagram se leva pesamment de son fauteuil et entra d'un pas trébuchant dans la salle de bains. Il repoussa la porte et s'y adossa, le visage crispé par une grimace.

« Oh Dieu, non, gémit-il. Ça n'est pas juste, ça n'est pas juste. »

Puis il se pencha sur le lavabo et vomit.

22

Le Président serra la main de Seagram et de Donner sur le seuil de son cabinet de travail à Camp David.

« Désolé de vous faire venir ici à 7 heures du matin, mais c'est le seul moment où je pouvais vous caser.

— Aucun problème, monsieur le Président, dit Donner. De toute façon à cette heure-ci, je suis en général dehors à faire un peu de trot. »

Le Président considéra la silhouette rondelette de Donner d'un air amusé. « Qui sait ? Je vous ai peut-être sauvé d'un infarctus. » Il rit en voyant l'expression affligée de Donner et leur fit signe d'entrer. « Venez, venez, asseyez-vous, installez-vous. J'ai commandé un petit déjeuner léger. »

Ils se groupèrent autour d'un canapé et d'un fauteuil devant une vaste baie vitrée donnant sur les collines du Maryland. Le café arriva avec un plateau de petits pains au lait que le Président fit circuler.

« Alors, Gene, j'espère que pour une fois les nouvelles sont bonnes. Le Projet Sicile est notre seul espoir de mettre un terme à cette folle course aux armements avec les Russes et les Chinois. »

Le Président se frotta les yeux d'un air las. « Ce doit être la plus grande manifestation de stupidité depuis l'aube de l'humanité, surtout quand on songe au fait absurde et tragique que chacun de nous a la capacité de faire sauter au moins cinq fois le pays de l'autre. » Il eut un geste impuissant. « Enfin, ce sont les tristes réalités de l'existence. Si vous me disiez où nous en sommes. »

Seagram, de l'autre côté de la table basse, avait le regard fatigué. « Bien sûr, monsieur le Président, vous êtes au courant de nos progrès à ce jour.

— Oui, j'ai étudié les rapports de votre enquête. »

Seagram tendit au Président une photocopie du journal de Brewster. « Je crois que vous trouverez là un document passionnant sur les intrigues et les souffrances humaines au début du XXe siècle. La première notation date du 8 juillet 1910 et concerne le départ de Joshua Hays Brewster des monts Taimyr, non loin de la côte septentrionale de Sibérie. Là, il a passé neuf mois à ouvrir une mine de plomb sous contrat avec son employeur, la Société des Mines de Lorraine, pour le Tsar de Russie. Il poursuit alors en racontant comment son navire, un petit caboteur qui faisait route vers Arkhangelsk, s'est perdu dans la brume et s'est échoué sur l'île septentrionale de Nouvelle-Zemble. Par bonheur, le navire a tenu et les survivants ont pu subsister dans sa coque d'acier glacée jusqu'au moment où ils ont été sauvés par une frégate de la marine russe près d'un mois plus tard. C'est durant ce séjour que Brewster a passé son temps à prospecter l'île. À un moment, au cours du dix-huitième jour, il est tombé sur un affleurement rocheux étrange sur les pentes du mont Bednaya. Il n'avait jamais vu encore ce type de formation, alors il en a rapporté plusieurs échantillons avec lui aux États-Unis, et il a fini par atteindre New York soixante-deux jours après avoir quitté la mine de Taimyr.

— Nous savons donc maintenant comment le byzanium a été découvert », dit le Président.

Seagram acquiesça et poursuivit. « Brewster avait remis tous ses échantillons à son employeur sauf un : celui-là, il le gardait uniquement comme souvenir. Quelques mois plus tard, n'ayant eu aucune nouvelle, il demanda au directeur pour les États-Unis de la Société des Mines de Lorraine ce qu'il était advenu de ses échantillons de minerai du mont Bednaya. On lui dit qu'on les avait estimés comme sans valeur et qu'on les avait jetés. Méfiant, Brewster alla porter l'échantillon qui lui restait au Bureau des Mines de Washington à fin d'analyse. Il fut surpris d'apprendre que c'était du byzanium, jusque-là un élément virtuellement inconnu, qu'on n'avait aperçu qu'à de rares occasions au moyen d'un puissant microscope.

« Brewster avait-il signalé à la Société l'emplacement de cet affleurement de byzanium ? demanda le Président.

— Non, il s'était montré astucieux et s'était contenté de leur donner de vagues indications. À vrai dire, il avait même donné à penser que le site se trouvait sur l'île méridionale de Nouvelle-Zemble, à des kilomètres plus au sud.

— Pourquoi ce subterfuge ?

— C'est une tactique très répandue chez les prospecteurs, répondit Donner. En ne révélant pas l'emplacement exact d'un filon prometteur, le découvreur peut négocier un pourcentage plus élevé des bénéfices le jour où la mine devient opérationnelle.

— Ça tient debout, murmura le Président. Mais

qu'est-ce qui a incité les Français au secret dès 1910 ? Qu'auraient-ils bien pu voir dans le byzanium dont personne d'autre ne s'est aperçu au cours des soixante-dix années suivantes ?

— Sa similarité avec le radium, par exemple, dit Seagram. La Société des Mines a transmis l'échantillon de Brewster à l'Institut du Radium à Paris où leurs savants ont découvert que le byzanium et le radium avaient certaines propriétés identiques.

— Et comme cela coûtait cinquante mille dollars pour extraire un gramme de radium, ajouta Donner, le gouvernement français a soudain vu une occasion de mettre la main sur la seule réserve connue au monde d'un élément fantastiquement cher. Avec le temps, les Français auraient pu gagner des centaines de millions de dollars avec quelques kilos de byzanium. »

Le Président secoua la tête d'un air incrédule. « Mon Dieu, si je me souviens bien de mes équivalences en poids et mesures, il y a environ vingt-huit grammes par once.

— C'est exact, monsieur le Président. Une once de byzanium valait 1 400 000 dollars. Et cela au cours de 1910. »

Le Président se leva lentement et son regard se perdit par la fenêtre. « Qu'a fait alors Brewster ?

— Il a transmis ces renseignements au ministère de la Guerre. » Seagram exhiba le dossier sur les fonds du Plan Secret de l'Armée 371/990/R 85 et l'ouvrit. « S'ils connaissaient toute l'histoire, les gars de la CIA seraient fiers de l'organisation qui leur tient lieu d'ancêtre. Dès l'instant où les généraux du vieux Bureau de Renseignement de l'Armée ont vu ce sur quoi Brewster était tombé, ils ont rêvé le coup de double jeu le plus grandiose du siècle. Brewster a reçu l'ordre d'informer la Société des Mines qu'il avait identifié les échantillons de minerai et de bluffer en leur faisant croire qu'il allait constituer un syndicat minier et se charger lui-même d'extraire le byzanium. Il tenait les Français et ceux-ci le savaient. Ils s'étaient rendu compte à ce moment que les indications qu'il avait données sur le lieu d'affleurement étaient fausses. Donc pas de Brewster, pas de byzanium : c'était aussi simple que ça. Ils n'avaient pas d'autre choix que de l'engager comme ingénieur en chef, moyennant une part des bénéfices.

— Pourquoi notre propre gouvernement n'a-t-il pas pu financer l'opération ? demanda le Président. Pourquoi laisser les Français dans le tableau ?

— Pour deux raisons, répondit Seagram. D'abord, puisque le byzanium se trouvait en territoire étranger, la mine devrait fonctionner de façon clandestine. Si les mineurs étaient pris par les Russes, ce serait le gouvernement français qui en assumerait la responsabilité, pas les Américains. Ensuite, le Congrès en ce temps-là se montrait d'une extrême avarice en ce qui concernait les crédits accordés à l'Armée. Il n'y avait tout simplement pas assez de fonds pour monter une expédition minière dans l'Arctique, quel que pût en être le bénéfice potentiel.

— Il semblerait que les Français jouaient contre un partenaire qui avait truqué les cartes.

— C'était à double tranchant, monsieur le Président. Il n'y avait aucun doute dans l'esprit de Brewster que, dès l'instant où il ouvrait la mine du mont Bednaya et commençait à expédier le minerai, son équipe et lui seraient liquidés par des assassins à la solde de la Société des Mines de Lorraine. L'acharnement avec lequel la Société insistait sur le secret en était une preuve évidente. Mais il y avait un autre petit problème : c'étaient les Français et non pas Brewster qui avaient eu l'idée de la catastrophe de la mine du Petit Ange.

— Il faut leur laisser le mérite d'avoir fichtrement bien joué, dit Donner. Le coup du Petit Ange était la couverture parfaite pour permettre la liquidation éventuelle de Brewster et de toute son équipe. Après tout, comment pourrait-on être accusé d'avoir tué neuf hommes dans l'Arctique, alors que de notoriété publique ils étaient tous morts six mois plus tôt dans une catastrophe minière au fond du Colorado ?

— Nous avons la quasi-certitude, reprit Seagram, que la Société des Mines a escamoté nos héros en les expédiant à New York dans un wagon privé. De là, ils ont sans doute embarqué sur un navire français sous de fausses identités.

— Une question sur laquelle j'aimerais que vous m'éclairiez, dit le Président. En lisant votre rapport, Donner ici présent a déclaré que l'équipement minier découvert en Nouvelle-Zemble avait été commandé par le gouvernement américain. Voilà qui ne cadre pas avec votre version.

— Encore une couverture inventée par les Français, répondit Seagram. Les archives de chez Jensen et Thor ont montré également que le matériel d'extraction a été réglé par un chèque sur une banque de Washington. Le compte, en fait, était celui de l'ambassadeur de France. C'était tout simplement une ruse de plus pour camoufler l'opération.

— Rien ne leur a échappé, hein ?

— C'était bien conçu, acquiesça Seagram, mais, malgré toutes leurs précautions, ils ne se doutaient pas du tout qu'on les menait en bateau.

— Alors, après Paris, que s'est-il passé ? insista le Président.

— Les gars du Colorado ont passé deux semaines au siège de la Société, à commander du matériel et à régler les derniers préparatifs pour l'extraction. Quand enfin tout a été prêt, ils se sont embarqués au Havre sur un transport français et ont mis le cap au nord. Il a fallu douze jours au navire pour se frayer un chemin au milieu des glaces flottantes de la mer de Barents avant de jeter enfin l'ancre au large de la Nouvelle-Zemble. Une fois les hommes et l'équipement débarqués sans encombre, Brewster a commencé d'appliquer le

Plan Secret de l'Armée et ordonné au commandant du navire de ravitaillement de ne pas venir chercher le minerai avant la première semaine de juin, c'est-à-dire au bout de sept mois.

— L'idée étant que les gars du Colorado et le byzanium auraient depuis longtemps disparu lorsque le bateau de la Société des Mines reviendrait.

— Tout juste. Ils ont réussi avec deux mois d'avance : il n'a fallu que cinq mois à l'équipe pour arracher le précieux élément aux entrailles de cet enfer glacé. C'était un travail épuisant que de forer, de faire sauter, de creuser dans du granit pur, tout cela par une température de 40 au-dessous de zéro. Jamais, durant les longs mois d'hiver au plus haut des Rocheuses ils n'avaient rien connu de comparable aux vents glacés qui déferlaient sur la mer en provenance de la grande calotte glaciaire du pôle ; des vents qui ne s'arrêtaient qu'assez longtemps pour leur apporter ce froid terrible et renouveler la couche de glace éternelle du mont Bednaya avant de s'en aller balayer la côte russe qu'on apercevait à peine au-dessus de l'horizon vers le sud. C'était très dur pour les hommes. Jake Hobart est mort de froid lorsqu'il s'est perdu dans une tempête de neige, et tous les autres ont souffert terriblement de fatigue et de gelures. Selon les propres mots de Brewster, « c'était un purgatoire de glace sur lequel ça ne valait même pas la peine de gâcher sa salive pour cracher ».

— C'est un miracle qu'ils ne soient pas tous morts, dit le Président.

— C'est leur courage qui les a sauvés, dit Seagram. Ils ont fini par vaincre contre toute attente. Ils avaient arraché à ce désert le minerai le plus rare du monde et ils y étaient parvenus sans qu'on les découvrît. C'était un chef-d'œuvre de discrétion et de technique.

— Alors ils se sont échappés de l'île avec le minerai ?

— Oui, monsieur le Président, répondit Seagram. Brewster et son équipe ont recouvert le tas de déblais et la voie qui servait pour les wagonnets et ont dissimulé l'entrée de la mine. Ils ont ensuite transporté le byzanium jusqu'à la plage, où ils l'ont chargé à bord d'un petit vapeur expédié par le ministère de la Guerre sous le prétexte d'une expédition polaire. Le navire était commandé par un certain lieutenant de vaisseau Pratt, de la Marine des États-Unis.

— Quelle quantité de minerai ont-ils emportée ?

— D'après les estimations de Sid Koplin, environ une demi-tonne d'un minerai à teneur extrêmement élevée.

— Et ce qui donne une fois traité... ?

— Sans doute tout au plus une dizaine de kilos.

— Plus qu'assez pour réaliser le Projet Sicile, dit le Président.

— Plus qu'assez, reconnut Donner.

— Ont-ils regagné les États-Unis ?

— Non, monsieur le Président. On ne sait comment, les Français avaient flairé le coup et ils attendaient patiemment que les Américains eussent fait le sale travail dans des conditions dangereuses pour intervenir et s'emparer du butin. À quelques milles de la côte sud de la Norvège, alors que le lieutenant Pratt s'apprêtait à mettre le cap à l'est sur New York, ils ont été attaqués par un mystérieux navire qui n'arborait aucun pavillon.

— Pas d'identification, pas de scandale international, dit le Président. Ces Français ont pensé à tout. »

Seagram sourit. « Sauf que cette fois, si vous voulez bien me pardonner l'expression, ils ont manqué le coche. Comme la plupart des Européens, ils ont sous-estimé la bonne vieille ingéniosité yankee : notre ministère de la Guerre avait lui aussi envisagé toutes les éventualités. Avant que les Français aient eu le temps de tirer une troisième salve sur le navire américain, l'équipage du lieutenant Pratt avait abaissé les parois d'un faux rouf et riposté avec un canon de 125 qui s'y trouvait dissimulé.

— Bien joué, dit le Président.

— La bataille a duré presque jusqu'à la nuit, continua Seagram.

Puis Pratt parvint à loger un obus dans la chaudière du Français et le navire explosa en flammes. Mais le bateau américain était touché aussi. Les cales prenaient l'eau. Pratt avait un tué et quatre hommes de son équipage sérieusement blessés. Après s'être consultés, Brewster et Pratt décidèrent de se diriger vers le port ami le plus proche, de débarquer les blessés et d'expédier de là le minerai aux États-Unis. À l'aube, ils parvenaient à franchir la jetée d'Aberdeen, en Écosse.

— Pourquoi n'auraient-ils pas pu tout simplement transborder le minerai sur un navire de guerre américain? Ç'aurait certainement été plus sûr que de l'acheminer par un bateau marchand?

— Je n'en suis pas certain, répondit Seagram. Brewster sans doute craignait que les Français ne revendiquent alors le minerai par la voie diplomatique, contraignant par là même les Américains à avouer le vol et à leur rendre le byzanium. Dès l'instant qu'il le gardait en sa possession, notre gouvernement pouvait prétendre tout ignorer de l'affaire. »

Le Président secoua la tête. « Ce Brewster devait être un véritable lion.

— Chose étrange, fit Donner, il n'avait qu'un mètre cinquante-cinq.

— Quand même, c'était un homme stupéfiant, un grand patriote, pour vivre tout cet enfer sans penser à aucun profit personnel. On ne peut s'empêcher de souhaiter qu'il soit parvenu à rentrer sain et sauf.

— Son odyssée, hélas, n'était pas terminée. » Seagram avait les mains qui commençaient à trembler. « Le Consulat de France de cette ville portuaire a dénoncé les gars du Colorado. Un soir, avant qu'ils aient pu décharger le byzanium à bord d'un camion, les agents français ont frappé sans crier gare dans l'ombre du quai de débarquement. Il n'y a pas eu un coup de feu : tout s'est passé à coups de poing, de couteau et de matraque. Ces rudes gaillards de villes aussi légendaires que Cripple Creek, Leadville et Fairplay n'étaient pas des enfants de chœur. Ils se sont défendus comme de beaux diables et ont jeté six corps dans les eaux noires du port avant que le reste de leurs assaillants ne se fonde dans la nuit. Mais ça n'était que le début. À chaque carrefour, entre chaque village, dans les rues de chaque ville, de derrière chaque arbre et chaque porte semblait-il, ces attaques de pirates se sont poursuivies au point que leur fuite à travers la Grande-Bretagne était marquée par le sang de morts et de blessés. Cela tournait à la guerre d'usure : les gars du Colorado avaient affaire à une énorme organisation qui sacrifiait jusqu'à cinq hommes pour éliminer deux mineurs. Les effets n'ont pas tardé à s'en faire sentir : John Caldwell, Alvin Coulter et Thomas Price sont morts à la sortie de Glasgow. Charles Widney est tombé à Newcastle, Walter Schmidt près de Stafford et Warner O'Deming à Birmingham. L'un après l'autre, les rudes mineurs étaient liquidés, et leur sang venait se répandre sur une terre bien loin de la leur. Seuls Vernon Hall et Joshua Hays Brewster survécurent pour convoyer le minerai jusqu'au quai transatlantique de Southampton. »

Le Président se mordit les lèvres et serra les poings. « Alors les Français ont fini par gagner.

— Non, monsieur le Président. Les Français n'ont jamais vu le byzanium. » Seagram prit le journal de Brewster et le feuilleta vers la fin. « Je vais vous lire la dernière notation. Elle est datée du 10 avril 1912.

Ma satisfaction a les accents d'une oraison funèbre aujourd'hui car je suis presque mort. Dieu soit loué, le précieux minerai que nous avons arraché au prix de si rudes efforts aux entrailles de cette maudite montagne repose en sûreté dans la chambre forte du navire. Il ne restera que Vernon pour raconter l'histoire, car dans l'heure qui vient je m'embarque pour New York à bord du grand paquebot de la White Star. Sachant que le minerai est en sûreté, je confie ce journal aux soins de James Rodgers, vice-consul des États-Unis à Southampton, qui veillera à ce qu'il parvienne aux autorités intéressées au cas où moi aussi je serais tué. Dieu donne le repos aux hommes qui ont disparu avant moi. Comme il me tarde de regagner Southby. »

Un silence glacé s'abattit sur le bureau. Le Président se détourna de la fenêtre et vint se rasseoir dans son fauteuil. Il resta là un moment sans rien dire. Puis il reprit : « Cela signifie-t-il que le byzanium se trouve aux États-Unis ? Est-il possible que Brewster... ?

— Hélas non, monsieur le Président, murmura Seagram, le visage pâle et emperlé de sueur.

— Expliquez-vous ! » exigea le Président.

Seagram prit une profonde inspiration. « Parce que, monsieur le Président, le seul paquebot de la White Star à avoir quitté Southampton, en Angleterre, le 10 avril 1912, c'était le *Titanic*.

— Le *Titanic* ! » On aurait dit que le Président venait de recevoir une balle. La vérité l'avait soudain frappé. « Tout concorde, dit-il d'une voix sans timbre. Cela expliquerait pourquoi le byzanium a disparu pendant toutes ces années.

— Le destin a été bien cruel avec les gars du Colorado, murmura Donner. Ils ont souffert et ils sont morts, tout cela pour acheminer le minerai jusqu'à un navire qui devait couler au milieu de l'océan. »

Un autre silence, plus profond encore que le précédent.

Le Président était assis, comme pétrifié. « Que faisons-nous maintenant, messieurs ? »

Il y eut un intervalle de peut-être dix secondes, puis Seagram se leva et vint se planter devant le Président. La tension de ces derniers jours, à quoi venait s'ajouter l'angoisse de la défaite, marquait son visage. Il n'y avait plus d'issue pour eux : ils n'avaient d'autre choix que d'aller jusqu'au bout de leur raisonnement. Il s'éclaircit la voix. « Nous allons renflouer le *Titanic* », murmura-t-il.

Le Président et Donner levèrent les yeux.

« Parfaitement, bon sang ! fit Seagram d'une voix soudain dure et décidée. Nous allons renflouer le *Titanic* ! »

TROISIÈME PARTIE

LES PROFONDEURS DE L'OCÉAN

Septembre 1987

23

La redoutable beauté du noir pur et absolu pesait contre le hublot et supprimait tout contact avec la réalité terrestre. L'absence totale de lumière, se dit Albert Giordino, suffisait en quelques minutes à plonger l'esprit humain dans un état de complète confusion. Il avait l'impression de tomber d'une très grande hauteur, les yeux fermés, par une nuit sans lune ; de tomber dans un immense vide noir, sans la plus infime sensation.

Une goutte de sueur finit par traverser son front et tomber dans son œil gauche où il éprouva aussitôt un léger picotement. Il secoua sa torpeur, se passa une manche sur le visage et tendit avec douceur la main vers le tableau de bord situé juste devant lui, effleurant les diverses protubérances familières jusqu'au moment où ses doigts tâtonnants atteignirent leur but. Alors il releva la manette du commutateur.

Les projecteurs fixés à la coque du bathyscaphe s'allumèrent et découpèrent dans la nuit éternelle une bande étincelante. Bien que l'étroit faisceau du rayon tournât vite à un bleu noirâtre, les minuscules organismes qui flottaient dans la zone éclairée reflétaient la lumière à quelques mètres au-dessus et au-dessous de la zone qu'on pouvait apercevoir par le hublot. Tournant la tête pour ne pas embuer l'épaisse plaque de plexiglas, Giordino poussa un profond soupir, puis se renversa sur le confortable capitonnage du siège du pilote. Il laissa près d'une minute s'écouler avant de se percher sur la console des contrôles et de redonner vie à l'engin silencieux. Il étudia les rangées de cadrans jusqu'au moment où les aiguilles se trouvèrent dans une position qui le satisfasse, et son regard parcourut les voyants lumineux pour s'assurer que tous étaient bien au vert, annonçant que tout était en ordre, avant de remettre en marche les systèmes électriques du *Sappho I*.

Le *Sappho I*. Il fit pivoter son fauteuil et jeta un coup d'œil vers la coursive qui menait à l'arrière. C'était peut-être le plus nouveau et le plus grand bathyscaphe de recherches au monde pour l'Agence Nationale de Recherches Océanographiques, mais, pour Al Giordino, la première fois qu'il l'avait vu, il avait eu l'impression d'un cigare géant monté sur un patin à glace.

Le *Sappho I* n'était pas construit pour rivaliser avec les submersibles militaires. C'était un navire fonctionnel. Sa spécialité, c'était la surveillance scientifique du fond de l'océan, et chacun de ses centimètres carrés était employé pour loger un équipage de sept hommes et deux tonnes d'instruments et d'équipements de recherches océanographiques. Le *Sappho I* ne tirerait jamais un missile, pas plus qu'il ne fendrait les eaux à soixante-dix nœuds, mais, d'un autre côté, il pouvait opérer là où aucun autre sous-marin n'avait jamais osé s'aventurer : plus de sept mille mètres au-dessous de la surface de l'océan. Giordino, pourtant, n'était jamais tout à fait tranquille. Il vérifia l'indicateur de profondeur ; et tiqua en voyant que l'aiguille indiquait déjà presque quatre mille mètres. La pression de l'eau augmenta au rythme de plus de un kilo par centimètre carré tous les dix mètres. Il fit une nouvelle grimace lorsqu'un bref exercice de calcul mental lui donna un résultat approximatif de plus de sept cents kilos par centimètre carré, pression qui à cet instant s'exerçait sur la peinture rouge de l'épaisse coque en titanium du *Sappho I*.

« Qu'est-ce que vous diriez d'une tasse de sédiment frais ? »

Giordino leva les yeux vers le visage sérieux d'Omar Woodson, le photographe de la mission. Woodson tenait à la main un gobelet de café bouillant.

« Le pousseur de boutons en chef aurait dû avoir son jus il y a exactement cinq minutes, dit Giordino.

— Désolé. Il y a un idiot qui a tout éteint. » Woodson lui tendit la tasse. « Tout va bien ?

— Très bien, répondit Giordino. Je laisse un peu reposer la batterie arrière. On va recharger la section centrale dans les prochaines dix-huit heures.

— Une chance que nous n'ayons pas heurté un affleurement rocheux quand on flottait à l'aveuglettc.

— Tu plaisantes. » Giordino se laissa glisser de son siège, se frotta les yeux et bâilla. « Le sonar n'a rien repéré de plus grand qu'un rocher de la taille d'une balle de tennis au cours des six dernières heures. Le fond ici est aussi plat que le ventre de ma petite amie.

— Tu veux dire sa poitrine, dit Woodson. J'ai vu sa photo. » Woodson souriait, ce qui était rare pour lui.

« Personne n'est parfait, reconnut Giordino. Toutefois, compte tenu du fait que son père est un riche distributeur de vins et spiritueux, je peux passer sur quelques points faibles... »

Il s'interrompit car Rudi Gunn, le commandant de la mission, se penchait dans le poste de pilotage. Il était petit et mince, et ses grands yeux, grossis encore par des lunettes à monture d'écaille, avaient un regard intense au-dessus d'un fort nez romain, ce qui lui donnait l'air d'une chouette sous-alimentée prête à frapper. Mais son aspect était trompeur. Rudi Gunn était bon et chaleureux. Tout homme qui avait servi sous ses ordres avait pour lui le plus grand respect.

« Vous vous chamaillez encore ? fit Gunn avec un sourire tolérant.

— Toujours le même problème, fit Woodson d'un ton grave. Il recommence à bander en pensant à sa petite amie.

— Après cinquante et un jours passés dans ce placard flottant, même sa grand-mère lui pardonnerait d'avoir les yeux qui brillent. » Gunn se pencha par-dessus l'épaule de Giordino et regarda par le hublot. Pendant quelques secondes, il ne distingua qu'une brume bleutée, puis peu à peu, juste au-dessous du *Sappho I*, il vit la vase rougeâtre de la couche supérieure du sédiment qui constituait le fond de l'océan. Un bref instant, une crevette rouge vif, qui n'avait pas plus de deux centimètres de long, passa dans le faisceau lumineux avant de se perdre dans l'obscurité.

« C'est quand même dommage qu'on ne puisse pas sortir pour faire un tour, dit Gunn en reculant. Dieu sait ce que nous trouverions là.

— La même chose qu'en plein milieu du désert Mojave, grommela Giordino. Peau de balle. » Il tendit la main pour tapoter sur un cadran. « Quand même il fait plus froid. J'ai relevé une température de 2° 5 au-dessus de zéro.

— Charmant endroit, fit Woodson, mais on n'aimerait pas s'y attarder.

— Aucun écho sur le sonar ? » demanda Gunn.

Giordino désigna du menton un grand écran vert au milieu du tableau de bord. La configuration du terrain qui s'inscrivait était plate. « Rien devant ni sur les côtés : le profil n'a pas bougé depuis plusieurs heures. »

Gunn ôta ses lunettes et se frotta les yeux d'un geste las. « Bien, messieurs, notre mission est pratiquement terminée. Encore dix heures et nous faisons surface. » Dans un geste presque machinal, il leva les yeux vers le panneau supérieur. « Mère est toujours avec nous ? »

Giordino acquiesça. « Mère flotte là-haut. »

Il n'avait qu'à jeter un coup d'œil sur l'aiguille qui oscillait au milieu d'un gros cadran pour savoir que le bateau mère, un ravitailleur de surface, ne cessait de suivre le *Sappho I* au sonar.

« Établissez le contact, dit Gunn, et signalez à Mère que nous allons commencer notre remontée à 9 heures. Cela devrait leur laisser largement le temps de nous hisser à bord et de prendre le *Sappho I* en remorque avant le coucher du soleil.

« J'ai presque oublié à quoi ressemble un coucher de soleil, murmura Woodson. À peine débarqué, papa Woodson va mettre le cap droit sur la plage pour retrouver un peu de bronzage et se rincer l'œil de toutes ces mignonnes en bikini. Finies les plongées.

— Dieu merci, on en voit la fin, dit Giordino. Encore une semaine enfermé là-dedans et je commencerais à faire la causette aux pots de fleurs.

— On n'a pas de pots de fleurs, dit Woodson.

— Tu me comprends.

— Tout le monde mérite un bon repos, fit Gunn en souriant. Vous avez abattu du bon boulot. Les renseignements que nous avons recueillis devraient occuper les gars du labo pendant pas mal de temps. »

Giordino se tourna vers Gunn, lui lança un long regard et dit :

« Ç'a été une drôle de mission, Rudi.

— Je ne vous comprends pas, fit Gunn.

— Une pièce avec une bien pauvre distribution, voilà ce que je veux dire. Regardez votre équipage. » Du geste, il désigna les quatre hommes qui travaillaient dans la partie arrière du submersible : Ben Drummer, un homme du Sud, efflanqué et avec un accent de l'Alabama à couper au couteau ; Rick Spencer, un Californien courtaud et blond qui sifflotait sans cesse entre ses dents ; Sam Merker, cosmopolite et citadin comme un courtier de Wall Street, et Henry Munk, un garçon silencieux, aux paupières lourdes et qui de toute évidence aurait voulu être n'importe où plutôt qu'à bord du *Sappho I*. « Tous ces clowns, vous, Woodson et moi : nous sommes tous des ingénieurs, des mécaniciens : pas un scientifique dans le tas.

— Les premiers hommes sur la lune n'étaient pas des intellectuels non plus, riposte Gunn. Il faut des mécaniciens pour mettre au point l'équipement. Vous autres, vous avez mis à l'épreuve le *Sappho I*, vous avez démontré ses possibilités. Aux océanographes de faire le prochain voyage. Pour nous, cette mission restera comme un grand accomplissement scientifique.

— Moi, déclara Giordino d'un ton pontifiant, je ne suis pas taillé pour être un héros.

— Moi non plus, ajouta Woodson. Mais il faut bien reconnaître que c'est plus marrant que de vendre des polices d'assurances sur la vie.

— Il n'est pas sensible au côté spectaculaire de tout ça, dit Gunn. Pensez aux histoires que vous pourrez raconter à vos petites amies. Pensez aux regards d'extase sur leurs jolis minois quand vous leur expliquerez comment vous avez piloté sans une erreur le plus extraordinaire engin d'exploration sous-marine du siècle.

— Sans une erreur? fit Giordino. Alors si vous m'expliquiez pourquoi je tourne en rond avec ce bijou scientifique à cinq cents milles de notre route prévue?

— Les ordres », fit Gunn en haussant les épaules.

Giordino le regarda droit dans les yeux. « Nous sommes censés plonger dans la mer du Labrador. Au lieu de cela, l'amiral Sandecker change notre route à la dernière minute et nous fait parcourir toutes les plaines abyssales au-dessous des grands bancs de Terre-Neuve. Ça ne rime à rien. »

Gunn eut un sourire de sphinx. Pendant quelques instants, aucun des hommes ne souffla mot, mais Gunn n'avait pas besoin d'être fakir pour connaître les questions qui leur traversaient l'esprit. Il en était certain, ils pensaient la même chose que lui. Comme lui, ils se revoyaient trois mois en arrière et à trois mille kilomètres de là, au Bureau de l'Agence Nationale de Recherches Océanographiques à Washington, où l'amiral James Sandecker, directeur de l'agence, était en train de décrire la plus incroyable opération sous-marine de la décennie.

« Bon sang, avait lancé l'amiral Sandecker, je donnerais bien une année de salaire pour pouvoir partir avec vous. »

Pure figure de rhétorique, se dit Giordino. À côté de Sandecker, Harpagon était un prodigue. Giordino, confortablement installé dans un profond canapé de cuir, écoutait les explications de l'amiral tout en soufflant vers le plafond les ronds de fumée d'un énorme cigare piqué dans un coffret qui se trouvait dans l'immense bureau de Sandecker, alors que tous les regards étaient tournés vers une carte murale de l'océan Atlantique.

« Voilà, c'est là. » Pour la seconde fois, Sandecker frappa bruyamment la baguette sur la carte. « Le courant Lorelei. Il prend naissance à la pointe occidentale de l'Afrique, suit la corniche transatlantique nord, puis s'incurve vers l'Est entre l'île de Baffin et le Groenland, pour venir mourir dans la mer du Labrador.

— Je ne suis pas spécialiste d'océanographie, amiral, mais il me semblerait que le Lorelei converge avec le Gulf Stream.

— Pas du tout. Le Gulf Stream est de l'eau de surface. Le Lorelei est le courant le plus froid, le plus profond de tous les océans du monde, puisqu'il se situe en moyenne à plus de quatre mille mètres de profondeur.

— Alors, le Lorelei passe sous le Gulf Stream », murmura Spencer. C'était la première fois qu'il ouvrait la bouche.

« Ça semble raisonnable. » Sandecker marqua un temps, eut un sourire bienveillant, puis reprit : « L'océan est essentiellement constitué de deux couches : une couche supérieure de surface, chauffée par le soleil et constamment battue par les vents, et une couche froide, très dense, comprenant des eaux intermédiaires, profondes et du fond. Et les deux ne se mélangent jamais.

— Tout ça m'a l'air bien assommant et inquiétant, dit Munk. Le simple fait qu'un type ayant un certain sens de l'humour noir ait baptisé ce courant du nom d'une nymphe du Rhin qui attirait les marins sur les rochers en fait le dernier endroit que je voudrais visiter. »

Un sourire sardonique retroussa les lèvres de Sandecker.

« Tâchez de vous habituer à ce nom, Messieurs, parce que c'est au cœur du courant Lorelei que nous allons passer cinquante jours. Que vous allez passer cinquante jours.

— À faire quoi ? demanda Woodson.

— L'Expédition de Dérive du Courant Lorelei est très précisément ce que son nom indique : vous allez descendre dans un bathyscaphe à cinq cents milles au nord-ouest de Dakar pour commencer une croisière en plongée au cœur du courant. Votre tâche principale sera de surveiller et d'essayer le submersible et son matériel. Si aucun incident ne rend nécessaire d'abréger la mission, vous devriez refaire surface vers le milieu de septembre à peu près au centre de la mer du Labrador. »

Merker s'éclaircit la voix. « Aucun submersible n'est resté aussi longtemps à une pareille profondeur.

— Vous voulez renoncer, Sam ?

— Oh... non.

— C'est une expédition de volontaires. Personne ne vous force à y aller.

— Mais pourquoi nous, amiral ? fit Ben Drummer en dépliant sa longue carcasse du tapis sur lequel il était confortablement allongé. Je suis ingénieur maritime. Spencer est un spécialiste de l'acoustique et Merker un expert en systèmes. Je ne vois pas ce qu'on vient faire là-dedans.

— Vous êtes tous des professionnels. Woodson est également photographe. Le *Sappho I* emportera un certain nombre de systèmes photographiques. Munk est le meilleur électronicien de l'Agence. Et vous serez tous sous le commandement de Rudi Gunn, qui, à un moment ou à un autre, a été capitaine de tous les navires de recherches de l'ANRO.

— Et moi ? fit Giordino.

Sandecker regarda d'un air mauvais le cigare que Giordino avait à la bouche, en reconnaissant aussitôt la provenance, et il lui lança un coup d'œil furibond qui laissa ce dernier parfaitement indifférent. « En tant que directeur adjoint des projets de l'Agence, vous serez chef de la mission. Vous pouvez aussi vous rendre utile en pilotant l'engin. »

Giordino, arborant un sourire narquois, le regarda droit dans les yeux. « Mon permis de pilotage ne m'autorise qu'à piloter des avions, pas des sous marins.

— Il vous faudra vous fier à mon jugement, voulez-vous ? dit Sandecker d'un ton glacial. D'ailleurs, ce qui compte avant tout, c'est que vous constituez la meilleure équipe que j'ai sous la main pour l'instant. Vous avez tous travaillé ensemble dans l'Expédition de la mer de Beaufort. Vous avez de l'expérience et des capacités. Vous êtes capables d'utiliser tous les instruments, tout le matériel océanographique inventé jusqu'à ce jour — nous laisserons les savants analyser les résultats que vous rapporterez — et, comme je vous l'ai dit, naturellement vous êtes tous volontaires.

— Naturellement », fit Giordino en écho, le visage impassible.

Sandecker revint derrière son bureau. « Après-demain vous allez vous rassembler et commencer votre procédure d'entraînement à nos installations portuaires de Key West. La Compagnie d'Aviation Pelholme a déjà fait de longs essais de plongées sur le submersible, vous aurez donc à vous préoccuper de vous familiariser avec son équipement, de bien assimiler la technique des expériences que vous aurez à conduire lors de l'expédition. »

Spencer émit un petit sifflement. « Une compagnie d'aviation ? Bonté divine, ils savent dessiner un bathyscaphe ?

— Pour votre tranquillité d'esprit, fit Sandecker avec patience, voilà dix ans que Pelholme a orienté vers la mer sa technique aérospatiale. Depuis lors, ils ont construit pour la marine quatre laboratoires sous-marins et deux submersibles d'excellente qualité.

— J'espère qu'ils ont soigné la qualité de celui-ci, dit Merker. Je serais tout à fait navré de découvrir à quatre mille mètres de profondeur qu'il a une fuite.

— Navré, tu veux dire terrifié », marmonna Giordino.

Munk se frotta les yeux puis contempla le plancher comme s'il apercevait le fond de la mer à travers le tapis. Lorsqu'il parla, ce fut très lentement : « Ce voyage est-il vraiment nécessaire, Amiral ? »

Sandecker hocha gravement la tête. « Il l'est. Les océanographes ont besoin d'indications sur la structure du courant Lorelei afin d'améliorer leurs connaissances de la circulation des eaux profondes. Croyez-moi, cette mission est aussi importante que le premier vol orbital habité autour de la terre. Indépendamment du fait que vous allez essayer le submersible le plus avancé du monde, vous allez faire un relevé d'une région que l'homme n'avait encore jamais vue. Oubliez vos doutes. Le *Sappho I* a dans sa coque tous les systèmes de sécurité que la science peut concevoir. Vous avez ma garantie personnelle d'un voyage confortable et sans encombre. »

C'est facile à dire, songea Giordino. Il ne sera pas là, lui.

24

Henry Munk changea de position sur le long matelas de vinyle, étouffa un bâillement et continua d'observer par le hublot arrière du *Sappho I*.

La couche plate et sans fin de sédiments était à peu près aussi intéressante qu'un livre aux pages blanches, mais Munk se délectait à l'idée que chaque petit monticule, chaque pierre, chaque habitant animal ou végétal des profondeurs qui défilait sous l'épaisse couche de plexiglas n'avait jamais encore été vu par l'homme. C'était la seule consolation qu'il éprouvait aux longues heures d'ennui qu'il avait passées à scruter une batterie d'instruments d'inspection montés sur chaque côté au-dessus de la couchette.

Il détourna les yeux du hublot pour regarder les instruments : le combiné S-T-VS-P opérait constamment durant la mission, mesurant et enregistrant sur une bande magnétique la salinité, la température, la vitesse du son et la pression à l'extérieur; il y avait aussi le traceur de profil qui déterminait par écho acoustique la profondeur des sédiments de surface et donnait des indications sur la structure du lit de l'océan; le gravimètre qui, tous les quatre cents mètres, enregistrait les variations de gravité; le palpeur de courant qui mesurait sans cesse la vitesse et la direction du courant Lorelei, et le magnétomètre qui mesurait et enregistrait l'intensité du champ magnétique du fond de l'océan, y compris la moindre déviation causée par des dépôts métalliques bien précis.

Munk faillit le manquer. Le mouvement du stylet sur le ruban de papier fut si léger, un tremblement d'à peine un millimètre, qu'il n'y aurait pas fait attention si son regard ne s'était pas trouvé fixé sur le tracé juste au bon moment. Il colla aussitôt son visage au hublot et scruta le fond de la mer. Puis il se retourna et hurla à Giordino, assis au poste de pilotage à moins de trois mètres de là : « Arrête tout ! »

Giordino pivota sur son siège et regarda vers l'arrière. Tout ce qu'il voyait, c'étaient les jambes de Munk : le reste de sa personne était enfoui parmi les instruments.

« Qu'est-ce que tu vois ?

— On vient de passer sur quelque chose de métallique. Recule pour qu'on regarde ça de plus près.

— Machine arrière », annonça Giordino d'une voix forte pour se faire entendre de Munk.

Il mit en marche les deux moteurs montés sur chaque flanc de la coque à la hauteur du milieu, et les mit sur machine arrière à mi-vitesse.

Pendant dix secondes, le *Sappho I* pris dans la force de deux nœuds du courant resta comme suspendu, sans bouger. Puis il se mit à reculer très lentement, tandis que Gunn et les autres se pressaient autour de Munk dans le tunnel des instruments.

« Vous voyez quelque chose ? demanda Gunn.

— Je ne suis pas sûr, répondit Munk. Il y a quelque chose qui dépasse du sédiment à une vingtaine de mètres en arrière. Je ne distingue qu'une vague forme sous les projecteurs arrière. »

Tout le monde attendit.

Au bout de ce qui parut une éternité, Munk reprit : « Ça y est, je l'ai. »

Gunn se tourna vers Woodson. « Mettez en marche les deux caméras stéréo et les lampes stroboscopiques. Il faut qu'on ait ça sur film. »

Woodson acquiesça et s'éloigna vers son matériel. « Tu peux le décrire ? demanda Spencer.

— On dirait un entonnoir trempé dans la vase. » La voix de Munk arrivait désincarnée du fond du tunnel des instruments, mais on y sentait quand même une excitation qu'il n'arrivait pas à maîtriser.

Gunn eut un air sceptique. « Un entonnoir ? »

Drummer se pencha par-dessus l'épaule de Gunn. « Quel genre d'entonnoir ?

— Un entonnoir avec un cône creux se terminant par un tuyau, pauvre abruti, répliqua Munk avec agacement. Il passe juste sous la coque à un poil à tribord. Dis à Giordino d'immobiliser le bathyscaphe dès l'instant où l'objet apparaît dans les hublots arrière. »

Gunn se pencha vers Giordino. « Vous pouvez garder notre position ?

— Je vais essayer, mais si le courant se met à nous prendre par le travers, je n'arriverai pas à garder un contrôle précis, et nous perdrons le contact visuel avec l'objet en question. »

Gunn repartit vers l'arrière et s'allongea sur le plancher recouvert de mousse de caoutchouc. Il regardait par un des quatre hublots avant avec Merker et Spencer. Ils virent tous l'objet presque aussitôt. Il était comme Munk l'avait décrit : le bas d'un entonnoir large d'une dizaine de centimètres, dont la pointe dépassait de la couche de sédiment. Le tout semblait dans un état de conservation étonnamment bon. La surface du métal était ternie, certes, mais l'objet semblait solide, sans indication d'écailles ni de couche de rouille.

« Je vous maintiens sur place, dit Giordino, mais je ne peux pas garantir pour combien de temps. »

Sans se détourner du hublot, Gunn fit signe à Woodson, qui était penché sur une paire de caméras couplées, actionnant le zoom vers l'objet qui dépassait du fond de la mer. « Omar ?

— Mise au point terminée, je filme. »

Merker se tourna vers Gunn. « Essayons de l'attraper. »

Gunn restait silencieux, le nez presque collé au hublot. Il semblait perdu dans ses pensées.

Merker eut un air interrogateur. « Qu'est-ce qu'il y a, Rudi ? Je dis : tâchons de l'attraper. »

Les mots finirent par pénétrer à travers les pensées de Gunn. « Oui, oui, bien sûr », marmonna-t-il.

Merker alla décrocher une boîte métallique fixée à la cloison avant par un câble d'un mètre cinquante et se posta au hublot central. La boîte contenait une série de leviers articulés qui entouraient un petit bouton circulaire. C'était l'unité de contrôle du manipulateur, un bras mécanique capable de soulever deux cents kilos et qui pendait de façon grotesque à la poupe du *Sappho I*.

Merker pressa une manette qui activait le bras. Puis il disposa ses doigts sur les contrôles tandis que le mécanisme se mettait à bourdonner et que le bras se déployait sur la totalité de ses deux mètres dix : il arrivait à vingt centimètres de l'entonnoir.

« Il me faut encore une trentaine de centimètres, dit Merker.

— Prépare-toi, répondit Giordino. Le mouvement en avant risque de me faire perdre ma position d'équilibre. »

L'entonnoir parut passer avec une torturante lenteur sous les serres en acier inoxydable du manipulateur. Merker abaissa avec douceur les pièces au-dessus du bord de l'entonnoir, puis il actionna une autre manette et elles se refermèrent, mais il avait mal calculé son coup : le courant commença à faire pivoter le submersible. Les pièces manquèrent leur prise de deux ou trois centimètres. Et remontèrent vides.

« On tourne à tribord, cria Giordino. Je n'arrive plus à la tenir. » Les doigts de Merker s'agitèrent sur la boîte de contrôle. Il fallait faire tout de suite une seconde tentative. S'il ratait encore son coup, il serait pratiquement impossible de repérer l'entonnoir dans d'aussi piètres conditions de visibilité. La sueur commençait à perler sur son front, et ses mains se crispaient.

Il replia un peu le bras et tourna les pièces de six degrés à bâbord, pour compenser la dérive du *Sappho*. Il abaissa de nouveau la manette, les serres descendirent et les pinces se refermèrent presque au même instant : le bord de l'entonnoir était pris entre elles.

Merker avait réussi.

Il remonta doucement le bras vers le haut, faisant peu à peu sortir l'entonnoir de son lit de vase. La sueur lui coulait dans les yeux maintenant, mais il les gardait bien ouverts. Pas question d'hésiter : une seule erreur, et l'objet serait à jamais perdu au fond de la mer. La vase céda enfin, l'entonnoir se libéra et remonta vers les hublots.

« Mon Dieu ! murmura Woodson. Ça n'est pas un entonnoir.

— On dirait une trompette », dit Merker.

Gunn secoua la tête. « C'est un cornet à pistons.

— Comment pouvez-vous être sûr ? fit Giordino qui avait quitté son poste de pilotage pour regarder par-dessus l'épaule de Gunn par le hublot.

— J'en ai joué dans l'orchestre de mon lycée. »

Les autres maintenant le reconnaissaient aussi. On distinguait sans mal le pavillon évasé et derrière, les tuyaux incurvés qui menaient aux pistons et à l'embouchure.

« À en juger d'après son aspect, dit Merker, je dirais que c'est du cuivre.

— C'est pourquoi le magnétomètre de Munk l'a à peine enregistré sur la bande, ajouta Giordino. L'embouchure et les pistons sont les seules parties qui contiennent du fer.

— Je me demande depuis combien de temps il est là ? demanda Drummer sans s'adresser à personne en particulier.

— Ce serait plus intéressant de savoir d'où il vient, dit Merker.

— De toute évidence, il a été jeté par-dessus bord depuis un bateau qui passait, dit Giordino. Sans doute par un gosse qui avait horreur des leçons de musique.

— Peut-être que son propriétaire est quelque part au fond aussi. » Merker avait dit cela sans lever les yeux.

Spencer frissonna. « Ça vous fait froid dans le dos. »

À l'intérieur du *Sappho I,* ce fut le silence.

25

Le vieux trimoteur Ford, célèbre dans l'histoire de l'aviation sous le sobriquet d'*Oie de Zinc*, semblait trop gauche pour voler, et pourtant il fit un virage sur l'aile aussi gracieux et majestueux qu'un albatros lorsqu'il vint se mettre en position pour son approche finale de la piste d'atterrissage de l'aéroport de Washington.

Pitt repoussa les trois manettes et le vieil appareil se posa avec toute la délicatesse d'une feuille d'automne effleurant les hautes herbes. Il roula jusqu'à l'un des hangars de l'ANRO, dans le secteur nord de l'aéroport, où les mécaniciens bloquèrent les roues et donnèrent le signal de couper les gaz. Coupant le contact, il vit les hélices argentées ralentir peu à peu leur révolution puis s'immobiliser, étincelantes dans le soleil de fin d'après-midi. Il ôta alors son casque qu'il posa sur le manche à balai, déverrouilla la serrure de sa fenêtre latérale et l'ouvrit.

Un pli soucieux vint creuser le front de Pitt, s'inscrivant dans la peau tannée comme du cuir. Un homme était planté sur l'asphalte en bas, agitant les mains avec frénésie.

« Je peux monter à bord ? cria Gene Seagram.

— Je vais descendre, répondit Pitt sur le même ton.

— Non, je vous en prie, restez où vous êtes. »

Pitt haussa les épaules et se renversa dans son fauteuil. Il ne fallut que quelques secondes à Seagram pour monter à bord du trimoteur et ouvrir la porte du cockpit. Il portait un costume tabac avec gilet, de fort bonne coupe, mais son aspect élégant était quelque peu atténué par tous les faux plis qui froissaient le tissu, montrant qu'il ne s'était certainement pas couché depuis au moins vingt-quatre heures.

« Ou avez-vous trouvé un aussi superbe appareil ? demanda Seagram.

— Je suis tombé dessus à Keflavik, en Islande, répondit Pitt. J'ai réussi à l'acheter à un prix honnête et à l'expédier aux États-Unis.

— C'est un bel avion. »

Pitt désigna à Seagram le siège vide du copilote. « Vous êtes sûr que vous voulez parler ici ? Dans quelques minutes, avec le soleil, on aura l'impression dans cette cabine d'être à l'intérieur d'un incinérateur.

— Ce que j'ai à dire ne prendra pas longtemps », fit Seagram en s'installant dans le siège et en poussant un long soupir.

Pitt l'examina. Il avait l'air d'un homme qui agissait à contrecœur, qui semblait pris au piège... un homme fier qui s'était mis dans un mauvais cas.

Seagram ne se tourna pas vers Pitt lorsqu'il parla, mais son regard parut se perdre derrière le pare-brise. « Vous vous demandez, je suppose, ce que je fais ici, fit-il.

— L'idée m'a traversé l'esprit.

— J'ai besoin de votre aide. »

Voilà. Pas question des mots désagréables échangés jadis. Pas de préliminaire ; une requête allant droit au but.

Le regard de Pitt se durcit. « Pour quelque étrange raison, j'avais l'impression que vous teniez autant à ma compagnie qu'à une bonne dose de strychnine.

— Vos sentiments, mes sentiments, ça n'a pas d'importance. Ce qui compte, c'est que notre gouvernement a désespérément besoin de vos talents.

— Désespérément besoin de mes talents... répéta Pitt sans chercher à masquer sa surprise. Vous vous fichez de moi, Seagram.

— Croyez-moi, je le voudrais bien, mais l'amiral Sandecker m'assure que vous êtes le seul homme qui ait une vague chance de réussir une tâche pas commode.

— Laquelle ?

— Renflouer le *Titanic*.

— Bien sûr ! Rien de tel qu'une opération de renflouage pour rompre la monotonie de... » Il s'interrompit au milieu de sa phrase ; ses yeux d'un vert profond s'ouvrirent tout grands et le sang lui monta au visage. « Quel navire avez-vous dit ? » Sa voix n'était plus maintenant qu'un murmure rauque.

Seagram le regarda d'un air amusé. « Le *Titanic*. Vous avez entendu parler ? »

Dix secondes peut-être s'écoulèrent dans un profond silence, cependant que Pitt restait là, comme pétrifié. Il finit par dire : « Vous savez ce que vous me proposez ?

— Absolument.

— Ça n'est pas faisable ! » Pitt avait une expression incrédule, il parlait toujours du même ton rauque. « Même si c'était techniquement possible, ça coûterait des centaines de millions de dollars... et puis il y a les inextricables problèmes juridiques avec les propriétaires d'origine et les compagnies d'assurances à propos des droits d'épave.

— Il y a plus de deux cents ingénieurs et savants qui travaillent en ce moment sur les problèmes techniques, expliqua Seagram. Le financement sera assuré par les fonds secrets du gouvernement. En ce qui concerne les problèmes juridiques, ne vous en occupez pas. D'après la loi internationale, dès l'instant où un navire est perdu sans espoir de récupération, il devient de bonne prise pour quiconque est disposé à dépenser l'argent et les efforts nécessaires pour une opération de renflouement. » Il se tourna pour regarder de nouveau par le pare-brise. « Vous ne pouvez pas savoir, Pitt, l'importance de cette entreprise. Le *Titanic* représente bien plus qu'un trésor, qu'un précieux souvenir historique. Il y a au fond de ses cales quelque chose qui est vital pour la sécurité de notre pays.

— Vous me pardonnerez si je vous dis que cela me semble un peu tiré par les cheveux.

— Peut-être, mais c'est quand même la vérité.

— Vous rêvez, fit Pitt en secouant la tête. Le *Tita-*

nic gît par près de quatre mille mètres de fond. La pression à ces profondeurs atteint plusieurs tonnes par centimètre carré, Mr Seagram, pas par mètre carré, ni par décimètre carré, par centimètre carré. Les difficultés, les obstacles sont incroyables. Personne n'a jamais fait de tentative sérieuse pour ramener à la surface l'*Andrea Doria* ni le *Lusitania*... et tous deux ne sont qu'à moins de cent mètres de la surface.

— Si nous pouvons envoyer des hommes sur la lune, nous pouvons remonter le *Titanic* à la lumière du jour, protesta Seagram.

— Il n'y a aucune comparaison. Il a fallu une décennie pour expédier une capsule de quatre tonnes sur le sol lunaire. Soulever quarante-cinq mille tonnes d'acier, c'est une autre histoire. Cela peut prendre des mois, rien que pour retrouver l'épave.

— Les recherches sont déjà en cours.

— Je n'ai entendu parler de rien...

— À propos de recherches ? termina Seagram pour lui. Ç'aurait été peu probable. Jusqu'à nouvel ordre, l'opération demeure secrète. Même votre directeur adjoint aux projets spéciaux, Albert Gordano...

— Giordino.

— Oui, Giordino, merci. Il est à ce moment même en train de piloter un bathyscaphe au fond de l'océan Atlantique, dans l'ignorance totale de sa véritable mission.

— Mais l'expédition du courant Lorelei... la mission primitive du *Sappho I* était de suivre un courant océanique en eau profonde.

— Une bienheureuse coïncidence. L'amiral Sandecker a pu expédier le submersible dans la région où se situe la dernière position connue du *Titanic* quelques heures à peine avant que le bathyscaphe ne doive refaire surface. »

Pitt se tourna pour regarder un jet qui décollait de la piste principale de l'aéroport. « Pourquoi moi ? Qu'est-ce que j'ai fait pour mériter une invitation à participer à ce qui me semble être le projet le plus écervelé du siècle ?

— Vous n'êtes pas un simple invité, mon cher Pitt. C'est vous qui allez commander les opérations de renflouement. »

Pitt dévisagea Seagram. « La question se pose toujours. Pourquoi moi ?

— Ça n'est pas une sélection qui m'excite, je vous assure, dit Seagram. Toutefois, puisque l'Agence Nationale de Recherches Océanographiques fait autorité dans le pays en matière d'océanographie, puisque les principaux experts de renflouement en eaux profondes appartiennent à cette organisation, et puisque vous êtes le directeur des projets spéciaux de l'agence, on vous a désigné.

— La brume commence à se dissiper. C'est simplement que je me suis trouvé au mauvais poste au mauvais moment.

— Comme vous voudrez, fit Seagram d'un ton las. Je dois en convenir, j'ai été très impressionné par la façon dont vous avez dans le passé mené à bien des projets d'une difficulté incroyable. » Il prit un mouchoir et s'épongea le front. « Un autre facteur qui a pesé lourd en votre faveur, je dois l'ajouter, c'est que vous êtes considéré un peu comme un spécialiste du *Titanic*.

— Collectionner et étudier les souvenirs du *Titanic* est un de mes passe-temps, rien de plus. Cela ne me qualifie guère pour superviser son sauvetage.

— Néanmoins, M. Pitt, l'amiral Sandecker me dit que vous êtes, pour reprendre son expression, un génie pour diriger les hommes et coordonner la logistique. » Il contempla Pitt, le regard encore hésitant.

« Allez-vous accepter cette affectation ?

— Vous n'avez pas l'impression que je puisse refuser, n'est-ce pas, Seagram ?

— Franchement non. Mais quand on est suspendu par un fil au bord de la falaise, on n'a pas grand-chose à dire contre celui qui vient à votre secours.

— Votre foi en moi me touche, fit Pitt avec un petit sourire.

— Alors ? »

Pitt resta assis quelques instants d'un air songeur. Puis il finit par acquiescer d'un hochement de tête à peine perceptible, et regarda Seagram droit dans les yeux. « Bon, mon ami, je suis votre homme. Mais n'allez pas vendre la peau de l'ours avant que cette vieille coque rouillée ne soit ancrée à un quai de New York. Il n'y a pas un parieur à Las Vegas qui perdrait une seconde à calculer les chances de cette folle entreprise. Quand nous aurons trouvé le *Titanic,* en admettant que nous le trouvions, sa coque sera peut-être bien trop délabrée pour qu'on la soulève. D'un autre côté, rien n'est tout à fait impossible et, bien que je ne commence même pas à envisager ce qu'il y a de si précieux aux yeux du gouvernement pour mériter un tel effort, je vais essayer, Seagram. Mais au-delà de cela, je ne promets rien. »

Pitt eut un large sourire et se leva du siège de pilote. « Fin du discours. Maintenant, sortons de ce four et trouvons-nous un agréable bar climatisé où vous allez me payer un verre. C'est le moins que vous puissiez faire après m'avoir joué le tour de cochon de l'année. »

Seagram resta assis immobile, trop épuisé pour faire plus que hausser les épaules dans un geste d'approbation impuissante.

26

Au début, John Vogel traita le cornet tout simplement comme un autre objet à restaurer. Rien dans son dessin ne suggérait la rareté. Il n'y avait rien d'exceptionnel dans sa construction qui pût exciter un collectionneur. Pour l'instant d'ailleurs, il ne pouvait exciter personne. Les pistons étaient corrodés et bloqués; le cuivre était décoloré par une accumulation de vase; et une affreuse odeur de poisson émanait de la boue incrustée à l'intérieur des tuyaux.

Vogel décida que le cornet ne méritait pas son attention : il allait en confier la restauration à un de ses assistants. Les instruments rares ou exotiques, voilà ce que Vogel se plaisait à rendre à leur état original : les trompes anciennes, chinoises ou romaines, avec leur long tube droit et leur tonalité perçante, les vieilles trompettes bosselées des grands solistes des premiers temps du jazz; les instruments auxquels se rattachait un morceau d'histoire, ceux-là, Vogel les réparait avec la patience d'un horloger, ne ménageant pas ses efforts jusqu'au moment où la pièce avait retrouvé l'éclat du neuf et tout le brillant de sa sonorité.

Il enveloppa le cornet dans une vieille taie d'oreiller et le posa contre le mur du fond de son bureau.

Le doux timbre de son téléphone intérieur retentit. « Oui, Mary, qu'est-ce que c'est?

— L'amiral James Sandecker de l'Agence Nationale de Recherches Océanographiques est au téléphone. Il dit que c'est urgent.

— Bon, passez-le-moi. » Vogel décrocha. « Ici, John Vogel.

— M. Vogel, ici James Sandecker. »

Le fait que Sandecker eût composé lui-même le numéro et ne mentionnât pas son titre impressionna Vogel.

« Oui, Amiral, que puis-je faire pour vous?

— L'avez-vous reçue?

— Ai-je reçu quoi?

— Une vieille trompette.

— Ah, le cornet, dit Vogel. Je l'ai trouvé ce matin sur mon bureau sans explication. J'ai supposé que c'était un don fait au musée.

— Je suis navré, M. Vogel. J'aurais dû vous prévenir, mais j'étais occupé. »

Voilà maintenant qu'il s'excusait.

« En quoi puis-je vous être utile, Amiral ?

— Je vous serais reconnaissant si vous pouviez étudier cet objet et me dire ce que vous en savez. La date de fabrication, etc.

— Je suis flatté, Amiral. Pourquoi moi ?

— En tant que conservateur en chef du Département de Musique du Musée de Washington, vous m'avez semblé le choix tout indiqué. Et puis un ami commun m'a dit que le monde avait perdu un autre Harry James quand vous avez décidé de vous consacrer à la science. »

Mon Dieu, songea Vogel, le Président. Encore un point pour Sandecker : il avait des relations.

« C'est discutable, dit Vogel. Quand voudriez-vous avoir mon rapport ?

— Dès que cela vous conviendra. »

Vogel sourit. Une requête formulée d'une façon aussi courtoise méritait bien un supplément d'effort. « Le trempage pour dissoudre la corrosion, c'est cela qui prend du temps. Avec de la chance, je devrais avoir quelque chose pour vous d'ici à demain matin.

— Merci beaucoup, M. Vogel, dit Sandecker. Je vous en suis reconnaissant.

— Y a-t-il un renseignement concernant les circonstances dans lesquelles ce cornet a été découvert qui serait susceptible de m'aider ?

— Je préférerais ne rien vous dire. Nous tenons à avoir votre opinion sans aucune incitation de notre part.

— Vous voulez comparer mes conclusions avec les vôtres, c'est cela ? »

À l'autre bout du fil, la voix de Sandecker se fit sèche et précise : « Nous voudrions vous voir confirmer nos espoirs, Mr Vogel, rien de plus.

— Je ferai de mon mieux, Amiral, au revoir.

— Bonne chance. »

Vogel resta assis quelques minutes à contempler la taie d'oreiller dans le coin, la main toujours posée sur le téléphone. Puis il pressa le bouton de son interphone. « Mary, ne me passez aucune communication pour le reste de la journée, et faites-moi chercher une pizza au bacon et une bouteille de rouge de Californie.

— Vous allez encore vous enfermer dans ce vieil atelier poussiéreux ? fit sa secrétaire d'un ton de reproche.

— Oui, soupira Vogel : ça va être une longue journée. »

Tout d'abord, Vogel prit plusieurs photos du cornet sous différents angles. Puis il en nota les dimensions, l'état général des parties visibles et le degré de ternissement ainsi que l'épaisseur des matières étrangères qui en recouvraient les surfaces, inscrivant toutes ces observations dans un grand cahier. Il considérait le cornet avec un intérêt croissant. C'était un instrument de qualité ; le cuivre était de bonne teneur et le petit calibrage des pistons lui révélait que l'instrument avait été fabriqué avant 1930. Il découvrit que ce qu'il avait cru être de la corrosion n'était qu'une croûte durcie de boue qui s'écaillait sous la légère pression d'une cuillère en caoutchouc.

Ensuite, il trempa l'instrument dans un adoucisseur dilué dans de l'eau, agitant avec soin le liquide et changeant souvent l'eau de la cuvette pour faire partir les saletés. Vers minuit, il avait entièrement démonté le cornet. Il s'attaqua ensuite à la tâche fastidieuse de tamponner les surfaces métalliques avec une solution à très faible dose d'acide chromique pour faire ressortir le brillant du cuivre. Peu à peu, après plusieurs rinçages, une arabesque compliquée et plusieurs lettres ornementales commencèrent à apparaître sur le pavillon.

« Bon sang ! s'exclama Vogel. Un instrument souvenir. »

Il prit une loupe et examina les caractères. Lorsqu'il la reposa pour décrocher son téléphone, ses mains tremblaient.

27

À 8 heures précises, John Vogel fut introduit dans le bureau de Sandecker, au dixième et dernier étage de l'immeuble de verre qui abritait le siège de l'ANRO. Il avait les yeux rouges et ne faisait aucun effort pour dissimuler ses bâillements.

Sandecker se leva pour venir serrer la main de Vogel. Le petit amiral dut se renverser en arrière et lever les yeux pour croiser le regard de son visiteur. Vogel avait plus d'un mètre quatre-vingt-dix ; c'était un homme au visage affable, avec des touffes de cheveux blancs désordonnés bordant une vaste calvitie. Il avait un regard de Père Noël et affichait un large sourire. Son veston était bien repassé, mais son pantalon était tout froissé et parsemé dans le bas d'une myriade de petites taches. En outre, il puait le vin.

« Je suis ravi de faire votre connaissance, dit Sandecker.

— Tout le plaisir est pour moi, Amiral, dit-il en posant un étui à trompette noir sur la moquette. Je suis navré de me présenter dans une pareille tenue.

— J'allais vous dire, répondit Sandecker, que vous semblez avoir eu une nuit difficile.

— Quand on aime son travail, le temps et le dérangement ne comptent guère.

— C'est vrai. » Sandecker se tourna et désigna de la tête un petit homme aux airs de gnome planté dans un coin du bureau. « Mr John Vogel, puis-je vous présenter le commandant Rudi Gunn ?

— Commandant Gunn, dit Vogel en souriant,

enchanté. J'ai été un des millions de ceux qui ont suivi chaque jour dans la presse votre expédition du courant Lorelei. Il faut vous féliciter, Commandant. Ç'a été une grande réussite.

— Je vous remercie », dit Gunn.

Sandecker désigna un autre homme assis sur le canapé. « Et mon directeur des projets spéciaux, Dirk Pitt. »

Vogel fit un petit salut vers le visage basané qui se plissait dans un grand sourire. « M. Pitt. »

Pitt se leva en lui rendant son salut. « M. Vogel. »

Vogel s'assit et tira de sa poche une vieille pipe toute culottée. Ça ne vous dérange pas si je fume ?

— Pas du tout. » Sandecker sortit un de ses Churchill d'un humidificateur et le fit rouler entre ses doigts. « Je vais vous imiter. »

Vogel alluma sa pipe, puis se carra dans son fauteuil et commença. « Dites-moi, Amiral, le cornet a-t-il été découvert au fond de l'Atlantique Nord ?

— Oui, juste au sud des grands bancs au large de Terre-Neuve. » Il regarda Vogel d'un air songeur. « Comment avez-vous deviné ça ?

— Une déduction élémentaire.

— Que pouvez-vous nous dire de ce cornet ?

— Beaucoup de choses, en fait. Pour commencer, c'est un instrument de grande qualité, conçu pour un musicien professionnel.

— Alors, il n'appartenait sans doute pas à un joueur amateur ? fit Gunn se souvenant des paroles de Giordino à bord du *Sappho I*.

— Non, dit Vogel d'un ton définitif. Certainement pas.

— Avez-vous pu déterminer la date et le lieu de fabrication ? demanda Pitt.

— Le mois approximatif était soit octobre, soit novembre. L'année, 1911. Et l'instrument a été fabriqué par une vieille firme britannique d'excellente réputation, Boosey-Hawkes. »

Le respect se lisait dans le regard de Sandecker. « Vous avez fait un travail remarquable, M. Vogel.

Très franchement, nous doutions de jamais connaître le pays d'origine, encore moins le nom du fabricant.

— Je vous assure, dit Vogel, ne voyez là aucun génie d'enquêteur. Voyez-vous, ce cornet était un instrument souvenir.

— Un instrument souvenir ?

— Oui. Un produit métallique dont la conception nécessite de grandes qualités d'artisan, ce qui en fait une pièce hors série, est souvent gravé pour commémorer un événement extraordinaire ou de brillants services.

— C'est une pratique commune chez les armuriers, observa Pitt.

— Et également chez les facteurs de beaux instruments de musique. En l'occurrence, ce cornet a été offert à un employé par sa compagnie en reconnaissance de ses bons et loyaux services. La date à laquelle on le lui a remis, le nom du fabricant, de l'employé et de sa compagnie, tout cela est superbement gravé sur le pavillon du cornet.

— Vous pouvez donc dire qui en était le possesseur ? demanda Gunn. La gravure est lisible ?

— Oh, tout à fait. » Vogel se pencha et ouvrit l'étui. « Tenez, lisez vous-même. »

Il posa le cornet sur le bureau de Sandecker. Les trois hommes le contemplèrent sans rien dire un long moment. Un instrument étincelant dont la surface dorée reflétait le soleil matinal qui se déversait par la fenêtre. Il avait l'air tout neuf. Chaque centimètre en avait été fourbi avec soin et les délicates ondulations de la gravure qui s'enroulaient autour du tube et du pavillon étaient aussi claires que le jour où elles avaient été taillées dans le métal. Sandecker regarda Vogel par-dessus le cornet, l'air dubitatif.

« M. Vogel, je crois que vous ne voyez pas la gravité de la situation. L'heure n'est pas aux plaisanteries.

— Je conviens, répliqua Vogel sur le même ton,

que je ne vois pas la gravité de la situation. Ce que je vois, c'est un moment de grande excitation. Et croyez-moi, Amiral, ce n'est pas une plaisanterie. J'ai passé le plus clair des dernières vingt-quatre heures à restaurer votre découverte. » Il lança sur le bureau un épais dossier. « Voici mon rapport, avec photographies à l'appui et des observations faites au fur et à mesure durant le processus de restauration. Il y a aussi des enveloppes contenant les différents échantillons de vase et de boue que j'ai ôtées, ainsi que les pièces que j'ai remplacées. Je n'ai rien oublié.

— Pardonnez-moi, dit Sandecker. Pourtant il me semble inconcevable que l'instrument que nous vous avons envoyé hier et celui qui est sur ce bureau soient le même. » Sandecker s'interrompit pour échanger un coup d'œil avec Pitt.

« Voyez-vous, nous...

— ... pensions que le cornet était resté au fond de la mer un long moment, fit Vogel, terminant sa phrase pour lui. Je sais très bien où vous voulez en venir, Amiral. Et je vous avoue que je suis moi aussi stupéfait de l'état remarquable dans lequel se trouve l'instrument. J'ai travaillé sur un certain nombre d'instruments de musique qui n'avaient été immergés dans l'eau salée que trois ou quatre ans, et qui étaient bien plus abîmés que celui-ci. Comme je ne suis pas océanographe, la solution de l'énigme m'échappe. Toutefois, je puis vous dire au jour près combien de temps ce cornet est demeuré sous l'eau et comment il est arrivé là. »

Vogel tendit la main pour prendre le cornet. Puis il chaussa une paire de lunettes sans monture et se mit à lire à haute voix : « Offert à Graham Farley pour le remercier du talent qu'il a déployé pour la distraction de nos passagers par la direction reconnaissante de la White Star Line. » Vogel ôta ses lunettes et adressa à Sandecker un sourire bienveillant. « Lorsque j'ai découvert les mots White Star Line, j'ai tiré un ami de son lit de bonne heure ce matin pour qu'il aille faire quelques recherches aux archives de la Marine. Il ne m'a rappelé qu'une demi-heure avant que je parte pour votre bureau. » Vogel s'interrompit pour tirer un mouchoir de sa poche et se moucher. « Il semble que Graham Farley était un garçon très populaire à la White Star Line. Il a été trompette solo pendant trois ans sur un de leurs paquebots... je crois qu'il s'appelait l'*Oceanic*. Lorsque la compagnie s'est apprêtée à lancer pour son voyage inaugural son plus récent paquebot de luxe, la direction a choisi les meilleurs musiciens des autres navires pour constituer ce que l'on a considéré à l'époque comme le plus remarquable orchestre qu'il y eût sur les mers. Graham, bien sûr, faisait partie des premiers musiciens choisis. Oui, messieurs, ce cornet a reposé très longtemps au fond de l'océan Atlantique... car Graham Farley en jouait le matin du 15 avril 1912, lorsque les vagues se sont refermées sur lui et sur le *Titanic*. »

Ses interlocuteurs réagirent de façons différentes à la brusque révélation de Vogel. Sandecker arbora une expression mi-sombre, mi-songeuse; Gunn se raidit; cependant que Pitt écoutait avec un intérêt nonchalant. Le silence dans la pièce devint intense, tandis que Vogel remettait ses lunettes dans la poche de son veston.

« Le *Titanic*. » Sandecker répéta le mot lentement, comme un homme qui savoure le nom d'une jolie femme. Il fixa sur Vogel un regard pénétrant, l'étonnement se mêlant encore au doute au fond de ses yeux.

« C'est incroyable.

— Ça n'en est pas moins un fait, dit Vogel sans se démonter. J'imagine, commandant Gunn, que le cornet a été découvert par le *Sappho I*?

— Oui, vers la fin du voyage.

— Il semblerait que votre expédition sous-marine apporte une jolie découverte. Dommage que vous ne soyez pas tombé sur le navire lui-même.

— Oui, dommage, dit Gunn, évitant le regard de Vogel.

— Je reste perplexe devant l'état de l'instrument, dit Sandecker. Je ne m'attendais guère à ce qu'une relique coulée au fond de la mer pendant soixante-quinze ans réapparût à peine usée.

— L'absence de corrosion pose en effet un problème intéressant, répondit Vogel. Le cuivre très certainement doit bien vieillir, mais, chose étrange, les parties contenant des métaux ferreux ont survécu dans un état de conservation remarquable. L'embouchure originale, comme vous pouvez le voir, est presque parfaite. »

Gunn contemplait le cornet comme si c'était le Saint Graal. « Est-ce qu'il joue encore ?

— Oui, répondit Vogel. Superbement, j'imagine.

— Vous ne l'avez pas essayé ?

— Non... je ne l'ai pas fait. » Vogel passa respectueusement ses doigts sur les pistons du cornet. « Jusqu'à maintenant, j'ai toujours essayé tous les instruments de cuivre que mes assistants et moi avons restaurés pour vérifier l'éclat de la sonorité. Cette fois, je ne peux pas.

— Je ne comprends pas, dit Sandecker.

— Cet instrument rappelle un acte sans grande importance, mais courageux, accompli lors de la pire tragédie maritime de l'histoire de l'homme, répondit Vogel. Il ne faut pas beaucoup d'imagination pour se représenter Graham Farley et ses camarades musiciens occupés à calmer avec de la musique les passagers terrifiés du navire, au mépris total de leur propre sécurité, tandis que le *Titanic* s'enfonçait dans la mer glacée. La dernière mélodie de ce cornet est sortie des lèvres d'un homme très brave. Je pense que ce serait presque un sacrilège pour qui que ce soit de jamais en rejouer. »

Sandecker considéra Vogel, scrutant chaque trait du visage du vieil homme comme s'il le voyait pour la première fois.

« *Automne*, murmurait Vogel, comme s'il se parlait tout seul. *Automne,* un vieil hymne. C'est la dernière mélodie que Graham Farley a jouée sur son cornet.

— Ça n'était pas *Plus près de toi, mon Dieu* ? fit Gunn.

— Un mythe, fit Pitt. Le dernier morceau qu'on ait entendu jouer par l'orchestre du *Titanic,* juste avant la fin, c'était *Automne.*

— On dirait que vous avez bien étudié l'histoire du *Titanic,* dit Vogel.

— L'histoire de ce navire et de son tragique destin, c'est comme une maladie contagieuse, répondit Pitt. Dès qu'on commence à s'y intéresser, c'est une fièvre qui ne vous lâche plus.

— Le navire en lui-même m'attire peu. Mais en tant qu'historien des musiciens et de leurs instruments, la saga de l'orchestre du *Titanic* a toujours frappé mon imagination. » Vogel remit le cornet dans son étui, referma le couvercle et le tendit à Sandecker à travers le bureau. « À moins que vous n'ayez d'autres questions, Amiral, j'aimerais prendre un solide petit déjeuner et m'écrouler dans mon lit. Ç'a été une longue nuit. »

Sandecker se leva. « Nous vous devons beaucoup, M. Vogel.

— J'espérais que vous diriez ça, fit le vieil homme, l'œil pétillant. Il y a une façon dont vous pouvez vous acquitter de votre dette.

— Laquelle ?

— Faire don du cornet au musée de Washington. Ce serait la plus belle pièce de notre salle de musique.

— Dès que nos techniciens auront examiné l'instrument et votre rapport, je vous l'enverrai.

— Je vous remercie au nom des directeurs du musée.

— Toutefois, il ne s'agit pas d'un don. » Vogel lança à l'amiral un regard hésitant.

« Je ne comprends pas.

— Appelons cela un prêt permanent, fit Sandecker en souriant. Cela évitera des complications au cas où nous aurions jamais à le remprunter provisoirement.

— Entendu.

— Encore une chose, dit Sandecker. Rien de cette découverte n'a été mentionné à la presse. Je vous serais reconnaissant si vous aviez la même attitude pour le moment.

— Je ne comprends pas vos raisons, mais, bien sûr, je m'y conformerai. »

Le conservateur fit ses adieux et partit.

« Bon sang ! lança Gunn une seconde après que la porte se fut refermée. Nous avons dû passer à deux doigts de la coque du *Titanic*.

— Certainement, convint Pitt. Le sonar du *Sappho* sonde dans un rayon de deux cents mètres. Le *Titanic* devait être juste au-delà de votre portée.

— Si seulement nous avions eu davantage de temps. Si seulement nous avions su ce que nous cherchions.

— Vous oubliez, dit Sandecker, que vos objectifs principaux étaient de procéder aux essais du *Sappho I* et de pratiquer des expériences sur le courant Lorelei, et que sur ce plan vous et vos hommes avez fait un travail magnifique. Les océanographes en ont pour deux ans à trier les éléments que vous avez rapportés sur les courants en eaux profondes. Mon seul regret est de ne pas avoir pu vous mettre dans le secret de ce que nous cherchions, mais Gene Seagram et ses gens de la Sécurité insistent pour que nous gardions pour nous tout renseignement concernant le *Titanic*, jusqu'à ce que nous soyons bien lancés dans les opérations de renflouement.

— Nous n'arriverons pas à garder le secret longtemps, dit Pitt.

— Tous les organes de presse écrite et parlée du monde vont bientôt flairer une histoire sur la plus grande découverte historique depuis l'ouverture de la tombe de Toutankhamon.

Sandecker se leva de derrière son bureau et s'approcha de la fenêtre. Lorsqu'il parla, ce fut d'une voix très douce, comme si les paroles qu'il prononçait étaient apportées de très loin par le vent. « Le cornet de Graham Farley.

— Amiral ?

— Le cornet de Graham Farley, répéta Sandecker. Si cette vieille trompette signifie quelque chose, le *Titanic* est peut-être bien là, au fond de ce gouffre noir, aussi superbe et bien conservé que la nuit où il a sombré. »

28

Pour un observateur qui se serait par hasard trouvé sur la berge, ou pour quiconque aurait croisé sans se presser sur les eaux de la rivière Rappahannock, les trois hommes accroupis dans un vieux canot délabré avaient l'air d'un trio de classiques pêcheurs à la ligne du dimanche. Ils étaient vêtus de culottes de toile et de chemises fanées et ils arboraient des chapeaux festonnés de la collection habituelle de mouches et d'hameçons. Rien n'y manquait, pas même le paquet de six boîtes de bière dans un filet qui pendait dans l'eau au bord du bateau.

Le plus petit des trois, un homme aux cheveux roux et au visage pincé, était adossé à l'arrière et semblait sommeiller, tenant d'une main molle une canne à pêche reliée à un bouchon rouge et blanc, qui dansait sur l'eau à une cinquantaine de centimètres du bord de la barque. Le second était simplement penché sur un magazine ouvert, pendant que le troisième pêcheur, assis bien droit, jetait machinalement un appât argenté dans l'eau. Il était de grande taille, avec une panse bien nourrie qui s'épanouissait par sa chemise ouverte, et il avait des yeux bleus au regard paresseux dans un visage rond et jovial. C'était la parfaite image du bon vieux grand-père.

L'amiral Joseph Kemper pouvait se permettre d'avoir l'air bon. Quand on avait l'autorité presque incroyable dont il disposait, on n'avait pas besoin de froncer les sourcils ni de cracher du feu comme un dragon. Les yeux baissés, il tournait un visage bienveillant vers l'homme qui sommeillait.

« Il me semble, Jim, que vous ne vous intéressez pas vraiment à la pêche.

— Ce doit être l'activité la plus inutile jamais conçue par l'homme, répliqua Sandecker.

— Et vous, M. Seagram ? Vous n'avez pas lancé un hameçon depuis que nous avons jeté l'ancre. »

Seagram regarda Kemper par-dessus le magazine. « Si un poisson était capable de survivre dans une eau aussi polluée, Amiral, il aurait sans doute l'air d'un mutant sorti d'un film d'horreur à petit budget, et sa chair aurait un goût plus effroyable encore.

— Puisque c'est vous, messieurs, qui m'avez invité ici, je commence à soupçonner un tortueux mobile derrière votre geste. »

Sandecker n'acquiesça pas, il ne nia pas non plus. « Détendez-vous et profitez de la vie au grand air, Joe. Oubliez pour quelques heures que vous êtes le chef d'état-major de la Marine.

— C'est facile quand vous êtes là. Vous êtes le seul que je connaisse qui réussisse à me faire taire.

— Vous ne pouvez pas passer toute votre vie, fit Sandecker en souriant, au milieu de gens qui vous lèchent les bottes. Considérez-moi simplement comme une saine thérapie. »

Kemper soupira. « J'avais espéré me débarrasser de vous une fois pour toutes quand vous avez pris votre retraite. Et voilà qu'il semble que vous soyez revenu me hanter sur mes vieux jours.

— Il paraît qu'on dansait dans les couloirs du Pentagone quand je suis parti.

— Disons seulement qu'on n'a guère pleuré sur votre départ. » Kemper remonta lentement sa ligne. « Allons, Jim, je vous connais depuis trop d'années pour ne pas flairer un piège. Qu'est-ce que vous mijotez, M. Seagram et vous ?

— Nous sommes à la recherche du *Titanic* », répondit nonchalamment Sandecker.

Kemper continua à tourner son moulinet. « Ah oui ?

— Oui. »

Kemper lança de nouveau sa ligne. « Pour quoi faire ? Pour prendre quelques photographies publicitaires ?

— Non, pour le renflouer. »

Kemper en lâcha son moulinet. Il se tourna vers Sandecker d'un air incrédule. « Vous avez bien dit le *Titanic* ?

— C'est ce que j'ai dit.

— Jim, mon garçon, ça ne tourne pas rond ce matin. Si vous comptez sur moi pour croire...

— Ce n'est pas un conte de fées, dit Seagram en l'interrompant. L'autorisation de mettre en train l'opération de renflouement vient droit de la Maison-Blanche. »

Kemper regarda Seagram droit dans les yeux. « Dois-je alors supposer que vous représentez le Président ?

— Oui, Amiral. C'est exact.

— Je dois dire, M. Seagram, reprit Kemper, que vous avez une étrange façon de mener vos affaires. Si vous voulez bien m'accorder la courtoisie d'une explication...

— C'est pourquoi nous sommes ici, Amiral, pour vous expliquer. »

Kemper se tourna vers Sandecker. « Vous êtes dans le coup aussi, Jim ? »

Sandecker acquiesça. « Disons que M. Seagram ne crie pas fort mais qu'il porte une fichtrement grosse matraque.

— Bon. Seagram, vous avez la parole. Pourquoi

ce subterfuge et quelle urgence à renflouer une vieille épave ?

— Chaque chose en son temps, Amiral. Tout d'abord, je suis à la tête d'un service extrêmement secret du gouvernement qu'on appelle la Section Méta.

— Jamais entendu parler, dit Kemper.

— Nous ne figurons dans aucun annuaire des services fédéraux. Ni la CIA, ni le FBI ni la NSA n'a trace de notre existence.

— C'est un réservoir ultra-secret de grosses têtes, fit Sandecker.

— Nous allons plus loin que cela, dit Seagram. Nos gens conçoivent des projets futuristes et tentent d'en faire des systèmes fonctionnels.

— Ça doit coûter des millions de dollars, dit Kemper.

— La modestie m'interdit de discuter le montant exact de notre budget, Amiral, mais mon orgueil me contraint à avouer que je dispose de quelques milliards.

— Seigneur ! marmonna Kemper. Quelques milliards de dollars, c'est fou. Une organisation de savants dont personne ne connaît l'existence. Vous piquez mon intérêt, M. Seagram.

— Le mien aussi, fit Sandecker d'un ton acide. Jusqu'à maintenant, vous avez recherché l'assistance de l'ANRO par le canal de la Maison-Blanche en vous faisant passer pour un assistant du Président. Pourquoi tout ce machiavélisme ?

— Parce que le Président a donné des consignes de stricte sécurité, Amiral, dans le cas d'une fuite vers le Capitole. La dernière chose que souhaite son Administration, ce serait une chasse aux sorcières du Congrès dans les finances de la Section Méta. »

Kemper et Sandecker échangèrent un regard et hochèrent la tête. Puis ils se tournèrent vers Seagram, attendant la suite.

« Or donc, poursuivit-il, la Section Méta a mis au point un système de défense qui a pour nom de code le Projet Sicile...

— Le Projet Sicile ?

— Nous l'avons baptisé ainsi d'après une stratégie des échecs connue sous le nom de défense sicilienne. Ce projet est conçu autour d'une variante du principe du maser. Par exemple, si nous lançons une onde sonore sur une certaine fréquence dans un milieu contenant des atomes en excitation, nous pouvons alors stimuler le son jusqu'à un degré extrêmement élevé d'émission.

— C'est le principe du rayon laser, observa Kemper.

— Dans une certaine mesure, répondit Seagram. Sauf qu'un laser émet un étroit champ d'énergie lumineuse, alors que notre appareil émet un large champ en éventail d'ondes sonores.

— À part casser un certain nombre de tympans, dit Sandecker, à quoi cela sert-il ?

— Comme vous vous en souvenez d'après vos années de lycée, Amiral, les ondes sonores se répandent en vagues circulaires, un peu comme des rides sur un étang dans lequel on vient de jeter une pierre. Dans le cas du Projet Sicile, nous pouvons multiplier par un million les ondes sonores. Alors, quand cette formidable quantité d'énergie est libérée, elle se répand dans l'atmosphère, poussant devant elle les particules d'air, les condensant jusqu'à ce qu'elles s'unissent pour former un mur solide et impénétrable de centaines de kilomètres carrés de diamètre. » Seagram s'interrompit pour se gratter le nez. « Je ne vais pas vous ennuyer avec des explications et des détails techniques concernant la conception même de l'appareil. Les problèmes sont trop compliqués pour que nous en discutions ici, mais vous pouvez en distinguer sans difficulté les possibilités. Tout missile ennemi lancé contre l'Amérique et entrant en contact avec cette barrière de protection invisible se trouverait pulvérisé bien avant d'avoir atteint son objectif.

— Est-ce que... Est-ce que ce système existe réellement ? demanda Kemper, qui n'en croyait pas ses oreilles.

— Oui, Amiral. Je vous assure qu'il peut fonctionner. Aujourd'hui même, le nombre d'installations nécessaires pour arrêter une attaque générale de missiles est en construction.

— Seigneur ! lança Sandecker. L'arme absolue.

— Le Projet Sicile n'est pas une arme. C'est une méthode purement scientifique pour protéger notre pays.

— C'est difficile à concevoir, dit Kemper.

— Imaginez simplement le boum sonique d'un avion à réaction amplifié des millions de fois. »

Kemper semblait déconcerté. « Mais le son... ça ne détruirait pas tout au sol ?

— Non, la force énergétique est braquée vers l'espace et s'accroît durant son trajet. Pour quelqu'un qui se trouverait au niveau de la mer, cela aurait le même effet inoffensif qu'un grondement de tonnerre au loin.

— Mais qu'est-ce que tout cela a à voir avec le *Titanic* ?

— L'élément nécessaire pour stimuler au niveau optimal l'émission de son est le byzanium, et c'est là le hic, messieurs, car la seule quantité connue au monde de minerai de byzanium a été expédiée à destination des États-Unis en 1912 à bord du *Titanic*.

— Je comprends, fit Kemper en hochant la tête. Alors, renflouer le navire est votre dernière tentative pour rendre votre système de défense opérationnel ?

— La structure atomique du byzanium est la seule qui puisse fonctionner. En programmant ses propriétés connues dans nos ordinateurs, nous avons pu projeter une probabilité de trente mille contre un en faveur de la réussite.

— Mais pourquoi renflouer tout le navire ? demanda Kemper. Pourquoi ne pas démolir simplement les cloisons et remonter le byzanium ?

— Il nous faudrait parvenir jusqu'aux cales à coups d'explosifs. Le danger de détruire à jamais le minerai est trop grand. Le Président et moi sommes d'accord que les dépenses supplémentaires qu'entraîne le renflouement de la coque sont infiniment préférables au risque de tout perdre. »

Kemper relança sa ligne. « Vous avez un esprit positif, Seagram, je vous l'accorde. Mais qu'est-ce qui vous fait croire que le *Titanic* est en état d'être remonté en une seule pièce. Après soixante-quinze ans passés au fond de l'océan, ce n'est peut-être plus qu'un immense amas de ferraille rouillée.

— Mes gens ont une théorie là-dessus », dit Sandecker. Il reposa sa canne à pêche, ouvrit sa boîte d'hameçons et y prit une enveloppe. « Regardez ça. » Il tendit à Kemper plusieurs photographies.

« Ça ressemble aux cochonneries qu'on trouve au fond de l'eau, observa Kemper.

— Exactement, répondit Sandecker. De temps en temps, les caméras montées sur nos submersibles tombent sur des débris lancés par-dessus bord par des navires de passage. » Il désigna la photo du haut. « Voici le fourneau d'une cambuse découvert à douze cents mètres de profondeur au large des Bermudes. Ça, c'est un moteur d'automobile photographié à plus de deux mille mètres de profondeur au large des Aléoutiennes. Aucun moyen de dater ni l'une ni l'autre. Ici, vous avez un avion Grumman F 4 F de la Seconde Guerre mondiale, découvert par trois mille mètres de fond au voisinage de l'Islande. Pour celui-là, nous avons reconstitué son histoire. L'avion a plongé en mer sans dommage quand son pilote, un certain lieutenant Strauss, s'est trouvé à cours de carburant, le 17 mars 1946. »

Kemper tenait à bout de bras la photo suivante. « Que diable est cette chose ?

— Ce cliché a été pris au moment de la découverte par le *Sappho I* lors de l'Expédition du Courant Lorelei. Ce qui paraissait au début être un bout de conduit s'est révélé être un cornet. » Il montra à Kemper une photo de l'instrument prise après sa restauration par Vogel.

« C'est bien un cornet, reconnut Kemper. Vous dites que c'est le *Sappho I* qui a remonté ça ?

— Oui, d'une profondeur de trois mille six cents mètres. L'instrument était au fond depuis 1912. »

Kemper haussa les sourcils. « Vous allez me dire qu'il venait du *Titanic* ?

— Je peux vous en fournir des preuves écrites. »

Kemper soupira et rendit les photos à Sandecker. Il avait les épaules voûtées, l'air las et fatigué d'un homme qui n'était plus jeune, d'un homme qui avait trop longtemps porté un lourd fardeau. Il prit une boîte de bière dans le filet et arracha la languette. « Qu'est-ce que tout ça prouve ? »

Sandecker eut un léger sourire. « Ça fait deux ans que c'était sous notre nez — il y a deux ans qu'on a découvert l'avion — mais nous sommes complètement passés à côté des possibilités que cela ouvrait. Oh, bien sûr, on a fait des remarques sur l'excellent état dans lequel se trouvait l'appareil, et pourtant aucun de nos océanographes n'a compris la véritable signification de ce fait. C'est seulement quand le *Sappho I* a remonté le cornet que les véritables conclusions sont apparues.

— Je ne vous comprends pas, dit Kemper d'une voix sans timbre.

— Tout d'abord, poursuivit Sandecker, 90 % de ce F 4 est en aluminium, et comme vous savez, l'eau salée ronge très vite l'aluminium. Pourtant cet avion après avoir reposé au fond de l'eau avait l'air de sortir de l'usine. Même chose pour le cornet. Il a passé soixante-quinze ans sous l'eau et il brillait comme le derrière d'un nouveau-né.

— Vous avez une explication ? demande Kemper.

— Deux des océanographes des plus qualifiés de l'ANRO sont en train de passer les données dans nos ordinateurs. La théorie générale pour le moment, c'est qu'il s'agit d'une combinaison de facteurs : l'absence de vie marine nuisible aux grandes profondeurs, la faible salinité de l'eau des fonds marins, les températures glaciales et une teneur en oxygène plus faible qui ralentirait l'oxydation du métal. Cela pourrait être n'importe lequel ou l'ensemble de ces facteurs qui retarde la détérioration des épaves en eau profonde. Nous le saurons mieux et quand si nous jetons un coup d'œil au *Titanic.* »

Kemper réfléchit un moment. « Que voulez-vous de moi ?

— Une protection, répondit Seagram. Si les Soviétiques ont vent de ce que nous mijotons, ils essaieront tout sauf la guerre pour nous empêcher de mettre la main sur le byzanium.

— Ne vous inquiétez pas pour ça, dit Kemper d'une voix brusquement dure. Les Russes y regarderont à deux fois avant de pointer leur fichu nez sur notre côté de l'Atlantique. Vos opérations de sauvetage du *Titanic* seront protégées, Mr Seagram. Vous avez sur ce point ma parole absolue. »

Un sourire à peine perceptible effleura le visage de Sandecker. « Puisque vous êtes dans d'aussi généreuses dispositions, Joe, quelles sont les chances d'emprunter le *Modoc* ?

— Le *Modoc* ? répéta Kemper. C'est le plus beau navire de renflouage en eaux profondes que possède la Marine.

— Nous pourrions aussi utiliser son équipage », poursuivit Sandecker. Kemper roula sur son front baigné de sueur la surface fraîche de la boîte de bière. « Bon, vous avez le *Modoc* et son équipage, plus tout ce qu'il vous faut en hommes et en équipement supplémentaire.

— Merci, Amiral, soupira Seagram... Je vous suis très reconnaissant.

— Votre théorie est intéressante, fit Kemper, mais soulève bien des problèmes.

— Rien n'est facile, répondit Seagram.

— Quelle est votre prochaine étape ? »

Ce fut Sandecker qui répondit : « Nous envoyons

en bas des caméras de télévision pour repérer la coque et inspecter les dégâts.

— Dieu seul sait ce que vous allez trouver... » Kemper s'interrompit brusquement en désignant le bouchon de Sandecker qui était agité de soubresauts. « Bon sang, Jim, je crois que vous avez pris un poisson. »

Sandecker se pencha nonchalamment par-dessus bord. « Ma foi oui, fit-il en souriant. Espérons que le *Titanic* se montrera aussi coopératif.

— J'ai grand peur que cet espoir ne se révèle un encouragement bien coûteux, dit Kemper, le visage grave.

Pitt referma le journal de Joshua Hays Brewster et regarda Mel Donner à travers la table de conférence. « C'est donc ça.

— La vérité, toute la vérité et rien que la vérité, dit Donner.

— Mais est-ce que ce byzanium, ou Dieu sait comment vous l'appelez, ne perdrait pas ses propriétés après toutes ces années d'immersion dans la mer ?

— Qui peut le dire ? fit Donner en secouant la tête. Personne n'en a jamais eu une quantité suffisante entre les mains pour savoir avec certitude comment il réagit dans telle ou telle condition.

— Alors, il ne sera peut-être plus bon à rien.

— Pas s'il est bien enfermé dans le coffre du *Titanic*. Nos recherches indiquent que la chambre forte était étanche. »

Pitt se renversa en arrière en contemplant le journal. « C'est un foutu pari.

— Nous nous en rendons compte.

— Autant demander à une bande de gosses de repêcher un tank Patton dans le lac Érié avec quelques cordes et un radeau.

— Nous nous en rendons compte, répéta Donner.

— Le coût seul du renflouement du *Titanic* dépasse l'imagination, dit Pitt.

— Citez un chiffre.

— Déjà en 1974, la CIA a payé plus de trois cents millions de dollars rien que pour repêcher la proue d'un sous-marin russe. Je ne me risquerais même pas à envisager ce que ça coûterait de renflouer un paquebot qui déplace 46 000 tonnes et qui se trouve par trois mille six cents mètres de fond.

— Alors, tâchez de deviner.

— Qui finance l'opération ?

— La Section Méta assurera le financement, dit Donner. Vous n'avez qu'à me considérer comme votre banquier de quartier compréhensif. Faites-moi savoir ce qu'à votre avis il faudra pour mettre sur pied l'opération de renflouement, et je m'arrangerai pour que les fonds soient transférés en secret sur le budget annuel de fonctionnement de l'ANRO.

— Avec deux cent cinquante millions de dollars, on devrait pouvoir commencer.

— C'est un peu moins que nos estimations, fit Donner d'un ton nonchalant. Je vous conseille de ne pas vous limiter. Pour plus de sûreté, je m'arrangerai pour que vous en ayez cinq de plus.

— Cinq millions ?

— Non, fit Donner en souriant. Cinq cents millions.

Lorsque le garde lui eut laissé franchir la grille, Pitt s'arrêta au bord du trottoir et regarda de l'autre côté de la chaîne qui en barrait l'entrée, la Compagnie de Déménagement Smith. « Je n'y crois pas, dit-il sans s'adresser à personne. Je n'y crois pas du tout. » Puis, lentement, avec beaucoup de difficulté, comme s'il luttait contre les ordres d'un hypnotiseur, Pitt remit la manette du changement de vitesse sur « Marche » et regagna la ville.

29

Ç'avait été une journée particulièrement éprouvante pour le Président : des entrevues qui lui avaient paru interminables avec des membres du Congrès qui appartenaient à l'opposition ; entrevues au cours desquelles il s'était efforcé, en vain dans la plupart des cas, de les persuader de soutenir son nouveau projet de loi pour la réforme de l'impôt sur le revenu. Puis il y avait eu un discours à la Convention quasi hostile des Gouverneurs d'États, suivi plus tard dans l'après-midi par une discussion animée avec son Secrétaire d'État, comme toujours agressif et envahissant.

Et maintenant, à dix heures passées, alors qu'il ne lui restait plus qu'une affaire désagréable à régler, il était assis dans un profond fauteuil, tenant un verre dans sa main droite tandis que sa gauche grattait les longues oreilles de son basset aux yeux tristes.

Warren Nicholson, le directeur de la CIA, et Marshall Collins, son principal conseiller en matière de sécurité pour le Kremlin, étaient assis en face de lui sur un vaste canapé.

Le Président but une gorgée, puis tourna vers les deux hommes un visage à l'air las. « Est-ce que l'un de vous a la moindre idée de ce que vous êtes en train de me demander ? »

Collins eut un bref haussement d'épaules. « Pour être tout à fait franc, monsieur le Président, non. Mais c'est de toute évidence un cas où la fin justifie les moyens. J'estime pour ma part que Nicholson tient là un projet formidable. Le rendement en termes de renseignements secrets pourrait être rien moins que stupéfiant.

— Ça va coûter fichtrement cher, dit le Président.

— Croyez-moi, monsieur le Président, fit Nicholson en se penchant en avant, ça en vaut la peine.

— C'est facile pour vous de le dire, dit le Président. Aucun de vous n'a la moindre idée de ce qu'est le Projet Sicile.

— Sur ce point, pas de discussion, approuva Collins. Le secret est bien gardé. C'est pourquoi ça nous est arrivé comme un choc quand nous en avons appris l'existence par le KGB et non par nos propres services de sécurité.

— Qu'est-ce qu'à votre avis savent les Russes ?

— Nous ne pouvons avoir aucune certitude sur ce point, répondit Nicholson. Mais les quelques faits dont nous disposons indiquent que le KGB ne connaît que le nom de code.

— Bon sang ! murmura le Président, furieux. Comment une telle fuite est-elle possible ?

— Je me risquerai à avancer que c'est une fuite accidentelle, dit Collins. Les gens à Moscou flaireraient quelque chose si les analystes du renseignement soviétique croyaient être sur un projet américain de défense ultra-secret. »

Le Président regarda Collins. « Qu'est-ce qui vous fait croire que ça a un rapport avec la défense ?

— Si la sécurité entourant le Projet Sicile est aussi serrée que vous le laissez entendre, alors la théorie qui s'impose d'évidence, c'est qu'il s'agit d'une nouvelle arme. Et il n'y a aucun doute dans mon esprit que les Russes parviendront bientôt à la même conclusion.

— Je dois dire que je suis de l'avis de Collins, renchérit Nicholson.

— Et tout cela fait merveilleusement notre affaire.

— Je vous écoute.

— Nous fournissons aux renseignements de la Marine soviétique des informations à petites doses sur le Projet Sicile. S'ils mordent à l'hameçon... » Les mains de Nicholson esquissèrent le mouvement d'un piège qui se referme... « Alors nous avons littéralement mis la main au plus haut niveau sur un des services soviétiques chargés de recueillir des renseignements. »

Ennuyé par toutes ces conversations entre humains, le basset du Président s'allongea et s'endormit paisiblement. Le Président regarda quelques instants l'animal d'un air songeur, pesant le pour et le contre. La décision était pénible à prendre. Il avait le sentiment de poignarder dans le dos tous ses amis de la Section Méta.

« Je vais demander à l'homme qui dirige le projet de rédiger un premier rapport, finit-il par dire. Vous, Nicholson, vous allez me dire où et comment vous voulez qu'il soit livré, de façon que les Russes ne se doutent pas du manège. Vous vous adresserez à moi et à moi seul, pour toute autre information concernant le Projet Sicile. Est-ce clair ? »

Nicholson acquiesça. « J'arrangerai moi-même un système de communication. »

Le Président parut se recroqueviller dans son fauteuil. « Je n'ai pas besoin de vous rappeler, messieurs, fit-il d'un ton las, que si jamais nous sommes découverts, on nous considérera tous comme des traîtres. »

30

Sandecker était penché sur une grande carte en relief du fond de l'océan Atlantique Nord, jouant avec une petite baguette. Il regarda Gunn, puis Pitt, plantés de l'autre côté du paysage sous-marin en miniature. « Je n'arrive pas à comprendre, dit-il après un moment de silence. Si ce cornet est une indication, le *Titanic* ne gît pas là où il est censé être. »

Gunn prit un crayon feutre et fit une petite marque sur la carte. « Sa dernière position signalée juste avant qu'il ne sombre était ici, par 41 46' nord et 50 14' ouest.

— Et vous avez trouvé le cornet où ? »

Gunn fit une autre marque. « La position exacte du navire mère du *Sappho I* en surface au moment où nous avons découvert le cornet de Farley est située ici, à environ six milles au sud-est.

— Une erreur de six milles, comment est-ce possible ?

— Les témoignages sont contradictoires au sujet de la position du *Titanic* au moment où il a coulé, expliqua Pitt. Le commandant d'un des navires de sauvetage, le *Mount Temple*, situait le paquebot beaucoup plus à l'est, et son relevé était basé sur un point au soleil, bien plus précis que sur l'estime faite par le quatrième officier du *Titanic* juste après qu'il eut heurté l'iceberg.

— Mais le navire qui a recueilli des survivants, le *Carpathia* je crois que c'était, reprit Sandecker, a fait route vers la position donnée par l'opérateur radio du *Titanic* et s'est trouvé en contact direct avec les canots de sauvetage moins de quatre heures plus tard.

— Il n'est pas tout à fait sûr que le *Carpathia* soit allé aussi loin que son commandant le supposait, répondit Pitt. Dans ce cas, le repérage de l'épave et des canots aurait pu avoir lieu à quelques milles au sud-est de la position signalée par radio du *Titanic*. »

De sa baguette, Sandecker tambourinait contre la barre de cuivre protégeant la carte. « Tout cela nous laisse un peu dans le vague, si j'ose m'exprimer ainsi. Faudra-t-il attaquer nos recherches dans la zone exacte de 41 46' nord et 50 14' ouest ? Ou bien parions-nous sur le cornet de Graham Farley à six milles au sud-est ? Si nous visons mal, Dieu seul sait sur combien d'hectares de l'océan Atlantique il nous faudra traîner nos caméras de télévision sous-marines avant de tomber sur l'épave. Qu'est-ce que vous en dites, Rudi ?

Gunn n'hésita pas. « Puisque nos recherches avec le *Sappho I* ont échoué à l'emplacement de la position signalée du *Titanic* et dans les environs immédiats, je suis d'avis de descendre les caméras de télévision dans les parages où nous avons repêché le cornet de Farley.

— Et vous, Dirk ? »

Pitt resta silencieux quelques instants. Puis il dit : « Je demanderai un délai de quarante-huit heures. »

Sandecker contempla la carte d'un air pensif. « Nous ne pouvons pas nous permettre une heure. Encore moins quarante-huit. »

Pitt le regarda droit dans les yeux. « Je suggère que nous sautions le stade des caméras télé et que nous passions à l'étape suivante.

— Qui est ?

— D'envoyer un submersible avec équipage. »

Sandecker secoua la tête. « Pas possible. Une caméra de télévision montée sur un traîneau remorqué par un navire de surface peut couvrir cinq fois la même zone en moitié moins de temps qu'il n'en faudrait pour un submersible qui se déplace très lentement.

— Pas si nous repérons avec précision l'emplacement de l'épave. »

Le visage de Sandecker s'assombrit. « Et comment vous proposez-vous d'accomplir ce petit miracle ?

— Nous recueillons tous les renseignements connus concernant les dernières heures du *Titanic* — nous examinons toutes les indications de vitesse, les rapports de position contradictoires, l'état des courants, l'angle sous lequel il s'est enfoncé dans les vagues, nous ajoutons la position où a été retrouvé le cornet — tout cela, et nous le programmons dans l'ordinateur de l'ANRO. Avec un peu de chance, cela devrait nous donner la situation exacte de l'épave du *Titanic*.

— C'est l'approche logique, reconnut Gunn.

— En attendant, fit Sandecker, nous perdons deux jours.

— Nous ne perdons rien, Amiral. Nous gagnons, insista Pitt. L'amiral Kemper nous a prêté le *Modoc*. Il est en ce moment à quai à Norfolk, équipé et prêt à appareiller.

— Bien sûr, s'exclama Gunn. Le *Sea Slug*.

— Tout juste, répondit Pitt. Le *Sea Slug* est le bathyscaphe dernier modèle de la Marine, dessiné et construit tout exprès pour les opérations de sauvetage en eau profonde, et il est installé sur le pont arrière du *Modoc*. En deux jours, Rudi et moi pouvons avoir les deux navires dans les parages de l'épave, prêts à commencer les recherches. »

Sandecker se frotta le menton. « Et alors, si les ordinateurs font leur boulot, je vous fournis la position corrigée de l'épave. C'est comme ça que vous voyez les choses ?

— Oui, Amiral, c'est comme ça que je vois les choses. »

Sandecker s'éloigna de la cartc ct s'installa dans un fauteuil. Puis il leva les yeux vers le visage décidé de Pitt et de Gunn. « Bien, messieurs, à vous de jouer. »

31

Mel Donner appuya longuement sur le bouton de sonnette de la porte de Seagram, en étouffant un bâillement.

Seagram vint ouvrir et sortit sous la véranda. Ils échangèrent un petit salut silencieux en se dispensant des plaisanteries habituelles qu'ils se lançaient chaque matin et traversèrent le trottoir pour aller jusqu'à la voiture de Donner.

Seagram s'installa et regarda d'un air morne par la vitre, les yeux cernés de cercles sombres. Donner embraya.

« On dirait le monstre de Frankenstein avant sa résurrection, fit Donner. Tu as travaillé tard hier soir ?

— En fait je suis rentré de bonne heure, répondit Seagram. Fatale erreur. J'aurais dû travailler tard. Ça nous a simplement laissé à Dana et à moi davantage de temps pour nous disputer. Elle prend des airs si condescendants ces temps-ci que ça me rend fou. J'ai fini par m'énerver et par m'enfermer dans mon bureau. Je me suis endormi dans mon fauteuil. Et ce matin, j'ai des courbatures à des endroits dont je ne savais même pas qu'ils existaient.

— Merci », fit Donner en souriant.

Seagram se tourna vers lui, surpris. « Merci de quoi ?

— D'ajouter une pierre de plus à ma détermination de rester célibataire. »

Tous deux étaient silencieux pendant que Donner se glissait dans la circulation déjà dense des rues de Washington.

« Gene, dit enfin Donner, je sais que c'est un sujet délicat ; réponds-moi que ce ne sont pas mes oignons si tu veux, mais il faut que je te dise que tu commences à tourner au cynique un peu maso. »

Comme Seagram ne réagissait pas, Donner poursuivit : « Pourquoi est-ce que tu ne prends pas une semaine ou deux pour emmener Dana quelque part sur une plage tranquille et ensoleillée. Quitte Washington un moment. La construction des installations de défense se poursuit sans problème, et nous ne pouvons rien faire en ce qui concerne le byzanium, sauf attendre en priant que les gars de Sandecker à l'ANRO le récupèrent des cales du *Titanic*.

— On a besoin de moi plus que jamais, insista Seagram.

— Tu te fais des illusions. Pour le moment, tout ça nous échappe totalement. »

Un sourire sans gaieté s'esquissa sur les lèvres de Seagram. « Tu es plus près de la vérité que tu ne l'imagines. »

Donner lui lança un coup d'œil. « Comment ça ?
— Tout ça nous échappe, répéta Seagram d'un ton absent. Le Président m'a donné l'ordre de laisser les Russes être au courant du Projet Sicile en simulant une fuite. »

Donner vint s'arrêter au bord du trottoir et regarda Seagram, abasourdi.

« Mon Dieu, pourquoi ?

— Warren Nicholson, de la CIA, a convaincu le Président qu'en fournissant aux Russes quelques bribes d'informations, il peut prendre le contrôle d'un de leurs principaux services de renseignements.

— Je n'en crois pas un mot, fit Donner.

— Peu importe ce que tu crois, dit Seagram avec brusquerie.

— Si ce que tu dis est vrai, à quoi ça avancera-t-il les Russes d'avoir quelques bribes de renseignements ? Sans les équations détaillées ni les calculs indispensables, il leur faudrait au moins deux ans pour mettre sur le papier une théorie applicable. Et sans byzanium, tout ça ne sert à rien.

— Ils pourraient construire un système capable de fonctionner en trente mois, s'ils mettent les premiers la main sur le byzanium.

— Impossible. L'amiral Kemper ne le permettrait jamais. Il renverrait dare-dare les Russes dans leurs foyers s'ils essayaient de pirater le *Titanic*.

— Imagine, murmura Seagram, imagine simplement qu'on ait donné l'ordre à Kemper de rester tranquille et de ne pas bouger. »

Donner se pencha sur le volant et se frotta le front dans un geste de totale incrédulité. « Tu me demandes de croire que le Président des États-Unis travaille avec les communistes ? »

Seagram haussa les épaules d'un air las et dit : « Comment puis-je te demander de croire quoi que ce soit, quand je ne sais pas moi-même quoi croire ? »

32

Pavel Marganine, dont l'uniforme blanc d'officier de marine rehaussait encore la taille et l'air autoritaire, prit une profonde bouffée de l'air du soir et pénétra dans le hall aux décorations surchargées du restaurant Borodino. Il donna son nom au maître d'hôtel et le suivit jusqu'à la table habituelle de Prevlov. Le capitaine était déjà installé à lire une épaisse liasse de papiers enfermés dans un dossier. Il leva un instant les yeux et salua Marganine d'un regard ennuyé avant de se replonger dans ses documents.

« Puis-je m'asseoir, Capitaine ?

— À moins que vous ne vouliez vous mettre une serviette sur le bras et desservir, dit Prevlov, toujours absorbé par sa lecture. Je vous en prie. »

Marganine commanda une vodka et attendit que Prevlov entamât la conversation. Au bout de trois bonnes minutes, le capitaine finit par reposer son dossier et alluma une cigarette.

« Dites-moi, Lieutenant, avez-vous suivi l'expédition de Dérive du Courant Lorelei ?

— Pas en détail. Je me suis contenté de parcourir le rapport avant de vous le transmettre.

— Dommage, dit Prevlov d'un ton hautain. Pensez-y, Lieutenant. Un submersible capable de parcourir quinze cents milles en suivant le fond de l'océan sans faire surface une seule fois en près de deux mois. Les savants soviétiques seraient bien avisés de se montrer à moitié aussi imaginatifs.

— À dire vrai, Capitaine, j'ai trouvé le rapport plutôt assommant.

— Assommant ! Si vous l'aviez étudié durant l'un des rares moments où vous vous consacrez vraiment à votre travail, vous auriez remarqué un étrange changement de route durant les derniers jours de l'expédition.

— Je ne vois aucun sens caché dans un simple changement de route.

— Un bon agent de renseignement cherche à tout un sens caché, Marganine. »

Ainsi remis à sa place, Marganine jeta un regard nerveux à sa montre et tourna la tête en direction des toilettes.

« J'estime que nous devrions tâcher de savoir ce que les Américains trouvent de si intéressant au large des Grands Bancs de Terre-Neuve, reprit Prevlov. Depuis cette affaire de la Nouvelle-Zemble, je voudrais un examen attentif de toutes les opérations entreprises par l'Agence Nationale de Recherches Océanographiques depuis six mois. Mon intuition me souffle que les Américains mijotent quelque chose qui risque de créer des ennuis à notre mère patrie. » Prevlov héla un serveur qui passait et lui désigna son verre vide. Il se renversa en arrière en soupirant. « Les choses ne sont jamais ce qu'elles paraissent, vous ne trouvez pas ? Nous exerçons un métier étrange et bien déconcertant lorsque l'on songe que chaque virgule, chaque point sur un bout de papier peut renfermer des renseignements d'une importance vitale sur un secret extraordinaire. C'est dans la direction la moins évidente que l'on trouve les réponses. »

Le garçon revint avec le cognac de Prevlov et ce dernier vida son verre, savourant l'eau-de-vie avant de l'avaler d'un trait.

« Voulez-vous m'excuser un moment, Capitaine ? »

Prevlov leva les yeux et Marganine de la tête désigna les toilettes.

« Bien sûr. »

Marganine entra dans la salle carrelée, haute de plafond, et se planta devant l'urinoir. Il n'était pas seul. Une paire de pieds, le pantalon enroulé autour des chevilles, apparaissait sous la porte des cabinets. Il resta là, prenant son temps, jusqu'au moment où il entendit le bruit de la chasse d'eau. Alors il s'approcha du lavabo et se rinça les mains avec soin, tout en regardant dans la glace le même gros homme qu'il avait déjà rencontré sur un banc du parc resserrer sa ceinture et venir l'aborder.

« Pardonnez-moi, matelot, dit le gros homme, vous avez laissé tomber ça par terre. » Il remit à Marganine une petite enveloppe.

Marganine la prit sans hésitation et la glissa dans la poche intérieure de sa tunique. « Oh, que je suis négligent. Je vous remercie. »

Le gros homme se pencha alors sur le lavabo tandis que Marganine allait prendre une serviette. « Vous avez dans cette enveloppe des renseignements explosifs, chuchota le gros homme. Ne traitez pas cela à la légère.

— Ce sera l'objet de tous mes soins. »

33

La lettre était posée bien au milieu de la table de travail de Seagram, dans son bureau. Il alluma la lampe, se laissa tomber dans le fauteuil et se mit à lire.

Cher Gene,

Je t'aime. Ça doit sembler une façon bien banale de commencer, mais c'est vrai. Je t'aime encore de tout mon cœur.

J'ai désespérément essayé de te comprendre et de te réconforter durant ces mois de tension. Comme j'ai souffert d'attendre que tu acceptes mon amour et mes attentions, sans rien espérer en retour sauf un petit signe d'affection. Je suis forte à bien des égards, Gene, mais je n'ai pas le courage ni la patience de lutter contre l'indifférence. Aucune femme n'en est capable.

J'ai la nostalgie de nos premiers jours, de cette douce époque où la sollicitude que chacun portait à l'autre l'emportait de loin sur les exigences de nos vies professionnelles. Tout était plus simple en ce temps-là. Nous donnions nos cours à l'université, nous riions et nous faisions l'amour comme si chaque fois c'était la dernière. C'est peut-être moi qui ai commencé à détériorer les choses entre nous en ne voulant pas d'enfant. Peut-être qu'un fils ou une fille nous aurait liés davantage. Je ne sais. Je ne peux que regretter ce que je n'ai pas fait.

Tout ce que je sais c'est qu'il vaut mieux pour nous deux que pour quelque temps nous nous séparions car pour l'instant notre coexistence sous le même toit me paraît faire ressortir une méchanceté et un égoïsme qu'aucun de nous à ma connaissance ne possédait.

Je suis allée m'installer chez Marie Sheldon, une géologue des fonds marins à l'ANRO. Elle a eu la gentillesse de me prêter une chambre d'amis dans sa maison de Georgetown jusqu'à ce que je mette un peu d'ordre dans mes idées. Je t'en prie, n'essaie pas de me joindre. Cela n'aboutirait qu'à d'autres paroles désagréables. Laisse-moi le temps de voir un peu clair, Gene. Je t'en supplie.

On dit que le temps guérit toutes les blessures. Prions le ciel qu'il en soit ainsi. Je n'ai pas l'intention de t'abandonner, Gene, au moment où tu as l'impression que tu as le plus grand besoin de moi. Mais je suis convaincue que cela fera un poids de moins sur tes épaules au milieu de tes soucis actuels.

Pardonne ma fragilité féminine, mais d'un autre côté, pour moi, c'est un peu comme si tu m'avais repoussée. Espérons que l'avenir permettra à notre amour de survivre.

Encore une fois, je t'aime.

Dana.

Seagram relut la lettre quatre fois, ses yeux refusant de se détourner des pages à l'écriture soignée. Puis il finit par éteindre la lumière pour rester assis là dans l'obscurité.

34

Dana Seagram était plantée devant sa penderie et s'adonnait au rite bien féminin de décider ce qu'elle allait mettre quand on frappa à la porte de la chambre.

« Dana ? Tu es prête ?

— Entre, Marie. »

Marie Sheldon ouvrit la porte et s'appuya au chambranle. « Bonté divine, mon chou, tu n'es même pas habillée. »

Marie avait une voix très basse qui semblait lui venir du fond de la gorge. C'était une petite femme mince, pleine de vie, avec des yeux bleus pétillants, un petit nez retroussé et une masse de cheveux blonds décolorés relevés en un énorme chignon. Elle aurait pu être très provocante sans son menton un peu carré.

« Tous les matins, c'est la même chose, fit Dana, agacée. Si seulement je pouvais m'organiser et préparer mes affaires la veille au soir, mais j'attends toujours la dernière minute. »

Marie s'approcha de Dana. « Si tu mettais ta jupe bleue ? »

Dana décrocha la jupe du cintre, puis la jeta sur la moquette. « La barbe ! J'ai envoyé le corsage qui va avec chez le teinturier.

— Si tu ne fais pas attention, tu vas avoir l'écume à la bouche.

— Je n'y peux rien, fit Dana. Depuis quelque temps, tout semble aller mal.

— Tu veux dire : depuis que tu as plaqué ton mari.

— La dernière chose dont j'aie besoin maintenant, c'est un sermon.

— Calme-toi, mon chou. Si tu veux lâcher ta colère sur quelqu'un, alors plante-toi devant une glace. »

Dana restait là, tendue comme une poupée mécanique dont on a trop remonté les ressorts. Marie sentait venir une crise de larmes et opéra un repli stratégique.

« Calme-toi. Prends ton temps. Je vais descendre faire tourner le moteur. »

Dana attendit que le bruit léger des pas de Marie se fût éloigné avant de passer dans la salle de bains et d'avaler deux comprimés. Dès que le tranquillisant commença à faire son effet, elle passa calmement une robe de toile turquoise, se donna un coup de peigne, chaussa une paire de mocassins et descendit l'escalier.

Pendant le trajet jusqu'aux bureaux de l'ANRO, Dana paraissait gaie et pleine d'entrain tandis que son pied battait la mesure aux accents de la radio de la voiture.

« Un comprimé ou deux ? demanda Marie.

— Hein ?

— J'ai dit un comprimé ou deux ? On peut toujours parier quand, d'un instant à l'autre, de garce tu te transformes en ange, que tu as pris des tranquillisants.

— C'est vrai ce que je disais à propos du sermon.

— D'accord, mais je te préviens, ma vieille. Si jamais je te trouve un soir allongée par terre avec une overdose, je reprendrai tranquillement mes petites affaires et je disparaîtrai dans la nuit. Je ne peux pas supporter les scènes mortuaires spectaculaires.

— Tu exagères. »

Marie la regarda. « Tu crois ? Tu prends ça comme d'autres gobent des vitamines.

— Je vais très bien, fit Dana d'un ton de défi.

— Tu parles. Tu es le cas classique de la femme déprimée et frustrée. Et, permets-moi d'ajouter, de la pire espèce.

— Il faut du temps pour émousser la peine.

— La peine, mon œil. Tu veux dire que ça émousse tes remords.

— Je ne me ferai pas l'illusion de croire que ce

que j'ai fait de mieux c'est de quitter Gene. Mais je suis convaincue que c'était la chose à faire.

— Tu ne crois pas qu'il a besoin de toi ?

— J'espérais toujours qu'il ferait un geste dans ma direction, mais chaque fois que nous sommes ensemble, nous nous bagarrons comme des chats de gouttière. Il m'a chassée de sa vie, Marie. C'est toujours la même histoire : quand un homme comme Gene devient un esclave de son travail, il élève autour de lui un mur infranchissable. Et la raison stupide, d'une stupidité incroyable, c'est parce qu'il s'imagine que partager ses problèmes me précipite automatiquement en première ligne aussi. Un homme peut accepter le fardeau ingrat des responsabilités. Mais pas nous autres femmes. Pour nous, la vie est un jeu que nous jouons au jour le jour. Nous ne faisons jamais de projets d'avenir comme les hommes. » Elle avait un air triste et las. « Je ne peux qu'attendre et rentrer quand Gene tombera, accablé par ses blessures, dans la guerre qu'il mène tout seul. Alors, et seulement alors, j'aurai la certitude qu'il accueillera mon retour avec plaisir.

— Il sera peut-être trop tard, dit Marie. D'après la description que tu fais de lui, Gene me paraît un candidat de choix pour une dépression nerveuse ou un bel infarctus. Si tu avais un rien de cran, tu tiendrais le coup avec lui. »

Dana secoua la tête. « Je ne peux pas supporter d'être repoussée. Tant que nous ne pourrons pas vivre de nouveau en paix tous les deux, j'ai l'intention de mener une autre existence.

— Est-ce que ça comprend aussi d'autres hommes ?

— Rien que des amours platoniques, fit Dana avec un sourire un peu forcé. Je ne m'en vais pas jouer la femme libérée et sauter sur tous les pantalons qui traversent mon chemin. »

Marie eut un sourire narquois. « C'est une chose de prendre des grands airs et de professer de nobles idéaux, mon chou, mais dans la pratique, c'est une autre paire de manches. Nous sommes à Washington, tu l'oublies. Nous sommes huit femmes pour un homme. Ce sont eux, les veinards, qui peuvent se permettre de choisir.

— S'il arrive quelque chose, eh bien, on verra. Je ne m'en vais pas chercher une aventure. D'ailleurs, j'ai perdu l'entraînement. Je ne sais plus comment flirter.

— Séduire un homme, c'est comme la bicyclette, dit Marie en riant. Une fois qu'on a appris, on n'oublie plus jamais. »

Elle se gara dans le vaste parking à ciel ouvert de l'ANRO. Elles montèrent le perron qui menait dans le hall, où elles rejoignirent le flot de leurs collègues qui se hâtaient dans les couloirs et vers les ascenseurs.

« On se retrouve pour déjeuner ? dit Marie.

— Parfait.

— J'amènerai deux copains sur qui tu pourras exercer tes charmes latents. »

Sans laisser à Dana le temps de protester, Marie s'était perdue dans la foule. Quand elle se retrouva dans l'ascenseur, Dana nota avec un étrange sentiment, tout à la fois de plaisir et de détachement, que son cœur battait très fort.

35

Sandecker gara sa voiture dans le parc de stationnement du Collège d'Océanographie d'Alexandrie, ouvrit sa portière et s'approcha d'un homme qui attendait auprès d'un petit chariot de golf électrique.

« Amiral Sandecker ?

— Oui.

— Docteur Murray Silverstein. » Le petit homme rond et chauve lui tendit la main. Heureux que vous ayez pu venir, Amiral. Je crois que nous avons quelque chose qui va se révéler utile. »

Sandecker s'installa dans le chariot. « Nous sommes reconnaissants du moindre élément utile que vous pouvez nous fournir. »

Silverstein prit la barre en main et les guida le long d'un petit chemin goudronné. « Depuis hier soir nous avons procédé à toute une série de tests. Je ne peux rien vous promettre qui soit mathématiquement exact, attention, mais le moins qu'on puisse dire, c'est que les résultats sont intéressants.

— Des problèmes ?

— Quelques-uns. Le principal inconvénient qui fait basculer nos projections du précis à l'approximatif, c'est l'absence de faits concrets. Par exemple, on n'a jamais établi la direction dans laquelle pointait l'étrave du *Titanic* quand il a coulé. Ce facteur inconnu à lui seul pourrait ajouter environ mille hectares à la zone de recherche.

— Je ne comprends pas. Est-ce qu'un navire d'acier de quarante-cinq mille tonnes ne coulerait pas à pic ?

— Pas nécessairement. Le *Titanic* est descendu en vrille et a sombré suivant un angle d'environ 78° ; à mesure qu'il coulait, le poids de l'eau de mer emplissant ses compartiments avant l'a déplacé de ce côté à une vitesse de quatre ou cinq nœuds. Il nous faut ensuite tenir compte de la force vive provoquée par son énorme masse, et du fait qu'il a parcouru plus de deux milles et demi avant de toucher le fond. Non, je crois malheureusement qu'il s'est arrêté à l'horizontale, et assez loin du point où il a commencé à sombrer. »

Sandecker regarda l'océanographe. « Comment pouvez-vous connaître l'angle précis suivant lequel le *Titanic* a coulé ? Dans l'ensemble on ne peut pas se fier aux descriptions des survivants. »

Silverstein désigna une haute tour de ciment sur

sa droite. « Les réponses sont là-dedans, Amiral. » Il arrêta le chariot devant l'entrée du bâtiment. « Venez, je vais vous faire une démonstration pratique de ce que je suis en train de vous expliquer. »

Sandecker le suivit dans un petit couloir et jusqu'à une salle qui se terminait par une grande fenêtre en plastique acrylique. Silverstein fit signe à l'amiral d'approcher. Un plongeur avec masque et bouteille lui fit signe derrière la vitre. Sandecker répondit par un geste de la main.

« Un réservoir de plongée, expliqua Silverstein. Les parois intérieures sont en acier et s'élèvent à une hauteur de soixante mètres sur un diamètre de neuf mètres. Il y a une chambre principale de pression pour entrer et sortir au niveau inférieur, et cinq sas disposés à diverses hauteurs sur le côté, pour nous permettre de suivre nos expériences à des profondeurs différentes.

— Je vois, murmura Sandecker. Vous avez pu simuler la chute du *Titanic* jusqu'au fond de l'océan.

— Oui, permettez-moi de vous montrer. » Silverstein décrocha un téléphone sur une console disposée devant la vitre d'observation. « Owen, faites-moi une chute en trente secondes.

— Vous avez une maquette du *Titanic* ?

— Oh, ce n'est pas tout à fait une pièce dont pourrait s'enorgueillir un musée de la Marine, bien sûr, dit Silverstein, mais, pour une réduction à l'échelle de la configuration générale, du poids et du déplacement du navire, c'est une réplique quasi parfaite. Le potier a fait un excellent travail.

— Le potier ?

— C'est de la céramique, dit Silverstein. Nous pouvons mouler et cuire vingt maquettes dans le temps qu'il nous faudrait pour en fabriquer une en métal. » Il posa une main sur le bras de Sandecker et l'attira vers la vitre. « Tenez, la voici. »

Sandecker leva les yeux et vit une forme oblongue d'environ un mètre vingt de longueur qui s'enfonçait lentement dans l'eau, précédée par ce qui semblait être une pluie de billes. Il put constater qu'on n'avait fait aucun effort pour recréer le détail authentique. La maquette ressemblait à une masse lisse d'argile non vernie : arrondie à une extrémité, effilée à l'autre, et surmontée de trois tuyaux, représentant les cheminées du *Titanic*. À travers la vitre d'observation, il entendit un cliquetis distinct lorsque l'étrave de la maquette toucha le fond du réservoir.

— Est-ce que vos calculs ne risquent pas d'être faussés par une erreur dans la configuration du modèle ? demanda Sandecker.

— Certes, une erreur pourrait faire une différence. »

Silverstein le regarda droit dans les yeux. « Mais je vous assure, Amiral, nous n'avons rien omis ! »

Sandecker désigna la maquette. « Le vrai *Titanic* avait quatre cheminées ; le vôtre n'en a que trois.

— Juste avant que le *Titanic* sombre, dit Silverstein, sa poupe s'est soulevée jusqu'à être perpendiculaire à la mer. La tension a été trop forte pour les haubans qui soutenaient la cheminée numéro un. Ils ont claqué et elle a basculé à tribord. »

Sandecker hocha la tête. « Mes compliments, Docteur. J'aurais dû savoir qu'il n'était pas question de mettre en doute la minutie de votre expérience.

— Ça n'est rien. Cela me donne l'occasion d'étaler mes connaissances. » Il se tourna et fit à travers la fenêtre un geste de la main, pouce levé. Le plongeur attacha la maquette à un câble qui le remonta vers le haut du réservoir. « Je vais recommencer l'expérience et vous expliquer comment nous sommes arrivés à cette conclusion.

— Vous pourriez commencer par m'expliquer la présence des billes.

— Elles jouent le rôle des chaudières, répondit Silverstein.

— Des chaudières ?

— Là aussi, c'est une parfaite simulation. Voyez-vous, alors que la poupe du *Titanic* était braquée vers le ciel, ses chaudières se sont détachées de leur berceau d'ancrage et ont traversé les cloisons en fonçant vers l'avant. C'étaient d'énormes machines : il y en avait vingt-neuf en tout, certaines avaient près de cinq mètres de diamètre sur six de long.

— Mais vos billes étaient à l'extérieur de la maquette.

— Oui, nos calculs indiquent qu'au moins dix-neuf des chaudières ont fracassé tous les compartiments jusqu'à l'étrave et sont tombées au fond séparément de la coque.

— Comment pouvez-vous en être sûr ?

— Parce que si leur chute avait été arrêtée, le formidable déplacement de ballast causé par leur trajet depuis le milieu jusqu'aux compartiments avant du navire aurait entraîné le *Titanic* suivant un angle droit de 90°. Mais les rapports des survivants observant la scène depuis les canots — et pour une fois presque tous sont d'accord là-dessus — leurs rapports indiquent que peu après que se fut tu le fracas assourdissant des chaudières glissant à travers les compartiments, le navire s'est un peu incliné sur l'arrière avant de couler. Ce fait signifie, en tous les cas pour moi, que le *Titanic* a expulsé ses chaudières et que, une fois libéré de cette surcharge, il s'est légèrement redressé pour prendre l'angle de 78° que je vous ai cité tout à l'heure.

— Et les billes viennent soutenir cette théorie ?

— Au pied de la lettre. » Silverstein décrocha de nouveau le téléphone. « Quand vous voudrez, Owen. » Il raccrocha le combiné. « Owen Dugan, mon assistant, est là-haut. En ce moment, il doit être en train de disposer la maquette dans l'eau juste au-dessus de ce fil à plomb que vous apercevez dans l'eau sur un côté du réservoir. À mesure que l'eau commence à pénétrer par des trous percés à des endroits stratégiques de l'étrave de la maquette, celle-ci va commencer à plonger la tête en avant. À un certain angle, les billes vont rouler jusqu'à l'étrave et une porte à ressort va leur permettre de poursuivre librement leur chute. »

Comme si c'était la réplique qu'elles attendaient, les billes commencèrent à tomber au fond du réservoir, suivies de près par la maquette. Celle-ci toucha le fond à environ trois mètres cinquante du fil à plomb. Le plongeur fit une petite marque au fond du réservoir et leva le pouce et l'index, indiquant une distance d'un peu plus de deux centimètres.

« Voilà, amiral, cent dix expériences et la maquette a toujours touché le fond dans un rayon de dix centimètres autour du même point. »

Sandecker considéra un long moment le réservoir, puis se tourna vers Silverstein. « Alors, où cherchons-nous ?

— Après quelques éblouissants calculs effectués par notre département de physique, dit Silverstein, leur estimation est à treize cents mètres au sud-est du point où le *Sappho I* a découvert le cornet, mais ce n'est, bien sûr, qu'une estimation.

— Comment pouvez-vous être certain que le cornet n'est pas tombé suivant un angle différent de la verticale, lui aussi ? »

Silverstein prit un air peiné. « Vous sous-estimez mon génie de la perfection, Amiral. Nos estimations seraient sans valeur si nous n'avions pas un dessin exact du trajet du cornet jusqu'au fond de l'océan. Vous trouverez parmi mes notes de frais un reçu de Moe, prêteur sur gages, pour deux cornets. Après une série d'essais dans le réservoir, nous les avons emportés à deux cent milles au large du Cap Hatteras, où nous les avons laissés tomber dans trois mille six cents mètres d'eau. Je peux vous montrer le tracé relevé d'après notre sonar. Chacun d'eux s'est arrêté à cinquante mètres de la verticale de leur point de chute.

— Vous êtes tout excusé, fit Sandecker en riant. J'ai la triste impression que mon scepticisme va me coûter une caisse de Chardonnay Robert Mondavi 1984.

— 1981, corrigea Silverstein en souriant.

— S'il y a une chose que je ne peux pas supporter, c'est un schnock qui a du goût.

— Songez à quel point le monde serait vulgaire sans nous. »

Sandecker ne répondit pas. Il s'approcha de la vitre et contempla dans le réservoir la maquette en céramique du *Titanic.* Silverstein vint le rejoindre. « Pas de doute, c'est un sujet fascinant.

— Ce qu'il y a d'étrange, à propos du *Titanic,* murmura Sandecker, c'est que, dès l'instant où vous êtes sensible à son charme, vous ne pensez à rien d'autre.

— Mais pourquoi ? Qu'y a-t-il dans ce navire qui saisit l'imagination et ne veut pas lâcher prise ?

— Parce que c'est l'épave qui fait pâlir toutes les autres, dit Sandecker. C'est le trésor le plus légendaire, et pourtant le plus insaisissable, de l'histoire contemporaine. Une simple photo du navire suffit à faire battre le cœur plus vite. Connaître son histoire, l'équipage qui le manœuvrait, les gens qui ont arpenté ses ponts durant les quelques jours de son existence, c'est cela qui enflamme l'imagination, Silverstein. Le *Titanic,* ce sont les immenses archives d'une époque que nous ne reverrons jamais. Dieu seul sait s'il est en notre pouvoir de ramener à la lumière du jour ce noble vieillard. Mais je vous assure que nous allons essayer. »

36

Vu de l'extérieur, le submersible *Sea Slug* avait un air lisse et d'un aérodynamisme parfait, mais pour Pitt qui tournait dans tous les sens sa carcasse d'un mètre quatre-vingt-cinq coincée dans le fauteuil du pilote, l'intérieur semblait un cauchemar de canalisations hydrauliques et de circuits électriques propres à engendrer la claustrophobie. Le sous-marin avait six mètres de long et une forme tubulaire, avec les extrémités arrondies qui lui avaient valu son nom de *Sea Slug*, Limace des Mers. Il était peint en jaune et avait quatre grands hublots disposés par paires à l'avant, alors que le surmontaient comme de petites calottes de radar deux puissants projecteurs à haute intensité.

Pitt termina la liste de contrôle et se tourna vers Giordino, qui était assis dans le siège à sa droite.

« On plonge ? »

Giordino eut un grand sourire qui découvrit ses dents. « Allons-y.

— Qu'est-ce que tu en dis, Rudi ? »

Gunn, allongé derrière les hublots inférieurs, leva les yeux et hocha la tête. « Quand vous voudrez. »

Pitt parla dans un microphone et regarda sur le petit écran de télévision de contrôle au-dessus du tableau de bord la grue du *Modoc* soulever le *Sea Slug* de son berceau et le faire pivoter avec précaution avant de le descendre dans l'eau. Dès qu'un plongeur eut débranché le câble, Pitt ouvrit la valve de ballast et le submersible commença à s'enfoncer lentement sous les vagues.

« Mise en marche du système d'oxygénation, annonça Giordino. Une heure jusqu'au fond, dix heures pour les recherches, deux heures pour remonter, ce qui nous laisse une réserve de cinq heures pour les impondérables.

— Nous utiliserons le temps de réserve pour les recherches », dit Pitt.

Giordino connaissait bien tous les éléments de la situation. Si l'impensable se produisait, un accident par trois mille six cents mètres de fond, il n'y aurait aucun espoir de sauvetage. Une mort rapide serait tout ce qu'ils pourraient souhaiter plutôt que l'abominable souffrance d'une lente asphyxie. Il se surprit même à songer avec amusement qu'il aurait bien voulu se retrouver à bord du *Sappho I*, à savourer le confort de l'air libre et la sécurité de son système de régénération de l'atmosphère capable de fonctionner huit semaines. Il se renversa en arrière et regarda l'eau s'assombrir à mesure que le *Sea Slug* enfonçait sa coque dans les profondeurs, ses pensées revenant au personnage énigmatique qui pilotait l'appareil.

Giordino revoyait Pitt au temps du collège, lorsqu'ils conduisaient et pilotaient tous les deux des voitures bricolées sur les petites routes désertes, derrière Newport Beach, en Californie. Il connaissait mieux Pitt que n'importe quel homme au monde ; que n'importe quelle femme aussi, d'ailleurs. Pitt avait en fait deux identités séparées : il y avait le Dirk Pitt bon vivant, qui s'éloignait rarement de la norme, qui était plein d'humour, sans prétention, et qui avait des contacts faciles avec tous ceux qu'il rencontrait. Et puis il y avait l'autre Dirk Pitt, la machine d'une froide efficacité, qui ne commettait pour ainsi dire jamais d'erreur et qui souvent se repliait dans un silence hautain. S'il y avait une clef ouvrant la porte séparant ces deux personnalités, Giordino ne l'avait pas encore trouvée.

Giordino tourna les yeux vers l'indicateur de plongée. Son aiguille marquait trois cent soixante mètres. Ils eurent bientôt franchi le seuil des six cents mètres et pénétrèrent dans un monde de nuit éternelle. D'où il était, pour l'œil humain, ce n'était que pures ténèbres. Giordino abaissa une manette et les projecteurs extérieurs s'allumèrent, découpant dans l'obscurité un chenal rassurant.

« À ton avis, quelles sont nos chances de trouver l'épave à la première tentative ? demanda-t-il.

— Si les calculs de l'ordinateur que nous a envoyés l'amiral Sandecker sont justes, le *Titanic* devrait se trouver quelque part dans un arc de 110°, à treize cents mètres au sud-est de l'endroit où tu as repéré le cornet.

— Oh, formidable, marmonna Giordino, sarcastique. Au lieu de chercher un bout d'ongle dans les dunes de Coney Island, il ne s'agit que de retrouver un charançon albinos au milieu d'un champ de blé.

— Le voilà qui recommence avec son pessimisme indécrottable, dit Gunn.

— Peut-être que si nous ne faisons pas attention à lui, fit Pitt riant, il va s'en aller. »

Giordino fit une grimace et désigna le vide insondable derrière les hublots.

« Oh, bien sûr, vous n'avez qu'à me déposer au prochain coin de rue.

— On va retrouver l'épave », dit Pitt avec résolution. Il désigna la pendule éclairée du tableau de bord. « Voyons, il est maintenant 6 h 40. Je prédis que nous serons au-dessus du pont du *Titanic* avant le déjeuner, disons à 11 h 40. »

Giordino lui lança un regard en coulisse. « Le grand prophète a parlé.

— Un peu d'optimisme ne fait jamais de mal », fit Gunn. Il régla l'objectif de la caméra et déclencha le projecteur stroboscopique. Il brilla un instant d'un éclair aveuglant, reflétant dans son faisceau des millions de créatures planctoniques en suspension dans l'eau.

Trois mille mètres et quarante minutes plus tard, Pitt signala au *Modoc* leur profondeur et la température de l'eau : deux degrés. Les trois hommes regardèrent, fascinés, un petit poisson affreux et boursouflé qui passait lentement devant les hublots ; le petit bulbe lumineux qui faisait saillie sur sa tête brillait comme un phare esseulé.

À trois mille sept cents mètres, le fond de l'océan apparut, s'approchant à la rencontre du *Sea Slug* comme si celui-ci était immobile. Pitt mit en marche les moteurs et régla l'angle d'altitude, arrêtant en douceur la descente du *Sea Slug* et le mettant sur une route parallèle au lit d'argile rouge qui tapissait le fond de la mer.

Peu à peu, le silence inquiétant fut rompu par le bourdonnement rythmé provenant des moteurs électriques du *Sea Slug*. Tout d'abord Pitt eut quelques difficultés à discerner les accidents de terrain du fond : rien n'indiquait un paysage à trois dimensions. Ses yeux ne voyaient qu'une plaine qui s'étendait au-delà de la portée des projecteurs.

Pas trace visible de vie. Et pourtant, les preuves ne manquaient pas : les traces des habitants des profondeurs sinuaient et zigzaguaient dans toutes les directions sur la couche de sédiments. On aurait pu croire qu'elles étaient récentes, mais la mer peut vous induire en erreur. Les empreintes des araignées de mer des profondeurs, des concombres marins ou des étoiles de mer auraient pu être faites quelques minutes ou quelques centaines d'années plus tôt, car les restes microscopiques d'organismes animaux et végétaux qui constituent la vase du fond de l'océan ne filtrent vers le bas qu'au rythme d'un ou deux centimètres tous les mille ans.

« Oh, la ravissante créature », fit Giordino en montrant quelque chose.

Le regard de Pitt suivit le doigt de Giordino et aperçut un étrange animal d'un bleu-noir, qui semblait un croisement entre un calmar et une pieuvre. Il avait huit tentacules reliés entre eux comme le pied palmé d'un canard, et il contemplait le *Sea Slug* par deux gros yeux globulaires qui occupaient près d'un tiers de tout son corps.

« C'est un calmar vampire, leur annonça Gunn.

— Demande-lui s'il a des parents en Transylvanie ? ricana Giordino.

— Tu sais, fit Pitt, cette chose là-bas me rappelle un peu ta petite amie.

— Tu veux dire celle qui n'a pas de nichons ? renchérit Gunn.

— Tu la connais ?

— Bavez toujours, racaille envieuse, grommela Giordino. Elle est folle de moi et son père m'entretient en alcools de qualité.

— Qualité extra, ricana Pitt. Du Bourbon Vieille Chiotte, du Gin Attila, de la Vodka Merdanska. Tu connais ces étiquettes-là ? »

Durant les quelques heures suivantes, plaisanteries et sarcasmes s'échangèrent entre les parois du *Sea Slug*. En fait, c'était une attitude, un mécanisme de défense pour remédier à l'ennui corrosif de la monotonie. Contrairement à ce qu'on lit dans les romans, la chasse aux épaves en profondeur peut être une tâche épuisante et fastidieuse. Ajoutez à cela l'inconfort d'un bathyscaphe encombré d'instruments, le degré d'humidité élevé et la température frisquette qui règne à l'intérieur, et vous avez tout ce qu'il faut pour que l'erreur humaine provoque un accident qui pourrait se révéler tout à la fois coûteux et fatal.

Les mains de Pitt restaient impassibles sur les commandes, pilotant le *Sea Slug* à moins d'un mètre cinquante au-dessus du fond. Giordino concentrait toute son attention sur le système d'oxygénation, alors que Gunn gardait les yeux fixés sur le sonar et le magnétomètre. Les longues heures de préparation étaient terminées. C'était maintenant une affaire de patience et d'obstination, mêlée à cette forme particulière d'éternel optimisme et d'amour de l'inconnu que partagent tous les chercheurs de trésor.

« On dirait un tas de pierres droit devant », dit Pitt.

Giordino regarda par les hublots. « Ils sont plantés là dans la vase, je me demande d'où ils sont venus.

— Peut-être du ballast jeté par-dessus bord d'un vieux voilier.

— Ça doit plutôt venir d'un iceberg, dit Gunn. Il y a pas mal de pierres, de boue et de débris qui sont emportés sur la mer et puis qui tombent au fond quand les icebergs fondent... » Gunn s'interrompit au milieu de sa conférence. « Attendez... j'ai une violente réaction sur le sonar. Et voilà que le magnétomètre repère quelque chose aussi.

— Où ça? demanda Pitt.

— Cap 137.

— Cap au 137 », répéta Pitt. Il fit décrire au *Sea Slug* un gracieux virage, comme si c'était un avion, et prit la route indiquée. Giordino regardait par-dessus l'épaule de Gunn les cercles de lumière verte sur le sonarscope. Un petit point à l'éclat vibrant indiquait la présence d'un objet solide à trois cents mètres au-delà de leur champ de vision.

« Ne vous excitez pas, dit Gunn avec calme. Ça m'a l'air trop petit pour un navire.

— Qu'est-ce que tu penses que c'est ?

— Difficile à dire. Ça n'a pas plus de six ou sept mètres de long, environ cinq mètres de haut. Ça peut être n'importe quoi...

— Ça pourrait être une des chaudières du *Titanic,* intervint Pitt. Le fond de l'océan devrait en être parsemé.

— Tu prends la tête du peloton, fit Gunn, l'excitation maintenant perceptible dans sa voix. J'ai un signal identique au cap 115. Et en voici un autre au cap 160. Celui-ci a une longueur approximative de vingt mètres.

— On dirait une de ses cheminées, dit Pitt.

— Seigneur ! murmura Gunn. Ça commence à ressembler à une décharge publique par ici. »

Soudain, dans la pénombre au bord extérieur des ténèbres, un objet arrondi devint visible, cerné d'un halo de lumière fantastique comme une immense pierre tombale. Bientôt les trois paires d'yeux à l'intérieur du bathyscaphe purent distinguer les grilles du fourneau de la grande chaudière, et puis une rangée après l'autre de rivets, le long des soudures et les tentacules arrachés de ce qui restait des tuyauteries.

« Ça t'aurait plu d'avoir été chauffeur en ce temps-là, et d'avoir ce bébé à nourrir ? murmura Giordino.

— J'en ai repéré une autre, dit Gunn. Non, attendez... La pulsation devient plus forte. Voici la longueur. Trente mètres... soixante...

— Approche, approche, mon joli, pria Pitt.

— Cent cinquante... Deux cents... Deux cent quarante mètres. Ça y est! On l'a!

— Quel cap? fit Pitt, la bouche sèche comme le sable.

— Cap 97 », répondit Gunn dans un souffle.

Pendant les quelques minutes suivantes, ils n'échangèrent plus un mot tandis que le *Sea Slug* parcourait la distance. Ils avaient le visage pâle et tendu. Le cœur de Pitt battait à tout rompre dans sa poitrine, il avait l'impression d'avoir un grand poids dans l'estomac et qu'une énorme main le broyait de l'extérieur. Il se rendit compte qu'il laissait le bathyscaphe s'approcher trop près de la vase. Il tira sur les commandes, tout en gardant les yeux fixés sur le hublot. Qu'allaient-ils trouver? Une masse de ferraille rouillée, impossible à renflouer? Une coque brisée, fracassée et enterrée jusqu'à ses superstructures dans la vase? Et puis son regard aperçut une ombre massive qui se dressait menaçante dans l'obscurité.

« Bonté divine! fit Giordino d'un ton de respect. Nous sommes tombés droit sur son étrave. »

Comme ils approchaient à moins de quinze mètres, Pitt ralentit les moteurs et fit pivoter le *Sea Slug* sur une route parallèle à la ligne de flottaison de l'infortuné paquebot. Les dimensions mêmes de l'épave, lorsqu'on la voyait de côté, offraient un spectacle stupéfiant. Même au bout de près de quatre-vingts ans, le navire coulé se révélait étonnamment exempt de corrosion; la bande de peinture dorée qui ceignait les deux cent soixante-cinq mètres de sa coque noire luisait dans le faisceau des projecteurs. Pitt fit remonter le bathyscaphe le long de l'ancre de huit tonnes de bâbord, jusqu'au moment où ils purent tous clairement distinguer les lettres dorées de près d'un mètre de haut qui proclamaient encore fièrement que c'était le *Titanic*.

Fasciné, Pitt décrocha le microphone et appuya sur le bouton d'appel. « *Modoc, Modoc*. Ici, *Sea Slug*... Vous me recevez? »

L'opérateur radio du *Modoc* répondit presque aussitôt. « *Sea Slug,* ici *Modoc.* Je vous reçois. Terminé. »

Pitt régla le volume pour diminuer les bruits de fond.

« *Modoc,* signalez au Q.G. de l'ANRO que nous avons découvert le Grand T. Je répète, nous avons découvert le Grand T. Profondeur 3 702 mètres. Heure, 11 h 42.

— 11 h 42 ? répéta Giordino. Vantard ! Tu t'es trompé de deux minutes. »

RENAISSANCE

Le *Titanic* gisait, enveloppé dans l'immobilité fantomatique des noires profondeurs, et portait encore les sinistres cicatrices de sa tragédie. La déchirure provoquée par sa collision avec l'iceberg s'étendait de l'extrémité avant tribord jusqu'à la chambre de chauffe n° 5, sur près de cent mètres le long de la coque, cependant que les trous béants dans l'étrave au-dessous de la ligne de flottaison révélaient le choc formidable des chaudières, lorsqu'elles s'étaient arrachées aux entrailles du navire pour fracasser une cloison après l'autre et plonger enfin dans la mer.

Le navire reposait lourdement dans la vase, avec une légère gîte à bâbord, le gaillard d'avant tourné vers le sud, comme s'il cherchait dans un effort pathétique à atteindre les eaux d'un port qu'il n'avait jamais connues. Les faisceaux lumineux provenant du bathyscaphe dansaient sur ses superstructures fantomatiques, jetant de longues ombres spectrales en travers de ses interminables ponts de teck. Ses hublots, les uns ouverts, les autres fermés, s'alignaient en rangées ordonnées le long de ses larges flancs. Il offrait un aspect élancé, presque moderne, maintenant que ses cheminées avaient disparu ; les trois cheminées avant n'existaient plus, deux sans doute ayant été emportées lors de la plongée jusqu'au fond, alors que la n° 4 gisait en travers du pont des embarcations arrière. Et, à l'exception des bouts de haubans rouillés qui serpentaient par-dessus le bastingage, le pont des embarcations n'offrait au regard que quelques énormes manches à air montant une garde silencieuse au-dessus des bossoirs vides, qui abritaient jadis les canots de sauvetage du grand paquebot.

Il y avait dans tout cela une beauté morbide. Les hommes à l'intérieur du bathyscaphe croyaient presque voir ses salons et ses cabines inondés de lumière et grouillant de centaines de passagers joyeux. Ils imaginaient ses bibliothèques bourrées de livres, ses fumoirs emplis de la brume bleutée des cigares, ils croyaient entendre la musique de son orchestre jouant le dernier ragtime. Les passagers arpentaient ses ponts : des hommes riches et célèbres aux plastrons d'habit immaculés, des femmes en robes du soir colorées, des nurses avec des enfants cramponnés à leur jouet favori, les Astor, les Guggenheim et les Strauss en première classe, les bourgeois, les professeurs, les pasteurs, les étudiants, les écrivains en seconde classe ; les immigrants, les fermiers irlandais et leur famille, les menuisiers, les boulangers, les tailleurs et les mineurs de lointains villages de Suède, de Russie et de Grèce dans l'entrepont. Et puis, il y avait les membres de l'équipage, près de neuf cents personnes, depuis les officiers jusqu'aux gens des cuisines, aux stewards, aux garçons d'ascenseur et aux hommes de la salle des machines.

Une fantastique opulence gisait dans l'obscurité par-delà les portes et les hublots. À quoi ressemblaient aujourd'hui la cuisine, le court de tennis, les bains turcs ? Restait-il quelques vestiges pourrissants de cette immense tapisserie encore pendue dans le grand salon ? Et l'horloge de bronze du grand escalier, et les lustres de cristal de l'élégant Café parisien, et le plafond délicatement décoré de la salle à manger des premières classes ? Peut-être les ossements du commandant Edward J. Smith reposaient-ils quelque part dans les ombres de la passerelle ? Quels mystères y avait-il à découvrir dans ce qui avait jadis été un colossal palace flottant, si jamais il revoyait la lumière du soleil ? Les éclairs des projecteurs stroboscopiques du bathyscaphe semblaient jaillir sans trêve tandis que le minuscule intrus contournait la coque immense. Un grand poisson d'une soixantaine de centimètres, avec une queue de rat, des yeux énormes et une tête lourdement caparaçonnée, folâtrait au-dessus des ponts inclinés, sans se soucier le moins du monde de ces explosions de lumière.

Après ce qui parut des heures, le bathyscaphe, avec son équipage le nez toujours rivé au hublot, s'éleva au-dessus du toit du salon des premières classes, s'y attarda quelques instants, puis déposa une petite capsule émettant un signal électronique. Ses émissions à basse fréquence fourniraient désormais un repère tangible pour les futures plongées vers l'épave. Le bathyscaphe effectua alors un virage vers le haut, ses projecteurs s'éteignirent et il se fondit dans les ténèbres d'où il avait émergé.

À part les rares étincelles de vie sous-marine qui avaient réussi à s'adapter à la survie dans ces ténèbres glacées, le *Titanic* une fois de plus était seul. Mais bientôt d'autres engins sous-marins viendraient et il sentirait les outils de l'homme travailler de nouveau sur sa peau d'acier, comme bien des années auparavant sur la grande cale de lancement des chantiers de constructions navales Harland et Wolff à Belfast.

Alors, peut-être, peut-être après tout arriverait-il pour la première fois au port.

QUATRIÈME PARTIE

LE TITANIC

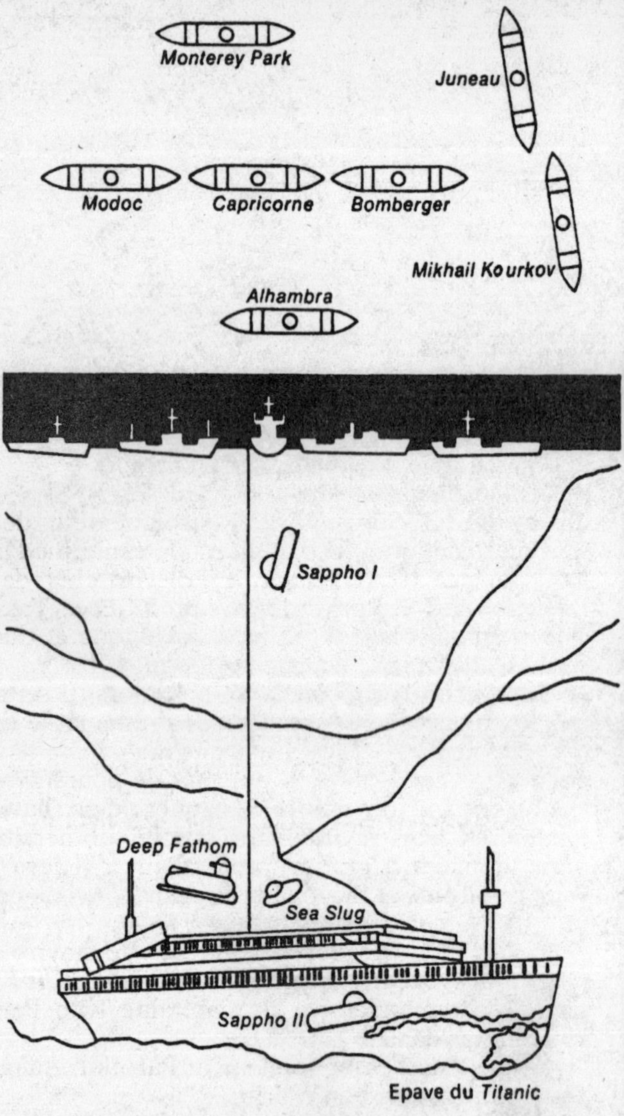
Monterey Park
Juneau
Modoc
Capricorne
Bomberger
Mikhail Kourkov
Alhambra
Sappho I
Deep Fathom
Sea Slug
Sappho II
Epave du Titanic

Mai 1988

37

Avec des gestes précis et mesurés, le Secrétaire de l'Union soviétique, Georgi Antonov, alluma sa pipe et examina les autres hommes assis autour de la longue table de conférence en acajou.

À sa droite siégeaient l'amiral Boris Sloyouk, directeur des Services de Renseignement de la Marine soviétique, et son adjoint, le capitaine Prevlov. En face d'eux, Vladimir Polevoi, chef de la Direction des Secrets étrangers du KGB, et Vassily Tilevitch, maréchal de l'Union soviétique et directeur en chef de la Sécurité soviétique.

Antonov en vint droit au fait : « Alors, il semble que les Américains soient décidés à ramener le *Titanic* à la surface. » Il regarda quelques instants les documents étalés devant lui avant de poursuivre :

« Ils ont l'air d'y mettre le paquet : deux navires auxiliaires, trois ravitailleurs, quatre submersibles pour plongées à grande profondeur. » Il leva les yeux vers l'amiral Sloyouk et Prevlov. « Avons-nous un observateur dans les parages ? »

Prevlov acquiesça de la tête. « Le navire de recherches océanographiques *Mikhaïl Kourkov,* sous le commandement du capitaine Ivan Parotkine, croise dans le périmètre.

— Je connais personnellement Parotkine, ajouta Sloyouk. C'est un bon marin.

— Si les Américains dépensent des centaines de

millions de dollars pour tenter de renflouer une épave vieille de soixante-seize ans, dit Antonov, il doit y avoir une motivation logique.

— Il y a une motivation, dit gravement l'amiral Sloyouk. Une motivation qui menace notre sécurité même. » Il fit un signe de tête à Prevlov, qui fit passer à Antonov et aux hommes assis autour de la table un dossier rouge intitulé « Projet Sicile ». « C'est pourquoi j'ai demandé la convocation de cette réunion. Mes services ont découvert l'esquisse d'un plan pour un nouveau système de défense américain tout à fait secret. Je crois que vous en trouverez l'étude stupéfiante, sinon terrifiante. »

Antonov et les autres ouvrirent le dossier et se mirent à lire. Pendant peut-être cinq minutes, le Secrétaire général lut, s'interrompant par instant pour jeter un coup d'œil en direction de Sloyouk. Sur le visage d'Antonov se succédèrent tour à tour diverses expressions, allant de l'intérêt professionnel à l'étonnement non dissimulé, à la surprise, et enfin, à la stupéfaction la plus totale.

« C'est incroyable, amiral Sloyouk, absolument incroyable.

— Un tel système de défense est-il concevable ? demanda le maréchal Tilevitch.

— J'ai posé la même question à cinq de nos savants les plus éminents. Ils sont tous convenus qu'en théorie un tel système est réalisable à condition qu'on dispose d'une source d'énergie assez forte.

— Et vous supposez que cette source se trouve dans les cales du *Titanic* ? lui demanda Tilevitch.

— Nous en sommes certains, camarade maréchal. Comme je l'ai mentionné dans le rapport, l'ingrédient essentiel nécessaire à la réalisation du Projet Sicile est un élément peu connu appelé byzanium. Nous savons aujourd'hui que, voilà soixante-seize ans, les Américains ont arraché au sol russe les seules réserves connues au monde de ce minerai. Par bonheur pour nous, ils ont eu la malchance de transporter ce minerai sur un navire condamné. »

Antonov secoua la tête d'un air déconcerté. « Si ce que vous dites dans votre rapport est vrai, alors les Américains ont la possibilité d'abattre nos missiles intercontinentaux sans plus de mal qu'un berger tue des mouches. »

Sloyouk acquiesça de la tête. « Je crois que c'est malheureusement la triste vérité. »

Polevoi se pencha sur la table, son visage exprimant une consternation teintée de méfiance. « Vous déclarez dans ce document que votre contact est un personnage haut placé au Département de la Défense des États-Unis.

— C'est exact, fit Prevlov avec respect. Il a été déçu par le gouvernement américain lors de l'affaire du Watergate, et depuis lors il m'envoie tout le matériel qui lui semble important. »

Antonov regarda Prevlov droit dans les yeux. « Estimez-vous qu'ils puissent y arriver, capitaine Prevlov ?

— À renflouer le *Titanic* ? »

Antonov hocha la tête.

Prevlov soutint son regard. « Si vous voulez bien vous rappeler la brillante récupération par la Central Intelligence Agency d'un de nos sous-marins nucléaires par plus de cinq mille mètres de fond au large de Hawaï en 1974 — je crois que la CIA appelait cela le projet Jennifer — il ne fait guère de doute que les Américains possèdent les capacités techniques de ramener le *Titanic* en rade de New York. Oui, camarade Antonov, je suis convaincu qu'ils y parviendront.

— Je ne partage pas votre opinion, fit Polevoi. Un navire de la taille du *Titanic*, c'est autre chose qu'un sous-marin.

— Je dois me ranger aux côtés du capitaine Prevlov, déclara Sloyouk. Les Américains ont l'agaçante habitude de réussir ce qu'ils entreprennent.

— Et ce Projet Sicile ? insista Polevoi. Le KGB

n'a reçu aucun élément précis concernant son existence, à l'exception du nom de code. Comment savons-nous que les Américains n'ont pas inventé un projet mythique pour pouvoir bluffer lors des négociations pour la limitation des armements nucléaires stratégiques ? »

Antonov tapota sur la table. « Les Américains ne bluffent pas. Le camarade Khrouchtchev s'en est aperçu il y a vingt-cinq ans, lors de la crise des missiles de Cuba. Nous devons tenir compte de toute possibilité, si lointaine qu'elle soit, qu'ils sont sur le point de rendre ce système de défense opérationnel dès qu'ils auront récupéré le byzanium dans la coque du *Titanic.* » Il s'interrompit pour tirer sur le tuyau de sa pipe. « Je suggère que nous songions dès maintenant aux mesures que nous devons prendre.

— De toute évidence, nous devons nous attacher à ce que le byzanium n'arrive jamais aux États-Unis », dit le maréchal Tilevitch.

Les doigts de Polevoi pianotaient sur le dossier du Projet Sicile. « Le sabotage. Nous devons saboter l'opération de renflouement. Il n'y a pas d'autre méthode.

— Il ne doit y avoir aucun incident susceptible d'avoir des répercussions internationales, dit Antonov d'un ton ferme. Il ne saurait être question d'intervenir par une action militaire ouverte. Je ne veux pas voir les relations américano-soviétiques compromises alors que cette année encore la récolte sera mauvaise. Est-ce clair ?

— Nous ne pouvons rien faire d'autre que pénétrer dans la zone de renflouement », insista Tilevitch.

Polevoi regarda Sloyouk. « Quelles mesures les Américains ont-ils prises pour protéger l'opération ?

— Le croiseur atomique porte-missiles *Juneau* patrouille vingt-quatre heures sur vingt-quatre en vue des navires de renflouement.

— Puis-je parler ? » demanda Prevlov d'un ton presque condescendant. Et sans attendre la réponse, il poursuivit : « Avec toutes les précautions nécessaires, camarades, la pénétration a déjà eu lieu. »

Antonov leva les yeux. « Veuillez vous expliquer, Capitaine. »

Prevlov jeta un regard de côté à son supérieur. L'amiral Sloyouk lui répondit par un petit signe de tête affirmatif.

« Nous avons deux agents clandestins qui travaillent comme membres de l'équipe de renflouement de l'ANRO, expliqua Prevlov. Deux garçons remarquablement doués. Cela fait deux ans qu'ils nous transmettent d'importants renseignements recueillis par les océanographes américains.

— Bon, bon. Vos gens ont bien travaillé, Sloyouk », fit Antonov, mais il n'y avait aucune chaleur dans sa voix. Son regard revint à Prevlov. « Nous faut-il supposer, Capitaine, que vous avez conçu un plan ?

— En effet, camarade. »

Marganine était dans le bureau de Prevlov lorsque celui-ci revint, installé avec nonchalance derrière le bureau du capitaine. Il y avait quelque chose de changé chez lui. Ce n'était plus l'adjoint falot et lèche-bottes que Prevlov avait laissé à peine quelques heures auparavant. Il y avait chez le personnage quelque chose de plus sûr, de plus assuré. On aurait dit que c'était dans son regard. Ces yeux hésitants reflétaient maintenant l'air sûr de soi d'un homme qui savait où il en était.

« Comment s'est passée la conférence, Capitaine ? demanda Marganine sans se lever.

— Je crois pouvoir dire sans crainte de me tromper que le jour ne tardera pas où vous pourrez m'appeler amiral.

— Je dois avouer, dit Marganine avec calme, que votre imagination fertile n'est surpassée que par votre vanité. »

Prevlov se trouva pris à l'improviste. La rage fit pâlir son visage, et lorsqu'il parla, on n'avait aucun mal à déceler l'émotion dans sa voix.

« Vous osez m'insulter ?

— Pourquoi pas ? À n'en pas douter, vous avez persuadé le camarade Antonov que c'est votre génie qui vous a fait découvrir le but du Projet Sicile et de l'opération de renflouement du *Titanic,* alors qu'en réalité, c'est ma source à moi qui a transmis le renseignement. Je ne doute pas que vous leur ayez parlé aussi de votre merveilleux plan pour arracher le byzanium aux mains des Américains. Là encore, un plan dont je suis l'auteur. En bref, Prevlov, vous n'êtes qu'un voleur sans talent.

— Ça suffit », fit Prevlov d'un ton glacial en braquant un doigt sur Marganine. Brusquement, il se crispa ; de nouveau il se maîtrisait, il était suave et précis, le vrai professionnel. « Marganine, dit-il d'une voix douce, vous me paierez votre insubordination. Je veillerai à ce que vous me la payiez de mille morts d'ici à la fin de ce mois. »

Marganine ne dit rien. Il se contenta d'afficher un sourire aussi froid qu'une tombe.

38

« Et voilà pour le secret, fit Seagram, en laissant tomber un journal sur le bureau de Sandecker. C'est le journal de ce matin. Je l'ai acheté dans un kiosque il n'y a pas un quart d'heure... »

Sandecker le déplia et le regarda à la première page. Il n'eut pas à chercher loin, cela s'étalait en gros caractères.

« L'ANRO VA RENFLOUER LE TITANIC », lut-il tout haut. Eh bien, au moins nous n'aurons plus besoin de marcher sur la pointe des pieds. “Une opération de plusieurs millions de dollars pour sauver l'infortuné paquebot." Il faut le reconnaître, ça se lit bien. "Des sources autorisées affirmaient aujourd'hui que l'Agence Nationale de Recherches Océanographiques est en train de préparer une opération de sauvetage pour renflouer le paquebot *Titanic,* qui avait heurté un iceberg et coulé en plein Atlantique le 15 avril 1912, coûtant la vie à plus de quinze cents personnes. Cette formidable entreprise annonce une aube nouvelle dans le sauvetage en eau profonde qui est sans parallèle dans l'histoire de la chasse au trésor." »

« Une chasse au trésor de plusieurs millions de dollars, fit Seagram, l'air sombre. Le Président va être ravi.

— Il y a même une photo de moi, fit Sandecker. Pas très bonne, d'ailleurs. Ça doit être une photo d'archives, prise il y a cinq ou six ans.

— Ça n'aurait pas pu tomber à un plus mauvais moment, dit Seagram. Encore trois semaines... Pitt a dit qu'il allait essayer de le renflouer d'ici trois semaines.

— Ne retenez pas votre souffle. Pitt et ses hommes sont au travail depuis neuf mois; neuf mois épouvantables à lutter contre toutes les tempêtes que l'Atlantique a pu lancer sur eux, à triompher de tous les retards, de tous les obstacles techniques à mesure qu'ils se présentaient. C'est miracle qu'ils en aient accompli tant en si peu de mois. Et malgré cela, mille et une choses peuvent encore mal se passer. Il peut y avoir des fissures cachées, susceptibles de briser tout net la coque quand on l'arrachera au lit de l'océan, ou bien encore, l'énorme force de succion qu'exerce la vase entre la cale et le fond ne lâchera peut-être jamais sa prise. Si j'étais vous, Seagram, je ne me réjouirais pas avant d'avoir vu le *Titanic* passer en remorque devant la statue de la Liberté. »

Seagram semblait blessé. L'amiral sourit de son expression et lui offrit un cigare. Il essuya un refus.

« D'un autre côté, fit Sandecker, pour le consoler, peut-être que le *Titanic* va remonter à la surface comme un rien.

— C'est ce que j'aime chez vous, Amiral, votre optimisme syncopé.

— J'aime me préparer aux désillusions. Ça aide à faire passer les choses. »

Seagram ne répondit pas. Il resta silencieux une minute. Puis il dit : « Nous nous ferons donc du souci pour le *Titanic* quand le moment sera venu. Mais nous avons encore à examiner le problème de la presse. Comment opérons-nous ?

— C'est très simple, fit Sandecker d'un ton détaché. Nous faisons ce que fait n'importe quel politicien quand des journalistes avides de scandales exposent son douteux passé.

— C'est-à-dire ? demanda Seagram avec prudence.

— Nous donnons une conférence de presse.

— C'est de la folie. Si le Congrès et le public apprennent jamais que nous avons englouti dans cette opération trois quarts d'un milliard de dollars, ça va être une vraie tempête.

— Alors, nous jouons au poker menteur et, pour la publication, nous coupons les frais de renflouement en deux. Mais qui ira le savoir ? Il n'y a aucun moyen de découvrir le vrai chiffre.

— Quand même, fit Seagram, je n'aime pas ça. Ces reporters de Washington sont des maîtres chirurgiens lorsqu'il s'agit de disséquer un orateur à une conférence de presse. Ils vous découpent comme une dinde de réveillon.

— Je ne pensais pas à moi, murmura Sandecker.

— Alors qui ? sûrement pas moi. Moi, je suis le petit homme que personne ne connaît, vous vous rappelez ?

— Je songeais à quelqu'un d'autre. Quelqu'un qui n'est pas au courant de nos tours de passe-passe en coulisse. Quelqu'un qui fait autorité en matière d'épaves et que la presse traiterait avec le maximum de courtoisie et de respect.

— Et où allez-vous trouver ce parangon de vertu ?

— Je suis très heureux que vous ayez employé le mot vertu, fit Sandecker d'un ton narquois. Voyez-vous, c'est à votre femme que je pensais. »

39

Dana Seagram, plantée d'un air assuré derrière son pupitre de conférencière, répondait avec habileté aux questions que lui posaient les quelque quatre-vingts journalistes assis dans le grand auditorium de l'ANRO. Elle souriait sans cesse, avec l'air ravi d'une femme qui s'amuse bien et qui sait qu'on l'approuvera. Elle portait une jupe portefeuille couleur terre brûlée et un chandail au décolleté en V profond, que venait fort bien rehausser un petit collier en acajou. Elle était grande, séduisante et élégante ; une image qui lui donnait aussitôt l'avantage sur ses inquisiteurs.

Une femme à cheveux blancs, sur le côté gauche de la salle, se leva, la main tendue. « Docteur Seagram ? »

Dana eut un gracieux hochement de tête.

« Docteur Seagram, les lecteurs de mon journal, le *Chicago Daily*, aimeraient savoir pourquoi le Gouvernement dépense des millions de dollars pour sauver un vieux navire rouillé. L'argent ne serait-il pas mieux dépensé, par exemple, pour l'assistance sociale ou pour des travaux d'urbanisation bien nécessaires ?

— Je serai très heureuse de vous éclairer sur ce point, fit Dana. Tout d'abord, renflouer le *Titanic* n'est pas un gaspillage d'argent. Il a été prévu un budget de deux cent quatre-vingt-dix millions de dollars, et pour l'instant, nous sommes très en dessous de ce chiffre; et, permettez-moi d'ajouter, en avance sur notre programme.

— Vous ne considérez pas cela comme beaucoup d'argent ?

— Pas quand on songe aux gains possibles. Voyez-vous, le *Titanic* est un véritable entrepôt bourré de trésors. Les estimations dépassent le chiffre de trois cents millions de dollars. Il reste à bord un grand nombre de bijoux et d'objets de valeur appartenant aux passagers : dans une seule cabine, il y en a pour deux cent cinquante mille dollars. Et puis, il y a l'équipement du navire, ainsi que le mobilier et la décoration, dont une partie a peut-être survécu. Un collectionneur serait prêt à payer de cinq cents à mille dollars pour une pièce de porcelaine ou pour un verre de cristal provenant de la salle à manger des premières classes. Non, mesdames et messieurs, c'est un cas où un projet fédéral ne risque pas, si vous voulez bien me pardonner l'expression, de claquer inutilement l'argent du contribuable. Quand nous ferons nos comptes, nous présenterons un bénéfice en dollars et un bénéfice en témoignages historiques sur une époque disparue, sans parler de la prodigieuse richesse de renseignements recueillis pour la science et la technologie marines.

— Docteur Seagram ? » Cette fois, c'était un homme de haute taille, au visage émacié, tout au fond de l'auditorium. « Nous n'avons pas eu le temps de lire le communiqué que vous nous avez fait distribuer il y a quelques instants, alors pourriez-vous nous donner quelques explications sur le mécanisme des opérations de sauvetage ?

— Je suis heureuse que vous me posiez cette question. » Dana éclata de rire. « Sérieusement, je suis navrée de ce vieux cliché, mais votre intervention, monsieur, me donne l'occasion d'une brève séance de projection qui devrait vous expliquer nombre de mystères concernant ce projet. » Elle se tourna vers les coulisses. « Lumières, je vous prie. »

L'éclairage diminua et la première diapositive apparut sur un grand écran disposé au-dessus et derrière le pupitre.

« Nous commençons par un montage effectué à partir de plus de quatre-vingts photographies pour montrer le *Titanic* reposant sur le lit de l'océan. Par chance, il est à l'horizontale, avec une légère gîte à bâbord qui place de façon fort commode la brèche de cent mètres ouverte le long de ses flancs par l'iceberg dans une position accessible pour qu'on puisse la boucher.

— Comment est-il possible de boucher une ouverture de cette dimension à une profondeur aussi énorme ? »

La diapositive suivante apparut, montrant un homme tenant ce qui semblait être une grosse boule de plastique liquide.

« Pour répondre à cette question, fit Dana, voici le docteur Amos Stannford montrant une substance qu'il a mise au point et appelée "Aquacier". Comme son nom l'indique, l'Aquacier, s'il est malléable à l'air, acquiert la rigidité de l'acier quatre-vingt-dix secondes après être entré en contact avec l'eau, et il peut s'attacher à un objet métallique comme s'il était soudé. »

Cette dernière déclaration provoqua dans la salle une longue rumeur.

« Des réservoirs en aluminium en forme de boule, de trois mètres de diamètre et contenant de l'Aquacier, ont été disposés à des emplacements stratégiques autour de l'épave, poursuivit Dana. Ils sont conçus de façon qu'un submersible puisse s'ancrer aux réservoirs suivant une procédure qui rappelle l'arrimage d'une fusée à un laboratoire de l'espace et qu'il puisse ensuite gagner l'endroit du chantier où l'équipage puisse expulser l'Aquacier à l'aide d'une lance spécialement conçue.

— Comment pompe-t-on l'Aquacier du réservoir ?

— Pour utiliser une autre comparaison, l'énorme

pression qui règne à cette profondeur comprime le réservoir d'aluminium un peu comme un tube de pâte dentifrice, et cela pousse le produit comprimé dans la lance et de là dans l'ouverture à boucher. »

Elle fit signe qu'on passe une nouvelle diapositive.

« Nous voyons ici un dessin en coupe de l'océan, montrant les ravitailleurs en surface et les submersibles groupés au fond autour de l'épave. Il y a quatre engins sous-marins qui participent à l'opération de renflouement. Le *Sappho I,* qui, vous vous en souvenez peut-être, était l'engin utilisé dans l'Expédition de Dérive du Courant Lorelei, est actuellement occupé à réparer les dégâts causés par l'iceberg au flanc tribord de la coque ainsi qu'à l'étrave dont les cloisons ont été fracassées par les chaudières du *Titanic*. Le *Sappho II,* un bathyscaphe plus récent et plus perfectionné, est en train de sceller les ouvertures plus petites, telles que manches à air et hublots. Le sous-marin *Sea Slug* a pour tâche de couper les débris inutiles, c'est-à-dire les mâts, les haubans et la cheminée arrière qui est tombée en travers du pont des embarcations arrière. Et enfin, le *Deep Fathom,* un submersible appartenant à la Compagnie pétrolière Uranus, installe des soupapes de sûreté sur la coque et les superstructures du *Titanic*.

— Pourriez-vous, je vous prie, expliquer la raison de ces soupapes de sûreté, docteur Seagram ?

— Certainement, répondit Dana. Lorsque la coque commencera à remonter à la surface, l'air qui aura été pompé dans son intérieur commencera à se dilater à mesure que la pression de la mer se fera moins forte sur son extérieur. Si l'on ne diminue pas de façon continue cette pression interne, le *Titanic* risquerait fort d'éclater en morceaux. Les soupapes de sûreté sont là pour prévenir cette catastrophe.

— Alors, l'ANRO compte utiliser de l'air comprimé pour soulever l'épave ?

— Oui, le navire auxiliaire *Capricorne* a deux compresseurs capables de déplacer l'eau dans la coque du *Titanic* avec assez d'air pour le soulever.

— Docteur Seagram ? fit une autre voix, je représente *Science d'Aujourd'hui* et il se trouve que je sais que la pression de l'eau là où gît le *Titanic* est supérieure à quatre cent cinquante kilos par centimètre carré. Je sais aussi que le compresseur le plus puissant ne peut donner qu'une pression de trois cents kilos par centimètre carré. Comment comptez-vous surmonter cette différence ?

— L'unité principale à bord du *Capricorne* pompe l'air de la surface par une canalisation renforcée jusqu'à la pompe secondaire, qui est installée au milieu de l'épave. En apparence, cette pompe secondaire ressemble à un moteur d'avion en étoile avec une série de pistons dépassant d'un noyau central. Là encore, nous avons utilisé les formidables pressions des grands fonds sous-marins pour actionner la pompe, qui est assistée également par l'électricité et l'air sous pression venant de la surface. Je regrette de ne pouvoir vous donner une description détaillée, mais je suis une archéologue sous-marine, et pas un ingénieur naval. Toutefois, l'amiral Sandecker sera à votre disposition tout à l'heure pour répondre plus en détail à vos questions techniques.

— Et la succion ? insista la voix de *Science d'Aujourd'hui*. Après être resté enchâssé dans la vase toutes ces années, est-ce que le *Titanic* ne sera pas solidement collé au lit de l'océan ?

— Bien sûr que si. » Dana fit signe de rallumer. Elle resta à clignoter quelques instants jusqu'au moment où elle put distinguer la personne qui l'interrogeait : c'était un homme entre deux âges, aux longs cheveux bruns, avec de grandes lunettes à monture d'acier.

« Lorsqu'on aura calculé que le navire a assez d'air pour soulever sa masse vers la surface, on débranchera de la coque la canalisation d'arrivée d'air qu'on utilisera pour injecter un produit chimique d'électrolyse, fabriqué par la Société Myers-Lentz, dans le sédiment entourant la quille du *Titanic.* La réaction qui s'ensuivra brisera les molécules du sédiment et provoquera un coussin de bulles qui supprimeront la friction statique et permettront à l'énorme carcasse de se libérer de la succion. »

Un autre homme leva la main.

« Si l'opération réussit et que le *Titanic* commence à flotter vers la surface, n'y a-t-il pas de gros risques qu'il chavire ? Trois milles et quelques mètres, c'est un long trajet pour qu'un objet sans équilibre de quarante-cinq mille tonnes reste droit.

— Vous avez raison. Il y a toujours le risque de voir le navire chavirer, mais nous comptons laisser assez d'eau dans les cales inférieures pour jouer le rôle de ballast et supprimer ce problème. »

Une jeune femme aux airs masculins se leva, le bras tendu.

« Docteur Seagram ! je suis Connie Sanchez, du *Female Eminence Weekly,* et mes lectrices aimeraient savoir quel mécanisme de défense vous avez pour votre part mis au point pour supporter à votre avantage la concurrence quotidienne dans une profession dominée par des mâles chauvinistes et égoïstes. »

Les journalistes accueillirent la question dans un silence gêné.

Allons, se dit Dana, ça devait venir tôt ou tard. Elle revint vers le pupitre et s'y accouda en une attitude négligente et pleine de séduction.

« Ma réponse, Mrs Sanchez, ne regarde que moi.

— Alors, vous vous dégonflez, dit Connie Sanchez avec un sourire supérieur.

— Tout d'abord, fit Dana sans relever l'accusation, je trouve qu'un mécanisme de défense n'est guère nécessaire. Mes collègues masculins respectent assez mon intelligence pour accepter mes opinions. Je n'ai pas besoin de jeter mon soutien-gorge aux orties ni d'écarter les jambes pour avoir leur attention. Ensuite, je préfère rester sur mon terrain et être en concurrence avec des membres de mon propre sexe, attitude qui n'a rien d'étrange lorsqu'on considère le fait que sur cinq cent quarante chercheurs appartenant à l'ANRO, cent quatorze sont des femmes. Et troisièmement, Mrs Sanchez, les seules têtes de bois que j'ai eu le malheur de rencontrer dans ma vie n'étaient pas des hommes mais appartenaient plutôt à l'espèce femelle. »

Pendant quelques instants, un silence stupéfait régna sur la salle. Puis, tout d'un coup, rompant le silence embarrassé, une voix retentit dans l'auditoire. « Bien envoyé, Docteur, lança la petite dame aux cheveux blancs du *Chicago Daily*. Voilà qui lui rabat le caquet. »

Des applaudissements déferlèrent dans la salle. Les correspondants de Washington, tout endurcis qu'ils fussent, lui exprimèrent leur respect en applaudissant debout.

Connie Sanchez, elle, resta assise, pétrifiée par la rage. Dana vit les lèvres de Connie esquisser le mot « garce » et elle y répondit par le petit sourire narquois dont seules les femmes ont le secret. Ah, songea Dana, que c'est doux l'adulation.

40

Depuis le début de la matinée, le vent soufflait avec constance du nord-est. Vers la fin de l'après-midi, c'était devenu une bourrasque soufflant à trente-cinq nœuds, qui à son tour soulevait des vagues monumentales sur lesquelles les navires renfloueurs dansaient comme des gobelets de papier dans une machine à laver la vaisselle. La tempête apportait avec elle un froid qui engourdissait et qui arrivait des étendues désertes au nord du cercle arctique. Les hommes n'osaient pas s'aventurer sur les ponts verglacés. En outre, le vent rendait le froid plus pénible encore : on pouvait souffrir bien plus du froid par moins six avec un vent de trente-cinq nœuds qu'à moins seize sans vent. Le vent absorbe la chaleur corporelle aussi rapidement que l'organisme la fabrique : situation désagréable qu'on appelle le coup de froid.

Joel Farquar, le météorologue du *Capricorne*, prêté par l'Administration fédérale des Services météorologiques, ne semblait guère se soucier de la tempête qui faisait rage autour de la salle des opérations ; il examinait les instruments reliés aux satellites météorologiques qui fournissaient toutes les vingt-quatre heures quatre clichés de l'Atlantique Nord pris de l'espace.

« Qu'est-ce que votre petit cerveau de pronostiqueur voit pour notre avenir ? demanda Pitt, se carrant sur ses pieds pour compenser le roulis.

— Ça va se calmer d'ici une heure, répondit Farquar. Demain matin à l'aube, le vent devrait être tombé à dix nœuds. »

Farquar ne levait pas les yeux quand il parlait. C'était un petit homme roux à l'air studieux, dépourvu de tout sens de l'humour et chez qui on ne décelait aucune trace de chaleur humaine. Malgré cela, tous les hommes engagés dans l'opération de renflouement le respectaient en raison de son dévouement total à sa tâche et du fait que ses prédictions étaient exactes jusqu'à un point miraculeux.

« Les plans les mieux conçus..., murmura Pitt, se parlant tout seul. Encore une journée de perdue. Cela fait quatre fois en une semaine que nous devons larguer les amarres et accrocher la canalisation d'air comprimé à une bouée.

— Seul Dieu peut faire une tempête », fit Farquar d'un ton indifférent.

Il désigna du menton les deux rangées d'écrans de télévision de contrôle qui occupaient la cloison avant de la salle des opérations du *Capricorne*. « Eux, au moins, ça ne les gêne pas. »

Pitt regarda les écrans qui montraient les submersibles travaillant paisiblement sur l'épave à trois mille six cents mètres au-dessous de la mer déchaînée. Le grand mérite du projet, c'était leur indépendance par rapport à la surface. À l'exception du *Sea Slug*, qui n'avait unc autonomie de plongée que de dix-huit heures et qui était pour l'instant fixé au pont du *Modoc*, les trois autres submersibles pouvaient rester en bas à travailler sur le *Titanic* cinq jours d'affilée avant de remonter à la surface pour changer d'équipage. Pitt se tourna vers Al Giordino, qui était penché sur une grande table des cartes.

« Quelle est la disposition des navires de surface ? »

Giordino désigna les petites maquettes de cinq centimètres de long répandues sur la carte. « Le *Capricorne* occupe sa position habituelle au centre. Le *Modoc* est droit devant et le *Bomberger* est à trois milles par l'arrière. »

Pitt contempla la maquette du *Bomberger*. C'était un nouveau navire, construit tout exprès pour les sauvetages en eau profonde. « Dis au commandant de se rapprocher jusqu'à un mille. »

Giordino tourna la tête vers l'opérateur radio au crâne chauve qui était solidement sanglé sur son siège devant ses appareils. « Curly, vous avez entendu le monsieur. Dites au *Bomberger* de venir à un mille par l'arrière.

— Et les ravitailleurs ? demanda Pitt.

— Là, pas de problèmes. Pour des gros rafiots comme ça, ce temps-là n'est rien du tout. L'*Alhambra* est en position à bâbord et le *Monterey Park* est juste là où il est censé être, à tribord. »

Pitt désigna de la tête une petite maquette rouge. « Je vois que nos amis russes sont toujours avec nous.

— Le *Mikhaïl Kourkov* ? » fit Giordino. Il prit une petite maquette bleue d'un navire de guerre et la posa auprès de la maquette rouge. « Oui, mais il n'en profite pas beaucoup. Le *Juneau,* ce croiseur lance-missiles, colle à lui comme son ombre.

— Et la bouée avec l'émetteur relié à l'épave ?

— Elle fait tranquillement son bip-bip à vingt-cinq mètres au-dessous de toute cette agitation, annonça Giordino. À douze cents mètres, à un cheveu près, au cap quatre-vingt-quinze sud-ouest.

— Heureusement que la tempête ne nous a pas trop éloignés, soupira Pitt.

— Détends-toi, fit Giordino avec un sourire rassurant. Chaque fois qu'il y a un peu de brise, tu as l'air d'une mère dont la fille n'est pas encore rentrée après minuit.

— Mon complexe de mère poule s'aggrave à mesure que nous approchons du but, reconnut Pitt. Encore dix jours, Al. Pour peu que nous ayons dix jours de calme, ce sera liquidé.

— Ça dépend de notre oracle des tempêtes. » Giordino se tourna vers Farquar. « Qu'est-ce que vous en dites, Grand Sorcier de la Sagesse météorologique ?

— Des prévisions sur douze heures, c'est tout ce que vous aurez de moi, marmonna Farquar sans même lever les yeux. Ici, c'est l'Atlantique Nord, le plus imprévisible de tous les océans du monde. Il n'y a guère deux jours de suite pareils. Ah, si votre cher *Titanic* avait sombré dans l'océan Indien, je pourrais vous faire des prévisions sur dix jours avec quatre-vingts pour cent de chance d'exactitude.

— Des excuses, toujours des excuses, répondit Giordino. Je parie que quand vous faites l'amour à une femme, vous lui dites qu'il y a quarante pour cent de chances pour qu'elle jouisse.

— Quarante pour cent, c'est mieux que rien », dit Farquar sans se démonter.

Pitt surprit un geste de l'opérateur sonar et s'approcha de lui. « Vous avez quelque chose ?

— Des petits sifflements irréguliers sur l'amplificateur », répondit l'opérateur sonar. C'était un homme au visage pâle, qui avait la taille et la silhouette d'un gorille. « Ça fait deux mois que je capte ça de temps en temps, un bruit bizarre, un peu comme si quelqu'un envoyait des messages.

— Et vous les avez déchiffrés ?

— Non, monsieur. J'ai fait écouter à Curly, mais il m'a dit que c'était du pur charabia.

— C'est sans doute un objet quelconque sur l'épave qui est ballotté par le courant.

— Peut-être que c'est un fantôme, dit l'opérateur.

— Vous ne croyez pas aux fantômes, mais ça vous fait peur, c'est ça ?

— Quinze cents âmes ont sombré avec le *Titanic,* répondit l'homme. Ça n'aurait rien d'extraordinaire qu'au moins une soit revenue hanter le navire.

— Le spiritisme, dit Giordino depuis sa table des cartes, ça n'est pas ça qui m'intéresse : moi, ce serait plutôt les spiritueux...

— La caméra à l'intérieur de la cabine du *Sappho II* est en panne d'image. » C'était l'homme aux cheveux roux assis devant les écrans de contrôle qui avait annoncé cela.

Pitt fut aussitôt derrière lui, regardant l'écran tout noir. « Ça vient d'ici ?

— Non, monsieur. Tous les circuits ici et sur le tableau de relais de la bouée sont en état de marche. Le problème doit venir du *Sappho II.* On aurait dit que quelqu'un avait jeté un tissu sur l'objectif de la caméra. »

Pitt se tourna vers l'opérateur radio. « Curly, contactez le *Sappho II* et demandez-leur de vérifier le fonctionnement de leur caméra télé dans la cabine. »

Giordino prit une feuille et consulta la liste des équipages. « En ce moment, c'est Omar Woodson qui commande le *Sappho II.* »

Curly appuya sur le bouton émission. « *Sappho II,* allô *Sappho II,* ici *Capricorne.* Répondez. » Il se pencha en avant, serrant son casque contre ses oreilles. « Le contact est faible, monsieur, plein de parasites. La transmission est très hachée. J'ai du mal à comprendre.

— Branchez le haut-parleur », ordonna Pitt.

Une voix retentit dans la salle des opérations, un peu étouffée par des parasites.

« Il y a quelque chose qui brouille l'émission, dit Curly. Le relais fixé sur la bouée de la canalisation d'air devrait la renforcer.

— Mettez le volume à plein. Peut-être que nous arriverons quand même à comprendre quelque chose de la réponse de Woodson.

— *Sappho II,* pouvez-vous répéter ? Je ne vous reçois pas. Terminé. »

Dès que Curly eut branché le haut-parleur, le crépitement assourdissant des parasites fit sursauter tout le monde.

« ... *corne.* Nous... vons... ix... su... dix... miné. »

Pitt s'empara du microphone. « Omar, ici Pitt. Votre caméra télé de cabine est en panne. Pouvez-vous réparer ? Nous attendons votre réponse. Terminé. »

Tous les regards dans la salle des opérations étaient fixés sur le haut-parleur, comme si celui-ci était vivant. Cinq interminables minutes s'écoulèrent tandis qu'ils attendaient patiemment le rapport de Woodson. Puis la voix hachée de Woodson retentit de nouveau dans le haut-parleur.

« Hen... Munk... ande per... ion... sur... »

Giordino avait l'air perplexe. « Quelque chose à propos de Henry Munk. Le reste est trop brouillé.

— La télé de contrôle marche de nouveau. »

Tous les yeux n'étaient pas braqués sur le haut-parleur : le jeune technicien installé devant ses écrans de contrôle n'avait jamais détourné son regard de l'écran du *Sappho II.* « L'équipage a l'air d'être groupé autour de quelqu'un allongé sur le pont. »

Comme des spectateurs à un match de tennis,

toutes les têtes se tournèrent à l'unisson vers l'écran de contrôle. Des silhouettes allaient et venaient devant la caméra, tandis qu'au fond on distinguait trois hommes penchés sur un corps allongé dans une position grotesque sur le fond de l'étroite cabine du bathyscaphe.

« Omar, écoutez-moi, lança Pitt dans le microphone. Nous ne comprenons pas vos émissions. La télé de contrôle est maintenant en état de marche. Je répète, la télé de contrôle est en état de marche. Écrivez votre message et tenez-le devant la caméra. Terminé. »

Ils virent une des silhouettes se détacher du groupe et rester quelques instants penchée sur une table à écrire, puis revenir vers la caméra de télévision. C'était Woodson. Il brandit un bout de papier sur lequel on pouvait lire en gros caractères : « Henry Munk mort. Demande permission faire surface. »

« Bon sang ! fit Giordino abasourdi. Henry Munk mort ? Ça n'est pas possible.

— Omar Woodson n'est pas du genre plaisantin », dit Pitt d'un ton grave. Il se remit à émettre. « Négatif, Omar. Vous ne pouvez pas faire surface. Il souffle ici une tempête de trente-cinq nœuds. La mer est très agitée et très forte. Je répète, vous ne pouvez pas faire surface. »

Woodson de la tête fit signe qu'il comprenait. Puis il écrivit autre chose, tout en jetant de temps en temps un coup d'œil furtif par-dessus son épaule. Le mot disait : « Je soupçonne que Munk a été assassiné ! »

Même le visage d'ordinaire impénétrable de Farquar avait pâli.

« Vous allez être obligé de les laisser faire surface, murmura-t-il.

— Je ferai ce que j'ai à faire. » Pitt secoua la tête. « Ce ne sont pas mes sentiments que je dois écouter. Il y a cinq hommes encore vivants et qui respirent à l'intérieur du *Sappho II*. Je ne vais pas prendre le risque de les faire remonter pour les perdre tous sous une vague de douze mètres. Non, Messieurs, nous devons attendre le lever du jour pour voir ce qu'il y a à voir à l'intérieur du *Sappho II.* »

41

Dès que le vent fut tombé à vingt nœuds, Pitt ramena le *Capricorne* au-dessus de la bouée-relais. Une fois de plus on relia la canalisation allant du compresseur du navire jusqu'au *Titanic,* puis on attendit que le *Sappho II* réapparût des profondeurs. Le ciel à l'est commençait à s'éclairer tandis qu'on procédait aux derniers préparatifs pour accueillir le bathyscaphe. Des plongeurs étaient prêts à prendre position autour du *Sappho II* pour fixer des câbles qui l'empêcheraient de chavirer dans la mer encore grosse ; les treuils étaient prêts à le hisser hors de l'eau et à le faire glisser vers la trappe qui s'ouvrait à l'arrière du *Capricorne.* Dans la cambuse, le cuistot commençait à préparer son café et un solide petit déjeuner pour accueillir l'équipage du bathyscaphe lorsqu'il arriverait. Quand tout fut prêt, savants et techniciens attendirent sur le pont, sans un mot, frissonnant dans le froid du petit matin et s'interrogeant sur la mort d'Henry Munk.

Il était 6 h 10 quand le bathyscaphe apparut entre les creux des vagues, à une centaine de mètres à bâbord sur l'arrière du *Capricorne.* On fixa aussitôt un câble et, vingt minutes plus tard, le *Sappho II* était hissé sur la rampe arrière de son ravitailleur. Dès que le bathyscaphe fut bien bloqué en place, on ouvrit l'écoutille et Woodson se glissa dehors, suivi par les quatre membres survivants de son équipage.

Woodson monta sur le pont supérieur où Pitt l'attendait. Il avait les yeux rougis par l'insomnie, son visage hérissé de barbe avait une teinte grisâtre, mais il parvint à esquisser un pâle sourire lorsque Pitt lui fourra dans la main une grande tasse de café fumant. « Je ne sais pas ce qui me fait le plus plaisir à revoir, vous ou le café, dit-il.

— Votre message parlait de meurtre », dit Pitt, sans se perdre en formules d'accueil.

Woodson but une gorgée de café et se tourna vers les hommes qui soulevaient avec douceur le corps de Munk par le panneau du bathyscaphe. « Pas ici », dit-il simplement.

Pitt désigna sa cabine. Une fois la porte refermée, il dit aussitôt : « Bon, allons-y. »

Woodson se laissa tomber sur la couchette de Pitt et se frotta les yeux. « Il n'y a pas grand-chose à dire. Nous flottions à une vingtaine de mètres au-dessus du lit de l'océan, occupés à obturer les hublots tribord du pont C quand j'ai reçu votre message à propos de la caméra de télé. Je suis allé à l'arrière voir ce qui se passait et j'ai trouvé Munk écroulé sur le pont, la tempe gauche enfoncée.

— Pas trace de ce qui avait causé le choc ?

— C'était aussi évident que le nez sur le visage de Pinocchio, répondit Woodson. Des fragments de peau, du sang et des cheveux étaient encore collés au coin du capot de l'alternateur.

— Je ne connais pas assez bien l'équipement du *Sappho I*. Comment est monté l'alternateur ?

— Sur le côté tribord, à trois mètres environ de l'arrière. Le capot est fixé à une quinzaine de centimètres du pont si bien que par en dessous l'alternateur est facilement accessible pour l'entretien.

— Alors, ç'aurait pu être un accident. Munk a pu trébucher et tomber, en se cognant la tête contre le bord.

— Il aurait pu ; seulement ses pieds étaient tournés du mauvais côté.

— Qu'est-ce que ses pieds viennent faire là-dedans ?

— Ils étaient tournés vers l'arrière.

— Et alors ?

— Vous ne comprenez pas ? fit Woodson avec impatience. Munk devait se diriger vers l'avant lorsqu'il est tombé. »

L'image dans l'esprit de Pitt se fit plus claire. Et il vit la pièce du puzzle qui n'était pas à sa place. « Le capot de l'alternateur est à tribord, ç'aurait donc dû être la tempe droite de Munk qui aurait pris et non pas la gauche.

— Voilà.

— Qu'est-ce qui a provoqué la panne de la caméra de télé ?

— Il n'y a pas eu de panne. Quelqu'un a jeté une serviette sur l'objectif.

— Et l'équipage ? Où se trouvait chaque membre de l'équipage ?

— Je travaillais à la lance pendant que Sam Merker pilotait. Munk avait quitté le tableau de bord pour aller aux toilettes, lesquelles sont installées à l'arrière. Nous formions le second quart. Le premier quart comprenait Jack Donovan...

— Un jeune type blond, l'ingénieur de l'École de Technique marine ?

— Exact. Il y avait aussi le lieutenant Leon Lucas, le technicien du renflouement prêté par la Marine, et Ben Drummer. Ces trois hommes dormaient dans leurs couchettes.

— Il ne s'ensuit pas nécessairement qu'aucun d'eux n'ait tué Munk, dit Pitt. Mais pour quelle raison ? On ne tue quand même pas quelqu'un dans un lieu sans issue à trois mille six cents mètres au-dessous de la surface de la mer sans un fichtrement bon mobile. »

Woodson haussa les épaules. « Vous n'aurez qu'à convoquer Sherlock Holmes. Je ne sais que ce que j'ai vu. »

Pitt continuait à chercher : « Munk aurait pu se retourner en tombant.

— Pas à moins d'avoir un cou en caoutchouc,

capable de pivoter de cent quatre-vingts degrés vers l'arrière.

— Ça n'est pas tout. Comment vous y prenez-vous pour tuer un homme de plus de quatre-vingt-dix kilos en lui cognant la tête contre un coin métallique qui n'est qu'à quinze centimètres au-dessus du plancher ? Vous le faites basculer par les pieds comme un marteau de forgeron ? »

Woodson eut un geste d'impuissance. « Bon, peut-être que je me suis laissé emporter par mon imagination et que je me suis mis à voir des maniaques criminels là où il n'en existe pas. Dieu sait, au bout d'un moment, cette épave finit par vous impressionner. C'est étrange. Il y a des moments où j'aurais pu jurer que j'avais même vu des gens marcher sur les ponts, accoudés au bastingage et en train de nous regarder. » Il bâilla et, de toute évidence, il luttait pour garder les yeux ouverts.

Pitt se dirigea vers la porte, puis se retourna. « Vous feriez mieux de dormir un peu. On reparlera de tout cela plus tard. »

Woodson ne se le fit pas dire deux fois. Pitt n'était pas à mi-chemin de l'infirmerie qu'il dormait du sommeil du juste.

Le docteur Cornelius Bailey était un homme éléphantesque, aux épaules larges, et il avait un visage carré et énergique. Ses cheveux roux descendaient jusqu'à son col et la barbe qui couvrait sa large mâchoire était élégamment taillée à la Van Dyck. Il était très populaire parmi les équipages de renflouement et, quand il se sentait d'humeur à le prouver, il était capable de boire plus que cinq d'entre eux réunis. Ses mains semblables à des jambons retournaient le corps d'Henry Munk sur la table d'examen sans plus d'effort que s'il s'agissait d'une poupée, et c'était d'ailleurs presque le cas, compte tenu du stade avancé de rigidité cadavérique.

« Pauvre Henry, dit-il. Dieu merci, il n'avait pas

de famille. Un homme en parfaite santé. Tout ce que j'ai pu faire pour lui lors de sa dernière visite médicale, ç'a été de lui ôter un peu de cérumen des oreilles.

— Que pouvez-vous me dire sur la cause du décès ? demanda Pitt.

— C'est évident, fit Bailey. Premièrement, la mort est due à une lésion massive du lobe temporal...

— Comment ça : premièrement ?

— Mais oui, mon cher Pitt. Cet homme a en fait été tué deux fois. Regardez ça. » Il écarta par-derrière la chemise de Munk révélant la nuque. Il y avait à la base du crâne une grande meurtrissure violacée. « Le cordon médullaire, juste au-dessous de la *medulla oblongata*, a été écrasé. Selon toute probabilité par un instrument contondant.

— Alors, Woodson avait raison ; Munk a bien été tué.

— Tué, dites-vous ? Oh, mais bien sûr, ça ne fait aucun doute, fit Bailey d'un ton calme, comme si un homicide était un incident quotidien à bord.

— Il semble alors que le meurtrier a frappé Munk par-derrière, puis il a heurté la tête contre le capot de l'alternateur pour faire croire à un accident.

— C'est une hypothèse qui se tient. »

Pitt posa une main sur l'épaule de Bailey. « Je vous serais reconnaissant, Toubib, si vous ne parliez pas pour l'instant de votre découverte.

— Muet comme la tombe ; mes lèvres sont scellées et tout le tremblement. N'y pensez plus. Mon rapport et mon témoignage seront à votre disposition quand vous en aurez besoin. »

Pitt sourit au docteur et quitta l'infirmerie. Il se dirigea vers l'arrière où le *Sappho II* était ancré, dégoulinant d'eau salée sur la rampe arrière, puis il souleva le panneau d'écoutille et se glissa à l'intérieur. Un technicien était occupé à vérifier la caméra de télé.

« Comment ça se présente ? demanda Pitt.

— Elle tourne comme une horloge, cette caméra, répondit le technicien. Dès que l'équipe de construction aura vérifié la coque, vous pourrez faire replonger le bathyscaphe.

— Le plus tôt sera le mieux », dit Pitt. Il passa devant le technicien pour gagner la partie arrière du submersible. Les traces de sang provenant de la blessure de Munk avaient été déjà nettoyées sur le pont et sur le coin du capot de l'alternateur. Les idées tourbillonnaient dans l'esprit de Pitt. Seule une pensée se détacha enfin des autres. Pas une pensée à proprement parler, plutôt une certitude irraisonnée que quelque chose désignerait le meurtrier de Munk. Il estimait que cela lui prendrait une heure ou davantage, mais les dieux lui étaient favorables. Il trouva ce qu'il savait qu'il devait découvrir lors des dix premières minutes.

42

« Voyons un peu si je vous comprends bien, fit Sandecker en foudroyant son interlocuteur du regard à travers la largeur du bureau. Un des membres de mon équipe de renflouement a été froidement assassiné et vous me demandez de rester tranquille sans rien faire tout en laissant le meurtrier libre ? »

Warren Nicholson s'agita d'un air gêné dans son fauteuil en évitant le regard flamboyant de Sandecker. « Je me rends compte que c'est difficile à accepter.

— C'est le moins qu'on puisse dire, ricana Sandecker. Imaginez qu'il se mette en tête de tuer une nouvelle fois ?

— C'est un risque calculé que nous avons envisagé.

— Que nous avons envisagé? répéta Sandecker. Oh, c'est simple pour vous, bien à l'abri dans votre bureau de la CIA, de dire ça. Vous n'êtes pas là-bas, Nicholson, enfermé dans un submersible sous des milliers de mètres d'eau, en vous demandant si l'homme qui est à côté de vous ne va pas vous fracasser le crâne.

— Je suis certain que cela ne se reproduira pas, fit Nicholson, impassible.

— Qu'est-ce qui vous en rend si sûr?

— Parce que des agents russes professionnels ne tuent pas à moins que ce ne soit absolument nécessaire.

— Des agents russes..., fit Sandecker, en dévisageant Nicholson d'un regard parfaitement incrédule. Au nom du ciel, de quoi parlez-vous?

— De ça. Henry Munk a été tué par un agent travaillant pour le Service de Renseignement de la Marine soviétique.

— Vous ne pouvez pas l'affirmer. Il n'y a pas de preuve...

— À cent pour cent, non. Ça aurait pu être quelqu'un d'autre qui en voulait à Munk. Mais les indices désignent un agent à la solde des Soviétiques.

— Mais pourquoi Munk? demanda Sandecker. C'était un spécialiste des instruments. Quelle menace potentielle aurait-il pu représenter pour un espion?

— Je pense que Munk a vu quelque chose qu'il n'aurait pas dû voir et qu'il a fallu le réduire au silence, fit Nicholson. Et, si j'ose m'exprimer ainsi, nous n'en avons encore vu que la moitié. Vous comprenez, Amiral, il se trouve qu'il n'y a pas un, mais deux agents russes qui ont infiltré votre opération de renflouement.

— Allons donc.

— L'espionnage, c'est notre métier, Amiral. Nous découvrons ces choses-là.

— Qui sont-ils ? » interrogea Sandecker.

Nicholson eut un haussement d'épaules impuissant. « Je suis désolé, c'est tout ce que je peux vous dire. Nos sources nous révèlent qu'ils opèrent sous les noms de code d'Argent et d'Or. Mais quant à leurs véritables identités, nous n'en avons aucune idée. »

Sandecker avait l'œil sombre. « Et si mes gens découvrent qui ils sont ?

— J'espère que vous voudrez bien coopérer, du moins pour l'instant, en leur donnant l'ordre de rester silencieux et de ne rien faire.

— Ces deux hommes pourraient saboter toute l'opération de renflouement.

— Nous tablons beaucoup sur l'hypothèse que leurs ordres n'incluent pas la destruction.

— C'est de la folie, de la pure folie, murmura Sandecker. Avez-vous une idée de ce que vous me demandez ?

— Le Président m'a posé la même question il y a quelques mois, et la réponse est toujours la même. Non, je n'en ai aucune idée. Je me rends compte que vos efforts dépassent une simple opération de renflouement, mais le Président n'a pas jugé bon de me confier la véritable raison de votre entreprise. »

Sandecker serrait les dents. « Supposons que je marche avec vous ? Alors ?

— Je vous tiendrai au courant de tout nouveau développement. Et, le moment venu, je vous donnerai le feu vert pour mettre sous bonne garde les agents soviétiques. »

L'amiral resta quelques instants silencieux, et lorsqu'il parla, Nicholson fut frappé de la gravité de son ton.

« Bon, Nicholson, je marche. Mais que Dieu vous protège s'il y a un tragique accident ou encore un autre meurtre là-bas. Les conséquences seront plus terribles que vous ne pouvez l'imaginer. »

43

Mel Donner franchit la porte d'entrée de la demeure de Marie Sheldon, son costume tout éclaboussé par une averse printanière.

« Je pense que ça m'apprendra à avoir un parapluie dans la voiture », dit-il en prenant un mouchoir pour s'essuyer un peu.

Marie referma la porte et le considéra avec curiosité. « Tous les havres sont bons en cas de tempête. N'est-ce pas, mon joli ?

— Je vous demande pardon ?

— À vous regarder, dit Marie, d'une voix douce et un peu rauque, vous avez besoin d'un toit en attendant que la pluie cesse, et le destin dans sa bonté vous a conduit sous le mien. »

Le regard de Donner se durcit un instant, mais rien qu'un instant, puis il sourit. « Pardonnez-moi, je m'appelle Mel Donner. Je suis un vieil ami de Dana. Elle est là ?

— Je savais bien qu'un inconnu frappant à ma porte, c'était trop beau pour être vrai. » Elle sourit. « Je suis Marie Sheldon. Asseyez-vous et mettez-vous à l'aise pendant que j'appelle Dana et que je vous donne une tasse de café.

— Merci. Le café me paraît tout indiqué. »

Donner apprécia Marie vue de dos tandis qu'elle repartait vers la cuisine. Elle portait une courte jupe de tennis blanche, un corsage en tricot sans manches et elle était pieds nus. Le balancement rythmé de ses hanches agitait la petite jupe d'une façon espiègle et séduisante.

Elle revint avec une tasse de café. « Pendant les week-ends, Dana est paresseuse. Elle se lève rarement avant 10 heures. Je vais monter presser un peu le mouvement. »

Tout en attendant, Donner inspecta les livres sur les rayonnages tout près de la cheminée. C'était un jeu qu'il pratiquait souvent. C'était bien rare quand les titres de livres ne révélaient pas la personnalité et les goûts de leur possesseur.

Il y avait l'assortiment habituel de la célibataire : plusieurs recueils de poésies, le *Livre de cuisine du « New York Times »*, et le dosage habituel de romans historiques et d'ouvrages à succès. Mais c'était l'arrangement qui intéressa Donner. Entre *Physique des Écoulements de Lave intercontinentaux* et *Géographie des Canyons sous-marins*, il découvrit *Explication des Phantasmes sexuels de la Femme* et l'*Histoire d'O.* Il tendait la main vers ce dernier ouvrage lorsqu'il entendit des pas qui descendaient l'escalier. Au moment où il se retournait, Dana entrait dans la pièce.

Elle s'approcha et le prit dans ses bras. « Mel, c'est merveilleux de te voir.

— Tu as l'air en pleine forme », dit-il. Les mois de tension et d'angoisse semblaient effacés. Elle paraissait plus à l'aise et avait un sourire, détendue.

« Comment va notre sémillant célibataire ? demanda-t-elle. Quel rôle est-ce que tu utilises en ce moment pour détourner du droit chemin de pauvres filles innocentes ? Le chirurgien du cerveau ou l'astronaute ? »

Il tapota son embonpoint. « J'ai renoncé au coup de l'astronaute en attendant de perdre quelques kilos. À vrai dire, en raison de la publicité que vous autres vous faites avec le *Titanic*, ça ne peut pas faire de mal de raconter aux petites mignonnes qui traînent dans les bars de Washington que je suis plongeur sous-marin.

— Pourquoi ne leur dis-tu pas simplement la vérité ? Après tout, tu n'as pas à avoir honte d'être un des premiers physiciens des États-Unis.

— Je sais, mais jouer mon vrai rôle, ça perd de son sel. D'ailleurs, les femmes adorent qu'on leur raconte des histoires. »

Elle désigna sa tasse. « Tu veux encore du café ?

— Non, merci. »

Il sourit, puis son expression se fit sérieuse. « Tu sais pourquoi je suis ici.

— J'ai deviné.
— Je me fais du souci pour Gene.
— Moi aussi.
— Tu pourrais rentrer... »

Dana soutint le regard de Mel. « Tu ne comprends pas. Quand nous sommes ensemble, c'est encore pire.

— Sans toi, il est perdu. »

Elle secoua la tête. « Sa maîtresse, c'est son travail. Je ne servais que de cible à ses frustrations. Comme la plupart des épouses, je ne suis pas faite pour supporter l'anxiété qui va de pair avec l'insensibilité d'un mari lorsqu'il est accablé de travail et surmené. Tu ne comprends pas, Mel ? Il a fallu que je quitte Gene avant que nous ne nous détruisions l'un l'autre. »

Dana se retourna en se prenant le visage à deux mains, puis elle se reprit très vite. « Si seulement il pouvait donner sa démission et revenir à l'enseignement, les choses seraient différentes.

— Je ne devrais pas te dire ça, fit Donner, mais, si tout se passe suivant les plans prévus, le projet sera terminé d'ici un mois. Gene n'aura alors rien pour le retenir à Washington. Il sera libre de rentrer à l'université.

— Mais et vos contrats avec le gouvernement ?

— Terminés. Nous sommes venus pour un projet précis, et une fois ce projet terminé, on n'a plus besoin de nous. Alors nous saluons tous bien poliment et nous regagnons notre université d'origine.

— Il ne voudra peut-être plus de moi.

— Je connais Gene, fit Donner. C'est l'homme d'une seule femme. Il attendra... à moins, bien sûr, que tu ne t'intéresses à un autre homme. »

Elle le regarda d'un air surpris. « Pourquoi dis-tu ça ?

— Je dînais par hasard au restaurant Webster mercredi dernier. »

Oh, mon Dieu ! songea Dana. Voilà qu'un des rares hommes avec qui elle était sortie depuis qu'elle avait quitté Gene lui valait déjà des histoires. Ç'avait été un dîner à quatre avec Marie et deux biologistes des laboratoires de l'ANRO, une agréable soirée amicale. C'était tout, il ne s'était rien passé. Elle se leva en foudroyant Donner du regard. « Toi, Marie, même le Président, mais oui, vous vous attendez tous à me voir revenir me traîner aux pieds de Gene comme une vieille poupée rassurante dont il a besoin pour dormir. Mais personne de vous ne s'est jamais donné le mal de demander comment je réagis, moi. À quelles émotions, à quelles déceptions je suis confrontée ? Eh bien, allez vous faire voir, tous autant que vous êtes. Je suis ma propre maîtresse et je fais de ma vie ce que bon me semble. Je reviendrai auprès de Gene si et quand l'envie m'en prendra. Et si je me sens d'humeur à aller me faire sauter par d'autres, ainsi soit-il. »

Elle tourna les talons et laissa Donner abasourdi et très gêné. Puis elle monta l'escalier et se précipita dans sa chambre où elle se jeta sur le lit. Tout ça ce n'était que des mots. Il n'y aurait jamais d'autre homme dans sa vie que Gene Seagram, et un jour, bientôt, elle était certaine qu'elle lui reviendrait. Mais pour l'instant c'étaient les larmes qui lui montaient aux yeux jusqu'au moment où il n'en resta même plus.

Au creux d'un des murs en miroir, sous la surveillance attentive d'une jeune femme, un disque projetait un fracas de tonnerre par quatre énormes haut-parleurs quadriphoniques. La piste de danse, grande comme un timbre-poste, était encombrée, et une épaisse brume de fumée de cigarettes venait filtrer les lumières aux couleurs vives qui explosaient au plafond de la discothèque. Donner était assis seul à sa table, à suivre d'un œil nonchalant les couples qui se démenaient aux accents fracassants de la musique.

Une blonde menue s'approcha de lui et s'arrêta. « Le faiseur de pluie ? »

Donner leva les yeux. Il éclata de rire et se leva. « Miss Sheldon.

— Marie, dit-elle d'un ton avenant.

— Vous êtes seule ?

— Non, je suis la troisième roue d'un couple marié. » Les yeux de Donner suivirent son geste, mais c'était impossible de savoir qui elle voulait dire au milieu des corps qui s'entassaient sur la piste de danse. Il lui avança un fauteuil. « Considérez que vous avez un cavalier. »

Une serveuse passa et Donner cria une commande au-dessus du vacarme. Il se retourna pour trouver Marie Sheldon qui le scrutait d'un air approbateur. « Vous savez, M. Donner, pour un physicien, vous n'êtes pas mal.

— Flûte alors ! J'espérais être un agent de la CIA ce soir. »

Elle sourit. « Dana m'a parlé de quelques-uns de vos numéros. Détourner du droit chemin de pauvres filles innocentes. Quelle honte !

— Ne croyez pas tout ce qu'on vous raconte. En fait, avec les femmes, je suis timide et introverti.

— Ah oui ?

— Parole de scout. » Il lui alluma sa cigarette. « Où est Dana ce soir ?

— Très habile. Vous essayez de me tirer les vers du nez.

— Non, pas du tout. Je...

— Bien sûr, ça ne vous regarde absolument pas, mais Dana se trouve actuellement à bord d'un navire quelque part au milieu de l'Atlantique Nord.

— Des vacances lui feront du bien.

— Vous êtes vraiment très fort, dit Marie. Pour votre gouverne et pour que vous puissiez renseigner votre copain, Gene Seagram, elle n'est pas en vacances, elle joue la mère poule pour tout un régiment de correspondants de presse qui ont demandé à être sur les lieux lorsque le *Titanic* sera renfloué la semaine prochaine.

— Bien fait pour mes pieds.

— Très bien. Je suis toujours favorablement impressionnée par un homme qui reconnaît la stupidité de ses méthodes. » Elle le regarda en penchant la tête d'un air amusé. « Maintenant que ce point est réglé pourquoi ne me faites-vous pas des propositions ? »

Donner fronça les sourcils. « N'est-ce pas la vierge timide qui est censée dire : "Mais, monsieur, je vous connais à peine" ? »

Elle lui prit la main et se leva. « Alors, venez.

— Puis-je demander où ?

— Chez vous, fit-elle avec un sourire espiègle.

— Chez moi ? » Les événements allaient trop vite pour Donner.

— Bien sûr, il va bien falloir qu'on fasse l'amour, non ? Sinon, comment deux êtres destinés à se marier feraient-ils connaissance ? »

44

Pitt, affalé sur la banquette de son compartiment, regardait d'un œil vague le paysage du Devon défiler derrière la vitre. La voie ferrée suivait la côte depuis Dawlish. Sur la Manche, il apercevait une flottille de chalutiers qui partaient pour la pêche matinale. Une petite bruine vint bientôt strier la fenêtre et brouiller la vue; il se replongea alors dans le magazine posé sur ses genoux et se mit à en feuilleter les pages sans vraiment les voir.

Si on lui avait dit deux jours plus tôt qu'on allait lui accorder une permission, cette idée lui aurait parue stupide. Et si on lui avait dit qu'il serait à Teignmouth, dans le Devonshire, population : 12 200 habitants, une pittoresque petite station balnéaire sur la côte sud-est de l'Angleterre, afin d'y rencontrer un vieillard mourant, il aurait pensé que c'était de la pure folie.

C'était à l'amiral James Sandecker qu'il devait ce pèlerinage et c'était le terme exact qu'avait employé l'amiral lorsqu'il avait fait revenir Pitt aux bureaux de l'ANRO à Washington. Un pèlerinage au chevet du dernier membre survivant de l'équipage du *Titanic*.

« Inutile de discuter plus longtemps, dit Sandecker d'un ton sans réplique. Vous partez pour Teignmouth.

— Tout ça ne rime à rien. »

Pitt arpentait la pièce d'un pas nerveux, son sens de l'équilibre luttant pour oublier les mois de tangage et de roulis sans fin sur les ponts du *Capricorne*. « Vous me faites revenir à terre à un moment crucial du renflouement et vous m'expliquez que j'ai deux agents russes, d'identité inconnue, qui ont carte blanche pour s'en aller massacrer mon équipage sous la protection personnelle de la CIA, et dans le même souffle, vous m'ordonnez tranquillement d'aller jusqu'en Angleterre recueillir sur son lit de mort le témoignage d'un vieux loup de mer anglais.

— Ce « vieux loup de mer anglais » se trouve être le seul membre de l'équipage du *Titanic* qu'on n'ait pas encore enterré.

— Mais et l'opération de renflouage ? insista Pitt. D'après les indications des ordinateurs, la coque du *Titanic* pourrait s'arracher du fond d'un moment à l'autre au cours des soixante-douze heures à venir.

— Détendez-vous, Dirk. Vous devriez vous retrouver sur le pont du *Capricorne* demain soir. Ça vous laissera largement le temps avant le clou du spectacle. En attendant, Rudi Gunn peut très bien régler tous les problèmes susceptibles de se poser durant votre absence.

— Vous ne me laissez pas beaucoup de choix, dit Pitt.

— Je sais ce que vous pensez, fit Sandecker avec un sourire bienveillant. Que vous êtes indispensable. Eh bien, j'ai des nouvelles pour vous. C'est la meilleure équipe de renflouement du monde qui se trouve là-bas. Je suis persuadé que d'une façon ou d'une autre ils tiendront le coup sans vous pendant trente-six heures. »

Pitt sourit à son tour, mais d'un sourire sans gaieté. « Quand est-ce que je pars ?

— Il y a un jet qui vous attend au hangar de l'ANRO à Dulles. Il vous conduira à Exeter. De là vous pourrez prendre un train pour Teignmouth.

— Ensuite, faudra-t-il que je vienne vous faire mon rapport à Washington ?

— Non, vous pourrez me le faire à bord du *Capricorne*.

— Du *Capricorne* ? fit Pitt surpris.

— Bien sûr. Vous ne croyez tout de même pas que, sous prétexte que vous prenez du bon temps dans la campagne anglaise, je m'en vais manquer la renaissance du *Titanic*, au cas où il déciderait de remonter en avance sur l'horaire prévu ? »

Sandecker eut un sourire satanique. Il pouvait se le permettre, car sinon il aurait éclaté de rire devant l'expression dépitée et consternée de Pitt.

Pitt prit un taxi à la gare et suivit une route de campagne qui longeait l'estuaire de la rivière jusqu'à une petite maison qui dominait la mer. Il régla la course, franchit une barrière couverte de vigne vierge et remonta une allée bordée de rosiers. Lorsqu'il frappa, ce fut une jeune fille aux yeux violets fascinants, aux cheveux roux peignés avec soin qui lui répondit d'une voix douce, avec un soupçon d'accent écossais.

« Bonjour, monsieur.

— Bonjour, fit-il avec un petit salut. Je m'appelle Dirk Pitt, et...

— Oh, oui, le câble de l'amiral Sandecker annonçait votre arrivée. Voulez-vous venir ? Le commodore vous attend. »

Elle portait un corsage blanc bien repassé, avec un chandail de laine vert et une jupe assortie. Il la suivit dans la salle de séjour, une pièce vaste et confortable ; un bon feu brûlait dans la cheminée, et si Pitt n'avait pas su que le propriétaire était un marin retraité, il n'aurait pas eu de mal à le deviner d'après le décor. Des maquettes de bateaux occupaient toutes les étagères, et des estampes encadrées de célèbres vaisseaux à voiles ornaient les quatre murs. Un grand télescope en cuivre était monté devant la fenêtre face à la Manche, et une barre de navire, au bois devenu luisant après des heures de minutieux encaustiquages, se dressait dans un coin de la pièce, comme si elle attendait un geste d'un timonier depuis longtemps oublié.

« On dirait que vous avez passé une bien mauvaise nuit, dit la jeune fille. Voudriez-vous un petit déjeuner ?

— La courtoisie me pousse à refuser, mais mon estomac gronde trop fort pour que je n'accepte pas.

— Les Américains sont connus pour leur bon appétit. J'aurais été déçue si vous aviez détruit ce mythe.

— Alors, je vais faire de mon mieux pour maintenir la tradition yankee, Miss...

— Pardonnez-moi, je vous prie. Je suis Sandra Ross, l'arrière-petite-fille du commodore.

— Je présume que c'est vous qui vous occupez de lui.

— Quand je le peux. Je suis aussi hôtesse aux Bristol Airlines. Une dame du village le soigne quand j'ai un vol. » Elle lui désigna un couloir. « Pendant que je vous prépare un petit morceau, vous feriez mieux de parler à grand-père. Il est très, très vieux, et il meurt d'envie... il a hâte de tout savoir de vos efforts pour renflouer le *Titanic.* »

Elle frappa avec douceur sur une porte et l'entrebâilla. « Commodore, M. Pitt aimerait te voir.

— Eh bien, qu'il entre, fit une voix râpeuse, avant que je sombre sur le récif. »

Elle s'écarta et Pitt entra dans la chambre.

Le commodore Sir John L. Bigalow, Chevalier de l'Empire britannique, Retraité de la Marine de

Sa Majesté, était assis bien droit dans un lit fait comme une couchette et scrutait Pitt de ses yeux d'un bleu profond, des yeux qui avaient comme des reflets d'un autre âge. Les quelques mèches de cheveux qu'il avait encore étaient d'un blanc de neige, tout comme sa barbe, et son visage avait le teint boucané des marins. Il portait un vieux chandail à col roulé par-dessus ce qui semblait être une chemise de nuit à la Dickens. Il tendit à son visiteur une main desséchée, mais solide comme un roc.

Pitt la prit et s'émerveilla de sa ferme poignée de main. « Je suis très honoré, Commodore. J'ai souvent lu le récit de la façon héroïque dont vous vous êtes échappé du *Titanic*.

— Foutaises, grommela-t-il. J'ai été torpillé et foutu à la baille au cours des deux guerres et on ne parle jamais que de la nuit du *Titanic*. » Il désigna un fauteuil. « Ne restez pas planté là comme un moussaillon avant son premier voyage. Asseyez-vous. Asseyez-vous. »

Pitt obéit.

« Alors, parlez-moi du navire. De quoi a-t-il l'air après toutes ces années? J'étais un gamin quand j'ai servi sur le *Titanic*, mais je me souviens encore de chaque pont. »

Pitt plongea la main dans la poche de poitrine de son manteau et tendit à Bigalow une enveloppe bourrée de photographies. « Peut-être ces clichés vous donneront-ils une idée de son état actuel. Ils ont été pris par un de nos submersibles il y a quelques semaines. »

Le commodore Bigalow chaussa une paire de lunettes et se mit à examiner les photos. Plusieurs minutes s'écoulèrent sur une horloge marine posée auprès du lit pendant que le vieil homme se perdait dans les souvenirs d'une autre époque. Puis il leva un regard plein de nostalgie. « C'était vraiment un navire à part, vous savez. Moi, je le sais. Je les ai tous connus : l'*Olympic*, l'*Aquitania*... le *Queen Mary*. Bien sûr, ils étaient perfectionnés et modernes pour leur temps, mais aucun n'arrivait à la cheville du soin et du talent qu'on a mis à faire l'ameublement du *Titanic* : ses superbes panneaux lambrissés et ses merveilleuses cabines. Ah, il est encore impressionnant, vous savez.

— Il devient de plus en plus envoûtant avec les années, reconnut Pitt.

— Tenez, tenez, dit Bigalow en désignant tout excité une photo, auprès de la manche à air bâbord, sur le toit au-dessus du carré des officiers. C'est là que j'étais quand il a coulé sous moi et que j'ai été entraîné à la mer. » Les longues décennies semblaient fondre sur son visage. « Oh, que la mer était froide cette nuit-là. L'eau était à moins deux. »

Durant les dix minutes suivantes, il raconta ce que c'était que de nager dans l'eau glacée ; de trouver miraculeusement un cordage qui l'avait mené à un canot de sauvetage chaviré ; il évoqua la masse horrible des gens qui se débattaient ; les cris pitoyables qui perçaient la nuit et puis qui s'éteignaient lentement ; les longues heures passées à se cramponner à la quille du canot, en faisant le gros dos contre le froid avec trente autres rescapés ; leur excitation quand le *Carpathia,* de la Compagnie Cunard, avait surgi pour procéder au sauvetage. Il soupira enfin et regarda Pitt par-dessus les verres de ses lunettes. « Je vous ennuie, M. Pitt ?

— Pas le moins du monde, répondit Pitt. Écouter quelqu'un qui a vécu tout cela me donne presque l'impression de vivre moi-même les événements.

— Alors, je m'en vais vous raconter une autre histoire, dit Bigalow. Jusqu'à maintenant je n'ai jamais parlé à âme qui vive des dernières minutes que j'ai passées avant que le bateau sombre. Je n'en ai jamais parlé dans aucun de mes interrogatoires ; pas plus que devant la commission d'enquête du Sénat des États-Unis ni devant le Tribunal britannique. Non, je n'en ai jamais soufflé mot aux journalistes ni aux reporters qui n'en finissaient pas d'écrire des livres sur cette tragédie. Vous, monsieur, vous êtes le premier et vous serez le dernier à l'entendre de ma bouche. »

Trois heures plus tard, Pitt était dans le train qui le ramenait à Exeter, et il n'éprouvait ni lassitude ni fatigue, mais plutôt une sorte d'excitation. Le *Titanic* avec cette mystérieuse énigme enfermée dans le coffre de la cale numéro 1, Pont G, l'attirait plus que jamais. Southby, se demanda-t-il, qu'est-ce que Southby venait faire dans le tableau ? Pour la cinquantième fois peut-être, il regarda le paquet que lui avait donné le commodore Bigalow. Et il ne regrettait pas d'être venu à Teignmouth.

45

Le docteur Ryan Prescott, chef du Centre des Ouragans de l'ANRO à Tampa, en Floride, avait l'intention pour une fois de rentrer chez lui et de passer une soirée tranquille à jouer au gin avec sa femme. Mais à minuit moins dix, il était toujours à son bureau, à inspecter d'un air las les photos prises par satellite étalées devant lui.

« Juste au moment où nous croyons que nous savons tout ce qu'il y a à savoir sur les tempêtes, fit-il avec agacement, en voilà une qui jaillit d'on ne sait où et qui vient bouleverser toutes les règles.

— Un ouragan au milieu de mai, répondit son assistant entre deux bâillements. C'est à marquer d'une pierre blanche.

— Mais pourquoi ? La saison des ouragans s'étend en général de juillet à septembre. Qu'est-ce qui a poussé celui-ci à se matérialiser avec deux mois d'avance ?

— Je n'en ai aucune idée, répondit la femme. À votre avis, quelle route va prendre notre petit monstre ?

— Il est trop tôt pour le prédire avec certitude, dit Prescott. Sa naissance a suivi sa procédure normale, c'est vrai : une vaste zone dépressionnaire alimentée en air humide donne un tourbillon dans le sens inverse des aiguilles d'une montre, en raison de la rotation de la terre. Mais c'est là que s'arrête la ressemblance. Il faut le plus souvent des jours, parfois des semaines pour que se constitue une tempête sur un front de quatre cents milles. Ce bébé a réussi son coup en moins de dix-huit heures. »

Prescott poussa un soupir, se leva de son bureau et s'approcha d'une grande carte murale. Il consulta un bloc couvert de chiffres, notant la position connue, les conditions atmosphériques et la vitesse à laquelle se déplaçait l'ouragan. Puis il se mit à tracer une route vers l'ouest à partir d'un point situé à cent cinquante milles au nord-est des Bermudes, une route qui peu à peu s'incurvait vers le nord en direction de Terre-Neuve.

« À moins qu'il ne nous donne quelques précisions sur sa trajectoire, voilà le mieux que je puisse faire. » Il s'arrêta comme s'il attendait une confirmation. Comme rien ne venait, il demanda : « C'est comme ça que vous le voyez ? »

Ne recevant toujours aucune réponse, il se tourna pour répéter la question, mais les mots s'arrêtèrent sur ses lèvres. Son assistante s'était endormie, la tête dans ses bras repliés sur le bureau. Il la secoua doucement par l'épaule jusqu'au moment où les yeux verts s'ouvrirent en clignotant.

« Nous ne pouvons rien faire de plus ici, murmura-t-il. Rentrons dormir un peu. » Il jeta un dernier regard soucieux à la carte murale. « Il y a des chances pour que ce soit un de ces caprices météorologiques qui se dissipent avant le matin pour donner une petite tempête localisée. » Il y avait une certaine autorité dans sa voix, mais guère de conviction.

Ce qu'il ne remarqua pas, c'était que le tracé sur la carte représentant la route prévue pour l'ouragan passait très précisément par 41 46' nord et 52 14' ouest.

46

Le commandant Rudi Gunn était sur la passerelle du *Capricorne* et regardait un minuscule point bleu très loin à l'ouest apparaître dans le ciel clair comme un diamant. Pendant quelques minutes, il parut rester là, sans changer de forme ni grossir : un point bleu sombre, suspendu au-dessus de l'horizon, puis, presque aussitôt, il parut plus grand et prit la forme d'un hélicoptère.

Gunn se dirigea vers l'appontement aménagé à l'arrière des superstructures et attendit cependant que l'appareil approchait et se fixait au-dessus du navire. Trente secondes plus tard, les patins effleurèrent le pont, le gémissement des turbines s'éteignit et les pales peu à peu s'immobilisèrent.

Gunn s'approcha tandis que la porte s'ouvrait et que Pitt sortait de la cabine.

« Bon voyage ? demanda Gunn

— Intéressant », répondit Pitt.

Pitt lut la tension sur le visage de Gunn. Des plis soucieux se creusaient autour de ses petits yeux et il avait le visage crispé. « Tu as l'air d'un gosse qui vient de se faire piquer ses cadeaux de Noël, Rudi. Qu'est-ce qui se passe ?

— Le bathyscaphe d'Uranus Oil, le *Deep Fathom* : il est coincé sur l'épave. »

Pitt resta silencieux un moment. Puis il demanda simplement : « L'amiral Sandecker ?

— Il a installé ses quartiers sur le *Bomberger*. Comme c'était le navire ravitailleur du *Deep*

Fathom, il a pensé que mieux vaudrait diriger de là les opérations de sauvetage en attendant ton retour.

— Tu dis était, comme si le bathyscaphe était perdu.

— Ça n'est pas brillant. Viens là-haut, je vais te donner les détails. »

Il régnait une atmosphère de tension et de désespoir dans la salle des opérations du *Capricorne*. Giordino, en général plutôt sociable, se contenta de saluer d'un signe de tête l'arrivée de Pitt, se dispensant de toute phrase de bienvenue. Ben Drummer était au micro, s'adressant à l'équipage du *Deep Fathom*, qu'il encourageait avec un entrain et un optimisme forcés que trahissait l'appréhension de son regard.

Rick Spencer, l'ingénieur responsable du matériel de sauvetage, contemplait sans rien dire les écrans de contrôle de télé. Les autres hommes dans la salle vaquaient sans un mot à leurs affaires, le visage pensif.

Gunn entreprit d'expliquer la situation. « Deux heures avant de remonter pour le changement d'équipage, le *Deep Fathom*, ayant à son bord les techniciens Joe Kiel, Tom Chavez et Sam Merker...

— Merker était avec toi dans l'Expédition du Courant Lorelei, l'interrompit Pitt.

— Munk aussi. » Gunn hocha la tête. « On dirait que nous sommes un équipage maudit.

— Continue.

— Ils étaient en train d'installer une soupape de sûreté sur le côté tribord des cloisons du gaillard d'avant du *Titanic* lorsque leur arrière a effleuré un mât de charge. Les supports corrodés par l'eau de mer ont lâché, et le haut du mât de charge est tombé en travers des réservoirs de ballast du bathyscaphe, en les écrasant. Plus de deux tonnes d'eau se sont engouffrées par l'ouverture et ont coincé sa coque contre l'épave.

— C'est arrivé il y a combien de temps ? demanda Pitt.

— Il y a environ trois heures et demie.

— Alors, pourquoi ces airs lugubres ? À vous voir, on croirait qu'on n'a même plus le temps de prier. Le *Deep Fathom* emporte assez d'oxygène dans son système de réserve pour permettre à un équipage de trois membres de tenir plus d'une semaine. Ça laisse largement le temps au *Sappho I* et au *Sappho II* de réparer les réservoirs de ballast et de refouler l'eau qui les a envahis.

— Cc n'cst pas aussi simplc, dit Gunn. Nous n'avons que six heures.

— Comment arrives-tu à une marge de six heures ?

— J'ai gardé le pire pour la fin, fit Gunn en regardant Pitt droit dans les yeux. Le choc du mât de charge qui tombait a fait craquer une soudure sur la coque du *Deep Fathom*. C'est minuscule comme un trou d'épingle, mais la formidable pression qui règne à cette profondeur fait entrer la mer dans la cabine au rythme de près de vingt litres à la minute. C'est un miracle que la soudure n'ait pas éclaté complètement, provoquant l'affaissement de la coque et réduisant ces pauvres types en bouillie. » Il leva la tête vers la pendule au-dessus de l'ordinateur. « Six heures, c'est tout ce que nous avons avant que l'eau n'emplisse la cabine et ne les noie... Et nous ne pouvons absolument rien faire.

— Pourquoi ne pas boucher la voie d'eau à l'extérieur avec de l'Aquacier ?

— C'est plus facile à dire qu'à faire. Nous ne pouvons pas y accéder. La partie de la coque où il y a la voie d'eau est coincée contre la cloison du gaillard d'avant du *Titanic*. L'amiral a fait plonger les trois autres bathyscaphes dans l'espoir que leur puissance combinée pourrait déplacer le *Deep Fathom* juste assez pour qu'on puisse accéder à la brèche et la réparer. Rien à faire. »

Pitt s'assit sur un tabouret, prit un crayon et se mit à griffonner sur un bloc. « Le *Sea Slug* est équipé de matériel à découper. S'il pouvait attaquer le mât de charge...

— Négatif. » Gunn secoua la tête. « Lors de l'opération de remorquage, le *Sea Slug* a cassé son bras manipulateur. On l'a ramené sur le pont du *Modoc* et les types de la Marine disent qu'il est impossible de réparer le bras à temps. » Gunn frappa du poing sur la table des cartes. « Notre dernier espoir, c'était le treuil du *Bomberger*. Si on pouvait y attacher un câble, on aurait pu libérer le bathyscaphe.

— Fin du sauvetage, conclut Pitt. Le *Sea Slug* est le seul submersible que nous ayons à être équipé d'un bras manipulateur de grande puissance, et sans lui, pas moyen d'utiliser le câble. »

Gunn se frotta les yeux d'un geste las. « Après des milliers d'heures de travail passées à concevoir et à construire tous les systèmes de sécurité imaginables, après avoir calculé des procédures d'urgence pour tous les accidents prévisibles, voilà que l'imprévu s'est produit et nous a assené un coup bas, au-dessous de tous les seuils de probabilité, le pépin sur un million dont les ordinateurs n'ont pas tenu compte.

— Les ordinateurs ne valent que ce que représentent les informations qu'on leur fournit », dit Pitt.

Il s'approcha de la radio et prit le micro de la main de Drummer. « *Deep Fathom*, ici Pitt. Terminé.

— Ravi d'entendre de nouveau votre voix joyeuse, fit Merker d'un ton aussi tranquille que s'il était en train de téléphoner de chez lui dans son lit. Si vous descendiez faire un quatrième au bridge ?

— Je ne bridge pas, répondit Pitt sans se démonter. Combien vous reste-t-il de temps avant que l'eau n'atteigne vos batteries ?

— Au niveau où elle monte, sans doute encore quinze à vingt minutes. »

Pitt se tourna vers Gunn pour lui dire ce qui allait sans dire :

« Quand leurs batteries lâcheront, plus de communication.

— Le *Sappho II,* fit Gunn en hochant la tête, reste à côté pour leur tenir compagnie, c'est à peu près tout ce qu'on peut faire. »

Pitt pressa de nouveau le bouton du micro. « Merker, comment marche le système de régénération de l'oxygène ?

— Quel système de régénération ? Il a pété il y a une demi-heure. Nous survivons sur nos mauvaises haleines.

— Je vais vous faire descendre un carton de pastilles de menthe.

— Faudrait pas traîner. Chavez pue vraiment du bec. » Une trace de doute passe dans la voix de Merker. « Si le pire se produit et qu'on ne vous revoie pas, les gars, au moins on sera en bonne compagnie en bas. »

La brutale allusion de Merker aux morts du *Titanic* fit pâlir un peu tous les hommes qui se trouvaient dans la salle des opérations ; tous les hommes, sauf Pitt. Il actionna de nouveau le bouton d'émission. « Veillez en tout cas à laisser un bateau propre. On peut vouloir s'en resservir. Terminé. »

C'était intéressant de voir les réactions à la remarque apparemment dure de Pitt. Giordino, Gunn, Spencer et les autres se contentèrent de le regarder. Seul, Drummer eut une expression de colère.

Pitt posa la main sur l'épaule de Curly, l'opérateur radio. « Branchez-moi sur l'amiral à bord du *Bomberger*, mais utilisez une fréquence différente. »

Curly leva les yeux. « Vous ne voulez pas que les gars du *Deep Fathom* vous entendent ?

— Ce qu'ils ne savent pas ne leur fera pas mal, dit Pitt d'un ton froid. Grouillez-vous. »

Quelques instants plus tard, la voix de Sandecker retentit dans le haut-parleur. « *Capricorne*, ici l'amiral Sandecker. Terminé.

— Ici Pitt, Amiral. »

Sandecker ne perdit pas de temps en mondanités. « Vous vous rendez compte du problème qui se pose ?

— Gunn m'a expliqué, répondit Pitt.

— Alors vous savez que vous avez épuisé toutes les solutions. Par quelque bout que vous le preniez, cette fois, l'ennemi, c'est le temps. Si nous pouvions retarder l'inévitable dix heures de plus, nous aurions une chance de les sauver.

— Il y a une autre solution, fit Pitt. Les probabilités sont faibles, mais mathématiquement c'est acceptable.

— Je suis ouvert à toutes les suggestions. »

Pitt hésita. « Pour commencer, nous laissons tomber pour l'instant le *Deep Fathom* et nous tournons nos efforts dans une autre direction. »

Drummer s'approcha. « Qu'est-ce que vous dites, Pitt ? Qu'est-ce qui se passe ? On laisse tomber le *Deep Fathom*, répéta-t-il les lèvres crispées, vous êtes fou ? »

Pitt eut un sourire désarmant. « Le dernier coup de dés du désespoir, Drummer. Vous avez échoué, et échoué lamentablement. Vous êtes peut-être la crème du renflouage, mais en tant que sauveteurs, vous n'êtes qu'une bande d'amateurs. La malchance a grossi vos erreurs, et maintenant vous restez assis à geindre en disant tout est perdu. Eh bien, tout n'est pas perdu, messieurs. Nous allons modifier les règles du jeu et remonter le *Deep Fathom* à la surface avant les six heures fatidiques sur lesquelles, si mon chronomètre fonctionne bien, il ne reste plus maintenant que cinq heures et quarante-trois minutes. »

Giordino regarda Pitt. « Tu crois vraiment que c'est faisable ?

— Je crois vraiment qu'on peut le faire. »

Les ingénieurs et les océanographes étaient groupés en petit cercle, marmonnant tout seuls en même temps qu'ils actionnaient avec frénésie leurs règles à calcul. De temps en temps, l'un d'eux quittait le groupe et se dirigeait vers les ordinateurs pour vérifier une donnée. L'amiral Sandecker, qui venait d'arriver du *Bomberger*, était assis derrière un bureau devant une tasse de café fumant et secouait la tête.

« On ne trouvera jamais ça dans les manuels de renflouage, murmura-t-il. Arracher une épave au fond à coups d'explosifs. Mon Dieu, c'est de la folie.

— Quel autre choix avons-nous ? fit Pitt. Si nous pouvons dégager le *Titanic* de la vase, le *Deep Fathom* remontera avec lui.

— Toute cette idée est insensée, marmonna Gunn. Le choc ne va faire qu'étendre la brèche dans la coque du bathyscaphe et provoquer une implosion immédiate.

— Peut-être que oui. Peut-être que non, dit Pitt. Mais même si ça arrive, il vaut probablement mieux que Merker, Kiel et Chavez meurent sur le coup, écrasés par l'océan, plutôt que de subir l'interminable agonie d'une lente asphyxie.

— Et le *Titanic* ? insista Gunn. On risque de faire sauter tout ce sur quoi on travaille depuis des mois au fond des eaux.

— Disons que c'est un risque calculé, fit Pitt. Le *Titanic* est construit de façon bien plus robuste que la plupart des navires d'aujourd'hui. Ses baux, ses membrures, ses cloisons et ses ponts sont aussi solides que la nuit où il a coulé. Ce vieux rafiot peut tenir le coup. Ne vous trompez pas là-dessus.

— Vous croyez sincèrement que ça va marcher ? demanda Sandecker.

— Je le crois.

— Je pourrais vous ordonner de ne pas faire ça. Vous le savez.

— Je le sais, répondit Pitt. Je compte sur vous pour me garder dans la partie jusqu'à ce qu'on ait marqué le dernier but. »

Sandecker se frotta les yeux, secoua la tête d'un geste lent, comme pour s'éclaircir les idées. Puis il finit par dire : « D'accord, Dirk, à vous de jouer. »

Pitt acquiesça et tourna les talons.

Il restait tout juste cinq heures et dix minutes.

Trois mille six cents mètres plus bas, les trois hommes du *Deep Fathom*, gelés et esseulés dans un environnement hostile, regardaient l'eau monter, centimètre par centimètre, le long des parois de la cabine jusqu'au moment où elle envahit les circuits électriques, mettant hors d'usage les instruments et plongeant dans l'obscurité l'intérieur de la cabine. Ils commencèrent alors à sentir la morsure de l'eau glacée qui tourbillonnait autour de leurs jambes. Plantés là, frissonnant dans la perspective d'une mort certaine, ils nourrissaient encore une faible étincelle de survie.

« Dès qu'on sera remonté, murmura Kiel, je prends un jour de congé, et tant pis pour ceux à qui ça ne plaira pas.

— Ça te reprend ? dit Chavez dans le noir.

— Qu'ils me foutent à la porte s'ils veulent, mais demain je fais la grasse matinée. »

Chavez chercha à tâtons le bras de Kiel, le trouva, et le secoua sans douceur. « Qu'est-ce que tu déconnes ?

— Ne t'énerve pas, dit Merker. Comme le système de régénération d'air ne marche pas, le taux d'oxyde de carbone commence à lui faire de l'effet. Je commence à me sentir un peu étourdi moi aussi.

— Et en plus, de l'air vicié, marmonna Chavez. Si on ne se noie pas, on va être broyé quand la coque pétera, et si on n'est pas broyé comme une coquille d'œuf, on va suffoquer. Ah, on ne peut pas dire que l'avenir se présente sous des couleurs brillantes.

— Tu as oublié le froid, ajouta Merker d'un ton

sardonique. Si on ne grimpe pas au-dessus de cette eau glacée, il ne nous restera pas une chance pour les trois autres hypothèses. »

Kiel ne dit rien mais laissa mollement Chavez le pousser jusqu'à la couchette supérieure. Puis Chavez le suivit et s'assit au bord, ses pieds ballant dans le vide.

Merker s'avança dans l'eau qui lui atteignait presque la ceinture jusqu'au hublot avant pour regarder. Il ne voyait que la silhouette du *Sappho II*, baigné d'un halo dans l'éclat aveuglant de ses projecteurs. L'autre appareil avait beau n'être qu'à moins de trois mètres, il ne pouvait rien faire, entourés qu'ils étaient tous les deux par l'impitoyable pression des eaux. Tant qu'il reste là, songea Merker, c'est qu'on n'a pas perdu tout espoir pour nous. C'était quand même une consolation de ne pas être seuls. Ce n'était pas grand-chose, mais c'était tout ce qu'ils avaient.

À bord du ravitailleur *Alhambra*, les équipes de reportage des trois principaux réseaux de télévision attendaient dans la fièvre, en s'affairant sur leur matériel pour s'occuper. Tout le long du bastingage tribord, les journalistes avaient leurs jumelles braquées sur le *Capricorne* qui flottait à deux milles de là, cependant que les photographes ajustaient leurs téléobjectifs sur la surface de l'eau entre les navires. Coincée dans une petite salle de presse improvisée, Dana Seagram, serrant un caban autour de ses épaules, tenait crânement tête à une douzaine de journalistes armés de magnétophones et qui poussaient vers elle des micros comme si c'étaient des sucettes.

« Est-il vrai, Mrs Seagram, que la tentative pour remonter le *Titanic* avec trois jours d'avance sur le plan prévu est en réalité un dernier effort pour sauver la vie des hommes bloqués au fond ?

— Ça n'est qu'une des diverses solutions, répondit Dana.

— Faut-il comprendre que toutes les autres tentatives ont échoué ?

— Il y a eu des complications », reconnut Dana.

Dans une des poches de son caban, Dana froissait nerveusement un mouchoir jusqu'à en avoir mal aux doigts. Les longs mois de discussion avec les hommes et les femmes de la presse commençaient à faire sentir leur effet.

« Depuis qu'on n'a plus de communications avec le *Deep Fathom*, comment pouvez-vous savoir avec certitude que l'équipage est encore en vie ?

— Les données de l'ordinateur nous assurent que leur situation ne deviendra critique que dans quatre heures et quarante minutes.

— Comment l'ANRO compte-t-elle remonter le *Titanic* si le produit chimique d'électrolyse n'a pas été totalement injecté dans la vase qui entoure la coque ?

— Je suis incapable de répondre à cela, dit Dana. Le dernier message de M. Pitt depuis le *Capricorne* déclarait seulement qu'ils allaient remonter l'épave dans les heures à venir. Il n'a donné aucun détail concernant la méthode utilisée.

— Et s'il est trop tard ? Et si Kiel, Chavez et Merker sont déjà morts ? »

Le visage de Dana se crispa. « Ils ne sont pas morts, dit-elle, le regard flamboyant. Et le premier d'entre vous qui répand une rumeur aussi cruelle et inhumaine avant que ce ne soit un fait établi sera foutu à la porte de ce navire, accrédité ou pas. C'est compris ? »

Les reporters restèrent là un moment, muets de surprise devant la brusque explosion de colère de Dana. Puis lentement et en silence, ils commencèrent à abaisser leurs micros et à s'éloigner vers le pont.

Rick Spencer déroula sur la table des cartes une grande bande de papier et la bloqua là au moyen de quelques tasses de café à moitié vides. C'était un croquis qui montrait le *Titanic* et sa position par rapport au fond de l'océan. Il prit un crayon pour désigner divers points de la coque marqués de petites croix.

« Voici comment ça se présente, expliqua-t-il. Suivant les éléments transmis par l'ordinateur, nous avons placé quatre-vingts charges, chacune contenant trente livres d'explosifs, à ces points stratégiques du sédiment qui s'est déposé le long de la coque du *Titanic.* »

Sandecker se pencha sur le dessin, son regard examinant les croix. « Je vois que vous les avez posées sur trois rangées de chaque côté.

— C'est exact, amiral, dit Spencer. Les rangées extérieures sont à soixante mètres; les intermédiaires à quarante; et les plus proches ne sont qu'à vingt mètres des tôles du navire. Nous ferons d'abord partir la rangée extérieure à tribord. Huit secondes plus tard, nous faisons sauter la rangée extérieure bâbord. Encore huit secondes et nous répétons la procédure avec les rangées intermédiaires, et ainsi de suite.

— C'est un peu comme quand on secoue d'un côté à l'autre une voiture coincée dans la boue, expliqua Giordino.

— C'est une bonne comparaison, approuva Sandecker.

— Pourquoi ne pas l'arracher à la vase avec une seule violente explosion? demanda Giordino.

— Peut-être qu'un choc brutal y parviendrait, mais les géologues sont partisans d'ondes de choc séparées ou qui se recoupent. Ce que nous recherchons, c'est la vibration.

— Nous avons les explosifs? demanda Pitt.

— Le *Bomberger* en transporte près d'une tonne pour la recherche sismique, répondit Spencer. Le *Modoc* en a quatre cents livres dans ses magasins pour les opérations de sauvetages sous-marins.

— Ça suffira?

— C'est limite, reconnut Spencer. Trois cents livres de plus nous auraient donné une marge plus acceptable.

— Nous aurions pu en faire venir du continent par un avion qui nous l'aurait parachuté, proposa Sandecker.

— Le temps que les explosifs arrivent, fit Pitt en secouant la tête, que nous les ayons chargés dans un bathyscaphe et posés au fond de l'océan, ç'aurait été deux heures trop tard.

— Alors, dit Sandecker avec brusquerie, allons-y. Nous n'avons pas de temps à perdre. » Il se tourna vers Gunn. « Dans combien de temps les explosifs seront-ils en place ?

— Quatre heures, fit Gunn sans hésiter.

— C'est vraiment calculé au plus juste, dit Sandecker. Ça nous laisse un battement de quatorze minutes.

— On y arrivera, dit Gunn. Mais à une condition.

— Laquelle ? fit Sandecker avec impatience.

— Il va falloir utiliser tous les bathyscaphes opérationnels dont nous disposons.

— Ça veut dire retirer le *Sappho II* de sa position auprès du *Deep Fathom,* dit-il. Les pauvres diables vont croire qu'on les abandonne.

— Il n'y a pas d'autre solution, dit Gunn. Il n'y en a tout simplement pas d'autre. »

Merker avait perdu toute notion du temps. Il contempla le cadran lumineux de sa montre, mais son regard n'arrivait pas à se fixer sur les chiffres phosphorescents. Depuis combien de temps le mât de charge était-il tombé sur leur réservoir de ballast, se demanda-t-il : cinq heures... dix heures... C'était hier ? Il avait l'esprit embrouillé et confus. Il était tout juste capable de rester là, sans remuer un muscle, respirant à petits coups, chaque inspiration lui semblant une éternité. Peu à peu, il prit conscience d'un mouvement. Il tendit la main et rencontra dans l'obscurité les corps de Kiel et de Chavez, mais ils ne réagissaient pas : ils avaient sombré dans une torpeur léthargique.

Puis il reprit conscience de quelque chose, de quelque chose qui n'était plus là où il était censé être. Son esprit tournait comme s'il barbotait dans du sirop. Mais il finit par trouver ce qu'il cherchait. À part la montée impitoyable de l'eau, il n'y avait aucun changement, aucune trace de mouvement dans la cabine inondée : c'était l'angle du faisceau lumineux du *Sappho II* arrivant par le hublot avant qui avait perdu de son intensité.

Il sauta de sa couchette dans l'eau — elle lui arrivait maintenant à la poitrine — et comme dans un cauchemar, il s'avança tant bien que mal vers les hublots supérieurs avant pour scruter les profondeurs de l'océan.

Tout d'un coup, ses sens engourdis furent étreints par une crainte comme il n'en avait encore jamais connue. Ses yeux s'agrandirent, se fixèrent, ses mains se crispèrent de désespoir.

« Oh, mon Dieu ! cria-t-il tout haut. Ils nous laissent tomber. »

Sandecker tripotait le gros cigare qu'il venait d'allumer tout en continuant d'arpenter le pont. L'opérateur radio leva la main et l'amiral s'arrêta pour s'approcher derrière lui.

« Le *Sappho I* au rapport, Amiral, dit Curly. Il a terminé de placer ses charges.

— Dites-lui de remonter en surface aussi vite que ses réservoirs de ballast le lui permettent. Plus ils seront haut, moins ils sentiront de pression sur leur coque quand les explosifs partiront. » L'amiral pivota vers Pitt qui ne quittait pas des yeux les quatre écrans de contrôle reliés à des caméras et à des projecteurs disposés à des emplacements stratégiques autour des superstructures du *Titanic*. « Comment ça se présente ?

— Pour l'instant, pas mal, répondit Pitt. Si les obturations à l'Aquacier tiennent le choc, nous avons une bonne chance. »

Sandecker regarda les images couleur et son front se plissa : il apercevait de grandes traînées de bulles qui sortaient de la coque du paquebot. « Il y a beaucoup d'air qui sort, dit-il.

— C'est l'excès de pression qui s'échappe par les soupapes de sûreté, dit Pitt. Nous sommes passés des pompes à électrolyse aux compresseurs de façon à insuffler tout le supplément d'air possible dans les compartiments supérieurs. » Il s'arrêta pour régler une image et reprit : « Les compresseurs du *Capricorne* débitent un peu plus de cent soixante mille litres d'air à l'heure, alors il n'a pas fallu longtemps pour augmenter de quelques atmosphères la pression à l'intérieur de la coque, juste assez pour faire fonctionner les soupapes de sûreté. »

Drummer s'éloigna des ordinateurs pour noter toute une série de chiffres sur une feuille. « D'après nos estimations, quatre-vingt-dix pour cent des compartiments du navire sont libérés d'eau, dit-il. Le principal problème, à mon avis, c'est que nous avons une puissance ascensionnelle supérieure à ce qui selon les ordinateurs est nécessaire. Et quand la succion va céder, l'épave va monter comme un cerf-volant.

— Le *Sea Slug* vient de déposer sa dernière charge, signala Curly.

— Demandez-lui de faire un crochet à côté du *Deep Fathom* avant de remonter vers la surface, fit Pitt, et voyez s'il peut établir un contact visuel avec Merker et son équipage.

— Encore onze minutes, annonça Giordino.

— Qu'est-ce qui peut bien retarder le *Sappho II* ? » demanda Sandecker, sans s'adresser à personne en particulier.

Pitt se tourna vers Spencer. « Les charges sont prêtes pour la mise à feu ? »

Spencer acquiesça. « Chaque rangée est réglée sur une fréquence différente. Tout ce que nous avons à faire, c'est tourner un cadran et elles partiront dans l'ordre prévu.

— Qu'est-ce que vous pariez qu'on va voir d'abord, la proue ou l'arrière ?

— Pas de problème. La proue est enfoncée six

mètres plus profond dans la couche de sédiment que le gouvernail. Je compte que l'arrière va se libérer, et puis, en utilisant son élan, va libérer le reste de la quille. L'épave devrait se soulever à peu près suivant le même angle sous lequel elle a coulé — à condition que le *Titanic* se montre coopératif et daigne se soulever.

— Dernière charge en place, annonça Curly. Le *Sappho II* remonte.

— Rien du *Sea Slug* ?

— Pas de contact visuel avec l'équipage du *Deep Fathom*.

— Bon, dites-lui de remonter dare-dare vers la surface, dit Pitt. Nous mettons à feu la première rangée de charge dans neuf minutes.

— Ils sont morts, s'écria soudain Drummer, sa voix se brisant. Nous arrivons trop tard. Ils sont tous morts. »

Pitt fit deux pas en avant et empoigna Drummer aux épaules. « Pas de crise de nerfs. La dernière chose dont nous ayons besoin, c'est une oraison funèbre prématurée. »

Drummer se voûta, le visage d'une pâleur de cendre, figé dans une expression d'horreur. Puis il hocha la tête sans rien dire et revint d'un pas mal assuré vers la console de l'ordinateur.

« L'eau ne doit être maintenant qu'à une soixantaine de centimètres du plafond de la cabine, dit Giordino, d'une voix qui était bien une demi-octave plus haute que son ton habituel.

— Si on vendait le pessimisme au kilo, vous seriez tous milliardaires, dit sèchement Pitt.

— Le *Sappho I* a atteint la zone de sécurité à moins mille huit cents mètres, annonça l'opérateur sonar.

— En voilà un de paré, encore deux », murmura Sandecker.

Il ne restait rien d'autre à faire maintenant qu'à attendre que les autres submersibles s'élèvent audessus du niveau de danger des ondes de choc. Huit minutes s'écoulèrent, huit minutes interminables durant lesquelles la sueur se mit à perler sur deux douzaines de fronts.

« Le *Sappho II* et le *Sea Slug* approchent maintenant de la zone de sécurité.

— État de la mer et météo? interrogea Pitt.

— Creux d'un mètre vingt, ciel clair, brise de nord-est à cinq nœuds, répondit Farquar, le météorologue. On ne pourrait pas demander mieux. »

Pendant quelques instants, personne ne dit mot. Puis Pitt a déclaré : « Eh bien, messieurs, le moment est venu. » Il avait la voix tranquille et détendue, et on ne percevait dans son attitude aucune trace d'appréhension. « Bon, Spencer, compte à rebours. »

Spencer commença avec une régularité d'horloge : « trente secondes... quinze secondes... cinq secondes... émission... top. » Puis il passa sans hésiter à la mise à feu suivante. « Huit secondes... quatre secondes... émission... top. »

Ils s'étaient tous groupés autour des écrans de contrôle et de l'opérateur sonar, leurs seuls contacts maintenant avec le fond. Ce fut à peine si la première explosion fit passer un frémissement dans les tôles du *Capricorne*, et le volume du son parvint à leurs oreilles comme celui d'un tonnerre lointain. Il régnait dans la salle des opérations une angoisse à couper au couteau. Tous les regards étaient braqués sur les écrans de contrôle, sur les lignes tremblotantes qui déformaient les images lorsque les charges sautaient. Tendus, crispés, avec l'air d'hommes qui craignaient le pire mais espéraient le mieux, ils étaient là immobiles tandis que Spencer égrenait ses comptes à rebours.

Le tremblement des tôles se fit plus prononcé tandis qu'une onde de choc suivait l'autre et arrivait jusqu'à la surface de l'océan. Puis, brusquement, tous les écrans de contrôle montrèrent un kaléidoscope de lumières d'images brouillées et s'éteignirent.

« Merde ! marmonna Sandecker. Nous avons perdu le contact image.

— Les ondes de choc ont dû débrancher le relais principal », supposa Gunn.

Leur attention se tourna aussitôt vers l'écran du sonar, mais bien peu d'entre eux pouvaient le voir : l'opérateur était si près de la plaque de verre que sa tête la masquait presque. Spencer enfin se redressa. Il poussa un profond soupir, tira un mouchoir de sa poche revolver et s'essuya le visage et le cou. « Et voilà, fit-il d'une voix rauque.

— Toujours stationnaire, annonça l'opérateur sonar. Le Grand T est toujours stationnaire.

— Allez, petit ! supplia Giordino. Bouge ton gros cul !

— Oh ! mon Dieu, mon Dieu, murmura Drummer. La succion le plaque toujours au fond.

— Allons, bon sang, fit à son tour Sandecker. Soulève-toi... soulève-toi. »

S'il avait été humainement possible pour l'esprit de forcer les quarante-six mille trois cent vingt-huit tonnes d'acier à se libérer de la tombe où elles reposaient depuis soixante-seize longues années pour remonter à la lumière, les hommes groupés autour du sonarscope y seraient sûrement parvenus. Mais il ne devait pas y avoir ce jour-là de phénomènes psychocinétiques. Le *Titanic* restait obstinément figé au fond de l'océan.

« Quelle poisse », dit Farquar.

Drummer se prit le visage à deux mains, tourna les talons et sortit en trébuchant.

« Woodson sur le *Sappho II* demande l'autorisation de descendre voir, dit Curly.

— Permission accordée », fit Pitt en haussant les épaules.

D'un geste lent et infiniment las, l'amiral Sandecker se laissa tomber dans un fauteuil. « Voilà un échec qui coûte cher », dit-il.

Le goût amer du désespoir envahit la salle,

apporté par la grande vague d'une défaite sans rémission.

« Et maintenant ? demanda Giordino, en regardant dans le vide.

— On fait ce qu'on est venu faire, répondit Pitt d'une voix fatiguée. On poursuit l'opération de sauvetage. Demain nous recommencerons à...

— Il a bougé ! »

Personne ne réagit aussitôt.

« Il a bougé », répéta l'opérateur sonar. Sa voix tremblait un peu.

« Vous êtes sûr ? murmura Sandecker dans un souffle.

— Je parierais ma vie dessus. »

Spencer était trop abasourdi pour parler. Il ne pouvait que contempler le sonarscope avec une expression de totale incrédulité. Puis ses lèvres commencèrent à remuer. « Le choc en retour ! dit-il. C'est le choc en retour qui a provoqué une réaction à retardement.

— Il monte, cria l'opérateur sonar en tapant du poing sur le bras de son fauteuil. Ce sacré vieux rafiot s'est libéré. Il remonte. »

48

Au début, tout le monde était trop ahuri pour faire un geste. L'instant qu'ils avaient réclamé dans leurs prières, pour lequel ils se battaient depuis huit longs mois, cet instant venait d'arriver comme un voleur et ils n'arrivaient pas à y croire. Et puis, la nouvelle commença à se faire jour dans leurs esprits et ils se mirent tous à crier en même temps, comme les ingénieurs du Centre de Contrôle de Mission au moment du départ d'une fusée.

« Allez, petit, allez ! criait Sandecker, excité comme un collégien.

— Bouge, mon vieux ! hurlait Giordino. Bouge, bouge !

— Allons, on t'attend, mon beau palace flottant tout rouillé », murmura Spencer.

Soudain Pitt se précipita vers le poste de radio et serra l'épaule de Curly.

« Vite, contactez Woodson à bord du *Sappho II*. Dites-lui que le *Titanic* est en train de remonter : qu'il s'éloigne dare-dare avant de se faire écraser.

— Toujours en route vers la surface, dit l'opérateur sonar. La vitesse de remontée s'accélère.

— Nous ne sommes pas encore au bout de nos peines, dit Pitt. Mille et une choses peuvent tourner mal avant qu'il arrive à la surface. Si seulement...

— Oui, intervint Giordino, par exemple, si seulement l'Aquacier reste étanche, si seulement les soupapes de sûreté peuvent tenir le coup avec la brusque baisse de pression de l'eau, ou si la coque ne se met pas dans l'idée de casser en deux, pop. "Si"... c'est ça le maître mot.

— Il monte toujours et il monte vite, dit l'opérateur sonar en contemplant son écran. Cent quatre-vingts mètres au cours de la dernière minute. »

Pitt se tourna vers Giordino. « Al, trouve-moi le docteur Bailey et le pilote de l'hélicoptère, et décollez tous comme si vous aviez un taureau furieux aux fesses. Dès que le *Titanic* se stabilise, posez-vous sur la plage avant. Peu m'importe comment vous vous y prenez — une échelle de corde, un treuil avec un siège de sangles — pète-moi l'hélico à l'atterrissage s'il le faut, mais je veux que toi et le bon docteur soyez là tout de suite pour ouvrir le panneau d'écoutille du *Deep Fathom* et me tirer ces gars de leur enfer !

— C'est comme si on y était. » Giordino sourit. Il était déjà sorti lorsque Pitt lança son ordre suivant à Spencer.

« Rick, soyez prêt à hisser les pompes à diesel portables à bord de l'épave. Plus tôt nous pouvons prévenir la moindre voie d'eau, mieux ça vaut.

— Il va nous falloir des torches à acétylène pour entrer, dit Spencer, les yeux brillants d'excitation.

— Alors occupez-vous-en. »

Pitt se retourna vers le tableau du sonar.

« Vitesse de remontée ?

— Deux cent cinquante mètres à la minute, répondit l'opérateur sonar.

— Trop rapide, dit Pitt.

— C'est ce que nous ne voulions pas, marmonna Sandecker derrière son cigare. Ses compartiments intérieurs sont trop pleins d'air et il fonce sans contrôle vers la surface.

— Et, ajouta Pitt, si nous avons mal calculé la quantité d'eau de ballast qui reste dans ses cales intérieures, les deux tiers de sa longueur pourraient pointer hors de l'eau et il chavirerait. »

Sandecker le regarda droit dans les yeux. « Et cela voudrait dire la fin de l'équipage du *Deep Fathom.* » Puis, sans un mot de plus, l'amiral tourna les talons et, le premier, quitta la salle des opérations pour sortir sur le pont où chacun se mit à scruter le creux des vagues, le cœur battant.

Seul Pitt resta en arrière. « À quelle profondeur est-il ? demanda-t-il à l'opérateur sonar.

— Il passe le niveau moins deux mille quatre cents.

— Woodson au rapport, murmura Curly. Il dit que le Grand T vient de passer comme une fusée auprès du *Sappho II.*

— Accusez réception et dites-lui de faire surface. Transmettez le même message au *Sea Slug* et au *Sappho I.* » Il ne restait plus rien à faire là, alors il franchit la porte et grimpa l'échelle qui menait au côté bâbord de la passerelle où il rejoignit Gunn et Sandecker.

Gunn décrocha le téléphone de la passerelle. « Sonar, ici la passerelle.

— Ici sonar.

— Pouvez-vous me donner un point approximatif de l'endroit où il va apparaître ?

— Il devrait surgir à environ six cents mètres sur bâbord.

— Quand? »

Il y eut un silence.

« Quand? répéta Gunn.

— Commandant, *maintenant,* c'est assez tôt pour vous? »

À cet instant précis, une énorme vague de bulles se répandit sur la mer, et l'arrière du *Titanic* jaillit au soleil de l'après-midi comme une gigantesque baleine. Pendant quelques secondes, on put croire que rien n'arrêterait son envol des profondeurs : son arrière s'élevait toujours plus haut dans le ciel jusqu'à dégager de l'eau les montants de la chaudière, là où se trouvait jadis la cheminée numéro 2. C'était un spectacle fantastique : l'air enfermé à l'intérieur projetait d'énormes torrents d'écume qui giclaient par les soupapes de sûreté, enveloppant le grand navire dans un tourbillon de nuages de vapeurs où se jouaient des arcs-en-ciel. Le *Titanic* resta quelques instants dressé, comme s'il griffait le ciel d'un bleu de cristal, puis, lentement d'abord, il commença à redescendre et sa quille vint frapper l'eau dans un formidable éclaboussement qui projeta vers la petite flotte qui l'entourait une vague de trois mètres de haut. Il s'enfonça comme s'il n'avait pas l'intention de remonter. Un millier de spectateurs retinrent leur souffle en le voyant se percher encore plus à tribord : 30, 40, 45, 50 de gîte, il resta là pendant ce qui parut une affreuse éternité; tout le monde s'attendait presque à le voir poursuivre son mouvement de roulis et chavirer. Mais alors, avec une torturante lenteur, le *Titanic* commença peu à peu à se redresser. Progressivement, mètre par mètre, jusqu'au moment où sa coque atteignit une gîte sur tribord de 12, et il s'immobilisa ainsi.

Personne ne pouvait parler. Ils étaient tous là, trop abasourdis, trop fascinés par ce qu'ils venaient de voir pour faire autre chose que respirer. Même en plein soleil, le visage boucané de Sandecker était d'une affreuse pâleur.

Pitt fut le premier à retrouver sa voix. « Il a remonté, parvint-il à dire dans un murmure à peine audible.

— Il a remonté », murmura Gunn en écho.

Puis le charme fut rompu par la pulsation saccadée des pales de l'hélicoptère du *Capricorne* qui prenait le vent et se dirigeait vers l'avant encombré de débris du navire ressuscité. Le pilote immobilisa l'appareil à un ou deux mètres au-dessus du pont et, presque aussitôt, on aperçut deux points minuscules qui sautaient par une porte de côté.

Giordino grimpa aussitôt l'échelle latérale et s'arrêta pour examiner le panneau d'écoutille du *Deep Fathom.* Dieu soit loué : la coque était intacte. Avec précaution, il se glissa sur le haut du pont arrondi et glissant puis essaya le volant. Les barres étaient glacées, mais il les empoigna et donna une violente secousse. Le volant ne bougeait pas.

« Cessez de traîner et ouvrez-moi cette saloperie, tonna derrière lui le docteur Bailey. Chaque seconde compte. »

Giordino prit une profonde inspiration et fit peser sur le volant toute l'énergie que pouvaient contenir les muscles de son énorme carcasse. Le volant céda de quelques centimètres. Il essaya encore, et cette fois le volant fit un demi-tour, puis finit par tourner sans effort tandis que l'air à l'intérieur du bathyscaphe sortait en sifflant et que la pression diminuait sur le joint étanche. Lorsque le volant s'arrêta au bout du pas de vis, Giordino fit basculer le panneau et regarda par l'ouverture. Une odeur d'air renfermé et vicié lui monta aussitôt aux narines. Son cœur se serra lorsque, une fois son regard habitué à l'obscurité, il vit l'eau qui clapotait à seulement quarante centimètres du haut de la cloison.

Le docteur Bailey l'écarta, s'introduisit tant bien que mal par l'écoutille et descendit l'échelle intérieure. L'eau glacée lui mordait la peau. Il s'éloigna de l'échelle et s'avança vers l'arrière du bathyscaphe jusqu'au moment où, dans la pénombre, sa main toucha quelque chose de mou. C'était une jambe. Remontant jusqu'au genou, il tâta en direction du torse. Sa main sortit de l'eau au niveau de l'épaule et rencontra un visage.

Bailey s'approcha jusqu'au moment où son nez ne fut plus qu'à quelques centimètres du visage plongé dans l'ombre. Il essaya de chercher un pouls mais il avait les doigts trop engourdis par l'eau froide, et il ne décela rien qui indiquât la vie ou la mort. Puis, soudain, les yeux clignotèrent, les lèvres tremblèrent et une voix murmura :

« Laissez... je vous ai dit... aujourd'hui je ne travaille pas. »

« La passerelle ? fit la voix de Curly dans le haut-parleur.

— Ici la passerelle, répondit Gunn.

— Je suis prêt à vous brancher sur l'hélicoptère.

— Allez-y. »

Il y eut un silence, puis une voix étrange retentit sur la passerelle. « *Capricorne*, ici le lieutenant Sturgis.

— Lieutenant, ici le commandant Gunn ; je vous entends cinq sur cinq.

— Le docteur Bailey vient d'entrer dans le *Deep Fathom.* Veuillez attendre. »

Ce bref répit donna à tout le monde une occasion d'examiner le *Titanic.* Le navire avait un air tout nu sans la superstructure de ses cheminées et de ses mâts. Les tôles de ses flancs étaient marbrées et tachées de rouille, mais la peinture noire et blanche de sa coque et des superstructures s'apercevait encore. Il était dans un triste état, on aurait dit une vieille prostituée hideuse attardée dans des rêves de jours meilleurs et d'une beauté depuis longtemps envolée. Les hublots et les fenêtres étaient couvertes du vilain gris de l'Aquacier, et ses ponts de teck jadis immaculés étaient pourrissants et encombrés de kilomètres de câbles rouillés. Les bossoirs vides des canots de sauvetage se dressaient comme des bras fantomatiques suppliant le ciel de leur rendre leurs chaloupes depuis longtemps en allées. L'apparition du grand paquebot sur l'eau faisait songer à une toile surréaliste. Et pourtant, il y avait en même temps sur le navire une inexplicable sérénité impossible à décrire.

« *Capricorne*, ici Sturgis. Terminé.

— Ici Gunn. Je vous écoute.

— Mister Giordino vient de lever trois doigts en faisant le signe O.K. Merker, Kiel et Chavez sont toujours en vie. »

Un silence étrange suivit. Puis Pitt se dirigea vers le tableau de bord de secours et pressa le bouton de la sirène. Le fracas assourdissant retentit sur l'eau.

Le sifflet du *Modoc* répondit et Pitt vit Sandecker, en général plutôt réservé, éclater de rire en lançant sa casquette en l'air. Le *Monterey Park* fit chorus ainsi que l'*Alhambra* et enfin le *Bomberger*, jusqu'à ce que tout l'océan autour du *Titanic* ne fût qu'une vaste cacophonie de sirènes et de sifflets. Pour ne pas être en reste, le *Juneau* approcha et vint ponctuer tout ce vacarme d'un tonitruant salut de sa pièce de 200.

C'était un moment qu'aucun de ceux qui se trouvaient là ne retrouverait jamais. Et pour la première fois depuis des années, Pitt sentit le ruissellement tiède des larmes sur ses joues.

49

Le soleil de fin d'après-midi effleurait le haut des arbres tandis que Gene Seagram, affalé sur un banc du parc du Potomac, contemplait le revolver Colt qu'il tenait sur ses genoux. Numéro de série 204783, songea-t-il, tu vas servir à ce pour quoi on t'a fabriqué. Il palpa presque avec tendresse le canon, le barillet et la crosse. Le suicide : ça semblait la solution idéale pour arrêter sa chute dans le trou noir de la dépression. Il s'étonna de ne pas y avoir pensé plus tôt. Finies les crises de larmes incontrôlables au milieu de la nuit, finis cette impression de ne servir à rien, ce sentiment que son existence n'avait été qu'une imposture.

Il repensait à ces derniers mois qui se reflétaient dans le miroir déformant de son désespoir. Les deux choses qu'il avait chéries le plus au monde, c'était sa femme et le Projet Sicile. Dana aujourd'hui était partie, leur mariage était en ruine. Et le Président des États-Unis avait pris ce qui semblait à Seagram un risque inutile en laissant filtrer des informations sur son précieux projet à l'ennemi juré de la démocratie.

Sandecker lui avait révélé la présence des deux agents soviétiques au sein de la flotte de renflouement du *Titanic*. Et le fait que la CIA eût prévenu l'amiral de ne pas se mêler de leurs activités d'espionnage ne servait, aux yeux de Seagram, qu'à enfoncer un clou de plus dans le cercueil du Projet Sicile. Déjà un des ingénieurs de l'ANRO avait été assassiné, et ce matin encore le rapport quotidien de l'état-major de Sandecker à la Section Méta parlait du bathyscaphe prisonnier et du peu d'espoir qu'on avait, semblait-il, de sauver son équipage. Ça avait dû être du sabotage. Il n'y avait pas de doute là-dessus. Les pièces du puzzle s'emboîtaient de force dans l'esprit confus de Seagram. Le Projet Sicile était mort, et il avait décidé maintenant de mourir avec. Il était sur le point de libérer le cran de sûreté lorsqu'une ombre s'abattit sur lui et qu'une voix s'adressa à lui d'un ton amical.

« Il fait bien trop beau pour se liquider comme cela, vous ne croyez pas ? »

L'agent Peter Jones patrouillait sur le sentier qui bordait Ohio Drive lorsqu'il remarqua l'homme assis sur le banc du parc. Au premier abord, Jones crut que Seagram n'était qu'un clochard ivre qui se dorait au soleil. Il songea à l'arrêter, mais se dit que ce serait une perte de temps : un vagabond mis à l'ombre se retrouvait dans les rues moins de vingt-quatre heures plus tard. Jones trouvait que cela ne valait guère l'effort de remplir d'interminables rapports. Et puis quelque chose dans l'aspect de l'homme ne correspondait pas au stéréotype de l'âme perdue. Jones contourna discrètement un grand orme et se rapprocha du banc public. Un examen plus attentif vint confirmer ses soupçons. Certes, les yeux rouges au regard flou, l'air absent de l'alcoolique étaient bien là, tout comme les épaules voûtées, mais il y avait des petits détails qui ne collaient pas : les chaussures étaient bien cirées, le costume de bonne coupe et repassé avec soin, le visage bien rasé et les ongles soignés. Et puis il y avait le revolver.

Seagram leva lentement les yeux et son regard rencontra le visage d'un policier noir. Au lieu de trouver une expression méfiante et hostile, il aperçut un visage qui rayonnait d'une sincère compassion.

« Vous ne croyez pas que vous sautez bien vite à des conclusions ? dit Seagram.

— Mon vieux, si jamais j'ai vu un cas classique de dépression suicidaire, c'est bien vous. » Jones fit le geste de s'asseoir. « Vous permettez que je partage votre banc ?

— C'est une propriété municipale », dit Seagram avec indifférence.

Jones s'assit avec prudence à un mètre environ de Seagram, allongea confortablement les jambes et s'accouda au dossier, gardant les mains bien en vue et loin de l'étui qui contenait son pistolet d'ordonnance.

« Moi, vous voyez, je choisirais novembre, murmura-t-il. Avril, c'est quand les fleurs s'ouvrent et que les arbres deviennent verts, mais novembre, c'est quand le temps devient désagréable, que le vent vous glace jusqu'à l'os et que le ciel est toujours triste et nuageux. Oui, c'est le mois que je choisirais pour en finir avec la vie. »

Seagram serrait plus fort le Colt, regardant Jones avec appréhension, en attendant qu'il fît un geste.

« Vous vous considérez sans doute comme une sorte d'expert en matière de suicide ?

— Pas vraiment, dit Jones. En fait, vous êtes le premier que je prenne sur le fait. La plupart du temps, j'arrive sur les lieux longtemps après que tout soit terminé. Par exemple, prenez les noyés : ce sont les pires. Les cadavres tout gonflés et noircis, les yeux en bouillie dans leurs orbites après s'être fait grignoter par les poissons. Et puis il y a ceux qui sautent. J'ai vu un jour un type qui avait sauté d'un immeuble de trente étages. Il a atterri sur les pieds. Les os de ses jarrets lui sortaient par les épaules...

— Je n'ai pas besoin de ça, ricana Seagram. Je n'ai pas besoin d'un nègre de flic pour me raconter des histoires d'horreur. »

La colère brilla un instant dans le regard de Jones, puis s'éteignit aussitôt. Il prit un mouchoir dans sa poche et essuya avec soin la bande de cuir intérieure de sa casquette. « Dites-moi, monsieur...

Seagram. Autant que vous le sachiez. Ça ne changera rien.

— Dites-moi, M. Seagram, comment comptez-vous vous y prendre ? Une balle dans la tempe, dans le front ou dans la bouche ?

— Qu'est-ce que ça peut faire, le résultat sera le même.

— Pas nécessairement, dit Jones sur le ton de la conversation. Je ne vous recommande pas la tempe ni le front, en tout cas pas avec une arme de petit calibre. Voyons, qu'est-ce que vous avez là ? Oui, ça m'a l'air d'un 38. D'accord, ça pourrait faire des dégâts, mais je doute que ça vous tue net. J'ai connu un type qui s'était tiré une balle de 45 dans la tempe. Ça lui a transformé la cervelle en œufs brouillés et il a perdu l'œil gauche, mais il n'est pas mort. Il a vécu des années comme un légume. Vous l'imaginez allongé là, les tripes répandues de tous les côtés et en train de supplier qu'on mette un terme à ses souffrances. Oui, si j'étais vous, je m'enfoncerais le canon dans la bouche pour me faire sauter la nuque. C'est le plus sûr.

— Si vous ne la fermez pas, riposta Seagram en braquant le Colt sur Jones, je vais vous tuer aussi.

— Me tuer ? fit Jones. Vous n'en avez pas le cran. Vous n'êtes pas un tueur, Seagram. C'est peint sur votre visage.

— Tout homme est capable de commettre un meurtre.

— C'est d'accord, un meurtre, ça n'est pas grand-chose. N'importe qui peut faire ça. Mais seul un psychopathe en ignore les conséquences.

— Voilà que vous commencez à philosopher.

— Nous autres, pauvres nègres de flics, on aime souvent jeter de la poudre aux yeux des Blancs en faisant notre numéro d'intellectuels.

— Pardonnez-moi le mauvais choix que j'ai fait de mes mots. »

Jones haussa les épaules. « Vous croyez que vous avez des problèmes, M. Seagram ? J'aimerais bien avoir les vôtres. Regardez-vous ; vous êtes blanc, de toute évidence un homme qui a les moyens, vous avez sans doute une famille et une jolie situation. Vous aimeriez changer de place avec moi, avoir la peau d'une autre couleur, être un flic noir avec six gosses et une vieille baraque en bois avec une hypothèque de trente ans dessus ? Allons, Seagram. Racontez-moi. Racontez-moi combien votre sort est vraiment dur.

— Vous ne pourriez jamais comprendre.

— Qu'est-ce qu'il y a à comprendre ? Il n'y a rien sous le soleil qui vaille qu'on se tue. Oh, bien sûr, au début votre femme versera quelques larmes ; et puis elle donnera vos vêtements à l'Armée du Salut, et dans six mois elle sera au plumard avec un autre homme pendant que vous ne serez plus rien qu'une photo dans un cadre. Regardez autour de vous. C'est un beau jour de printemps. Bon sang, pensez à ce que vous manquerez. Vous n'avez pas vu le Président à la télé ?

— Le Président ?

— À 4 heures, il est venu parler de toutes les grandes choses qui se passaient. Des vols habités vers Mars dans trois ans ; une découverte capitale dans le contrôle du cancer ; et puis il nous a montré les images d'un vieux rafiot coulé à près de quatre kilomètres au fond de l'océan que le gouvernement a renfloué. »

Seagram fixa Jones d'un regard incrédule. « Qu'est-ce que vous avez dit ? Un navire renfloué ? Quel navire ?

— Je ne me souviens pas.

— Le *Titanic* ? demanda Seagram dans un murmure. C'était le *Titanic* ?

— Oui, c'était ce nom-là. Il a heurté un iceberg et a coulé il y a longtemps. Maintenant que j'y pense, je me souviens avoir vu à la télé un film sur le *Titanic*. Avec Barbara Stanwyck et Clifton Webb... »

Jones s'interrompit en voyant l'expression d'incrédulité, puis de stupeur, puis de désarroi qui se lisait sur le visage de Seagram.

Seagram remit son arme à Jones abasourdi et se renversa en arrière contre le dossier du banc. Trente jours. Trente jours, ce serait tout ce qu'il lui faudrait dès l'instant qu'il aurait le byzanium pour expérimenter le système du Projet Sicile et passer alors à la phase opérationnelle. Il l'avait échappé belle. Si un flic désœuvré n'était pas intervenu, trente secondes, ç'aurait été tout ce qui serait resté à Seagram pour rien voir encore de la vie.

« Je présume que vous avez pesé les terribles conséquences de vos accusations ? »

Marganine regardait le petit homme à la voix douce et aux yeux bleus si froids. L'amiral Boris Sloyouk ressemblait plus au boulanger du coin qu'au chef de la seconde agence de renseignements d'Union soviétique.

« Je me rends bien compte, camarade amiral, que je compromets ma carrière navale et que je risque une peine de prison. mais je place mon devoir envers l'État au-dessus de mes ambitions personnelles.

— C'est très noble de votre part, Lieutenant, dit Sloyouk d'une voix sans timbre. Les accusations que vous avez portées sont, c'est le moins qu'on puisse dire, d'une extrême gravité; toutefois vous n'avez aucune preuve concrète indiquant que le capitaine Prevlov est un traître à notre pays, et faute de cela, je ne puis condamner un homme sur la seule parole de son subordonné. »

Marganine acquiesça. Mais il avait préparé avec soin sa confrontation avec l'amiral. Court-circuiter Prevlov et ne pas suivre la voie hiérarchique normale pour approcher Sloyouk avait certes été une entreprise risquée, mais le piège avait été tendu comme il fallait et il n'avait plus maintenant qu'à bien calculer son coup. Sans se démonter, il tira de sa poche une enveloppe qu'il tendit à Sloyouk.

« Voici les mouvements du compte numéroté AZF 7-6-09 à la Banque de Lausanne en Suisse. Vous remarquerez, Amiral, que ce compte est approvisionné de façon régulière par de gros dépôts provenant d'un certain V. Volper, un anagramme plutôt maladroit du nom Prevlov. »

Sloyouk étudia les relevés de compte, puis lança à Marganine un regard très sceptique. « Il faut me pardonner ma nature méfiante, lieutenant Marganine, mais cela m'a tout l'air de documents truqués. »

Marganine lui remit une autre enveloppe. « Celle-ci contient un message secret de l'ambassadeur américain ici, à Moscou, au Département de la Défense à Washington. L'ambassadeur déclare dans ce message que le capitaine André Prevlov a été une source essentielle de secrets navals soviétiques. L'ambassadeur y a joint les plans de déploiement de notre flotte dans le cas où nous prendrions l'initiative d'une attaque nucléaire contre les États-Unis. » Marganine sentit la satisfaction sourdre en lui, en voyant le doute apparaître sur le visage en général impassible de l'amiral. « Je crois que le tableau est assez clair : il n'y a rien là de truqué. Un officier subalterne dans ma position ne pourrait assurément pas se procurer des ordres de mouvement aussi secrets. Par contre, le capitaine Prevlov jouit de la confiance du Comité de la Stratégie navale soviétique. »

Les barrières étaient renversées, la route était ouverte; Sloyouk n'avait d'autre choix que d'acquiescer. Il secoua la tête d'un air perplexe. « Le fils d'un grand dirigeant du parti qui trahit son pays pour de l'argent... Je trouve cela impossible à admettre.

— Si l'on prend en considération le mode de vie assez extravagant du capitaine Prevlov, on n'a guère de mal à voir de quel poids excessif cela doit peser sur ses ressources financières.

— Je connais fort bien les goûts du capitaine Prevlov.

— Savez-vous aussi qu'il a une aventure avec une femme qui passe pour être l'épouse du principal adjoint de l'ambassadeur américain ? »

Une expression agacée passa sur le visage de Sloyouk. « Vous êtes au courant ? demanda-t-il avec prudence. Prevlov m'avait laissé entendre qu'il se servait d'elle pour obtenir des secrets de son mari à l'ambassade.

— Pas du tout, fit Marganine. En fait, elle est divorcée et c'est un agent de la Central Intelligence Agency. » Marganine marqua un temps, puis lança sa flèche. « Les seuls secrets qui passent par ses mains sont ceux que lui fournit le capitaine Prevlov. C'est lui qui est sa source à elle. »

Sloyouk resta quelques instants silencieux. Puis il fixa sur Marganine un regard pénétrant. « Comment êtes-vous tombé sur tout cela ?

— Je préférerais ne pas divulguer l'identité de mon informateur, camarade amiral. Il n'y a là aucun irrespect de ma part, mais voilà près de deux ans maintenant que je nourris et que j'entretiens sa confiance, et je lui ai fait la promesse solennelle que son nom et sa position au sein du gouvernement américain ne demeureraient connus que de moi. »

Sloyouk hocha la tête. Il l'acceptait. « Vous vous rendez compte, bien sûr, que cela nous met dans une situation très grave.

— Le byzanium ?

— Précisément, fit Sloyouk. Si Prevlov a parlé aux Américains de notre plan, cela pourrait se révéler désastreux. Une fois le byzanium entre leurs mains et le Projet Sicile opérationnel, l'équilibre des forces pencherait de leur côté pour la prochaine décennie.

— Peut-être le capitaine Prevlov n'a-t-il pas encore parlé de notre plan, dit Marganine. Peut-être attendait-il le renflouement du *Titanic*.

— Il est renfloué, dit Sloyouk. Il n'y a pas trois heures, le commandant Parotkine, du *Mikhaïl Kourkov*, a signalé que le *Titanic* avait fait surface et était prêt à être pris en remorque.

Marganine parut surpris. « Mais nos agents, Or et Argent, nous ont assuré que l'on ne tenterait pas le renflouement avant soixante-douze heures au moins. »

Sloyouk haussa les épaules. « Les Américains sont toujours pressés.

— Alors nous devons annuler le plan du capitaine Prevlov pour s'emparer du byzanium et le remplacer par un plan auquel on puisse ajouter foi. »

Le plan de Prevlov — Marganine dut réprimer un sourire en disant cela. La vanité colossale du capitaine allait causer sa chute. Désormais, se dit Marganine avec assurance, il allait falloir jouer très, très serré.

« Il est trop tard pour modifier notre stratégie maintenant, dit Sloyouk. Les hommes et les navires sont en place. Nous irons de l'avant comme prévu.

— Mais, et le capitaine Prevlov ? Vous allez bien ordonner son arrestation ? »

Sloyouk toisa Marganine d'un regard glacé. « Non, Lieutenant, il va rester à son poste.

— On ne peut pas lui faire confiance, fit Marganine, désespéré. Vous avez vu les preuves...

— Je n'ai rien vu qui ne puisse être fabriqué, riposta Sloyouk. Votre petit paquet arrive trop bien ficelé, trop soigneusement noué d'un ruban pour qu'on y croie au premier abord. Non, ce que je vois, c'est un jeune arriviste qui veut poignarder son supérieur dans le dos afin de gravir l'échelon suivant. Les purges n'existaient déjà plus quand vous êtes né, Lieutenant. Vous avez joué un jeu dangereux et vous avez perdu.

— Je vous assure...

— Assez ! fit Sloyouk d'un ton dur comme du granit. Je suis certain que le byzanium sera bel et bien à bord d'un navire soviétique dans moins de trois jours ; un événement qui prouvera la loyauté du capitaine Prevlov et votre culpabilité. »

51

Le *Titanic* demeurait immobile et inerte contre l'assaut incessant des vagues qui déferlaient autour de son énorme masse, puis resserraient les rangs et poursuivaient leur chemin vers quelques rives lointaines et inconnues. Il était là à dériver dans le courant, ses ponts détrempés fumant sous l'éclat déclinant du soleil du soir. C'était un navire mort revenu parmi les vivants. Un navire mort, mais pas désert. L'habitacle construit sur le pont surélevé au-dessus du salon des premières classes avait été vite démonté pour laisser la place à l'hélicoptère, et bientôt une navette régulière achemina à bord hommes et matériel pour s'attaquer à la tâche ardue de corriger la gîte et de préparer le navire au long remorquage jusqu'au port de New York.

Pendant quelques brèves minutes après qu'on eut rapatrié sur le *Capricorne* l'équipage à demi asphyxié du *Deep Fathom*, Giordino avait eu le *Titanic* pour lui tout seul. Jamais il n'avait songé qu'il était le premier homme à poser le pied sur ces ponts en soixante-seize ans, et bien qu'il fît encore grand jour, il n'avait osé tenter aucune exploration. Chaque fois qu'il contemplait ces deux cent soixante-cinq mètres de long, il avait le sentiment de regarder une crypte humide et couverte de vase. D'un geste nerveux, il alluma une cigarette, s'assit sur un cabestan mouillé et attendit l'invasion qui ne fut pas longue à venir.

Pitt n'éprouvait aucun malaise en montant à bord, mais plutôt un sentiment de respect. Il monta jusqu'à la passerelle et resta là seul, plongé dans la légende du *Titanic*. Dieu seul savait, il y avait pensé cent fois, ce qui s'était passé ce dimanche soir il y avait près de huit décennies, lorsque le commandant Edward J. Smith était en ce même endroit et qu'il se rendait compte que son beau navire était en train de sombrer sous ses pieds avec lenteur mais sans rémission. À quoi pensait-il, sachant que les canots de sauvetage ne pouvaient contenir que onze cent quatre-vingts personnes, alors que pour son voyage inaugural le navire transportait deux mille deux cents passagers et hommes d'équipage ? Puis il se demanda ce que le vénérable commandant aurait pensé s'il avait su que les ponts de son navire seraient de nouveau foulés un jour par des hommes qui de son temps n'étaient même pas encore nés.

Après ce qui lui parut des heures, mais qui n'était en réalité qu'une minute ou deux, Pitt s'arracha à sa rêverie et s'éloigna vers l'arrière en empruntant le pont des embarcations ; passant devant la porte scellée de la cabine radio, où l'opérateur, John G. Philipps avait envoyé le premier SOS de l'histoire ; devant les bossoirs vides du canot de sauvetage numéro 6 dans lequel Mrs J.-J. Brown de Denver avait plus tard connu la célébrité en devenant « L'Incoulable Molly Brown » ; devant l'entrée du grand escalier où Graham Farley et l'orchestre du navire avaient joué jusqu'à la fin ; devant l'endroit où le milliardaire Benjamin Guggenheim et son secrétaire avaient calmement attendu la mort, en tenue de soirée, de façon à pouvoir sombrer comme des gentlemen.

Il lui fallut près d'un quart d'heure pour arriver jusqu'à la machinerie de l'ascenseur tout au bout du pont des embarcations. Pitt enjamba la rambarde et sauta sur le pont promenade situé plus bas. Là, il trouva le mât de charge arrière qui sortait du plancher pourri comme un moignon isolé, brusquement interrompu à un peu plus de deux mètres là où il avait été coupé par la torche à acétylène du *Sea Slug*.

Pitt plongea la main dans sa veste et en tira le paquet que lui avait remis le commodore Bigalow, et il le déballa avec tendresse. Il avait oublié d'apporter un câble ou un filin, mais il s'arrangea avec la ficelle du paquet. Lorsqu'il eut terminé, il recula à quelques pas de ce tronçon qui était tout ce qui restait du mât et contempla son travail.

Le tissu était vieux et fané, mais le pavillon rouge de la White Star Line, que Bigalow avait arraché de l'oubli voilà si longtemps, flottait de nouveau fièrement sur l'insubmersible *Titanic*.

52

Le soleil matinal dardait ses premiers rayons au-dessus de l'horizon de l'est, quand Sandecker sauta par la portière de l'hélicoptère et se pencha sous les pales qui tournoyaient en maintenant sa casquette. Des projecteurs portatifs illuminaient encore les superstructures de l'épave, et des caisses de matériel jonchaient les ponts, les appareils à divers stades de montage. Pitt et ses hommes avaient trimé toute la nuit, se démenant comme des fous pour coordonner les efforts de sauvetage.

Rudi Gunn l'accueillit sous une manche à air rongée par la rouille.

« Bienvenue à bord du *Titanic*, Amiral », fit Gunn en souriant. Tout le monde ce matin dans la flotte de sauvetage paraissait avoir le sourire.

« Quelle est la situation ?

— Stable pour l'instant. Dès que nous aurons mis les pompes en fonctionnement, nous devrions pouvoir corriger la gîte.

— Où est Pitt ?

— Au gymnase. »

Sandecker s'arrêta au milieu d'un pas et regarda Gunn. « Vous avez dit le gymnase ? »

Gunn acquiesça et désigna dans une cloison une ouverture dont les bords déchiquetés suggéraient le travail d'un chalumeau à acétylène. « Par ici. »

La salle mesurait environ huit mètres de large

sur une trentaine de profondeur, et elle était occupée par une douzaine d'hommes, chacun absorbé par sa tâche, et qui ne semblaient accorder aucune attention à l'étrange assortiment de machines antiques et rouillées, montées sur ce qui avait été jadis un plancher recouvert d'un linoléum de couleur. Il y avait des machines à ramer compliquées ; des bicyclettes stationnaires à l'air bizarre, reliées à un grand cadran circulaire fixé au mur et qui indiquait la distance parcourue ; plusieurs chevaux mécaniques avec leurs selles de cuir pourrissantes ; et quelque chose dont Sandecker aurait pu jurer que cela ressemblait à un chameau mécanique et dont il découvrit par la suite que c'était précisément cela.

Déjà l'équipe de sauvetage avait équipé la pièce d'un émetteur-récepteur radio, de trois générateurs électriques à essence, d'une véritable forêt de projecteurs montés sur pied, d'une petite cuisine miniature qui semblait sortie d'un dessin humoristique, de tout un assortiment de tables et de bureaux en tubulure d'aluminium, ainsi que de caisses et de plusieurs lits pliants.

Pitt était penché avec Drummer et Spencer lorsque Sandecker s'approcha d'eux. Ils étaient en train d'étudier un grand plan du navire en coupe.

Pitt leva les yeux et esquissa un salut. « Bienvenue sur le Grand T, Amiral, dit-il avec chaleur. Comment vont Merker, Kiel et Chavez ?

— Bien au chaud à l'infirmerie du *Capricorne*, répondit Sandecker. Remis à quatre-vingt-dix pour cent et suppliant le docteur Bailey de les laisser reprendre leur travail. Requête, je dois ajouter, à laquelle il est resté sourd. Bailey a insisté pour qu'ils restent en observation vingt-quatre heures et il n'est tout simplement pas question de faire bouger un homme de sa taille et de sa détermination. »

Sandecker s'interrompit pour renifler l'air et plissa le nez. « Mon Dieu, qu'est-ce que c'est que cette odeur ?

— La pourriture, répondit Drummer. Ça emplit tous les coins et recoins. On n'y échappe pas. Et il ne faudra pas longtemps avant que les animaux marins morts qui sont remontés avec l'épave commencent à empester. »

Sandecker eut un geste qui balayait la salle. « Vous vous êtes trouvé une petite pièce charmante, dit-il, mais pourquoi installer les opérations dans le gymnase plutôt que sur la passerelle ?

— C'est une entorse faite à la tradition pour des raisons pratiques, répondit Pitt. La passerelle n'a aucune utilité sur un navire mort. Par contre, le gymnase est situé au milieu du navire et offre les mêmes facilités d'accès, qu'on vienne de l'avant ou de l'arrière. Il est également tout proche de notre héliport improvisé sur le toit du salon des premières classes. Plus nous sommes proches de nos fournitures, plus nous pouvons opérer avec efficacité.

— Je ne sais pas pourquoi je vous ai demandé ça, dit Sandecker, résigné. J'aurais dû savoir que vous n'aviez pas choisi ce musée de monstruosités mécaniques dans la seule intention de lancer un programme d'éducation physique. »

Quelque chose dans une pile de débris détrempés entassés contre la cloison avant du gymnase attira le regard de l'amiral et il s'en approcha. Il s'arrêta et contempla quelques instants les restes squelettiques de ce qui avait été jadis un passager ou un membre de l'équipage du *Titanic*.

« Je me demande qui était ce pauvre diable.

— Nous ne le saurons sans doute jamais, dit Pitt. Les archives dentaires de 1912 ont dû être détruites depuis longtemps. »

Sandecker se pencha et inspecta le bassin. « Bonté divine, c'était une femme.

— C'était soit une des passagères de première classe qui avait choisi de rester en arrière, soit l'une des femmes de l'entrepont qui est arrivée sur le pont des embarcations une fois tous les canots de sauvetage mis à la mer.

— Avez-vous trouvé d'autres corps ?

— Nous avons été trop occupés pour pousser très loin nos explorations, dit Pitt. Mais un des hommes de Spencer a signalé un autre squelette coincé contre la cheminée, dans le grand salon. »

Sandecker désigna de la tête une porte ouverte. « Ça mène où ?

— Ça donne sur le grand escalier.

— Allons jeter un coup d'œil. »

Ils avancèrent sur le palier au-dessus du hall du Pont A et regardèrent. Quelques fauteuils et canapés pourrissants étaient répartis au hasard sur les marches, là où ils étaient tombés quand le navire avait coulé par l'avant. Les gracieux contours des balustrades étaient encore intacts, et les aiguilles de la pendule de bronze étaient immobilisées sur 2 h 21. Ils descendirent l'escalier recouvert de vase et s'engagèrent dans une des coursives menant aux cabines. Sans l'appoint de la lumière extérieure, la scène était fantomatique. Une cabine après l'autre était encombrée des cloisons pourries et abattues qui se mêlaient à du mobilier retourné en désordre. Il faisait trop sombre pour qu'on pût distinguer aucun détail, et après avoir franchi une dizaine de mètres, ils trouvèrent leur chemin bloqué par un amas de débris ; ils tournèrent les talons et rebroussèrent chemin vers le gymnase.

Juste au moment où ils en franchissaient le seuil, l'homme penché sur la radio détourna la tête. C'était Al Giordino.

« Je me demandais où vous étiez tous les deux. Les gens d'Uranus Oil veulent avoir des nouvelles de leur bathyscaphe.

— Dites-leur qu'ils pourront récupérer le *Deep Fathom* sur la plage avant du *Titanic* dès que nous serons en cale sèche à New York », dit Pitt.

Giordino acquiesça et revint à son émetteur.

« On peut compter sur les entreprises commerciales pour geindre à propos de leurs précieux biens dans d'aussi grandes occasions, dit Sandecker, l'œil pétillant de malice. Et, à propos de grandes occasions, l'un de vous, messieurs, voudrait-il arroser cela d'un doigt d'alcool ?

— Vous avez dit alcool ? » fit Giordino en levant un visage intéressé.

Sandecker fouilla sous son manteau et exhiba deux bouteilles. « Qu'il ne soit pas dit que James Sandecker ne veille pas sans cesse au bien-être de ses collaborateurs.

— Je crains les amiraux et leurs présents », murmura Giordino.

Sandecker lui lança un regard las. « Quel dommage que ce soit démodé de pendre à la grand-vergue.

— Et de passer à la planche, ajouta Drummer.

— Je promets de ne plus jamais taquiner notre chef vénéré. À condition, bien sûr, qu'il ne me laisse jamais manquer d'alcool, dit Giordino.

— Ça n'est pas cher payer. » Sandecker soupira. « Choisissez votre poison, messieurs. Vous voyez devant vous une bouteille de scotch pour les beaux messieurs de la ville et une bouteille de bourbon pour les gars de la campagne. Trouvez-moi quelques verres et soyez mes hôtes. »

Il fallut en tout dix secondes à Giordino pour trouver dans leur petite cambuse électrique le nombre de gobelets de plastique requis. Une fois l'alcool versé, Sandecker leva sa timbale.

« Messieurs, au *Titanic*. Puisse-t-il ne plus jamais reposer en paix.

— Au *Titanic*.

— Bravo, bravo. »

Sandecker se carra alors sur un fauteuil pliant, but une gorgée de scotch tout en se demandant lesquels des hommes rassemblés dans cette salle saturée d'humidité étaient à la solde du gouvernement soviétique.

53

Le secrétaire général du Soviet Suprême, Georgi Antonov, tirait sur sa pipe à petites bouffées rageuses, tout en regardant Prevlov d'un air pensif.

« Je dois dire, Capitaine, que toute cette entreprise ne m'enthousiasme guère.

— Nous avons envisagé avec soin toutes les solutions, et c'est la seule qui nous reste accessible, dit Prevlov.

— Elle est très risquée. Je crains que les Américains ne prennent fort mal le vol de leur précieux byzanium.

— Une fois qu'il sera entre nos mains, camarade secrétaire, peu importe les hauts cris que pousseront les Américains. On leur aura claqué la porte au nez. »

Antonov croisait et décroisait les mains. Un grand portrait de Lénine était accroché au mur derrière lui. « Il ne doit pas y avoir de répercussions internationales. Le monde doit avoir l'impression que nous étions parfaitement dans notre droit.

— Cette fois le Président américain n'aura aucun recours. La loi internationale est de notre côté.

— Cela signifiera la fin de ce qu'on appelait la détente, soupira Antonov.

— Cela voudra dire aussi le commencement de la fin des États-Unis en tant que superpuissance.

— Joyeuse perspective, Capitaine; j'en ai conscience. »

Sa pipe s'était éteinte et il la ralluma, emplissant le bureau d'une douce odeur aromatique. « Toutefois, si jamais vous échouez, les Américains à leur tour seront en mesure d'en dire autant de nous.

— Nous n'échouerons pas.

— Des mots, tout cela, fit Antonov. Un bon avocat prévoit les arguments du procureur aussi bien que les siens. Quelles mesures avez-vous prises dans le cas d'un échec impossible à éviter?

— Le byzanium sera détruit, dit Prevlov. Si nous ne pouvons pas mettre la main dessus, alors les Américains non plus.

— Est-ce que cela inclut le *Titanic* aussi ?

— Forcément. En détruisant le *Titanic*, nous détruisons le byzanium. Et ce sera fait de telle façon que toute autre opération de sauvetage sera hors de question. »

Prevlov se tut, mais Antonov était satisfait. Il avait déjà approuvé la mission. Il examina Prevlov avec soin. Le capitaine avait l'air d'un homme qui n'avait pas l'habitude de l'échec. Tout dans ses mouvements, dans ses gestes, semblait soigneusement calculé à l'avance ; même ses paroles avaient un accent de confiance et d'assurance. Oui, Antonov était satisfait.

« Quand partez-vous pour l'Atlantique Nord ? demanda-t-il.

— Avec votre permission, camarade secrétaire, tout de suite. Un bombardier de reconnaissance à longue portée m'attend à l'aéroport Gorki. Il est indispensable que d'ici douze heures je sois sur la passerelle du *Mikhaïl Kourkov*. La bonne fortune nous a envoyé un ouragan et je veux faire plein usage de sa force comme diversion pour ce qui semblera une mainmise tout à fait légale de notre part sur le *Titanic*.

— Alors, je ne vais pas vous retenir. » Antonov se leva et serra Prevlov dans ses bras. « Les espoirs de l'Union soviétique vous accompagnent, capitaine Prevlov. Je vous en prie, ne nous décevez pas. »

54

À peine Pitt s'était-il éloigné de toute l'activité fébrile qui régnait dans le gymnase et avait-il commencé à descendre vers la cale numéro un du

Pont G, que les choses commencèrent à mal tourner.

Le spectacle qui accueillit son regard dans le compartiment plongé dans l'obscurité était une scène de totale dévastation. Le coffre contenant le byzanium était enfoui sous les décombres de la cloison avant.

Il resta là un long moment, à contempler l'entassement de poubelles d'acier tordues et brisées qui empêchaient toute tentative pour atteindre le précieux métal. C'est alors qu'il sentit une présence derrière lui.

« Ça n'a pas l'air brillant, dit l'amiral Sandecker.

— Du moins pour l'instant, acquiesça Pitt. Peut-être que si nous...

— Il nous faudrait des semaines avec notre matériel portatif pour découper un chemin à travers cette jungle d'acier.

— Il n'y a pas d'autre solution ?

— Une grue géante pourrait déblayer tout ça en quelques heures.

— Alors, ce que vous dites, c'est que nous n'avons d'autre choix que d'attendre avec patience d'être en cale sèche à New York... »

Pitt le regarda dans la pénombre et Sandecker voyait l'air dépité qui plissait ses traits rudes. Toute réponse était inutile.

« Transporter le byzanium sur le *Capricorne* aurait été un coup de chance pour nous, dit Pitt. Ça nous aurait certainement épargné bien des ennuis.

— Nous pourrions peut-être simuler un transbordement.

— Nos amis qui travaillent pour les Soviétiques flaireraient une imposture avant même que la première caisse ait franchi le bastingage.

— À supposer qu'ils soient tous les deux à bord du *Titanic,* bien sûr.

— Je le saurai demain à cette heure-ci.

— J'imagine que vous avez une idée de leur identité ?

— J'en ai repéré un, celui qui a tué Henry Munk. L'autre, c'est seulement une hypothèse.

— Ça m'intéresserait de savoir qui vous avez déniché, dit Sandecker.

— La preuve que j'ai ne convaincrait pas un procureur fédéral, encore moins un jury. Donnez-moi encore quelques heures, Amiral, et je les déposerai tous les deux à vos pieds, Or et Argent ou Dieu seul sait ce que sont leurs stupides noms de code. »

Sandecker le regarda et dit : « Vous êtes si près ?

— Je suis si près que ça. »

Sandecker passa sur son visage une main lasse et serra les lèvres. Il contempla les tonnes d'acier recouvrant le coffre. « Je vous laisse faire, Dirk. Je vous appuierai jusqu'au bout. Je n'ai vraiment pas beaucoup de choix. »

Pitt avait d'autres soucis également. Les deux remorqueurs de la marine que l'amiral Kemper avait promis d'envoyer étaient encore à des heures de route, et vers la fin de la matinée, sans aucune raison apparente, le *Titanic* se mit à accroître sa gîte sur tribord de 17.

Le navire était bien trop bas sur l'eau ; les crêtes des vagues venaient lécher les hublots scellés à l'Aquacier le long du Pont E à moins de trois mètres au-dessous des dalots. Et Spencer et son équipe de pompage avaient eu beau réussir à descendre quelques tuyaux dans les cales par les écoutilles de chargement, ils n'étaient pas parvenus à se frayer un chemin au milieu des débris qui bloquaient les coursives pour atteindre la salle des machines et des chaudières, où se trouvait encore le plus grand volume d'eau, lointain et inaccessible.

Drummer était assis dans le gymnase, couvert de cambouis et épuisé après avoir travaillé près de vingt-quatre heures sans discontinuer. Il prit une gorgée de cacao. « Au bout de près de quatre-vingts ans d'immersion et de pourriture, dit-il, les boiseries des coursives se sont détachées et ont formé un enchevêtrement pire que tout ce que l'on peut trouver sur un terrain vague. »

Pitt était assis là où il avait passé tout l'après-midi, penché sur une table à dessin auprès de l'émetteur radio. Il fixait de ses yeux rougis par l'insomnie un plan en coupe des superstructures du *Titanic*.

« Nous ne pouvons pas nous frayer un chemin par le grand escalier ou par les cages d'ascenseur ?

— Une fois qu'on est arrivé au-dessous du Pont D, l'escalier est envahi par des tonnes de débris, déclara Spencer.

— Et pas question de passer par les cages d'ascenseur, ajouta Gunn. Elles sont bloquées par des amas inextricables de câbles rouillés et de machines démolies. Et comme si ça ne suffisait pas, toutes les doubles portes étanches des compartiments inférieurs sont bloquées dans la position fermée.

— Elles ont été actionnées automatiquement par le commandant en second du navire aussitôt après la collision avec l'iceberg », dit Pitt.

Sur ces entrefaites, un petit homme bâti comme un taureau et couvert de la tête aux pieds d'huile et de vase entra en trébuchant dans le gymnase. Pitt leva la tête et eut un petit sourire. « C'est toi, Al ? »

Giordino se hissa sur une couchette et s'y laissa tomber comme un sac de ciment. « Je vous serais reconnaissant, à vous tous, de ne pas craquer d'allumettes autour de moi, murmura-t-il. Je suis trop jeune pour mourir dans un holocauste.

— Quels résultats ? demanda Sandecker.

— Je suis allé jusqu'au court de squash sur le Pont F. Mon Dieu, qu'il fait noir là-bas... Je suis tombé sur une coursive. Elle était envahie de mazout qui avait suinté de la salle des machines. Je me suis arrêté net. Pas moyen de passer.

— Un serpent pourrait se glisser jusqu'à la salle des machines, dit Drummer, mais pour un homme, ça n'est pas possible. En tout cas pas à moins de passer une semaine à s'ouvrir un passage à la dynamite avec une équipe de démolition.

— Il doit bien y avoir une solution, dit Sandecker. Il y a une voie d'eau quelque part en bas. Si nous ne l'arrêtons pas d'ici demain, il va basculer sur le ventre et refaire le plongeon. »

L'idée de perdre le *Titanic* alors qu'il flottait sur une mer relativement calme ne leur était jamais venue à l'esprit, mais tous ceux qui se trouvaient dans le gymnase commencèrent à sentir leur estomac se serrer. Il fallait encore remorquer le navire et New York était à douze cents milles marins.

Pitt contemplait toujours les plans de l'intérieur du navire. Ils étaient très insuffisants. Il n'existait plus aucun bleu détaillé du *Titanic*, ni de son navire jumeau, l'*Olympic*. Ils avaient été détruits avec tous les dossiers pleins de photographies et d'épures lorsque les chantiers de constructions navales Harland et Wolff à Belfast avaient été rasés par les bombardiers allemands au cours de la Seconde Guerre mondiale.

« Si seulement ce fichu bateau n'était pas si grand, marmonna Drummer. La chaufferie est à près de trente mètres au-dessous du pont des embarcations.

— Ça pourrait aussi bien être trente kilomètres », dit Spencer. Il leva les yeux en voyant Woodson arriver par l'entrée du grand escalier.

« Ah, voici notre photographe officiel. Alors ? »

Woodson décrocha une batterie d'appareils de photo pendus autour de son cou et les déposa avec précaution sur une table improvisée. « J'ai juste pris quelques clichés pour la postérité, dit-il de l'air impassible qui lui était habituel. On ne sait jamais, il se pourrait que j'écrive un livre sur tout ça un jour, et bien entendu, je fournirai les illustrations.

— Bien entendu, fit Spencer. Tu n'as pas par hasard trouvé une coursive dégagée qui descende à la chaufferie ? »

Il secoua la tête. « J'ai pris des photos dans le salon des premières classes. Il est dans un état de conservation remarquable. À part les dégâts évidents occasionnés par l'eau sur la moquette et l'ameublement, on se croirait dans un salon du Palais de Versailles. »

Il se mit à recharger ses appareils. « Est-ce qu'il y a une chance d'emprunter l'hélicoptère ? J'aimerais prendre quelques vues à vol d'oiseau avant que les remorqueurs arrivent. »

Giordino se souleva sur un coude : « Tu ferais mieux d'utiliser ta pellicule quand tu peux. Notre prise pourrait bien se retrouver au fond demain matin. »

Woodson fronça les sourcils. « Il coule ?

— Je ne pense pas. »

Tous les regards se tournèrent vers l'homme qui venait de prononcer ces quatre mots. Pitt souriait. Il souriait avec l'assurance d'un homme qu'on vient de nommer Président du Conseil d'Administration de la General Motors.

« Comme disait Kit Carson lorsqu'il était cerné par d'innombrables Indiens, reprit-il, rien n'est perdu, tant s'en faut. Dans dix heures, la chaufferie et la salle des machines seront parfaitement sèches. » Il chercha parmi les plans étalés sur la table jusqu'au moment où il eut trouvé celui qu'il voulait. « C'est Woodson qui l'a dit, la vue à vol d'oiseau. C'était sous notre nez. Nous aurions dû regarder d'en haut et non pas de l'intérieur.

— Et alors, fit Giordino. Qu'est-ce qu'il y a de si intéressant vu d'en haut ?

— Aucun de vous n'a trouvé ? »

Brummer semblait déconcerté. « Je ne vous suis plus depuis le dernier carrefour.

— Spencer ? »

Spencer secoua la tête.

Pitt le regarda en souriant et dit : « Rassemblez vos hommes sur le pont et dites-leur d'apporter leur matériel de découpage.

— À vos ordres, dit Spencer, sans faire un geste vers la porte.

— M. Spencer est en train de calculer de tête les

mesures de ma camisole de force, fit Pitt. Il n'arrive pas à comprendre pourquoi nous devrions découper des trous dans le toit du navire pour pénétrer à trente mètres de profondeur à travers huit ponts de débris. En fait, ça n'est rien du tout. Nous avons un tunnel tout construit, libre de tout débris, et qui mène droit à la chaufferie. En fait, nous en avons quatre. Les berceaux des chaudières sur lesquels reposaient les cheminées, messieurs. Découpez au chalumeau les obturations d'Aquacier sur les ouvertures et vous avez un accès direct aux cales. Vous comprenez ? »

Spencer comprit. Tous les autres comprirent aussi. Ils se précipitèrent comme un seul homme, sans prendre le temps de répondre à Pitt.

Deux heures plus tard, les pompes à diesel fonctionnaient en chœur et huit mille litres d'eau à la minute repassaient par-dessus bord, au creux des vagues que poussait devant lui l'ouragan qui approchait.

55

On lui avait donné le nom d'ouragan Amanda, et dans le courant de l'après-midi, les grandes routes des vapeurs qui traversaient sa trajectoire probable étaient vides de tout navire. Tous les cargos, pétroliers et paquebots qui avaient pris la mer entre Savannah, en Géorgie et Portland dans le Maine, avaient reçu l'ordre de rentrer au port après que le Centre des Ouragans de l'ANRO à Tampa eut envoyé ses premiers avertissements. Près d'une centaine de navires sur la côte Est avaient reculé leur date d'appareillage, et tous les navires en provenance d'Europe qui étaient déjà en pleine mer se tenaient en panne en attendant que l'ouragan passe.

À Tampa, le docteur Prescott et ses météorologues s'affairaient autour de la carte murale, fournissant de nouvelles données aux ordinateurs et calculant la moindre déviation de la route suivie par l'ouragan Amanda. La trajectoire originale prédite par Prescott se maintenait à moins de trois cents kilomètres près.

Un technicien vint lui tendre une feuille de papier. « Voici un rapport d'un avion de reconnaissance des garde-côtes qui a pénétré dans l'œil de la tempête. »

Prescott prit le rapport et en lut tout haut quelques passages. « L'œil a un diamètre approximatif de trente-cinq kilomètres. La vitesse de progression atteint quarante nœuds. Vents de trois cents kilomètres heure... » Il n'alla pas plus loin.

Son assistante le regarda avec de grands yeux. « Des vents de trois cents kilomètres heure ?

— Et davantage, murmura Prescott. Je plains le navire qui se trouvera sur son chemin. » Un voile passa soudain dans le regard du technicien et il se tourna pour examiner la carte murale. Puis il devint d'une affreuse pâleur. « Oh, Seigneur... Le *Titanic* ! »

Prescott le regarda. « Le quoi ?

— Le *Titanic* et sa flotte de sauvetage. Ils sont mouillés en plein milieu de la route prévue pour l'ouragan.

— Qu'est-ce que vous racontez ! » fit Prescott.

Le météorologue s'approcha de la carte et hésita quelques instants. Puis il finit par lever le bras et par tracer un X juste au-dessous des Grands Bancs de Terre-Neuve. « Voilà la position où il a été renfloué.

— Où avez-vous trouvé ce renseignement ?

— Ça s'étale dans tous les journaux et sur tous les bulletins d'informations depuis hier. Si vous ne me croyez pas, télexez au Q.G. de l'ANRO à Washington pour confirmation.

— Laissez le télex », grommela Prescott. Il traversa le bureau en courant, décrocha un téléphone et cria dans le combiné : « Branchez-moi sur notre Q.G. de Washington. Je veux parler à quelqu'un qui s'occupe du projet *Titanic.* »

Tout en attendant sa communication, il regardait par-dessus ses lunettes le grand X inscrit sur la carte. « Espérons que ces pauvres diables ont à bord un météorologue qui soit un peu voyant, murmura-t-il, sinon d'ici demain à cette heure-ci, ils sauront à jamais ce que veut dire la formule “une mer déchaînée”. »

Une expression vague et un peu confuse se peignait sur le visage de Farquar tandis qu'il regardait les cartes météo étalées devant lui sur la table. Il avait l'esprit si engourdi et si cotonneux à force de manque de sommeil qu'il avait du mal à coordonner les relevés qu'il avait fait seulement quelques minutes plus tôt. Les indications de température, de vitesse du vent, de pression barométrique et l'approche d'une perturbation, tout cela se fondait dans un mélange assez flou.

Il se frotta les yeux dans un vain effort pour se tirer de sa torpeur. Puis il secoua la tête en essayant de se rappeler à quelle conclusion il était sur le point de parvenir.

L'ouragan. Oui, c'était ça. Farquar en arriva peu à peu à se rendre compte qu'il avait commis une grave erreur de calcul. L'ouragan n'avait pas viré vers le cap Hatteras, comme il l'avait prédit. Au lieu de cela, une zone de hautes pressions établie sur la côte Est le maintenait sur l'océan suivant une route allant vers le nord. Et, ce qui était pire, l'ouragan avait commencé à se déplacer plus vite après avoir infléchi sa route et fonçait maintenant vers la position du *Titanic* à une vitesse qui approchait de quarante-cinq nœuds.

Il avait suivi la naissance de l'ouragan sur les photos prises par satellites et il avait étudié avec soin les avertissements diffusés par la station de l'ANRO à Campa, mais rien dans toutes ses années de prévisions météo ne l'avait préparé à la violence ni à la vitesse que cette monstruosité avait atteintes en si peu de temps.

Un ouragan en mai ? C'était impensable. Là-dessus, les paroles qu'il avait adressées à Pitt revinrent le hanter. Qu'est-ce qu'il avait donc dit ? « Seul Dieu peut créer une tempête. » Farquar se sentit soudain malade, la sueur vint perler sur son visage, il serrait et desserrait les mains.

« Cette fois, murmura-t-il, Dieu vienne en aide au *Titanic*. Il est le Seul qui puisse le sauver maintenant. »

56

Les remorqueurs de la Marine américaine, le *Thomas J. Morse* et le *Samuel R. Wallace* arrivèrent peu avant quinze heures et se mirent à décrire de lents cercles autour du *Titanic*. Les vastes dimensions et l'étrange atmosphère funèbre de l'épave emplissaient les équipages des remorqueurs du même sentiment de crainte respectueuse qu'avaient éprouvé la veille les équipes de sauvetage de l'ANRO.

Après une demi-heure d'inspection, les remorqueurs stoppèrent parallèlement à la grande coque rouillée et prirent la cape dans les gros creux, machines arrêtées. Puis, comme à l'unisson, leurs canots furent mis à la mer et les deux commandants vinrent grimper à une échelle de coupée hâtivement accrochée au bastingage pour gagner le pont promenade du *Titanic*.

Le lieutenant de vaisseau George Uphill, du *Morse*, était un homme de petite taille, rebondi et au visage coloré qui arborait une grosse moustache à la Bismarck, cependant que le capitaine de corvette Scotty Butera, du *Wallace*, touchait presque le plafond avec son mètre quatre-vingt-quinze et dissimulait son menton sous une magnifique barbe noire. Ce n'étaient pas des officiers d'opérette, ces deux-là : tout dans leur aspect comme dans leur comportement, tout sentait le spécialiste du sauvetage précis et organisé.

« Vous ne savez pas combien nous sommes heureux de vous voir, messieurs, dit Gunn en leur serrant la main. L'amiral Sandecker et M. Dirk Pitt, notre directeur des projets spéciaux vous attendent dans, si vous voulez bien pardonner l'expression, notre salle des opérations. »

Les commandants des remorqueurs suivirent Gunn dans l'escalier et traversèrent le pont des embarcations, contemplant au passage avec stupeur les restes de ce qui avait été un superbe paquebot. Ils arrivèrent au gymnase et Gunn fit les présentations.

« C'est positivement incroyable, murmura Uphill. Je n'aurais jamais cru dans mes rêves les plus fous que je marcherais un jour sur le pont du *Titanic*.

— Ce sont exactement les sentiments que j'éprouve, renchérit Butera.

— Je regrette que nous ne puissions pas vous faire une visite organisée, dit Pitt, mais chaque minute ajoute au risque de perdre une nouvelle fois le navire. »

L'amiral Sandecker leur désigna une longue table jonchée de cartes météo, de diagrammes et de plans, et ils s'installèrent tous avec des bols de café fumant. « Notre principal souci pour l'instant, c'est le temps, commença-t-il. Notre météorologue à bord du *Capricorne* vient tout d'un coup de s'improviser prophète du Jugement Dernier. »

Pitt déroula une grande carte météo et l'aplatit sur la table. « Inutile de se dissimuler les mauvaises nouvelles. La situation météo se dégrade rapidement. Le baromètre a fait une chute de douze millimètres au cours des dernières vingt-quatre heures.

Un vent de force quatre, nord-nord-est et qui fraîchit. Nous sommes bons pour la tempête, messieurs, ne vous y trompez pas. À moins de miracle et que l'ouragan Amanda ne décide de virer brusquement à l'ouest, nous devrions d'ici demain à cette heure-ci nous trouver dans son secteur frontal.

— L'ouragan Amanda, répéta Butera. Il est violent ?

— Joël Farquar, notre météorologue, m'assure qu'on ne fait pas plus mauvais dans le genre, répondit Pitt. On signale déjà des vents de force 15 sur l'échelle de Beaufort.

— Force 15 ? répéta Gunn stupéfait. Mon Dieu, la force 12 est considérée comme le maximum pour un ouragan.

— C'est, j'en ai peur, dit Sandecker, le cauchemar de tout sauveteur qui se réalise : renflouer une épave pour se la voir arracher par un caprice du temps. » Il leva vers Uphill et Butera un visage navré. « On dirait que vous avez fait le voyage pour rien. Vous feriez mieux de regagner vos navires et de filer.

— De filer ? Pas question, tonna Uphill. On vient d'arriver.

— Je ne saurais dire mieux, dit Butera, regardant Sandecker en souriant. Le *Morse* et le *Wallace* sont capables de remorquer un porte-avions à travers un marécage au milieu d'une tornade si besoin est. Ils sont conçus pour supporter tout ce que la Mère Nature peut inventer. Si nous parvenons à fixer un câble à bord du *Titanic* et à le prendre en remorque, il a une bonne chance de sortir de la tempête intact.

— Remorquer un navire de 45 000 tonnes au milieu d'un ouragan, murmura Sandecker. J'ai l'impression que vous vous vantez.

— Pas du tout, répondit Butera avec le plus grand sérieux. En faisant passer un câble de l'arrière du *Morse* à l'étrave du *Wallace*, nos forces combinées peuvent remorquer le *Titanic* tout comme deux locomotives en tandem peuvent tirer un train de marchandises.

— Et nous pouvons le faire par des creux de dix mètres à une vitesse de cinq ou six nœuds », ajouta Uphill.

Sandecker regarda les deux commandants de remorqueur et les laissa continuer.

Butera poursuivit : « Ce ne sont pas de petits remorqueurs de course, Amiral. Ce sont des remorqueurs de haute mer, pour le sauvetage en plein océan, ils ont soixante-quinze mètres de long avec des moteurs de cinq mille chevaux, et chacun d'eux est capable de remorquer vingt mille tonnes de poids mort à dix nœuds sur dix mille milles sans être à court de fuel. S'il y a deux remorqueurs au monde capables de tirer le *Titanic* à travers un ouragan, ce sont ceux-là.

— J'apprécie votre enthousiasme, dit Sandecker, mais je ne veux pas risquer votre existence, ni celle de votre équipage pour ce qui me paraît un pari impossible à gagner. Il va falloir que le *Titanic* dérive sous la tempête du mieux qu'il peut. Je vous donne l'ordre à tous les deux de décamper et de mettre le cap vers un secteur sûr. »

Uphill regarda Butera. « Dites-moi, Commandant, quand avez-vous pour la dernière fois défié un ordre direct donné par un amiral ? »

Butera feignit de réfléchir un moment. « Maintenant que j'y pense, pas depuis le petit déjeuner.

— En ce qui nous concerne, l'équipage de sauvetage et moi-même, dit Pitt, nous vous accueillerions avec plaisir.

— Vous voyez, Amiral, dit Butera en souriant. D'ailleurs, les ordres que j'avais reçus de l'amiral Kemper étaient soit de ramener le *Titanic* au port, soit de remplir mes papiers pour une mise à la retraite anticipée. Pour ma part, je choisis le *Titanic*.

— C'est de la mutinerie », fit Sandecker, impassible; mais il n'arrivait pas à dissimuler une trace de satisfaction dans sa voix, et point n'était besoin d'être grand clerc pour comprendre que la discussion avait suivi précisément le cours qu'il avait prévu. Il lança à tous les assistants un long regard et dit : « Bien, messieurs, vous l'aurez voulu. Maintenant que voilà une chose réglée, je propose qu'au lieu de rester assis autour de cette table, vous vous atteliez à la tâche de sauver le *Titanic.* »

Le capitaine Ivan Parotkine, planté sur le côté bâbord de la passerelle du *Mikhaïl Kourkov*, scrutait le ciel avec une paire de jumelles.

C'était un homme frêle et de taille moyenne, avec un visage guindé et qu'on ne voyait presque jamais sourire. Il frôlait la soixantaine, mais ses cheveux clairsemés n'avaient pas un fil gris. Un gros chandail à col roulé lui couvrait la poitrine et il avait les hanches et les jambes protégées par un épais pantalon de laine et de hautes bottes.

Le second de Parotkine vint lui toucher le bras en désignant le ciel au-dessus du grand radar du *Mikhaïl Kourkov.* Un bombardier quadrimoteur apparut au nord-est et se rapprocha jusqu'au moment où Parotkine put distinguer l'immatriculation sous les ailes. L'appareil passa, presque au bord de la perte de vitesse. Puis soudain un minuscule objet fut éjecté de sous le ventre de l'avion, et quelques secondes plus tard un parachute s'ouvrit et se mit à dériver vers le navire, pour finir par tomber dans l'eau à deux cents mètres à l'avant par tribord.

Tandis que le petit canot du *Mikhaïl Kourkov* piquait dans cette direction au milieu des vagues énormes, Parotkine se tourna vers son second. « Dès qu'il sera remonté à bord, conduisez le capitaine Prevlov jusqu'à ma cabine. » Puis il reposa les jumelles sur la planche de la passerelle et disparut dans une coursive.

Vingt minutes plus tard, le second frappait à la porte d'acajou astiquée avec soin, l'ouvrait, puis s'écartait pour livrer passage à un homme. Celui-ci était trempé et l'eau de mer ruisselait en flaques autour de lui.

« Capitaine Parotkine.

— Capitaine Prevlov. »

Ils restèrent quelques instants silencieux, deux professionnels bien entraînés qui se toisaient. Prevlov avait l'avantage : il avait étudié avec attention les états de service de Parotkine. Parotkine, de son côté, ne pouvait fonder un jugement que sur la réputation et la première impression qu'il avait de son visiteur. Il n'était pas sûr d'aimer ce qu'il voyait. Prevlov paraissait trop bel homme, trop rusé pour que Parotkine en tirât une impression favorable de confiance ou de cordialité.

« Nous sommes à court de temps, dit Prevlov. Si nous pouvions en venir tout de suite à l'objet de ma visite... »

Parotkine leva la main. « Chaque chose en son temps. D'abord du thé bouillant et des vêtements secs. Le docteur Rogovsky, notre chef de laboratoire, est à peu près de votre taille et de votre poids. »

Le second fit un salut et referma la porte.

« Voyons, dit Parotkine, je suis certain qu'un homme de votre rang et de votre importance n'a pas risqué sa vie à sauter en parachute dans une mer aussi démontée dans le seul but d'observer le phénomène atmosphérique que constitue un ouragan.

— En effet. Le danger personnel, je n'aime pas tant, et, à propos de thé, je ne pense pas que vous ayez rien de plus fort à bord ?

— Désolé, Capitaine, dit Parotkine en secouant la tête. J'insiste pour le régime sec à bord. Ce n'est pas tout à fait du goût de l'équipage, j'en conviens, mais ça évite parfois des ennuis.

— L'amiral Sloyouk m'a dit que vous étiez un parangon d'efficacité.

— Je ne crois pas qu'il faille tenter le sort. »

Prevlov ouvrit la fermeture à glissière de sa

combinaison détrempée et la laissa tomber sur le plancher. « Je crains que vous ne soyez sur le point de faire une exception à cette règle, Capitaine. Nous, c'est-à-dire vous et moi, allons tenter le sort comme on ne l'a jamais fait encore. »

57

Pitt ne pouvait se défendre de l'impression d'être abandonné sur une île déserte lorsqu'il s'arrêta sur la plage avant du *Titanic* pour regarder la flotte de sauvetage appareiller et commencer à faire route à l'ouest vers des eaux plus sûres.

L'*Alhambra* fut le dernier à passer, son commandant lançant un « Bonne chance » avec son télégraphe optique, les opérateurs d'actualités filmant dans un silence recueilli ce qui serait peut-être la dernière image enregistrée du *Titanic*. Pitt chercha des yeux Dana Seagram parmi la foule rassemblée le long des bastingages, mais il ne la trouva pas. Il suivit du regard les navires jusqu'au moment où ils ne furent plus que de petits points sombres sur une mer couleur de plomb. Seuls le croiseur lance-missiles, *Juneau*, et le *Capricorne* restaient là, mais le ravitailleur n'allait pas tarder à partir et à suivre les autres dès l'instant où les commandants des remorqueurs auraient signalé qu'ils avaient l'épave en remorque.

« M. Pitt ? »

Pitt se retourna et découvrit un homme qui avait le visage bosselé d'un boxeur et la carrure d'un baril de bière.

« Premier maître Bascom, monsieur, du *Wallace*. J'ai amené à bord un équipage de deux hommes pour assurer le câble de remorque.

— Combien de temps vous faudra-t-il pour l'accrocher ?

— Avec de la chance et l'usage de votre hélicoptère, environ une heure.

— Pas de problème pour l'hélicoptère ; de toute façon, il appartient à la Marine. » Pitt se retourna et baissa les yeux vers le *Wallace* où Butera faisait avec mille précautions reculer le remorqueur vers l'étrave du *Titanic* jusqu'à s'en approcher à moins de trente mètres.

« J'imagine que l'hélicoptère doit soulever le câble pour l'apporter à bord ?

— Oui, monsieur, répondit Bascom. Notre câble a vingt-cinq centimètres de diamètre et pèse une tonne par section de vingt mètres. Ça n'est pas du poids plume. Pour la plupart des remorquages, on lancerait un petit câble par-dessus l'étrave de l'épave qu'on attacherait à son tour à une série de câbles plus gros aux diamètres de plus en plus importants et qui seraient tous reliés au câble principal, mais ce genre d'opération nécessite le secours d'un treuil électrique, et comme le *Titanic* est un navire mort et que les muscles humains ne sont pas de taille, nous prenons la solution la plus facile. Ça ne rime à rien de remplir l'infirmerie avec tout un équipage atteint de hernies. »

Même avec l'aide de l'hélicoptère, Bascom et ses hommes eurent le plus grand mal à mettre le grand câble en place. Sturgis se révéla le professionnel parfait. Manipulant avec délicatesse les commandes de l'hélicoptère, il vint déposer l'extrémité du câble de remorque du *Wallace* sur le gaillard d'avant du *Titanic* comme si c'était un tour qu'il pratiquait depuis des années. Il ne fallut que cinquante minutes depuis le moment où Sturgis lâcha le câble et regagna le *Capricorne* jusqu'à l'instant où Bascom, planté sur la plage avant, agita les bras au-dessus de sa tête pour faire signe aux remorqueurs que la liaison était assurée.

Butera, sur le *Wallace*, répondit au signal par un hurlement du sifflet du remorqueur et téléphona à la salle des machines « Droit devant lentement » tandis que Uphill sur le *Morse* en faisait autant. Les deux remorqueurs peu à peu prirent de la vitesse, le *Wallace* traînant le *Morse* sur trois cents mètres de filin, laissant filer le câble principal jusqu'au moment où le *Titanic* se mit à monter et à descendre dans les creux de plus en plus accentués à près d'un quart de mille par l'arrière. Butera alors leva la main ; les hommes sur le pont arrière du *Wallace* desserrèrent avec douceur le frein de l'immense treuil du remorqueur et le câble commença à supporter la tension.

Du haut du *Titanic*, les remorqueurs avaient l'air de bateaux jouets dansant sur les énormes crêtes des vagues un instant avant de disparaître aussitôt après jusqu'au mât dans les creux. Il semblait impossible que des objets aussi minuscules parvinssent à remuer plus de quarante-cinq mille tonnes de poids mort, et pourtant, avec lenteur, de façon presque imperceptible au début, leurs forces jointes de dix mille chevaux vapeur commencèrent à s'affirmer et l'on put bientôt distinguer autour de la ligne de flottaison à demi effacée du *Titanic* une infime traînée d'écume.

Le *Titanic* faisait route — New York était encore à douze cents milles à l'ouest — il n'allait pas vite, mais il avait enfin repris son voyage interrompu par cette nuit froide et glacée de 1912 et de nouveau faisait route pour le port.

Les nuages noirs et menaçants s'élevaient et s'entassaient à l'horizon du sud. C'était le front d'un ouragan. Au moment même où Pitt observait le phénomène, il semblait s'étendre et se renforcer, donnant à la mer un reflet plus foncé d'un gris sale. Chose étrange, le vent mollissait, changeait de direction toutes les quelques secondes. Pitt remarqua que les mouettes qui quelques heures plus tôt rôdaient autour de la flotte de sauvetage avaient disparu. Seule la vue du *Juneau*, qui naviguait de conserve à cinq cents mètres par le travers du *Titanic*, apportait un vague sentiment de sécurité.

Pitt consulta sa montre, puis jeta un coup d'œil par-dessus le bastingage à bâbord avant de s'approcher à pas lents, presque nonchalants de l'entrée du gymnase.

« Toute la bande est là ?

— Ils ne tiennent plus en place », dit Giordino. Il était pelotonné contre une manche à air dans un effort apparemment futile pour se protéger du vent glacé. « S'il n'y avait pas l'amiral pour les calmer un peu, tu aurais une émeute sur les bras.

— Tout le monde est à son poste ?

— Tout le monde.

— Tu es sûr ?

— Tu peux en croire le gardien Giordino-le-garde-chiourme. Aucun des prisonniers n'a quitté la salle, pas même pour aller aux toilettes.

— Alors ça doit être mon tour d'entrer en scène.

— Pas de plaintes de nos invités ? demanda Giordino.

— Toujours la même chose. Jamais content de leurs cabines, pas assez de chauffage ou trop de climatisation, tu sais ce que c'est.

— Oui, je sais.

— Tu ferais mieux d'aller à l'arrière pour les faire patienter un peu.

— Bon sang, comment ?

— Raconte-leur des blagues. »

Giordino lança à Pitt un regard amer et, marmonnant tout seul, il tourna les talons et disparut dans la lumière déclinante du soir.

Pitt consulta une fois de plus sa montre et entra dans le gymnase. Trois heures s'étaient écoulées depuis le début du remorquage et le dernier acte du sauvetage était devenu de la routine. Sandecker et Gunn étaient perchés sur la radio, harcelant Farquar, à bord du *Capricorne*, maintenant à quatre-vingt milles à l'ouest, pour avoir les dernières nouvelles sur l'ouragan Amanda, pendant que le reste de l'équipage était groupé en un étroit demi-cercle autour d'un petit poêle à mazout tout à fait insuffisant.

En voyant Pitt entrer, ils avaient tous levé les yeux. Lorsqu'il parla enfin, ce fut d'une voix anormalement douce et dans le silence inhabituel que venait rompre seul le bourdonnement des générateurs portatifs. « Pardonnez-moi, messieurs, de vous avoir fait attendre, mais j'ai pensé que cette petite pause café restaurerait vos muscles fatigués.

— Assez plaisanté, lança Spencer, la voix vibrante d'irritation. Vous nous convoquez tous ici et puis vous nous laissez assis une demi-heure quand il y a du travail à faire. Qu'est-ce qui se passe ?

— Ce qui se passe est simple, dit Pitt d'un ton uni. Dans quelques minutes, le lieutenant Sturgis va poser une dernière fois son hélicoptère sur le pont avant que la tempête ne frappe. À l'exception de Giordino et de moi-même, je voudrais que vous tous, vous compris Amiral, repartiez sur le *Capricorne*.

— Vous ne croyez pas que vous allez un peu loin, Pitt ? dit Sandecker sans conviction.

— Dans une certaine mesure, oui, Amiral, mais j'ai la certitude de faire ce qu'il faut.

— Expliquez-vous. » Sandecker était comme un piranha sur le point d'engloutir un poisson rouge. Il jouait son rôle à fond. Un rôle superbe, épique.

« J'ai toute raison de croire que le *Titanic* n'a plus la force d'essuyer un ouragan.

— Ce vieux rafiot en a vu de plus dures que tout ce que l'homme a pu fabriquer depuis les Pyramides, dit Spencer. Et voici maintenant que notre grand voyant, Dirk Pitt, prédit que ce vieux monsieur va jeter l'éponge et couler au premier souffle d'une malheureuse tempête.

— Rien ne nous garantit qu'il ne peut ni qu'il ne va pas sombrer par une mer un peu forte, reprit Pitt. Dans l'un comme dans l'autre cas, il est stupide de risquer plus de vies que ce n'est nécessaire.

— Attendez un peu que je voie si je comprends bien. » Drummer se pencha en avant, son profil d'aigle tendu par la colère. « Sauf vous et Giordino, nous autres sommes censés nous manier le train et lâcher tout ce que nous nous sommes cassé le tronc à accomplir depuis neuf mois, et tout ça pour pouvoir nous planquer sur le *Capricorne* en attendant que la tempête se calme. C'est bien ça ?

— Toujours en tête de classe, Drummer.

— Mon vieux, vous dites n'importe quoi.

— C'est impossible, dit Spencer. Il faut quatre hommes rien que pour surveiller les pompes.

— Il faut tout le temps sonder la coque au-dessous de la ligne de flottaison pour déceler de nouvelles voies d'eau, ajouta Gunn.

— Vous autres héros, vous êtes tous pareils, dit Drummer d'un ton traînant. Toujours prêts à de nobles sacrifices pour sauver les autres. Regardons les choses en face : il n'est pas question que deux hommes seuls tiennent le coup sur ce vieux rafiot. Je vote pour que nous restions tous. »

Spencer se tourna pour consulter chacun de ses six hommes. Tous le regardaient avec leurs yeux rougis par le manque de sommeil et ils acquiescèrent à l'unisson. Spencer alors se retourna vers Pitt. « Désolé, grand chef, mais Spencer et sa joyeuse bande de pompistes ont décidé de rester.

— Je suis avec vous, dit gravement Woodson.

— Comptez-moi aussi », fit Gunn.

Le premier maître Bascom prit le bras de Pitt. « Je vous demande pardon, monsieur, mais moi et mes gars, on en est pour rester aussi. Ce câble-là, il faut le surveiller toutes les heures pendant la tempête pour s'assurer qu'il ne ferraille pas et il faut le graisser constamment pour qu'il ne claque pas.

— Désolé, Pitt, mon garçon, fit Sandecker avec une satisfaction qu'il ne cherchait même pas à dissimuler. Vous avez perdu. »

On entendit au-dessus du toit le bruit de l'hélicoptère de Sturgis qui s'apprêtait à atterrir. Pitt haussa les épaules d'un geste résigné et dit : « Eh bien, voilà qui règle la question. Ou bien on coule, ou bien on surnage tous ensemble. » Puis il esquissa un sourire las. « Vous feriez bien tous d'aller vous reposer un peu et de manger un morceau. Ça sera peut-être la dernière chance que vous aurez. D'ici quelques heures, nous serons tous jusqu'aux trous de nez dans le secteur frontal de l'ouragan. Et je n'ai pas besoin de vous faire un dessin de ce à quoi nous pourrons nous attendre. »

Il pivota sur ses talons et se dirigea vers le point d'appontement de l'hélicoptère. Pas mal joué, se dit-il. Pas mal joué du tout. Il n'aurait jamais un Oscar, mais, bon sang, son public avait trouvé son numéro convaincant, et c'était tout ce qui comptait.

Jack Sturgis était un petit homme mince aux yeux tristes de basset, avec le genre de regard que les femmes considéraient comme irrésistible. Il tenait entre ses dents un long fume-cigarette et avançait le menton dans une attitude à la Franklin Roosevelt. Il venait de descendre de la cabine de l'hélicoptère et semblait chercher quelque chose sous le train d'atterrissage lorsque Pitt s'avança à sa rencontre.

Sturgis leva la tête. « Pas de passager ? demanda-t-il.

— Pas à ce voyage. »

Sturgis secoua d'un geste nonchalant un peu de cendre de sa cigarette. « Je savais que j'aurais dû rester bien au chaud dans ma cabine confortable du *Capricorne.* » Il soupira. « Voler devant des ouragans, ça finira par me jouer un mauvais tour.

— Vous feriez mieux de partir, dit Pitt. Le vent va nous tomber dessus d'un instant à l'autre.

— Ça ne change pas grand-chose, dit Sturgis en haussant les épaules. Je ne vais nulle part. »

Pitt le regarda : « Que voulez-vous dire ?

— J'ai été eu, voilà ce que je veux dire. » Il désigna les pales du rotor. Sur une soixantaine de centimètres, l'extrémité de l'une d'elles pendait comme un poignet cassé. « Il y a quelqu'un ici qui n'aime pas les hélicos.

— Vous n'avez pas heurté une cloison en atterrissant ? »

Sturgis eut une expression peinée. « Je ne heurte pas, je répète : je ne heurte pas d'objets à l'atterrissage. » Il trouva ce qu'il cherchait et se redressa. « Tenez, voyez vous-même : il y a un salaud qui a lancé un marteau dans mes pales de rotor. »

Pitt prit le marteau et l'examina. Le manche gainé de caoutchouc portait une profonde entaille là ou il était entré en contact avec la pale.

« Et après tout ce que j'ai fait pour vous autres, dit Sturgis, voilà comment vous montrez votre reconnaissance.

— Désolé, Sturgis, mais je vous conseille de renoncer à tout espoir de jamais devenir un détective de série télévisée. Vous manquez péniblement d'esprit analytique et vous êtes enclin à adopter de fausses conclusions.

— Allons donc, Pitt. Les marteaux ne volent pas en l'air sans un moyen de propulsion. Un de vos gars a dû le lancer au moment où j'atterrissais.

— Erreur. Je peux témoigner de l'endroit où se trouvait chaque âme à bord de ce navire, et personne n'était ces dix dernières minutes à proximité de la plage d'appontement de l'hélicoptère. Quel que soit votre petit ami saboteur, je crains que vous ne l'ayez amené avec vous.

— Croyez-vous que je sois complètement abruti ? Vous ne pensez pas que je le saurais si j'avais un passager ? D'ailleurs, ce que vous insinuez, c'est un geste suicidaire. Si ce marteau avait été lancé une minute plus tôt, quand nous nous trouvions à trente mètres en l'air, vous et votre équipage auriez un vilain gâchis à nettoyer.

— Erreur de vocabulaire, dit Pitt. Je ne parle pas d'un passager ordinaire, mais d'un passager clandestin. Et il n'est pas abruti non plus. Il a attendu que vos patins aient touché le pont avant de faire son coup et de s'enfuir par la trappe de la soute. Dieu seul sait où il se cache maintenant. Il est impossible d'entreprendre une fouille minutieuse de quatre-vingts kilomètres de coursive et de compartiments totalement obscurs. »

Sturgis pâlit soudain. « Seigneur, notre homme est toujours dans l'hélico.

— Ne soyez pas ridicule. Il a filé dès l'instant où vous vous êtes posé.

— Non, non. Il est possible en effet de lancer un marteau dans les pales du rotor par une vitre ouverte de la cabine, mais s'enfuir, c'est une autre paire de manches.

— Je vous écoute, dit Pitt avec calme.

— La trappe de la soute est verrouillée électriquement et ne peut être débloquée qu'à l'aide d'un contrôle qui se trouve sur le tableau de bord.

— Y a-t-il une autre issue ?

— Juste une porte qui donne sur la cabine de pilotage. »

Pitt étudia un long moment la trappe de la soute, puis se retourna vers Sturgis, le regard froid. « Est-ce que c'est une façon de traiter un hôte sur qui on ne comptait pas ? Je pense que la chose à faire, c'est de l'inviter à sortir. »

Sturgis resta fixé sur le pont, ne quittant pas des yeux le Colt 45, muni d'un silencieux, qui venait d'apparaître dans la main droite de Pitt.

« Bien sûr... Bien sûr..., balbutia-t-il. Si vous le dites. »

Sturgis gravit la petite échelle qui menait à la cabine de pilotage, se pencha et abaissa une manette. Les moteurs électriques émirent un petit ronronnement et la trappe de deux mètres sur deux s'ouvrit dans le fuselage de l'hélicoptère. Les taquets de blocage n'étaient même pas en position que Sturgis était déjà de retour sur le pont, prudemment installé derrière les larges épaules de Pitt.

Une demi-minute après l'ouverture de la porte, Pitt était toujours là. Il resta durant ce qui parut à Sturgis une éternité sans remuer un muscle, respirant de façon lente et régulière, et tendant l'oreille.

On n'entendait que le clapotis des vagues contre la coque, le sourd gémissement du vent qui fraîchissait dans les superstructures du *Titanic* et le murmure des voix qui arrivait par la porte ouverte du gymnase, mais pas les bruits qu'ils guettaient. Lorsqu'il se fut assuré qu'il n'y avait aucun bruit de pas, pas de froissement de vêtements ni d'autres sons menaçants ou furtifs, il entra dans l'hélicoptère.

Le ciel qui s'assombrissait rendait l'intérieur assez obscur, et Pitt constata avec déplaisir que sa silhouette se découpait à merveille contre le ciel du crépuscule. Au premier regard, le compartiment semblait vide, mais Pitt sentit qu'on lui tapait sur l'épaule et vit que Sturgis lui désignait une bâche enroulée autour de ce qui semblait une forme humaine.

« J'ai plié et rangé cette bâche il n'y a pas plus d'une heure », chuchota Sturgis.

D'un geste preste, Pitt tendit la main et tira la bâche de la main gauche tout en braquant toujours le Colt qu'il avait à la main droite.

Une silhouette enveloppée d'un gros caban était pelotonnée sur le pont de la soute, les yeux mi-clos dans un état d'inconscience qui de toute évidence avait son origine dans la vilaine meurtrissure saignante et violacée juste au début du cuir chevelu.

Sturgis était pétrifié dans l'ombre, abasourdi, ses yeux clignotant pour s'adapter à la faible lumière. Puis il se frotta le menton et secoua la tête d'un air incrédule. « Bonté divine, murmura-t-il. Savez-vous qui c'est ?

— Mais oui, répondit Pitt sans se démonter. Elle s'appelle Seagram, Dana Seagram. »

58

Avec une stupéfiante brusquerie, le ciel au-dessus du *Mikhaïl Kourkov* devint tout noir... De gros nuages couleur d'encre arrivèrent, masquant les étoiles du soir, le vent devint une bourrasque qui soufflait à plus de 60 kilomètres à l'heure, brisant le bord des crêtes des vagues et projetant l'écume en longues traînées vers le nord-est.

Dans la vaste timonerie du navire soviétique, il régnait une agréable chaleur. Prevlov était debout auprès de Parotkine qui surveillait le blip du *Titanic* sur l'écran radar.

« Quand j'ai pris le commandement de ce navire, expliqua Parotkine, comme s'il faisait la leçon à un collégien, j'avais l'impression que mes ordres étaient d'exécuter des programmes de recherche et de surveillance. On ne m'a jamais parlé d'entreprendre une véritable opération militaire.

— Je vous en prie, Capitaine, fit Prevlov en protestant de la main, rappelez-vous bien que les mots *opération* et *militaire* ne doivent pas être prononcés. La petite aventure dans laquelle nous allons nous lancer est une activité civile parfaitement légale connue dans les pays occidentaux sous le nom de changement de direction.

— L'expression de piraterie ouverte serait plus proche de la vérité, fit Parotkine. Et comment appelez-vous ces dix marins que vous avez eu la bonté d'ajouter à mon équipage quand nous avons appareillé ? Des actionnaires ?

— Une fois de plus, ce ne sont pas des marins, mais plutôt un équipage civil.

— Bien sûr, fit sèchement Parotkine. Et chacun d'eux armé jusqu'aux dents.

— Il n'existe à ma connaissance aucune loi internationale qui interdise à l'équipage d'un navire le port d'arme.

— S'il en existait une, vous découvririez à n'en pas douter une clause échappatoire.

— Allons, allons, mon cher commandant Parotkine, fit Prevlov en lui donnant une grande claque dans le dos. Quand nous en serons au final de cette soirée, nous serons tous les deux des héros de l'Union soviétique.

— Ou nous serons morts, dit Parotkine d'un ton neutre.

— Apaisez vos craintes. Ce plan est sans défaut, et avec la tempête qui a éloigné la flotte de sauvetage, il est encore plus parfait.

— Est-ce que vous n'oubliez pas le *Juneau* ? Son commandant ne va pas rester les bras croisés pendant que nous venons le long du *Titanic,* que nous l'abordons et que nous hissons sur la passerelle la faucille et le marteau. »

Prevlov leva son poignet pour consulter sa montre. « Dans exactement deux heures et cinq minutes, un de nos sous-marins nucléaires va faire surface à cent milles au nord et commencer à émettre des signaux sous le nom du *Laguna Star*, un vieux cargo au pavillon un peu incertain.

— Et vous croyez que le *Juneau* va mordre à l'hameçon et se précipiter à son secours ?

— Les Américains ne restent jamais sourds à un appel à l'aide, dit Prevlov avec assurance. Ils ont tous un complexe de bon Samaritain. Oui, le *Juneau* va réagir. Il est bien obligé : à l'exception des remorqueurs qui ne peuvent pas quitter le *Titanic*, c'est le seul navire disponible dans un rayon de trois cents milles.

— Mais si notre sous-marin plonge, on ne verra plus rien sur les écrans radar du *Juneau.*

— Ses officiers en concluront tout naturellement que le *Laguna Star* a coulé et ils redoubleront leurs efforts afin d'arriver à temps pour sauver les vies d'un équipage inexistant.

— Je m'incline devant votre imagination. » Parotkine sourit. « Cela vous laisse toutefois à régler quelques autres petits problèmes comme la présence de deux remorqueurs de la marine américaine, l'arraisonnement du *Titanic* durant le pire ouragan qu'on ait vu depuis des années, la neutralisation de l'équipage de sauvetage américain, puis le remorquage de l'épave jusqu'en Russie, tout cela, sans créer un incident de proportions internationales.

— Il y a quatre parties dans votre déclaration, Commandant. »

Prevlov s'interrompit pour allumer une cigarette. « Primo, les remorqueurs seront éliminés par deux agents soviétiques qui jouent en ce moment le même rôle de membres de l'équipe de sauvetage américaine. Secundo, j'arraisonnerai le *Titanic* et j'en prendrai le commandement au moment où l'œil de la tempête arrivera sur nous. Comme la vitesse du vent dans ce secteur dépasse rarement quinze nœuds, mes hommes et moi devrions avoir peu de difficultés à effectuer le transbordement et à pénétrer par une porte de chargement de la coque qui aura été ouverte au moment voulu par un de nos agents. Tertio, mon équipe d'abordage disposera avec rapidité et efficacité de l'équipe de sauvetage. Et enfin, quarto, le monde aura l'impression que les Américains ont quitté le navire au plus fort de la tempête et qu'ils se sont perdus en mer. Cela, bien sûr, fera du *Titanic* une épave abandonnée. Le premier commandant qui y fixera un câble de remorquage bénéficiera alors des droits de sauvetage. C'est vous qui serez cet heureux capitaine, camarade Parotkine. D'après le droit maritime international, vous serez tout à fait justifié de prendre le *Titanic* en remorque.

— Vous ne vous en tirerez jamais, dit Parotkine. Ce que vous proposez, c'est tout simplement un massacre. » Il y avait dans ses yeux un regard vide et un peu écœuré. « Avez-vous envisagé aussi, avec le même souci du détail, les conséquences d'un échec ? »

Prevlov le regarda, son sourire était toujours là, un peu crispé maintenant. « L'échec a été envisagé,

Camarade. Mais espérons avec ferveur que nous n'aurons pas à recourir à notre option finale. » Il désigna le grand blip sur l'écran radar. « Ce serait navrant de devoir couler une seconde fois et pour l'éternité le navire le plus légendaire du monde. »

59

Tout au fond des entrailles du vieux paquebot, Spencer et son équipe de pompage s'acharnaient à faire fonctionner les pompes à diesel. Travaillant parfois seuls dans ces froides et sombres cavernes d'acier, sans rien d'autre que le pitoyable réconfort de petits projecteurs, ils vaquaient sans se plaindre à leur tâche de maintenir le navire à flot.

Ils éprouvèrent quelque surprise en constatant que dans certains compartiments les pompes n'arrivaient pas à compenser l'eau qui pénétrait.

Vers sept heures, le temps s'était irrémédiablement détérioré. Le baromètre était tombé au-dessous de sept cent quarante millimètres et continuait à baisser. Le *Titanic* tanguait et roulait, et embarquait par-dessus son étrave d'énormes vagues qui venaient battre les cloisons du pont. La visibilité dans la nuit et la pluie était devenue presque nulle. La seule façon dont les hommes des remorqueurs pouvaient apercevoir le grand navire, c'était quand de temps en temps un éclair jetait sa brève lueur sur sa silhouette fantomatique. Mais leur principal souci, c'était le câble qui disparaissait à l'arrière dans le tourbillon des eaux déchaînées. La tension constante qu'il subissait était énorme ; chaque fois que le *Titanic* était frappé de plein fouet par une vague gigantesque, les hommes regardaient, fascinés, le câble se tendre hors de l'eau et émettre d'horribles grincements de protestation.

Butera ne quittait pas la passerelle, gardant sans cesse le contact avec les hommes travaillant au cabestan sur la plage arrière. Soudain une voix sortant du haut-parleur vint crépiter au-dessus du hurlement du vent qui se déchaînait dehors. « Commandant ?

— Ici le commandant, répondit-il dans un téléphone.

— Ici l'enseigne Kelly au cabestan, Commandant. Il se passe quelque chose de très bizarre ici.

— Voudriez-vous vous expliquer, Enseigne ?

— Eh bien, Commandant, on dirait que le câble est devenu fou. D'abord il a basculé à bâbord et voilà maintenant qu'il porte sur tribord suivant, je dois dire, Commandant, un angle inquiétant.

— Bon, tenez-moi au courant. »

Butera releva la manette et en abaissa une autre.

« Uphill, vous m'entendez ? Ici Butera. »

Sur le *Morse*, Uphill répondit presque aussitôt. « Allez-y.

— Je crois que le *Titanic* s'est écarté sur tribord.

— Vous pouvez calculer sa position ?

— Négatif. La seule indication, c'est l'angle du câble. »

Il s'ensuivit un silence de quelques instants, tandis que Uphill examinait sous tous ses aspects ce développement inattendu. Puis sa voix revint dans le haut-parleur : « Pour l'instant, nous ne filons guère plus de quatre nœuds. Nous n'avons pas d'autre choix que de continuer. Si nous nous arrêtons pour voir ce qui se passe, le *Titanic* risque de se mettre en travers et de chavirer.

— Est-ce que vous pouvez le repérer sur votre radar ?

— Pas question, une vague a balayé nos antennes il y a vingt minutes. Et vous ?

— J'ai toujours l'antenne, mais la même vague qui a emporté la vôtre a provoqué un court-circuit.

— Alors c'est vraiment l'aveugle qui mène l'aveugle. »

Butera reposa le radiotéléphone et entrebâilla avec précaution la porte donnant sur le côté tribord de la passerelle. Se protégeant les yeux avec son bras, il fit quelques pas en chancelant, ses yeux s'efforçant de pénétrer cette nuit démente. Les projecteurs se révélaient inutiles, leurs faisceaux ne faisaient que refléter la pluie qui tombait sans rien révéler. Un éclair stria le ciel sur l'arrière, le bruit du tonnerre noyé par le vent, et Butera sentit son cœur s'arrêter. Le bref jaillissement de lumière n'avait rien révélé de la silhouette du *Titanic*. On aurait dit qu'il n'avait jamais existé. Hors d'haleine, l'eau ruisselant sur son ciré, il referma la porte juste au moment où la voix de l'enseigne Kelly se faisait de nouveau entendre dans le haut-parleur.

« Commandant ? »

Butera essuya les embruns qui lui coulaient dans les yeux et décrocha le téléphone. « Qu'y a-t-il, Kelly ?

— C'est le câble, il mollit.

— Il a cassé ?

— Non, Commandant, le câble est toujours en place mais il est quelques mètres plus bas dans l'eau. Je n'ai encore jamais vu cela. On dirait que l'épave s'est mis en tête de nous dépasser. »

Ce furent les mots « nous dépasser » qui actionnèrent le déclic... et Butera ne devait jamais oublier la brutalité du choc que ce fut. Une trappe venait de s'ouvrir dans son esprit, libérant un cauchemar d'images en succession bien ordonnée, les images d'un pendule fou, dont l'arc s'agrandissait jusqu'au moment où il effectuait un tour complet sur lui-même. Tous les signes étaient là : le câble qui tirait à tribord, le mollissement soudain. Il imagina la scène ; le *Titanic* tiré légèrement en avant sur une route parallèle à celle du *Wallace* à tribord, et puis la traction du câble tirant l'épave en arrière un peu comme des écoliers formant une farandole. Et puis quelque chose vint interrompre le cauchemar qui se déroulait dans la tête de Butera et l'arracha à la fascination qui le paralysait.

Il décrocha le radiotéléphone et presque dans le même mouvement sonna la salle des machines. « En avant toute ! Vous m'entendez à la salle des machines ? En avant toute ! » Puis il appela le *Morse*. « Je fonce sur vous à toute vitesse, cria-t-il. Vous me recevez, Uphill ?

— Veuillez répéter, demanda Uphill.

— Ordonnez en avant toute, bon sang, où je vous éperonne. »

Butera raccrocha et tenta une fois de plus de s'avancer sur la passerelle. L'ouragan frappait la mer avec tant de violence qu'il était presque impossible de séparer l'air de l'eau. Il avait le plus grand mal à maintenir sa prise sur le bastingage.

Puis il la vit, l'immense étrave du *Titanic* qui se dressait de toute sa hauteur derrière le rideau de la pluie, à moins de trente mètres à tribord. Il ne pouvait rien faire d'autre maintenant que de regarder, pétrifié par l'horreur, la masse menaçante s'approcher inexorablement du *Wallace*.

« Non ! s'écria-t-il au-dessus du vent. Sale vieux cadavre ; laisse mon navire tranquille. »

C'était trop tard. Il semblait impossible que le *Titanic* pût éviter l'arrière du *Wallace*. Et pourtant l'impossible se produisit. La grande étrave de dix-huit mètres se dressa sur une vague gigantesque et resta suspendue là assez longtemps pour que les hélices du remorqueur eussent prise et lui fissent faire un bond en avant. Puis le *Titanic* retomba dans le creux, manquant de moins d'un mètre l'arrière du *Wallace*, projetant une lame qui engloutit en totalité le petit remorqueur, emportant ses deux canots de sauvetage et une de ses manches à air.

Sous le choc de la vague, Butera lâcha le bastingage et fut balayé en travers de la passerelle, son corps venant heurter la cloison de la timonerie. Il resta là entièrement submergé sous la lame, étranglé par l'eau, ses poumons cherchant l'air, son cerveau puisant quelque force dans la pulsion régulière que les machines du *Wallace* transmettaient à travers le pont. Lorsque l'eau finit par se retirer, il parvint à se relever et laissa la nausée lui faire rendre l'eau qu'il avait avalée.

Il regagna tant bien que mal l'abri de la timonerie. Butera, encore abasourdi par le miracle qui venait de sauver le *Wallace*, regarda la grande apparition noire qui était le *Titanic* passer à l'arrière, puis disparaître de nouveau dans le voile de la pluie battue par le vent.

60

« C'est bien de Dirk Pitt d'aller ramasser une pépée en plein milieu de l'océan pendant une tempête, fit Sandecker. Quel est votre secret ?

— La malédiction des Pitt, répondit Pitt tout en bandant avec soin le crâne de Dana. Les femmes sont toujours attirées par moi dans des circonstances impossibles, quand je ne suis pas en état de réagir. »

Dana commença à pousser des petits gémissements.

« Elle revient à elle », dit Gunn. Il était à genoux auprès d'un lit de camp qu'ils avaient coincé entre deux vieux appareils du gymnase pour l'empêcher d'être emporté par le roulis et le tangage du navire.

Pitt l'enveloppa dans une couverture. « Elle a reçu un vilain gnon, mais la masse de ses cheveux lui a probablement évité d'avoir rien d'autre qu'une petite commotion.

— Comment se trouvait-elle dans l'hélicoptère de Sturgis ? demanda Woodson. Je croyais qu'elle servait de baby-sitter aux journalistes à bord de l'*Alhambra*.

— Elle y était, dit l'amiral Sandecker. Plusieurs

correspondants de télévision m'ont demandé l'autorisation de couvrir le remorquage du *Titanic* jusqu'à New York à bord du *Capricorne*. Je les y ai autorisés à la condition que Dana les accompagne.

— C'est moi qui les ai amenés à bord, dit Sturgis. Et j'ai vu Mme Seagram débarquer quand je me suis posé sur le *Capricorne*. C'est un mystère pour moi, comment elle est revenue dans l'hélicoptère sans que je m'en aperçoive.

— Oui, c'est un mystère, répéta Woodson d'un ton caustique. Vous ne vous donnez jamais la peine de vérifier votre soute entre deux vols?

— Je ne travaille pas pour une compagnie commerciale », riposta Sturgis. Il semblait prêt à frapper Woodson. Il jeta un coup d'œil à Pitt qui lui lança un regard désapprobateur. Alors, au prix d'un effort visible, il maîtrisa ses émotions et dit d'un ton lent et ferme : « Ça faisait vingt heures d'affilée que je pilotais cet engin. J'étais fatigué. Je n'ai pas eu de mal à me convaincre que ça n'était pas la peine de vérifier la soute, parce que j'étais certain qu'elle était vide. Comment est-ce que je pouvais savoir que Dana Seagram allait se glisser à bord? »

Gunn secoua la tête. « Pourquoi a-t-elle fait ça? Pourquoi?...

— Je ne sais pas pourquoi... comment voulez-vous que je sache? fit Sturgis. Et si vous me disiez pourquoi elle a lancé un marteau dans mes pales de rotor, pourquoi elle s'est enroulée dans une bâche et puis s'est assommée toute seule? Et pas nécessairement dans cet ordre.

— Pourquoi ne le lui demandez-vous pas? » dit Pitt en désignant le lit de camp.

Dana contemplait les hommes, avec l'air de ne pas comprendre. On aurait dit qu'on venait de la tirer d'un sommeil profond.

« Pardonnez-moi... de vous poser une question aussi banale, murmura-t-elle. Mais où suis-je?

— Ma chère enfant, dit Sandecker en s'agenouillant à son chevet, vous êtes à bord du *Titanic*. »

Elle regarda l'amiral avec ahurissement, l'incrédulité peinte sur son visage. « Ça n'est pas possible ?
— Oh, je vous assure que si, dit Sandecker. Pitt, il reste un peu de scotch. Apportez-moi un verre. »
Pitt obéit et tendit le verre à Sandecker. Dana prit une gorgée de Cutty Sark, s'étrangla et toussa, se tenant la tête à deux mains comme pour réprimer la douleur qui venait soudain d'exploser dans son crâne.
« Là, là, ma chère. » De toute évidence, Sandecker ne savait pas très bien comment s'y prendre avec une femme qui souffrait. « Calmez-vous. Vous avez reçu un méchant coup sur la tête. »
Dana tâta le bandage qui lui enserrait les cheveux, puis vint serrer la main de l'amiral, renversant du même geste le verre sur le pont.

Pitt regarda d'un air navré le whisky répandu. Les femmes ne savent pas apprécier le bon alcool, songea-t-il.
« Non, non, ça va. » Elle parvint à s'asseoir sur le lit et regarda avec étonnement les étranges appareils qui l'entouraient. « Le *Titanic*, dit-elle d'un ton respectueux. Je suis vraiment sur le *Titanic* ?
— Oui. » La voix de Pitt était assez sèche. « Et nous aimerions savoir comment vous y êtes arrivée. »
Elle le regarda, incertaine et désemparée, et dit : « Je ne sais pas. Je ne sais franchement pas. La dernière chose dont je me souvienne, c'est d'être sur le *Capricorne*.
— Nous vous avons trouvée dans l'hélicoptère, dit Pitt.
— L'hélicoptère... J'avais perdu ma trousse de maquillage... J'avais dû la faire tomber pendant le vol depuis l'*Alhambra*. » Elle eut un pâle sourire. « Oui, c'est ça. Je suis retournée dans l'hélicoptère pour chercher ma trousse à maquillage. Je l'ai trouvée coincée entre les sièges. J'ai essayé de la dégager quand... Ma foi, j'ai dû m'évanouir et me heurter la tête en tombant.

— Vous évanouir ? Vous êtes sûre que vous... » Pitt interrompit sa question pour en poser une autre. « Quelle est la toute dernière chose que vous vous rappeliez avant d'être tombée dans les pommes ? »

Elle réfléchit un moment, comme si elle contemplait quelque lointaine vision. Ses yeux couleur café semblaient étonnamment larges dans ce visage pâle et tendu.

Sandecker lui tapota la main d'un geste paternel. « Prenez votre temps. »

Ses lèvres finirent par former un mot. « Des bottes.

— Répétez, ordonna Pitt.

— Une paire de bottes, répondit-elle, comme si elle voyait une révélation. Oui, je me souviens maintenant, une paire de bottes de cow-boy à bouts pointus.

— Des bottes de cow-boy ? » demanda Gunn, d'un air abasourdi.

Dana hocha la tête. « Vous comprenez, j'étais à quatre pattes en train d'essayer d'extirper ma trousse et puis... je ne sais pas... elles avaient l'air d'être là... » Elle s'arrêta.

« De quelle couleur étaient-elles ? insista Pitt.

— Une sorte de jaune un peu crème.

— Avez-vous vu le visage de l'homme qui les portait ? »

Elle commença à secouer la tête et s'arrêta au premier élancement de douleur. « Non, tout est devenu noir alors... C'est tout... »

Pitt sentait qu'il ne tirerait rien à l'interroger davantage. Il regarda Dana en souriant. Elle lui rendit son sourire, un sourire d'enfant qui voudrait plaire.

« Nous ferions mieux de vous laisser vous reposer un moment, dit-il. Si vous avez besoin de quoi que ce soit, l'un de nous sera toujours à proximité. »

Sandecker suivit Pitt jusqu'à l'entrée du grand

escalier. « Qu'est-ce que vous en dites ? demanda Sandecker. Pourquoi quelqu'un voudrait-il s'attaquer à Dana ?

— Pour la même raison qu'ils ont tué Henry Munk.

— Vous croyez qu'elle a découvert un des agents soviétiques ?

— Plus probablement dans son cas, elle s'est trouvée au mauvais endroit au mauvais moment.

— La dernière chose qu'il nous faut pour l'instant, c'est une femme blessée, soupira Sandecker. Qu'est-ce qu'on va entendre quand Gene Seagram va recevoir mon message expliquant ce qui est arrivé à sa femme.

— Avec tout le respect que je vous dois, Amiral, j'ai dit à Gunn de ne pas envoyer votre câble. Nous ne pouvons pas risquer un changement de plans à la dernière minute. Les hommes prennent d'étranges décisions lorsqu'il s'agit de femmes. Nous n'hésiterons pas à risquer la vie d'une douzaine de membres de notre propre sexe, mais nous rechignerons chaque fois qu'il s'agit de mettre en danger celle d'une représentante de l'espèce femelle. Ce que Seagram, le Président, l'amiral Kemper, et les autres à Washington ne savent pas, c'est toujours aussi bien, du moins pour les douze heures à venir.

— Il semblerait que mon autorité n'a guère de poids par ici, fit Sandecker d'un ton acide. Il n'y a rien d'autre que vous ayez omis de me dire, Pitt ? Par exemple à qui appartiennent ces étranges bottes de cow-boy ?

— Les bottes appartiennent à Ben Drummer.

— Je ne l'ai jamais vu les porter. Comment... Comment pouvez-vous savoir ça ?

— Je les ai découvertes en fouillant sa cabine sur le *Capricorne*.

— Maintenant vous avez ajouté à vos autres talents le cambriolage, observa Sandecker.

— Drummer n'était pas le seul. Giordino et moi

avons fouillé toutes les affaires de l'équipe de sauvetage au cours du mois dernier.

— Vous n'avez rien trouvé d'intéressant ?

— Rien d'accusateur.

— Qui à votre avis a blessé Dana ?

— Ça n'était pas Drummer. Ça, c'est une certitude. Il a au moins une douzaine de témoins, y compris vous et moi, Amiral, qui affirmeront qu'il est à bord du *Titanic* depuis hier. Il lui aurait été impossible d'attaquer Dana Seagram sur un navire qui se trouvait à cinquante milles de là. »

Sur ces entrefaites, Woodson arriva et prit Pitt par le bras. « Pardon de cette interruption, Patron, mais nous venons de recevoir un appel urgent du *Juneau*. Je crois malheureusement que ce sont de mauvaises nouvelles.

— Écoutons, fit Sandecker d'un ton las. Les perspectives ne peuvent guère être plus sombres qu'elles ne le sont pour l'instant.

— Oh, mais si, dit Woodson. Le message vient du commandant du croiseur lance-missiles et dit : « Avons reçu appel de détresse du cargo *Laguna Star* faisant route vers l'est, position cinq degrés, à cent dix milles de votre position. Dois répondre. Je répète : dois répondre. Navré de vous quitter. Bonne chance au *Titanic* ! »

— Bonne chance au *Titanic* », répéta Sandecker en écho. Sa voix était plate et terne. « Nous pourrions aussi bien afficher sur la coque un panneau qui dirait : « Bienvenue aux voleurs et aux pirates. Venez, venez tous. »

Alors, se dit Pitt, maintenant ça commence.

Mais la seule sensation qui lui traversa le corps ce fut une brusque et impérieuse envie d'aller aux toilettes.

61

Dans le bureau de l'amiral Joseph Kemper, au Pentagone, cela sentait la fumée de cigarettes refroidie et les restes de sandwiches, et l'atmosphère semblait presque crépiter sous le nuage invisible de la tension qui régnait.

Kemper et Gene Seagram étaient penchés sur le bureau de l'amiral et conversaient à voix basse, cependant que Mel Donner et Warren Nicholson, le directeur de la CIA, étaient assis tous deux sur le canapé, leurs pieds posés sur une table basse, et sommeillaient. Mais ils sursautèrent, pleinement réveillés, lorsque l'étrange bourdonnement qui était particulier au téléphone rouge de Kemper vint rompre le silence. Kemper grommela quelque chose dans le combiné et le reposa.

« C'était la Sécurité. Le Président arrive. »

Donner et Nicholson échangèrent un coup d'œil et se levèrent. À peine avaient-ils débarrassé la table basse des reliefs de la soirée, resserré leur cravate et passé leur veste que la porte s'ouvrit, livrant passage au Président, suivi de son Conseiller à la Sécurité pour le Kremlin, Marshall Collins.

Kemper se leva de derrière son bureau et vint serrer la main du Président. « Ravi de vous voir, monsieur le Président. Je vous en prie, faites comme chez vous. Puis-je vous faire apporter quelque chose ? »

Le Président jeta un coup d'œil à sa montre et sourit. « Encore trois heures avant la fermeture des bars. Que diriez-vous d'un Bloody Mary ? »

Kemper sourit à son tour et fit un signe de tête à son officier d'ordonnance. « Commandant Keith, voulez-vous faire les honneurs de la maison ? »

Keith acquiesça. « Un Bloody Mary qui marche, Amiral.

— J'espère, Messieurs, que vous ne verrez pas d'inconvénient si je monte la garde avec vous, dit le

Président, mais c'est que j'ai de gros enjeux dans cette affaire, moi aussi !

— Pas du tout, monsieur le Président, répondit Nicholson. Nous sommes enchantés de vous avoir.

— Quelle est la situation pour l'instant ? »

L'amiral Kemper fit au Président un bref résumé des faits, décrivant la violence inattendue de l'ouragan, montrant les positions respectives des navires sur une carte projetée sur le mur, et expliquant l'opération de remorquage du *Titanic*.

— Était-ce absolument nécessaire pour le *Juneau* de quitter son poste ? demanda le Président.

— Un appel de détresse est un appel de détresse, lui répondit gravement Kemper, et chaque navire qui se trouve dans les parages doit y répondre, quelles que soient les circonstances.

— Jusqu'à la mi-temps, dit Nicholson, nous devons jouer suivant les règles de l'équipe adverse. Après cela, ce sont nos règles à nous.

— Pensez-vous, amiral Kemper, que le *Titanic* puisse supporter le choc d'un ouragan ?

— Aussi longtemps que les remorqueurs peuvent maintenir son étrave face au vent et à la mer, il a de bonnes chances de s'en tirer sans encombre.

— Et si, pour une raison quelconque, les remorqueurs ne peuvent pas l'empêcher de se mettre par le travers des vagues ? »

Kemper évita le regard du Président et haussa les épaules. « Alors, son sort est entre les mains de Dieu.

— On ne pourrait rien faire ?

— Non, monsieur le Président. Il n'y a tout bonnement aucun moyen de protéger un navire pris dans le tourbillon d'un ouragan. Ça devient chacun pour soi.

— Je vois. »

On frappa à la porte et un autre officier entra, déposa deux feuilles de papier sur le bureau de Kemper et repartit.

Kemper lut les messages et leva les yeux, le visage

crispé. « Un message du *Capricorne,* annonça-t-il. C'est à propos de votre femme, M. Seagram... votre femme est portée disparue. Toutes les recherches pour la retrouver à bord du navire n'ont rien donné. On craint qu'elle ne soit tombée par-dessus bord. Je suis désolé. »

Seagram s'effondra dans les bras de Collins, les yeux agrandis par l'horreur. « Oh, mon Dieu ! s'écria-t-il, ça n'est pas possible. Oh, mon Dieu ! qu'est-ce que je vais faire ? Dana... Dana... »

Donner se précipita auprès de lui. « Du calme, Gene, du calme. » Collins et lui guidèrent Seagram vers le canapé et, avec douceur, le forcèrent à s'adosser aux coussins.

D'un geste, Kemper réclama l'attention du Président. « Il y a un autre message, monsieur le Président. Du *Samuel R. Wallace,* un des remorqueurs qui tire le *Titanic.* Le câble de remorque, reprit Kemper. Il a lâché. Le *Titanic* dérive au milieu de l'ouragan. »

Le câble pendait comme un serpent mort par-dessus l'arrière du *Wallace,* son extrémité sectionnée s'agitant dans la profondeur des eaux noires, quatre cents mètres plus bas.

Butera était là, pétrifié, auprès du grand treuil électrique, refusant d'en croire ses yeux. « Comment ? cria-t-il à l'oreille de l'enseigne Kelly. Comment a-t-il pu claquer ? Il était construit pour supporter bien pire que ça.

— Je n'arrive pas à comprendre, répondit Kelly en hurlant au-dessus de la tempête. Il n'y avait pas de tension si forte quand il a lâché.

— Remontez-le, Enseigne. Jetons un coup d'œil. »

L'enseigne acquiesça et donna les ordres nécessaires. On desserra le frein et le tambour se mit à tourner, remontant le câble de la mer. Un véritable mur d'écume venait gicler contre l'habitacle du cabestan. Le poids mort du câble jouait le rôle d'ancre, tirant sur l'arrière du *Wallace,* et chaque fois qu'une colonne d'eau approchait, elle s'élevait bien au-dessus de la timonerie et venait déferler dessus avec une violence qui ébranlait le remorqueur tout entier.

L'extrémité du câble de remorque apparut enfin au-dessus du bastingage et vint s'enrouler sur le tambour. Sitôt le frein mis, Butera et Kelly s'approchèrent pour examiner les torons effilochés.

Butera regardait, son visage exprimant l'incompréhension la plus totale. Il palpa les bouts brûlés et leva les yeux vers l'enseigne.

Celui-ci ne partageait pas le mutisme de Butera. « Dieu tout-puissant, cria-t-il d'une voix rauque. Il a été coupé avec un chalumeau à acétylène. »

Pitt était à quatre pattes sur le plancher de la soute de l'hélicoptère, passant le faisceau de sa torche électrique sous les sièges pliants des passagers lorsque le câble de remorque du *Titanic* tomba à la mer.

Dehors, le vent hurlait avec une violence démoniaque. Pitt ne pouvait pas le savoir, mais privée de l'influence équilibrante des remorqueurs, l'étrave du *Titanic* se trouvait poussée sous le vent par la mer en furie, ce qui exposait tout son flanc aux vagues démontées. Il commençait à venir en travers.

Il ne lui fallut que deux minutes pour trouver la trousse à maquillage de Dana, là où elle s'était coincée derrière un des sièges pliants, juste derrière la cloison du poste de pilotage. Il comprenait sans mal pourquoi elle avait éprouvé quelques difficultés à récupérer le petit étui de nylon bleu. Très peu de femmes sont douées pour la mécanique, et Dana ne faisait assurément pas partie du lot. L'idée ne lui était pas venue de simplement débloquer les sièges pour les faire basculer. C'est ce qu'avait fait Pitt, et la trousse lui était tombée dans la main.

Il ne se donna pas le mal de l'ouvrir : son contenu ne l'intéressait pas. Ce qui l'intéressait, c'était le recoin ménagé dans la cloison avant : c'était là que se trouvait un radeau de sauvetage pour vingt personnes, ou du moins était-il censé s'y trouver. La bâche jaune en tissu caoutchouté était bien là, mais pas le radeau.

Pitt n'eut pas le temps de mesurer les conséquences de sa découverte. Au moment même où il tirait la bâche de son compartiment, une lame monstrueuse vint déferler sur le flanc du *Titanic* désemparé, faisant basculer son énorme masse sur tribord comme si elle n'allait jamais s'arrêter dans son élan. Pitt se cramponna désespérément à un des montants du siège, mais ses doigts se refermèrent dans le vide et il fut précipité comme un sac de patates sur le plancher en pente, pour aller se fracasser contre la porte entrouverte de la soute avec une telle force qu'il se fit une blessure de dix centimètres dans le cuir chevelu.

Par bonheur pour lui, les quelques heures suivantes n'existèrent pas pour Pitt. Il avait conscience d'un vent glacé qui s'infiltrait par le fuselage, mais pas de grand-chose d'autre. Son esprit était une masse confuse de laine grise et il se sentait détaché de ce qui l'entourait. Il ne put même pas savoir ni même sentir lorsque l'hélicoptère s'arracha à son triple ancrage et glissa de côté, tombant du toit du salon des premières classes sur le pont des embarcations, fracassant sa section arrière, arrachant les pales de son rotor, avant de se précipiter par-dessus le bastingage et de sombrer dans la mer démontée.

62

Les Russes montèrent à bord du *Titanic* durant l'accalmie de la tempête. Tout au fond, dans les entrailles de la salle des machines et des chaudières, Spencer et son équipe de pompage n'eurent aucune chance, pas la moindre possibilité d'opposer de résistance. Leur totale surprise vint confirmer l'attachement de Prevlov pour le soin des préparatifs et la minutie de l'exécution.

Le combat qui se déroula sur le pont — le mot de massacre aurait été plus proche de la vérité — était presque terminé avant même d'avoir commencé. Cinq fusiliers marins russes, composant la moitié de la force d'abordage, leur visage presque entièrement dissimulé par des casquettes de marins enfoncées sur le crâne et par de grosses écharpes, se trouvaient dans le gymnase, tenant des fusils-mitrailleurs braqués sur eux avant que personne ait eu le temps de comprendre ce qui se passait.

Woodson fut le premier à réagir. Il abandonna son poste de radio et se retourna, ouvrant de grands yeux éperdus et une expression de pure colère se répandit sur son visage habituellement impassible. « Espèce de salauds ! » balbutia-t-il, puis il se jeta sur l'intrus le plus proche.

Mais un couteau apparut dans la main de l'homme et d'un geste habile il l'enfonça dans la poitrine de Woodson, déchirant presque en deux le cœur du photographe. Woodson se cramponna à son meurtrier, puis glissa lentement vers les pieds chaussés de bottes, la stupéfaction passant dans son regard, puis l'incrédulité, puis la douleur et enfin le vide de la mort.

Dana se redressa sur son petit lit de fer et se mit à hurler. C'est cela qui finit par pousser à l'action les autres membres de l'équipe de sauvetage. Drummer expédia un coup de poing sur la joue du meurtrier de Woodson, ce qui lui valut pour sa peine un coup de crosse de fusil-mitrailleur en pleine figure. Sturgis fonça comme au rugby, mais il avait mal calculé son coup. Une crosse de pistolet vint le toucher juste au-dessus de la tempe au même instant où il s'affalait sur celui qu'il avait choisi pour victime, et les deux hommes s'écroulèrent sur le pont, l'assaillant se relevant rapidement tandis que Sturgis restait là, comme mort.

Giordino s'apprêtait à abattre une clef à molette sur le crâne d'un autre Russe lorsqu'il y eut un fracas assourdissant. Une balle traversa sa main levée et projeta la clef anglaise sur le pont. Le coup de feu sembla paralyser tous les mouvements. Sandecker, Gunn, le premier maître Bascom et ses hommes s'immobilisèrent comme s'ils venaient soudain de comprendre que défendre sans armes le navire était une tâche sans espoir en face de pistolets et de fusils-mitrailleurs aux mains de tueurs bien entraînés.

À cet instant précis, un homme fit son entrée dans la salle, ses yeux gris au regard intense captant chaque détail de la scène. Il ne perdit pas plus de trois secondes : trois secondes et pas plus, c'était tout ce qu'il fallait à André Prevlov pour faire le bilan de n'importe quelle situation. Il toisa Dana, toujours hurlante, et lui adressa un gracieux sourire.. « Si vous permettez, chère petite Madame, dit-il dans un anglais parfait. J'estime que l'affolement chez une femme inflige une tension bien inutile aux cordes vocales. »

Elle ouvrit de grands yeux ronds. Sa bouche se ferma et elle resta pelotonnée en boule sur le lit de camp, les yeux fixés sur la flaque de sang qui ne cessait de s'étendre sous le corps d'Omar Woodson et secouée de frissons incontrôlables.

« Allons, voilà qui est beaucoup mieux. » Prevlov suivit le regard de Dana jusqu'au corps de Woodson, puis se posa sur Drummer assis sur le pont en train de cracher une dent, puis sur Giordino, qui le foudroyait du regard en tenant sa main ensanglantée.

« Votre résistance a été stupide, dit Prevlov. Un mort et trois blessés, tout cela pour rien.

— Qui êtes-vous ? interrogea Sandecker. De quel droit abordez-vous ce navire et venez-vous massacrer mon équipage ?

— Ah ! quel dommage qu'il nous faille nous rencontrer dans des circonstances aussi déplaisantes, fit Prevlov d'un ton d'excuse. Vous êtes, bien sûr, l'amiral James Sandecker, je ne me trompe pas ?

— Je maintiens mes questions, lança Sandecker, furieux.

— Mon nom est sans importance, répondit Prevlov. La réponse à votre autre question est évidente. Je m'empare de ce navire au nom de l'Union des républiques socialistes soviétiques.

— Mon gouvernement ne va pas rester les bras croisés et vous laisser vous en tirer comme ça.

— Rectification, murmura Prevlov. Votre gouvernement va rester les bras croisés.

— Vous nous sous-estimez. »

Prevlov secoua la tête. « Pas moi, Amiral. J'ai pleine conscience de ce dont vos compatriotes sont capables. Je sais aussi qu'ils ne vont pas déclencher une guerre pour l'arraisonnement légitime d'une épave.

— « Arraisonnement légitime » ? répéta Sandecker. Les lois sur le sauvetage en mer définissent une épave comme un navire abandonné en mer par son équipage sans intention de retour ni efforts pour en reprendre possession. Comme ce navire a encore son équipage, votre présence, Monsieur, constitue un acte flagrant de piraterie en haute mer.

— Épargnez-moi votre interprétation du droit maritime, fit Prevlov en levant la main pour protester. Bien sûr, vous avez tout à fait raison, pour l'instant. »

Les implications de sa phrase étaient claires. « Vous n'oseriez pas nous laisser dériver au milieu d'un ouragan.

— Je ne ferai rien d'aussi vulgaire, Amiral. D'ailleurs, je me rends fort bien compte que le *Titanic* prend l'eau. J'ai besoin de votre technicien... Spencer, je crois qu'il s'appelle, et de ses hommes pour maintenir les pompes en état de fonctionnement jusqu'à ce que la tempête s'apaise. Après cela, nous vous fournirons, à vos hommes et à vous, un radeau de sauvetage. Votre départ assurera alors notre droit de remorquage.

— Vous ne pouvez pas nous laisser vivre pour témoigner de cela, dit Sandecker. Votre gouvernement ne le permettrait jamais, vous le savez, et je le sais. »

Prevlov le regarda, calme et impassible. Puis il pivota sur ses talons, tournant presque grossièrement le dos à Sandecker. Il s'adressa en russe à un des matelots. L'homme acquiesça et s'approcha du poste de radio puis, avec la crosse de son fusil-mitrailleur, il se mit à le marteler jusqu'à n'en laisser plus que des débris de métal, de verre et de fils.

« Votre salle des opérations est désormais inutile, fit Prevlov en désignant le gymnase. J'ai installé mon centre de communications dans la salle à manger principale sur le Pont D. Si vous et les autres voulez avoir l'obligeance de me suivre, je veillerai à votre confort jusqu'à ce que le temps s'arrange.

— Encore une question, dit Sandecker sans bouger. Vous me devez bien cela.

— Bien sûr, Amiral, bien sûr.

— Où est Dirk Pitt ?

— J'ai le regret de vous informer, dit Prevlov avec une compassion pleine d'ironie, que M. Pitt se trouvait dans votre hélicoptère quand celui-ci est passé par-dessus bord et est tombé à la mer. Sa mort a dû être très rapide. »

63

L'amiral Kemper était assis en face du Président qui, le visage sévère, le regardait verser quatre cuillerées de sucre en poudre dans sa tasse de café.

« Le porte-avions *Beecher's Island* approche de la zone de recherches. Ses avions vont commencer à patrouiller dès les premières heures du jour. »

Kemper eut un petit sourire un peu forcé. « Ne vous inquiétez pas, monsieur le Président. D'ici le milieu de l'après-midi, nous aurons de nouveau le *Titanic* en remorque. Vous avez ma parole là-dessus. »

Le Président leva les yeux. « Un navire désemparé qui dérive au milieu de la pire tempête qu'on ait vue en cinquante ans ? Un navire dont les tôles sont rongées par la rouille après avoir passé soixante-seize ans au fond de la mer ? Un navire dont le gouvernement soviétique est prêt à s'emparer sous le moindre prétexte ? Et vous me dites de ne pas m'inquiéter. Amiral, ou bien vous êtes un homme aux convictions inébranlables, ou bien vous êtes un hyperoptimiste.

— L'ouragan Amanda, soupira Kemper. Nous avions prévu toutes les possibilités, mais rien dans nos rêves les plus fous ne nous avait préparés à une tempête d'une aussi formidable violence au milieu de mai. Elle a frappé avec une telle force, et en nous laissant si peu de temps que nous n'avons pas eu le loisir de modifier l'ordre de nos priorités pas plus que nos horaires.

— Imaginez que les Russes se soient mis en tête de tenter le coup et qu'en ce moment même ils soient à bord du *Titanic* ? »

Kemper secoua la tête. « Aborder un navire sous des vents de plus de 160 kilomètres-heure et avec des creux de plus de vingt mètres ? Mes années de mer me disent que c'est impossible.

— Il y a une semaine, l'ouragan Amanda aurait été considéré comme impossible aussi. »

Le Président lança un regard morne en voyant Warren Nicholson s'affaler dans le divan en face de lui.

« Pas de nouvelles ?

— Rien du *Titanic*, dit Nicholson. Ils n'émettent plus depuis qu'ils sont entrés dans l'œil de la tempête.

— Et les remorqueurs de la Marine ?

— Ils n'ont toujours pas repéré le *Titanic* — ce qui n'est guère surprenant. Avec leurs radars qui ne fonctionnent pas, ils en sont réduits à des recherches visuelles. Une tâche sans espoir, je le crains, par une visibilité presque nulle. »

Pendant de longs moments, il régna dans le bureau un silence suffocant. Ce fut Gene Seagram qui finit par le rompre. « Nous ne pouvons pas perdre maintenant, pas quand nous sommes si près du but, dit-il en se levant avec peine. Le terrible prix que nous avons payé... que j'ai payé... Le byzanium, oh, mon Dieu, nous ne pouvons pas nous le laisser reprendre. »

Ses épaules retombèrent et il parut se recroqueviller tandis que Donner et Collins l'aidaient à se rasseoir sur le canapé.

Kemper dit dans un murmure : « Si le pire se produit, monsieur le Président ? Que fait-on alors ?

— Nous faisons une croix sur Sandecker, Pitt et les autres.

— Et sur le Projet Sicile ?

— Le Projet Sicile, murmura le Président. Oui, nous faisons une croix là-dessus aussi. »

64

L'épaisse laine grise qui l'entourait commença lentement à se dissiper, et Pitt se rendit compte qu'il était allongé la tête en bas sur quelque chose de dur et qu'il baignait dans quelque chose d'humide. Il resta là de longues minutes, son esprit vacillant dans cette zone crépusculaire entre la conscience et l'inconscience, jusqu'au moment où il parvint peu à peu à ouvrir les yeux, du moins un œil ; l'autre était fermé par du sang coagulé. Comme un homme qui vient d'émerger d'un profond tunnel à la lumière du jour, il tourna son bon œil de droite à gauche, de haut en bas. Il était toujours dans l'hélicoptère, les pieds et les jambes repliés sur le plancher, le dos et les épaules appuyés contre la cloison arrière.

Voilà qui expliquait la sensation de dureté. Quant à l'humidité, c'était un euphémisme : plusieurs centimètres d'eau clapotaient autour de son corps. Il se demanda vaguement comment il s'était retrouvé tordu dans cette position bizarre.

Il avait l'impression que de petits hommes lui couraient à l'intérieur de la tête, en lui plantant des fourches dans le cerveau. Il s'aspergea le visage avec un peu d'eau, sans se soucier de la piqûre du sel, jusqu'au moment où le sang se dilua et se mit à couler, ce qui lui permit d'ouvrir la paupière. Maintenant qu'il avait retrouvé sa vision périphérique, il se tourna de façon à s'asseoir sur la cloison et à regarder le plancher. Il avait l'impression d'examiner une pièce truquée dans un palais des illusions.

Pas question de sortir par la trappe de soute : elle s'était bloquée sous les chocs subis par le fuselage lorsqu'il avait glissé d'un pont à l'autre du *Titanic*. N'ayant d'autre choix que de sortir par la porte du poste de pilotage, Pitt se mit à remonter le plancher, en utilisant comme poignées les anneaux de fixation de la cargaison.

Un anneau après l'autre, il se hissa vers la cloison avant, ou vers ce qui constituait maintenant le plafond. Sa tête lui faisait mal et il devait s'arrêter souvent pour laisser le vertige se dissiper. Il parvint enfin à toucher la poignée de la porte. Elle refusait de bouger. Il prit son Colt et se mit à frapper la serrure. La violence du choc fit échapper le pistolet de sa main mouillée et l'arme tomba jusqu'à la cloison arrière, mais la porte demeurait obstinément fermée.

Pitt respirait maintenant à courtes bouffées essoufflées. Épuisé, il était au bord de l'évanouissement. Il se retourna pour regarder en bas. La cloison arrière semblait bien loin. Il se cramponna des deux mains à un anneau du plancher, se balança en décrivant un arc toujours plus ouvert, puis fonça, les deux pieds en avant, en usant toute l'énergie dont un homme peut disposer lorsqu'il sait que c'est sa dernière tentative.

La serrure céda et la porte s'entrebâilla vers le haut, suivant un angle d'environ 30° avant que la force de gravitation ne la ramenât et ne la refermât. Mais cette brève ouverture était tout ce qu'il fallait à Pitt pour glisser une main sur le chambranle, en utilisant ses doigts pour le coincer. Il étouffa un cri de douleur lorsque la porte retomba sur les jointures de ses phalanges. Mais il resta cramponné là, digérant sa douleur et rassemblant son énergie pour le dernier obstacle. Il prit une profonde inspiration et hissa son corps par l'ouverture comme on se glisserait par une trappe dans un grenier sans l'aide d'une échelle. Puis il se reposa de nouveau, attendant que l'étourdissement se dissipe et que son cœur reprenne un rythme presque normal.

Il enroula un mouchoir trempé autour de ses doigts en sang et fit l'inventaire du poste de pilotage. Aucun problème pour sortir par là. La porte de la cabine avait été arrachée de ses gonds et le pare-brise était en miettes. Maintenant que sa fuite lui semblait assurée, il commença à se demander combien de temps il était resté inconscient. Dix minutes ? Une heure ? La moitié de la nuit ? Il n'avait aucun moyen de le savoir car sa montre avait disparu, sans doute arrachée de son poignet dans sa chute.

Que s'était-il passé ? Il essaya d'analyser les possibilités. L'hélicoptère avait-il été précipité à la mer ? C'était peu probable. Ç'aurait été maintenant le cercueil de Pitt au fond de l'océan. Mais d'où venait l'eau qui se trouvait dans la soute ? Peut-être l'appareil avait-il été arraché de ses ancrages et précipité contre une des parois du pont des embarcations de l'épave. Ça ne marchait pas non plus. Cela n'expliquait pas pourquoi l'hélicoptère se trouvait dans une position presque complètement verticale. Ce qu'il savait avec certitude, c'était que chaque seconde de plus passée au milieu d'une tempête à jouer au jeu des questions et des réponses le rapprochait d'ennuis plus sérieux, voire de la mort. Les réponses attendaient dehors, alors il se hissa sur le siège du pilote et regarda par les vitres brisées du cockpit dans les ténèbres.

Il contemplait le flanc du *Titanic*. Les gigantesques tôles rouillées de la coque s'étendaient dans la pénombre sur la droite et sur la gauche. Un bref coup d'œil en bas lui révéla la présence de la mer démontée.

Les vagues tourbillonnaient dans un formidable désordre, se heurtant souvent dans de fantastiques collisions dont le fracas résonnait comme un barrage d'artillerie. La visibilité était meilleure maintenant ; la pluie avait cessé et le vent avait molli jusqu'à dix ou quinze nœuds. Pitt crut tout d'abord qu'il avait dormi pendant la tempête. Mais il comprit pourquoi la mer se dressait vers le ciel sans aucun sens de direction : le *Titanic* dérivait dans l'œil du typhon, et seules quelques minutes allaient passer avant que toute la furie de l'arrière de la tempête ne s'abattît sur le navire désemparé.

Pitt se fraya avec prudence un chemin par une des vitres brisées au-dessus du nez de l'hélicoptère et se laissa tomber sur le pont du *Titanic*. Nul épisode sensuel ou érotique avec la plus belle femme du monde n'aurait pu lui procurer le frisson qu'il ressentit en retrouvant sous ses pieds le pont détrempé du vieux paquebot.

Mais quel pont ? Pitt se pencha par-dessus le bastingage, se démancha le cou et leva les yeux. Sur le pont au-dessus, il aperçut le bastingage tordu et brisé qui retenait encore une partie de l'hélicoptère. Cela signifiait qu'il se trouvait sur le pont promenade. Il baissa les yeux et comprit pourquoi l'appareil se trouvait dans une pareille position.

Son plongeon vers la mer bouillonnante avait été brutalement stoppé par ses patins d'atterrissage, qui s'étaient pris et coincés dans les ouvertures d'observation qui bordaient le pont promenade, laissant l'hélicoptère suspendu à la verticale, comme un monstrueux insecte sur un mur. Les énormes vagues avaient ensuite martelé son fuselage, le coinçant encore davantage contre la coque du navire.

Pitt n'eut pas le temps de savourer le miracle de son sauvetage. Car, là où il était, il sentait déjà la pression croissante du vent tandis qu'approchait la queue de l'ouragan. Il avait du mal à avancer et il se rendit compte que la gîte du *Titanic* s'était accentuée et qu'il penchait de nouveau fortement à tribord.

Ce fut alors qu'il remarqua les feux de route d'un autre navire tout proche, à moins de deux cents mètres par tribord. Aucun moyen d'en estimer la taille ; la mer et le ciel commençaient à se fondre tandis que la pluie revenait, lui cinglant le visage comme si c'était du papier de verre. Pouvait-ce être un des remorqueurs, se demanda-t-il ? Ou peut-être le *Juneau* était-il revenu. Mais soudain Pitt comprit : les feux n'étaient rien de tout cela. La lueur d'un éclair déchira la nuit et il aperçut le dôme bien reconnaissable qui ne pouvait être que la coupole protégeant l'antenne radar du *Mikhaïl Kourkov*.

Le temps de grimper un escalier et de regagner en trébuchant la place d'appontement de l'hélicoptère sur le pont des embarcations, il était trempé jusqu'aux os et haletant d'épuisement. Il s'arrêta pour s'agenouiller et ramasser un des câbles d'ancrage, examinant les extrémités séparées des fibres de nylon. Puis il se releva et, penché dans le vent qui hurlait, il disparut dans le rideau d'eau qui enveloppait le navire comme un linceul.

65

L'immensité de la salle à manger des premières classes du *Titanic* s'étendait sous le plafond surchargé de décorations, jusque dans les ténèbres au-delà du cercle de lumière, les quelques fenêtres à vitraux qui restaient reflétant les silhouettes déformées des hommes épuisés et vaincus que les Russes inflexibles tenaient toujours en joue.

Spencer avait été contraint de rejoindre le groupe. L'incompréhension se lisait dans son regard. Il lança à Sandecker un coup d'œil incrédule.

« Pitt et Woodson sont morts ? Ça n'est pas possible.

— C'est la triste vérité, murmura Drummer, entrouvrant ses lèvres tuméfiées. Un de ces sadiques a plongé un couteau dans la poitrine de Woodson.

— Une erreur de calcul de la part de votre ami », dit Prevlov en haussant les épaules. Il contemplait d'un air songeur la femme affolée et les neuf hommes plantés devant lui, il scrutait leurs visages tendus et couverts de sang. Il semblait savourer, avec un certain détachement, leurs efforts pour garder leur équilibre chaque fois que le *Titanic* était frappé de flanc par une gigantesque vague. « Et, à propos d'erreur de calcul, M. Spencer, il semble que vos hommes manifestent un remarquable manque d'enthousiasme pour actionner les pompes. Je n'ai pas besoin de vous rappeler que, si l'eau qui s'engouffre au-dessous du niveau de flottaison n'est pas rejetée à la mer, cet antique monument de l'extravagance capitaliste va sombrer.

— Qu'il sombre, dit Spencer d'un ton tranquille. Vous et votre racaille communiste ferez le plongeon avec.

— Voilà un événement peu probable, surtout quand on songe que le *Mikhaïl Kourkov* est paré précisément dans le cas d'une telle extrémité. » Prevlov prit une cigarette dans un étui en or et la tapota d'un air pensif sur le boîtier. « Alors, voyez-vous, un homme raisonnable accepterait l'inévitable et s'acquitterait de ses devoirs en conséquence.

— On n'est pas près de vous laisser poser vos sales pattes sur ce navire.

— Vous ne trouverez aucun d'entre nous pour faire votre sale travail à votre place », dit Sandecker. Il y avait dans sa voix un accent de tranquille assurance.

« Peut-être que non, fit Prevlov sans se démonter. D'un autre côté, je crois que je vais avoir la coopération dont j'ai besoin, et cela très bientôt. » Il fit un geste à l'un des gardes et lui murmura quelque chose en russe. Le garde acquiesça, traversa sans hâte la salle à manger, saisit Dana par le bras et la tira sans douceur sous un des projecteurs.

Comme un seul homme, l'équipage de sauvetage s'avança pour se trouver en face de quatre fusils-mitrailleurs braqués à la hauteur de leurs ventres. Ils s'immobilisèrent, impuissants, la rage et la haine suintant par chacun de leurs pores.

« Si vous la touchez, murmura Sandecker, sa voix vibrante de colère, vous le paierez.

— Oh, voyons, Amiral, dit Prevlov. Le viol, c'est bon pour les malades. Seul un crétin tenterait de vous faire chanter, vous et vos hommes, avec un aussi piètre subterfuge. Les Américains placent toujours leurs femmes sur des piédestals de marbre. Vous seriez tous prêts à mourir dans un bel effort pour protéger sa vertu, et à quoi cela m'avancerait-il ? Non, la cruauté et la torture sont des méthodes de rustres dans l'art délicat de la persuasion. Par contre, l'humiliation... » Il marqua un temps, dégustant le mot. « Oui, l'humiliation me semble un magnifique stimulant pour inciter vos hommes à reprendre leurs tâches, et maintenir ce navire à flot. »

Prevlov se tourna vers Dana. Elle le regarda, éperdue et désemparée. « Maintenant, Mrs Seagram, si vous voulez avoir la bonté d'ôter vos vêtements... tous vos vêtements.

— Qu'est-ce que c'est que ce truc minable ? demanda Sandecker.

— Ça n'est pas un truc. La modestie de Mrs Seagram va se trouver dénudée, étape par étape, jusqu'au moment où vous aurez donné l'ordre à M. Spencer et à ses hommes de coopérer.

— Non ! supplia Gunn. Ne faites pas ça, Dana !

— Je vous en prie, pas d'intervention, dit Prevlov, d'un ton las. Si besoin en est, je la ferai déshabiller de force par un de mes hommes. »

Lentement, de façon à peine perceptible, une étrange lueur de rébellion commença à s'allumer dans le regard de Dana. Puis, sans la moindre hésitation, elle se débarrassa de son caban, de sa salopette et de ses sous-vêtements. En moins d'une minute, elle était là, debout dans le halo de lumière, son corps souple et vibrant, et tout à fait nu.

Sandecker tourna le dos, et l'un après l'autre, les rudes gaillards de l'équipe de sauvetage l'imitèrent jusqu'au moment où ils se retrouvèrent tous à contempler l'obscurité.

« Vous allez la regarder, dit Prevlov d'un ton froid. Votre geste de galanterie est fort touchant, mais tout à fait inutile. Retournez-vous, messieurs, notre petite séance ne fait que commencer...

— Je trouve que cette connerie née du cerveau d'un chauviniste mâle est allée assez loin comme ça. »

Toutes les têtes se retournèrent comme si elles étaient actionnées par les ficelles d'un marionnettiste, au son de la voix de Dana. Elle était plantée là, les jambes écartées, les mains sur les hanches, les seins dardés devant elle, et les yeux flamboyant de moquerie. Même avec le vilain pansement qui lui entourait la tête, elle était superbe.

« L'entrée est gratuite, les gars, rincez-vous l'œil

tout votre saoul. Un corps de femme, ça n'est pas un grand secret. Vous en avez déjà tous vu et touché. Pourquoi tous ces airs honteux ? » Puis son expression changea et elle prit un air songeur, ses lèvres vinrent découvrir ses dents et elle éclata de rire. De toute évidence, elle avait coupé ses effets à Prevlov.

Il la dévisagea, la bouche un peu crispée. « Un numéro impressionnant, Mrs Seagram, très impressionnant en vérité. Mais un exemple typique de la décadence occidentale que je ne trouve guère amusant.

— Montre-moi un communiste et à chaque fois je te montrerai un trou de cul, lui lança Dana. Si vous autres pauvres connards vous saviez seulement comme le monde entier rigole derrière vos dos élimés chaque fois que vous sortez vos ridicules petits termes marxistes comme « décadence occidentale, fauteurs de guerre impérialistes ou manipulateurs bourgeois », vous feriez bien de vous redresser et d'avoir un peu de classe. Un régime comme le vôtre, c'est la plus grosse farce qu'on ait jouée à l'humanité depuis qu'on est descendus des arbres. Et si vous aviez un peu de couilles, vous l'admettriez. »

Prevlov était devenu blanc comme un linge. « Voilà qui suffit », ordonna-t-il. Il était sur le point de perdre sa parfaite maîtrise de soi, et cela l'agaçait.

Dana étira son long corps splendide en disant : « Qu'est-ce qu'il y a, Ivan ? On a trop l'habitude des femmes russes musclées et guerrières ? On ne peut pas se faire à l'idée d'une nana libérée du Pays des Hommes Libres et de la Terre des Braves, qui se fout de vos navrantes tactiques ?

— C'est votre vulgarité que je trouve difficile à accepter. Nos femmes du moins ne se comportent pas comme des traînées de ruisseau.

— Va te faire foutre », fit Dana avec un suave sourire.

Rien n'échappait à Prevlov. Il surprit le bref clin d'œil échangé entre Giordino et Spencer, il vit Sturgis serrer les poings et le petit geste que faisait Drummer de la tête. Il se rendait parfaitement compte maintenant que les mouvements indolents mais incessants de Dana qui l'éloignaient des Américains et la rapprochaient de l'arrière des gardes russes n'avaient rien d'inconscient ni d'improvisé. Son numéro était presque terminé. Les matelots soviétiques se démanchaient le cou pour mieux voir; leurs armes commençaient à s'abaisser dans leurs mains, quand Prevlov cria un ordre en russe.

Les gardes, brusquement arrachés à leur fascination, se retournèrent pour faire face à l'équipe de sauvetage, braquant de nouveau leurs armes sur eux.

« Mes compliments, chère madame, fit Prevlov en s'inclinant. Votre petit numéro a bien failli réussir. Une très, très habile supercherie. »

Il y avait dans l'expression de Prevlov un air bizarre de satisfaction clinique; il avait la froide assurance de quelqu'un sur l'astuce de qui on peut compter et qui vient de l'emporter haut la main.

Il observa Dana, mesurant chez elle les premiers effets de la défaite. Le sourire était toujours sur son visage, comme s'il était peint là, mais un léger frisson commençait à lui courber les épaules; elle se secoua et se redressa, fière et sûre d'elle.

« Je ne sais pas de quoi vous parlez.

— Bien sûr que non. » Prevlov soupira. Il la contempla un moment, puis se tourna pour dire quelque chose à un des gardes. L'homme acquiesça de la tête, dégaina un couteau et s'avança à pas lents vers Dana.

Dana se raidit et pâlit, comme si elle avait été changée en statue de sel. « Qu'allez-vous faire?

— Je lui ai donné l'ordre de vous couper le sein gauche », dit Prevlov sur le ton de la conversation.

Spencer regardait Sandecker bouche bée, ses yeux suppliant l'amiral de céder.

« Bonté divine ! s'exclama Sandecker, désespéré. Vous ne pouvez pas permettre... vous avez promis, ni cruauté ni torture...

— Je suis le premier à reconnaître qu'il n'y a aucune finesse dans la sauvagerie, répondit Prevlov, mais vous ne me laissez pas le choix. C'est la seule solution devant votre obstination. »

Sandecker contourna le garde le plus proche. « Il faudra que vous me tuiez d'abord... »

Le garde enfonça le canon de son fusil-mitrailleur dans les reins de Sandecker, et l'amiral tomba à genoux, le visage crispé par la douleur, le souffle coupé.

Dana avait les mains crispées le long de son corps, et elles prenaient une teinte d'ivoire. Elle avait abattu sa dernière carte, et maintenant elle avait l'air perdue ; ses magnifiques yeux couleur café étaient malades d'horreur lorsqu'elle vit le regard du garde exprimer soudain le désarroi tandis qu'elle sentait une main d'acier s'abattre sur son épaule et la pousser de côté. Pitt avança lentement dans la lumière.

66

Pitt resta figé là, comme une apparition jaillie des profondeurs d'un enfer aquatique. Il était trempé de la tête aux pieds, ses cheveux noirs collés en mèches sur son front ensanglanté, les lèvres plissées dans un sourire démoniaque. À la lueur des projecteurs, les gouttelettes d'eau scintillaient en ruisselant de ses vêtements détrempés avant de venir se répandre sur le pont.

Le visage de Prevlov était un masque de cire. D'un geste calme, il tira une cigarette de son étui en or, l'alluma et exhala la fumée en un long soupir.

« Votre nom ? Puis-je supposer que votre nom est Dirk Pitt ?

— C'est ce qu'il y a d'écrit sur mon acte de naissance.

— Il semble que vous soyez un homme d'une endurance peu commune, M. Pitt. J'avais l'impression que vous étiez mort.

— Cela tend simplement à prouver qu'on ne peut pas se fier aux commérages du bord. »

Pitt ôta son caban trempé et le posa avec douceur sur les épaules de Dana. « Désolé, mon cher cœur, c'est le mieux que je puisse faire pour l'instant. » Puis il se tourna vers Prevlov. « Pas d'objections ? »

Prevlov secoua la tête. Les airs désinvoltes de Pitt l'étonnaient. Il scrutait Pitt comme un tailleur de diamants inspecte une pierre, mais il ne distinguait rien derrière le voile de ces yeux verts comme la mer.

Prevlov fit un geste à un de ses hommes qui s'approcha de Pitt.

« Simple précaution, M. Pitt. Vous ne voyez pas d'objection à ce qu'on vous fouille ? »

Pitt haussa les épaules et leva les mains en l'air. Avec des gestes rapides et efficaces, le garde palpa du haut en bas les vêtements de Pitt, puis recula en secouant la tête.

« Pas d'arme, dit Prevlov. C'est très sage de votre part, mais je n'en attendais pas moins d'un homme de votre réputation. J'ai lu avec beaucoup d'intérêt un dossier décrivant vos exploits. J'aurais beaucoup aimé vous connaître dans des circonstances moins déplorables.

— Je regrette de ne pas pouvoir vous retourner le compliment, dit Pitt d'un ton courtois, mais vous n'êtes pas exactement le genre de vermine que j'aimerais avoir pour ami. »

Prevlov fit deux pas en avant et à toute volée frappa Pitt du revers de la main.

Pitt recula en trébuchant d'un pas et resta là, un filet de sang perlant à un coin de ses lèvres toujours plissées par un sourire. « Eh bien, eh bien, dit-il d'un ton tranquille mais d'une voix rauque. Le célèbre André Prevlov a fini par perdre son sang-froid. »

Prevlov se pencha en plissant les yeux. « Mon nom, fit-il d'une voix qui n'était guère plus qu'un murmure. Vous connaissez mon nom ?

— Égalité, répondit Pitt. J'en sais autant sur vous que vous en savez sur moi.

— Vous êtes encore plus habile que je n'étais enclin à le croire, dit Prevlov. Vous avez découvert mon identité, belle preuve de perspicacité. Sur ce point, je vous félicite. Mais vous n'avez pas besoin de bluffer en affichant des connaissances que vous ne possédez pas. Hormis mon nom, vous ne savez rien.

— Je me demande. Peut-être pourrais-je vous éclairer en vous racontant un peu du folklore local.

— Je n'ai aucune patience pour les contes de fées », dit Prevlov. Il fit signe au garde armé du couteau. « Maintenant, si nous revenions à nos efforts en vue de persuader l'amiral Sandecker d'inciter votre équipe de pompage à de plus grands efforts, je vous en serais infiniment reconnaissant. »

Le garde, un grand gaillard au visage toujours dissimulé sous son cache-nez, se remit à avancer vers Dana. Il tendait le poignard devant lui. Sa lame luisait dans la lumière, à moins de dix centimètres du sein gauche de Dana. Elle serra plus fort le caban de Pitt autour de ses épaules et contempla le couteau, pétrifiée de terreur.

« Dommage que vous n'aimiez pas les contes de fées, reprit Pitt, d'un ton détaché. En voici un qui vous aurait plu. Il s'agit d'une paire de maladroits appelés Or et Argent. »

Prevlov lui jeta un coup d'œil, hésita, puis fit signe au garde d'arrêter. « Vous avez mon attention, M. Pitt. Je vais vous donner cinq minutes pour marquer votre point.

— Ça ne prendra pas longtemps », dit Pitt. Il

s'interrompit pour frotter le sang séché qui une fois de plus menaçait de lui fermer l'œil. « Il était une fois deux ingénieurs canadiens qui découvrirent que l'espionnage pouvait être une activité secondaire lucrative. Ils balayèrent donc tout sentiment de culpabilité et devinrent des professionnels de l'espionnage dans tous les sens du terme, consacrant leurs talents à se procurer des renseignements confidentiels sur les programmes océanographiques américains et à les faire parvenir à Moscou par des voies clandestines. Or et Argent gagnèrent leurs rétributions, ne vous y trompez pas. Au cours des deux dernières années, il n'y a pas eu un projet de l'ANRO dont les Russes n'aient pas eu connaissance jusqu'au plus infime détail. Puis, lorsqu'il a été question du sauvetage du *Titanic*, le Département Renseignement de la Marine soviétique — votre département, Prevlov — a flairé une aubaine. Sans la moindre difficulté, vous vous êtes trouvé avec non pas un, mais deux hommes à votre solde qui étaient dans une situation rêvée pour obtenir et transmettre des renseignements sur les techniques américaines les plus avancées de sauvetage en eau profonde. Il y avait, bien sûr, un autre élément capital, mais vous n'en aviez même pas conscience à l'époque.

« Or et Argent, reprit Pitt, envoyaient des rapports réguliers sur le renflouement de l'épave en utilisant une méthode fort ingénieuse. Ils employaient un émetteur de bip-bip fonctionnant sur piles, un appareil qui peut transmettre sous l'eau des ondes sonores analogues à celles du sonar. J'aurais dû m'en apercevoir quand l'opérateur sonar du *Capricorne* a détecté une émission, mais au lieu de cela, j'ai cru que c'était un débris entraîné par un courant de profondeur qui venait frapper la coque du *Titanic*. Le fait que quelqu'un envoyait des messages codés ne nous est jamais venu à l'idée. Personne n'a pris la peine de déchiffrer ces bruits bizarres. Enfin, personne, sauf l'homme coiffé d'un casque d'hydrophones, à bord du *Mikhaïl Kourkov.* »

Pitt marqua un temps et jeta un coup d'œil autour de la salle à manger. Il avait maintenant l'attention de tous. « Nous n'avons commencé à nous douter de quelque chose que quand Henry Munk a éprouvé au mauvais moment le besoin de satisfaire un besoin naturel. En revenant des toilettes à l'extrémité arrière du *Sappho II,* il a entendu le bip-bip qui fonctionnait et il a voulu savoir ce que c'était : il a surpris un des agents en flagrant délit. Votre homme a probablement essayé de s'en tirer en bluffant, mais Henry Munk était un spécialiste des instruments. Il savait reconnaître un bip-bip de communication quand il en trouvait un et il a vite compris le truc. C'était un cas où la curiosité devait être punie. Il fallait réduire Munk au silence, et il l'a été, grâce à un coup à la base du crâne assené au moyen d'un des trépieds de Woodson. Cela a créé une situation embarrassante pour le meurtrier, alors il a cogné la tête de Munk contre le capot de l'alternateur pour donner les apparences d'un accident. Toutefois, le poisson n'a pas mordu à l'hameçon. Woodson se méfiait; je me méfiais; et pour couronner le tout, le docteur Bailey a découvert la meurtrissure sur le cou de Munk. Mais comme il n'y avait aucun moyen de prouver qui était le tueur, j'ai décidé d'accepter la version de l'accident jusqu'au moment où je pourrais recueillir assez de preuves pour désigner l'assassin. Plus tard, je suis retourné fouiller le bathyscaphe et j'ai découvert un trépied de photo un peu usé et très tordu ainsi que l'émetteur de bip-bip, là où notre ami et voisin l'espion les avait cachés, par une cruelle ironie, c'est-à-dire dans le propre placard de Munk. Convaincu que c'était une perte de temps de faire vérifier les empreintes — je n'avais pas besoin d'une divine inspiration pour me dire que j'avais affaire à un professionnel — j'ai laissé le trépied et l'émetteur exactement comme je les avais trouvés.

Je courais la chance que dans très peu de temps votre agent retrouverait son assurance et recommencerait à contacter le *Mikhaïl Kourkov*. Alors j'ai attendu.

— Un récit fascinant, fit Prevlov. Mais qui ne contient que des preuves bien indirectes. Une preuve formelle aurait été impossible à découvrir. »

Pitt eut un sourire énigmatique et poursuivit. « Je l'ai trouvée par un processus d'élimination. J'étais à peu près sûr que le meurtrier devait être un des trois hommes à bord du bathyscaphe qui étaient censés dormir pendant leur période de repos. J'ai donc modifié tous les quelques jours les tours de quart de l'équipage du *Sappho II*, si bien que deux des hommes étaient de service en surface pendant que le troisième plongeait sous l'épave. Lorsque notre opérateur sonar a repéré l'émission suivante du bip-bip, je tenais le meurtrier de Munk.

Qui est-ce, Pitt? demanda Spencer d'un ton résolu. Nous sommes dix ici. Est-ce l'un de nous? »

Pitt soutint un instant le regard de Prevlov puis se tourna soudain et désigna de la tête un des hommes affalés sous les projecteurs.

« Je regrette que la seule fanfare de présentation que je puisse vous offrir soit le martèlement des vagues contre la coque, mais soyez indulgents pour moi et saluez quand même, Drummer. Ce pourrait bien être votre dernier rappel avant qu'on ne vous fasse griller sur la chaise électrique.

— Ben Drummer! s'exclama Gunn. Je n'arrive pas à y croire. Alors qu'il est là tout meurtri et ensanglanté après s'être attaqué au meurtrier de Woodson.

— C'était pour la couleur locale, dit Pitt. Il était trop tôt pour lever le rideau sur son identité, en tout cas pas avant que nous n'ayons tous passé à la planche. Jusque-là, Prevlov avait besoin d'un informateur pour l'avertir de toute idée que nous aurions pu concevoir pour reprendre possession du navire.

— Il m'a bien eu, dit Giordino. Il a trimé plus dur que n'importe qui pour maintenir le *Titanic* à flot.

— Vous croyez ? riposta Pitt. Bien sûr, il avait l'air occupé, il a même réussi à transpirer et à se salir, mais qu'est-ce que tu l'as, en réalité, vu accomplir depuis notre arrivée à bord ? »

Gunn secoua la tête. « Mais il... enfin je croyais qu'il travaillait jour et nuit à inspecter le navire.

— Surveiller le navire, tu parles. Drummer a passé son temps à circuler avec un chalumeau à acétylène portatif pour découper des trous dans la coque.

— Je ne peux pas le croire, dit Spencer. Pourquoi s'escrimer à faire couler le navire si ses copains russes veulent mettre le grappin dessus, eux aussi ?

— C'était un coup de dés désespéré pour retarder le remorquage, répondit Pitt. La question temps était critique. La seule chance qu'avaient les Russes de prendre le *Titanic* à l'abordage avec une certaine possibilité de réussite, c'était pendant son passage dans l'œil de la tempête. C'était bien raisonné. L'idée ne nous en est jamais venue. Si les remorqueurs avaient pu tirer l'épave sans complications, nous aurions manqué le centre de l'ouragan de trente milles. Mais grâce à Drummer, l'instabilité de la coque qui donnait de la bande a rendu le travail de remorquage quasi impossible. Avant qu'on ne coupe le câble, le *Titanic* dérivait dans tous les sens, forçant les remorqueurs à réduire leur vitesse au minimum gouvernable. Et, comme vous pouvez le voir, la simple présence de Prevlov et de sa bande de coupe-jarrets témoigne de la réussite des efforts de Drummer. »

La vérité commençait à se faire jour. Aucun des membres de l'équipe de sauvetage n'avait vraiment vu Drummer peiner sur une pompe ni proposer de faire sa part de travail. L'idée leur venait peu à peu qu'il avait toujours été de son côté, ne se montrant que pour manifester sa déception de ne pas pouvoir surmonter les obstacles qui, prétendait-il, l'empêchaient de poursuivre son tour du navire. Ils considéraient Drummer comme si c'était une créature d'un autre monde, guettant, attendant ses protestations indignées.

Il n'y eut aucune protestation, rien qu'une fugitive expression d'agacement qui disparut aussi vite qu'elle était venue. La métamorphose de Drummer n'était rien moins que stupéfiante. Son regard triste de basset avait disparu ; ses yeux brillaient soudain. Disparus aussi, le pli nonchalant des lèvres et l'attitude un peu vautrée. La façade indolente n'était plus là : à sa place ils avaient sous les yeux un homme qui se tenait bien droit et à l'allure presque aristocratique.

« Permettez-moi de vous dire, Pitt, fit Drummer d'un ton précis, que vos facultés d'observation feraient la fierté d'un agent de renseignement de première classe. Toutefois, vous n'avez rien découvert qui modifie vraiment la situation.

— Voyez-vous ça, fit Pitt. Voilà que notre ancien collègue a tout d'un coup perdu son accent traînant du Sud.

— Assez beau travail, vous ne trouvez pas ?

— Votre beau travail ne s'arrêtait pas là, Drummer. À un moment dans votre prometteuse carrière, vous avez appris à découvrir des secrets et à assassiner des amis.

— Les obligations du métier », fit Drummer. Il s'était séparé de l'équipe de sauvetage et se tenait auprès de Prevlov.

« Dites-moi, lequel êtes-vous. Or ou Argent ?

— Ça n'a plus d'importance, dit Drummer en haussant les épaules. Je suis Or.

— Alors votre frère est Argent. »

Drummer perdit son expression satisfaite. « Vous savez ça ? dit-il lentement.

— Après vous avoir repéré, j'ai transmis mes renseignements, si maigres fussent-ils, au FBI. Je dois rendre cette justice à Prevlov et à ses camarades des Renseignements de la Marine soviétique. Ils vous avaient fabriqué un passé aussi américain que possible, ou bien dirais-je géorgien, et en apparence aussi authentique que le drapeau des Sudistes. Mais le bureau a fini par se retrouver au milieu des faux documents attestant de votre passé irréprochable et a retrouvé votre trace jusqu'à votre ville natale d'Halifax, en Nouvelle-Écosse, où votre frère et vous étiez nés à dix minutes d'intervalle, me permettrai-je d'ajouter.

— Mon Dieu ! murmura Spencer. Des jumeaux.

— Oui, mais pas identiques. Ils n'ont même pas l'air de frères.

— Alors ça devenait un simple cas d'un jumeau menant à l'autre, dit Spencer.

— Pas si simple, répondit Pitt. Ils sont malins, Drummer et son frère. On ne peut pas leur retirer ça. Ç'a été ma première erreur, de tenter d'établir un parallèle entre deux hommes qui auraient dû avoir les mêmes goûts et les mêmes aversions, qui partageaient la même cabine ou qui au moins semblaient copains. Mais Or et Argent ont joué des rôles opposés jusqu'au bout. Drummer était copain avec tout le monde mais vivait seul. J'étais dans une impasse. Le FBI essayait de retrouver la trace du frère de Drummer en revérifiant les contrôles de sécurité effectués sur tous les membres de l'équipe de sauvetage, mais personne ne parvenait à établir un lien sûr. Là-dessus, une chance sous la forme d'une quasi-tragédie s'est produite et a permis de découvrir la piste.

« L'accident du *Deep Fathom*, dit Gunn, en contemplant Drummer d'un regard froid. Mais Drummer n'avait aucun rapport avec le bathyscaphe. Il appartenait à l'équipage du *Sappho II*.

— Il avait un rapport très direct. Voyez-vous, son frère était sur le *Deep Fathom*.

— Comment avez-vous deviné cela ? demanda Drummer.

— Il existe un lien curieux entre jumeaux. Ils pensent et sentent comme s'ils ne faisaient qu'un.

Vous avez pu jouer le rôle de deux individus sans aucun lien entre eux, Drummer, mais vous étiez tous les deux trop proches pour que l'un de vous ne réagisse pas quand l'autre frôlait la mort. Vous avez ressenti l'angoisse de votre frère, tout aussi sûrement que si vous étiez coincé au fond de l'océan dans le bathyscaphe avec lui.

— Bien sûr, fit Gunn. Nous étions tous nerveux sur le moment, mais Drummer, lui, était au bord de la crise de nerfs.

— Là encore, c'est devenu un processus d'élimination entre trois hommes; cette fois, c'étaient Chavez, Kiel et Merker. Chavez est de toute évidence d'origine mexicaine, et ça ne s'imite pas. Kiel est de huit ans trop jeune; on ne truque pas ça non plus. Restait Sam Merker.

— Bon sang! marmonna Spencer. Comment avons-nous pu marcher si longtemps?

— Ça n'est pas difficile à imaginer lorsqu'on songe que vous aviez affaire à la meilleure équipe que les Russes pouvaient aligner. » Un sourire plissa les lèvres de Pitt. « Au fait, Spencer, vous avez dit tout à l'heure que nous étions dix ici. Vous avez mal compté : il y en a onze. Vous avez omis d'inclure Jack l'Éventreur que voici. » Il se tourna vers le garde, toujours planté devant Dana, tenant toujours à la main son poignard comme s'il lui avait poussé dans la paume.

« Pourquoi ne laissez-vous pas tomber votre stupide déguisement, Merker, pour rejoindre vos petits camarades? »

Le garde ôta lentement sa casquette et déroula l'écharpe qui lui masquait la partie inférieure du visage.

« C'est le salaud qui a poignardé Woodson, siffla Giordino.

— Désolé, dit Merker d'un ton calme. La première erreur de Woodson a été de me reconnaître. Il aurait pu vivre s'il en était resté là. Sa seconde erreur, et elle lui a été fatale, a été de m'attaquer.

— Woodson était votre ami.

— Dans l'espionnage, il n'y a pas place pour des amis.

— Merker, dit Sandecker. Merker et Drummer. Or et Argent. Je vous faisais confiance à tous les deux, et pourtant vous vendiez l'ANRO. Pendant deux ans, vous nous avez trahis. Et pourquoi ? Pour quelques malheureux dollars.

— Je ne dirais pas ça, Amiral, fit Merker en remettant son poignard dans sa gaine. C'était plus qu'assez pour nous faire vivre mon frère et moi en grand style pour longtemps encore.

— Mais d'où est-il venu ? demanda Gunn. Merker est censé être à l'infirmerie du docteur Bailey à bord du *Capricorne.*

— Il est venu en passager clandestin à bord de l'hélicoptère de Sturgis, dit Pitt, en essuyant son front ensanglanté avec un mouchoir mouillé.

— Ça n'est pas possible ! s'exclama Sturgis. Vous étiez là, Pitt, quand j'ai ouvert la soute. À part Mrs Seagram, l'hélico était vide.

— Merker était pourtant là. Après avoir échappé au docteur Bailey, il a ignoré sa propre cabine et est allé dans celle de son frère, Drummer, où il a emprunté quelques vêtements, y compris une paire de bottes de cow-boy. Il s'est alors glissé dans l'hélicoptère, a jeté par-dessus bord le radeau de sauvetage et s'est dissimulé sous sa bâche. Malheureusement pour Dana, elle se trouvait là en train de chercher sa trousse de maquillage. Lorsqu'elle s'est agenouillée pour la retrouver, son œil a aperçu les bottes de Merker qui dépassaient de sous la bâche du radeau. Pour ne pas la laisser gâcher son évasion, il lui a donné sur la tête un coup avec un marteau qu'il avait trouvé quelque part, il l'a enroulée dans une bâche et a regagné sa cachette.

— Ça veut dire qu'il était toujours dans la soute lorsque nous avons découvert Mrs Seagram.

— Non. À ce moment-là il était parti. Si vous vous rappelez, après que vous avez débloqué le verrou électrique de la porte de la soute, nous avons attendu quelques instants à l'affût du moindre mouvement dans l'appareil. Il n'y en avait aucun parce que Merker s'était déjà glissé dans la cabine de pilotage en profitant du bruit des moteurs d'ouverture de la porte. Ensuite, quand vous et moi avons voulu jouer au gendarme et quand nous sommes entrés dans la soute, il a abaissé l'échelle fixée à la porte de la cabine et s'est éloigné tranquillement dans la nuit.

— Mais pourquoi lancer le marteau dans les pales du rotor ? insista Sturgis. Ça servait à quoi ?

— Comme vous rameniez l'hélico du *Capricorne* à vide, expliqua Merker, et qu'il n'y avait pas de fret à décharger, je ne pouvais pas prendre le risque de vous voir décoller sans ouvrir la porte de la soute. J'étais prisonnier là-dedans et vous ne le saviez pas.

— Après ça, dit Pitt à Merker, vous n'avez pas chômé. Vous vous êtes faufilé dans tout le bateau, guidé sans doute par un plan fourni par Drummer. Vous avez commencé par prendre le chalumeau portatif de votre frère et par couper le câble de remorque pendant que le premier maître Bascom et ses hommes se reposaient dans le gymnase entre deux tournées d'inspection. Ensuite, vous avez coupé les filins d'ancrage de l'hélicoptère, en éprouvant, j'en suis certain, une grande satisfaction à vous dire qu'il passait par-dessus bord avec moi dedans.

— D'une pierre deux coups, reconnut Merker. Pourquoi nier... »

Merker fut interrompu par le bruit étouffé d'une rafale de mitraillette qui arrivait de quelque part du côté des ponts inférieurs. Prevlov haussa les épaules en regardant Sandecker.

« Je crains que vos hommes en bas ne se révèlent un peu difficiles. » Il ôta la cigarette de son fume-cigarette et l'écrasa sous sa botte. « Je crois que cette discussion a assez duré. Dans quelques heures la tempête va se calmer et le *Mikhaïl Kourkov* va se mettre en position pour le remorquage. Amiral Sandecker, vous veillerez à ce que vos hommes coopèrent à actionner les pompes, Drummer vous montrera les emplacements où il a percé la coque au-dessous de la ligne de flottaison, de façon que le reste de votre équipage puisse combler les voies d'eau.

— Nous voici revenus au jeu de la torture, dit Sandecker avec mépris.

— J'en ai assez de jouer, Amiral. » Prevlov avait un air décidé. Il s'adressa à l'un des gardes, un homme trapu qui respirait la brutalité. Le même garde qui avait enfoncé le canon de son arme dans le dos de Sandecker. « Je vous présente Buski, un garçon très direct, qui se trouve être le meilleur tireur de son régiment. Il comprend aussi un peu l'anglais, assez en tout cas pour traduire une progression numérique. » Il se tourna vers le garde. « Buski, je vais commencer à compter. Quand j'arriverai à cinq, vous tirerez une balle dans le bras droit de Mrs Seagram. À dix, dans le bras gauche ; à quinze dans le genou droit ; et ainsi de suite jusqu'à ce que l'amiral Sandecker revienne à des dispositions plus coopératives.

— Voilà une attitude bien utilitaire, reconnut Pitt. Et, quand nous aurons rempli notre rôle, vous abattrez le reste d'entre nous, vous lesterez nos corps de plomb et vous les jetterez à la mer de façon qu'on ne les retrouve jamais. Vous prétendrez ensuite que nous avons abandonné le navire à bord de l'hélicoptère qui, bien sûr, s'est fort commodément abîmé en plein océan. Vous aurez même deux témoins, Drummer et Merker, les deux survivants miraculés qui seront prêts à témoigner comment les bons Russes les ont repêchés de la mer juste au moment où ils sombraient pour la troisième fois.

— Je ne vois aucune utilité de prolonger davantage ce supplice, dit Prevlov d'un ton las. Buski. »

Buski leva son fusil-mitrailleur et visa le bras de Dana.

« Vous m'intriguez, Prevlov, dit Pitt. Vous n'avez pas eu l'air de vous intéresser beaucoup à savoir comment j'avais appris le nom de code de Drummer et de Merker, ni pourquoi je ne les avais pas fait jeter en prison après avoir découvert leur identité. Vous ne semblez même pas curieux de savoir comment j'ai appris votre nom.

— Curieux, si, mais ça ne change rien. Rien ne peut changer les circonstances. Rien ni personne ne peut vous aider, vous et vos amis, Pitt. Plus maintenant. Ni la CIA ni toute la flotte américaine. Les dés sont jetés. L'heure n'est plus à discuter. »

Prevlov fit un signe de tête à Buski. « Un.

— Lorsque le capitaine Prevlov arrivera à quatre, vous mourrez, Buski. »

Buski eut un sourire méprisant et ne répondit rien.

« Deux.

— Nous connaissions vos plans pour vous emparer du *Titanic*. L'amiral Sandecker et moi étions au courant depuis quarante-huit heures.

— Votre dernier bluff a échoué. Trois. »

Pitt haussa les épaules avec indifférence. « Alors tout le sang retombera sur vos mains, Prevlov.

— Quatre. »

Un fracas assourdissant retentit dans la salle à manger tandis que la balle venait frapper Buski entre les deux yeux, juste au-dessous du cuir chevelu, catapultant presque un quart de son crâne comme une comète rougeâtre, lui faisant brusquement relever la tête et l'abattant sur le pont, inerte, bras et jambes écartés aux pieds de Prevlov.

Dana poussa un cri de douleur et de surprise en se trouvant plaquée sur le pont. Pitt ne s'excusa pas de l'avoir jetée là ni de l'étouffer sous ses quatre-vingt-dix kilos dont il s'efforçait de lui faire un abri. Giordino plongea sur Sandecker et le fit dégringoler avec la violence désespérée d'un placage de dernière minute au rugby. Le reste de l'équipe de sauvetage ne perdit pas plus d'un dixième de seconde à démontrer à quel point leur instinct de conservation était bien ancré chez chacun d'eux. Ils s'éparpillèrent et s'affalèrent comme des feuilles dans un coup de vent, suivis de près par Drummer et Merker qui s'effondrèrent comme s'ils étaient entravés l'un à l'autre.

Le bruit de la détonation résonnait encore dans les recoins de la salle lorsque les gardes réagirent et se mirent à tirer des rafales de leurs fusils-mitrailleurs dans l'obscurité en direction de l'entrée de la salle à manger. C'était un geste vain. Le premier garde fut presque aussitôt abattu et bascula en avant. Le second lança son arme en l'air et ses mains essayèrent désespérément d'arrêter le flot de sang qui jaillissait de son cou pendant que le troisième s'affalait lentement sur les genoux, en contemplant sans comprendre les deux petits trous qui venaient d'apparaître au centre de sa vareuse.

Prevlov maintenant était seul. Il les regarda tous, puis tourna les yeux vers Pitt. Son visage exprimait l'acceptation, l'acceptation de la défaite et de la mort. Il salua de la tête Pitt, puis calmement tira son automatique de son étui et se mit à faire feu dans le noir. Il vida son chargeur, et resta là, attendant la flamme d'un coup de feu, tous ses muscles tendus dans l'attente de la douleur qui n'allait pas manquer de venir. Mais rien ne lui répondit. La grande salle était silencieuse. Tout parut se ralentir et ce fut alors seulement que la révélation se fit en lui. Il n'était pas destiné à mourir.

C'était un piège, et il y avait mis les pieds avec la naïveté d'un petit enfant s'aventurant dans la tanière d'un tigre.

Un nom commença à se former dans sa tête, lancinant, un nom qu'il se répétait et se répétait encore.

Marganine... Marganine... Marganine.

67

On définit en général un phoque comme un mammifère aquatique carnivore avec des nageoires palmées et une fourrure douce au toucher, mais les silhouettes fantomatiques qui firent soudain leur apparition autour de Prevlov et des gardes abattus ne ressemblaient guère à des phoques. Prevlov connaissait assez bien l'anglais pour savoir que phoque en anglais se dit « seal » et le SEAL de la Marine américaine, sigle pour Sea, Air and Land (Opérations Navales, Aériennes et Terrestres) appartenait à un extraordinaire corps d'élite, entraîné à toutes les formes de combat, depuis la démolition sous-marine jusqu'à la guerre en jungle.

Ils étaient cinq, vêtus de combinaisons de plongée en caoutchouc noir, avec cagoule et bottes assorties. Leurs visages étaient impossibles à distinguer sous le barbouillage noir, si bien qu'on n'aurait pu dire où s'arrêtait leur combinaison et où commençait leur visage. Quatre hommes tenaient des carabines automatiques M-24 à crosse pliante, tandis que le cinquième serrait un Stoner, une arme impressionnante à double canon. Un des SEALs se détacha du groupe et aida Pitt et Dana à se relever.

« Oh, mon Dieu, gémit Dana. Je vais être couverte de bleus pendant un mois. » Pendant peut-être cinq secondes, elle massa d'un air absent son corps endolori, sans se rendre compte du fait que le caban de Pitt s'était ouvert. Lorsqu'elle s'en aperçut, quand elle vit les gardes abattus dans des attitudes grotesques où la mort les avait figés, sa voix s'étouffa. « Oh, merde... merde alors...

— Je crois qu'il n'est pas présomptueux de dire que Madame a survécu », dit Pitt avec un petit sourire. Il serra la main du SEAL puis le présenta à Sandecker qui se cramponnait à l'épaule de Giordino comme il pouvait.

« Amiral Sandecker, puis-je vous présenter notre sauveur, le lieutenant Fergus, des SEALs de la Marine américaine. »

Sandecker répondit d'un petit hochement de tête ravi au salut impeccable de Fergus, lâcha l'épaule de Giordino et se redressa de toute sa taille.

« Le navire, Lieutenant, qui commande le navire ?

— Si je ne me trompe, Amiral, c'est vous... »

Les mots de Fergus furent ponctués par une autre rafale de mitraillette venant de quelque part dans les profondeurs caverneuses du navire.

« La dernière résistance. » Fergus sourit. Ses dents blanches luisaient dans son visage noirci comme une enseigne lumineuse. « Nous contrôlons le navire, Amiral. Je vous en donne l'assurance.

— Et l'équipe de pompage ?

— Saine et sauve, et de nouveau au travail.

— Combien d'hommes sous vos ordres ?

— Deux unités de combat, Amiral. Dix hommes en tout, moi compris. »

Sandecker haussa les sourcils. « Seulement dix hommes, avez-vous dit ?

— En général, pour un assaut de cette nature, dit Fergus d'un ton détaché, nous n'aurions utilisé qu'une unité de combat, mais l'amiral Kemper a estimé préférable de doubler nos effectifs pour plus de sûreté.

— La Marine a fait quelques progrès depuis mon temps, dit Sandecker d'un ton nostalgique.

— Pas de pertes ? demanda Pitt.

— Jusqu'à il y a cinq minutes, deux de mes hommes blessés, mais légèrement, et un disparu.

— D'où êtes-vous venus ? » C'était Merker qui avait posé la question. Il regardait d'un air mauvais par-dessus l'épaule d'un SEAL méfiant. « Il n'y avait pas de navire dans les parages, on n'a repéré aucun avion. Comment... ? »

Fergus jeta un coup d'œil interrogateur à Pitt qui acquiesça de la tête. « Autorisation accordée d'informer notre ancien collègue, Lieutenant. Il pourra réfléchir à vos réponses pendant qu'il attendra dans sa cellule de condamné à mort.

— Nous sommes arrivés à bord dans des conditions peu commodes, expliqua Fergus. À quinze mètres au-dessous de la surface, nous sommes sortis par les tubes lance-torpilles d'un sous-marin nucléaire. C'est ainsi que j'ai perdu un de mes hommes ; la mer était fichtrement mauvaise. Une vague a dû l'écraser contre la coque du *Titanic* pendant que nous attendions notre tour pour escalader les échelles d'abordage jetées par-dessus bord par M. Pitt.

— C'est bizarre que personne d'autre ne vous ait vus monter à bord, murmura Spencer.

— Ça n'est pas bizarre du tout, dit Pitt. Pendant que j'aidais le lieutenant Fergus et son équipe à grimper jusqu'à la plage arrière et que je les cachais dans la vieille cabine du commissaire de bord sur le Pont C, vous autres étiez rassemblés dans le gymnase à attendre mon petit discours bouleversant sur le sacrifice personnel. »

Spencer secoua la tête. « Rudement bien joué.

— Je dois le reconnaître, dit Gunn. Tu nous as tous roulés dans la farine.

— Cela dit, les Russes ont failli tout faire louper. Nous ne comptions pas qu'ils tenteraient leur coup avant que la tempête se soit calmée. Aborder le *Titanic* en profitant de l'œil bleu de la tempête, c'était un coup de maître. Et ça a failli marcher. Sans Giordino, l'amiral ou moi pour prévenir le lieutenant — nous trois étions les seuls à connaître la présence des SEALs à bord — Fergus n'aurait jamais su quand lancer son attaque.

— Je dois reconnaître, fit Sandecker, que pendant un moment j'ai pensé que nous étions fichus. Giordino et moi prisonniers de Prevlov, et Pitt présumé mort.

— Dieu sait, dit Pitt ; si l'hélicoptère ne s'était pas coincé sur le pont promenade, je reposerais en ce moment même au fond de l'océan.

— À vrai dire, reprit Fergus, M. Pitt avait l'air d'un cadavre ambulant lorsqu'il est arrivé dans la cabine du commissaire. Quelle endurance ! À demi noyé, le crâne ouvert et malgré ça il a insisté pour guider mes hommes à travers ce musée flottant, jusqu'à ce que nous ayons repéré nos visiteurs soviétiques. »

Dana regardait Pitt d'un air bizarre. « Depuis combien de temps étiez-vous caché dans l'ombre avant de faire votre entrée théâtrale ? »

Pitt eut un sourire narquois. « Une minute avant votre strip-tease.

— Espèce de salaud. Vous êtes resté là en me laissant me couvrir de ridicule, lança-t-elle. Vous les avez laissés se servir de moi comme si j'étais un morceau de viande à l'étal d'un boucher.

— Je me suis servi de vous aussi, mon cher cœur, par nécessité. Après avoir découvert le corps de Woodson et l'émetteur radio fracassé dans le gymnase, je n'avais pas besoin d'une voyante pour me dire que nos petits camarades d'Ukraine avaient arraisonné le navire. J'ai alors rassemblé Fergus et ses hommes et je les ai conduits jusqu'à la salle des chaudières, en me disant que les Russes seraient déjà à garder l'équipe de pompage. J'avais raison. Les priorités absolues d'abord. Quiconque contrôlait les pompes contrôlait l'épave. Lorsque j'ai vu que je serais plus une gêne qu'une aide pour maîtriser les gardes, j'ai emprunté un SEAL et je suis parti à votre recherche. Après avoir erré dans la moitié du navire, nous avons fini par entendre des voix qui venaient de la salle à manger. J'ai alors donné l'ordre au SEAL de redescendre dare-dare chercher du renfort.

— Ensuite, ç'a été une brillante tactique de retardement, fit Dana.

— Exactement. J'avais besoin de chaque seconde que je pouvais mendier, emprunter ou voler jusqu'au moment où Fergus arriverait pour rétablir l'équilibre. C'est pourquoi j'ai tenu la scène jusqu'à la dernière seconde.

— C'était diantrement risqué, fit Sandecker. Votre acte II était un peu bâclé, vous ne trouvez pas ?

— J'avais deux éléments en ma faveur, expliqua Pitt. Le premier était la compassion, je vous connais, Amiral. Malgré vos airs de gargouille, vous aidez toujours les vieilles dames à traverser les rues et vous nourrissez les chiens perdus. Vous auriez pu attendre jusqu'au dernier instant pour céder, mais vous auriez cédé. »

Puis Pitt passa ses bras autour de Dana et exhiba lentement une arme impressionnante qu'il avait tirée d'une poche du caban jeté sur les épaules de la jeune femme. « L'autre, c'était ma police d'assurance. Fergus m'a prêté ça avant que la fête commence. Ça s'appelle un Stoner. Ça tire une nuée de petites flèches, pointues comme des aiguilles. D'une rafale, j'aurais pu abattre Prevlov et la moitié de ses hommes.

— Et moi qui croyais que vous étiez un gentleman, fit Dana d'un ton qu'elle essayait de rendre amer. Vous ne m'avez couverte de votre caban que pour qu'ils ne trouvent pas votre arme lorsqu'ils vous ont fouillé.

— Il faut reconnaître que votre... hum... que votre situation un peu exposée créait une distraction idéale.

— Je vous demande pardon, Messieurs, dit le premier maître Bascom, mais pourquoi diable ce vieux rafiot rouillé intéresserait-il les Russes ?

— C'est ce que je me disais, ajouta Spencer. À quoi ça rime ?

— Je pense que ça n'est plus un secret, fit Pitt en haussant les épaules. Ce n'est pas le navire qui intéressait les Russes. C'est un élément rare appelé byzanium qui a sombré avec le *Titanic* en 1912. Convenablement traité et intégré à un système de défense sophistiqué, m'a-t-on dit, cela rendra les missiles balistiques intercontinentaux aussi démodés que le dinosaure volant. »

Le premier maître Bascom émit un long sifflement : « Et vous voulez dire que cette camelote est encore quelque part dans les cales ?

— Enfouie sous plusieurs tonnes de débris, mais elle est toujours là.

— Vous ne vivrez jamais pour voir le byzanium, Pitt. Aucun de vous... aucun de nous. D'ici demain matin le *Titanic* sera totalement anéanti. » Il n'y avait pas de colère sur le visage de Prevlov, mais quelque chose qui ressemblait à de la satisfaction, à de la complaisance. « Avez-vous vraiment pensé que nous n'avions pas envisagé toutes les possibilités ? Que tous les risques d'échec n'étaient pas contrebalancés par un plan de secours ? Si nous ne pouvons pas avoir le byzanium, alors vous non plus. »

Pitt le regarda avec ce qui semblait être de l'étonnement. « Oubliez tout espoir que vous pouvez nourrir de voir la cavalerie, ou dans votre cas, les Cosaques, arriver à votre secours, Prevlov. Vous avez bel et bien essayé, mais vous jouiez avec ce que nous autres Américains appelons un jeu truqué. Vous étiez prêt à tout, à tout sauf à un coup monté par un agent double. Je ne sais pas comment le plan a été conçu. Ç'a dû être une merveille d'habileté créatrice, et vous avez tout avalé, l'appât et l'hameçon. Je suis désolé, capitaine Prevlov, mais c'est aux vainqueurs que revient le butin.

— Le byzanium appartient au peuple russe, répondit Prevlov d'un ton grave. Il a été pillé sur notre sol par votre gouvernement. Ça n'est pas nous qui sommes les voleurs, Pitt, c'est vous.

— C'est un point discutable. S'il s'agissait d'une œuvre d'art historique, d'un trésor national, notre Département d'État, à n'en pas douter, veillerait à ce qu'il soit embarqué sur le prochain navire à destination de Mourmansk, mais pas quand c'est l'élément essentiel d'une arme stratégique. Si nos rôles étaient renversés, Prevlov, vous ne lâcheriez pas le byzanium — pas plus que nous ne le ferons.

— Alors il faut le détruire.

— Vous avez tort. Une arme qui ne supprime pas des vies mais qui se contente de les protéger ne doit jamais être détruite.

— Votre genre de philosophie papelarde confirme simplement ce que nos dirigeants savent depuis longtemps. Vous ne pouvez pas l'emporter contre nous. Un jour, dans un avenir pas trop lointain, votre précieuse expérience de démocratie connaîtra le sort du Sénat de Rome. Ce sera le témoignage d'une époque sur lequel se pencheront les étudiants du communisme, rien de plus.

— Ne retenez pas votre souffle, camarade. Vous devrez, vous autres, témoigner de pas mal de plus de finesse avant de pouvoir gouverner le monde.

— Relisez votre histoire, dit Prevlov avec un sourire menaçant. Au long des siècles les peuples que les nations sophistiquées ont qualifiés de barbares ont toujours fini par l'emporter. »

Pitt lui adressa un sourire courtois, tandis que les SEALs emmenaient Prevlov, Merker et Drummer par le grand escalier jusqu'à une cabine où ils resteraient sous bonne garde.

Le sourire de Pitt n'était pas sincère. Prevlov avait raison.

C'étaient toujours les Barbares qui finissaient par l'emporter.

CINQUIÈME PARTIE

SOUTHBY

Juin 1988

68

L'ouragan Amanda se mourait lentement mais inexorablement. Ce dont on se souviendrait longtemps comme de la Grande Tempête de 1988 avait tracé sa route dévastatrice sur trois mille milles d'océan en trois jours et demi, et elle devait encore frapper son dernier coup le plus meurtrier. Comme l'explosion ultime d'une supernova avant de se désintégrer dans l'obscurité, l'ouragan vira soudain à l'est et vint frapper la péninsule d'Avallon, sur Terre-Neuve, balayant la côte du Cape Race jusqu'à Pouch Cove, au nord.

En quelques minutes, une agglomération après l'autre se trouva inondée par la pluie qui déferlait des nuages poussés par la tempête. Plusieurs petits villages côtiers furent précipités à la mer par le flot qui déferlait des vallées. Des bateaux de pêche furent jetés à la côte et brisés en débris méconnaissables. Des toits furent arrachés des bâtiments des faubourgs de Saint John, tandis que les rues de la ville étaient transformées en rivière. L'eau et l'électricité furent coupées pendant des jours et, jusqu'à l'arrivée de navires de secours, on dut rationner les vivres.

Aucun ouragan enregistré dans les archives météorologiques n'avait jamais déchaîné une furie comparable à celui-ci. Personne n'évaluerait jamais le coût énorme des dégâts. Les estimations les plus modestes s'élevaient à deux cent cinquante millions de dollars. Sur ce chiffre, cent cinquante millions représentaient la flotte de pêche presque totalement détruite de Terre-Neuve. Neuf navires furent perdus en mer, et six sans survivants. La tempête laissa sur son passage entre 300 et 325 morts.

Aux premières heures du vendredi matin, le docteur Ryan Prescott était assis tout seul dans le principal bureau du centre des ouragans de l'ANRO. L'ouragan Amanda avait enfin terminé sa course, parachevé ses destructions, sacrifié quelques vies et était en train maintenant de se dissiper au-dessus du golfe du Saint-Laurent. La bataille était terminée ; les météorologues du centre ne pouvaient plus rien faire. Après soixante-douze heures d'insomnie passées à suivre dans la fièvre la route de la tempête, ils étaient tous rentrés se coucher, épuisés.

Prescott contemplait de ses yeux las et injectés de sang les bureaux couverts de cartes, de chiffres, de feuilles sorties des ordinateurs et de tasses de café à moitié vides, le sol jonché de feuilles de papier couvertes de notations et de ces étranges symboles qu'utilisent les météorologues. Il contempla la grande carte murale et maudit en silence la tempête. Le brusque virage à l'est les avait tous pris au dépourvu. C'était un détour tout à fait illogique, sans précédent dans l'histoire des ouragans. Aucune tempête dont on avait gardé la trace n'avait jamais eu un comportement aussi erratique.

Si seulement elle avait donné quelques signes du détour qu'elle allait faire, quelque indice, si minime fût-il, de son comportement insensé, ils auraient pu mieux préparer à l'assaut les populations de Terre-Neuve. La moitié au moins des victimes, cent cinquante vies humaines, auraient peut-être été épargnées. Cent cinquante hommes, femmes et enfants seraient peut-être en vie aujourd'hui si les instruments scientifiques les plus raffinés pour la prévision météorologique ne s'étaient pas révélés autant de jouets inutiles devant un caprice de Mère Nature.

Prescott se leva et jeta un dernier coup d'œil à la carte murale avant que les femmes de ménage ne viennent effacer l'ouragan d'Amanda et faire disparaître même sa trace en attendant son descendant pas encore né. Une petite notation au milieu de tout cela retint son regard. C'était une petite croix portant l'étiquette *Titanic*.

Le dernier rapport qu'il avait reçu du quartier général de l'ANRO à Washington annonçait que l'épave était traînée par deux remorqueurs de la Marine qui s'efforçaient désespérément de la faire sortir de la route de l'ouragan. On n'avait plus rien entendu du navire depuis vingt-quatre heures.

Prescott porta un toast avec une tasse de café froid. « Au *Titanic*, dit-il tout haut dans la salle vide. Puisse-t-il avoir encaissé tous les coups d'Amanda et pouvoir encore lui cracher dans l'œil. »

Il fit une grimace en avalant le café froid. Puis il tourna les talons et sortit du bureau dans l'humidité du petit matin.

69

Aux premières lueurs de l'aube, le *Titanic* vivait toujours. Il n'y avait pas de raisons à la prolongation de son existence : il continuait à être ballotté sans but en travers de la mer et du vent, pris dans les tourbillons bouillonnants des vagues que l'ouragan en s'éloignant avait laissées dans son sillage.

Comme un boxeur sonné prend une épouvantable correction tout en restant cramponné aux cordes, il se laissait porter sur les crêtes de dix mètres, recevant chaque vague l'une après l'autre, son pont des embarcations noyé sous les embruns, puis l'énorme navire se libérait, on ne sait comment, se redressait juste à temps pour l'assaut suivant.

Pour le commandant Parotkine qui l'observait à travers ses jumelles, le *Titanic* était un navire condamné. Les vieilles tôles rouillées de sa coque avaient été soumises à des efforts bien supérieurs à ce qu'il estimait qu'elles pouvaient supporter. Il distinguait les rivets qui avaient sauté, les voies d'eau qui s'étaient ouvertes, et il devinait que le navire prenait l'eau à une centaine d'endroits différents le long de sa coque. Ce qu'il ne pouvait pas voir, c'était les hommes épuisés de l'équipe de sauvetage, les SEALs et l'équipage des remorqueurs de la Marine, qui travaillaient tous, épaule contre épaule, dans les profondeurs de cet enfer ténébreux au-dessous de la ligne de flottaison, tous unis dans un effort désespéré pour maintenir l'épave à flot.

Pour Parotkine, bien à l'abri des éléments à l'intérieur de la timonerie du *Mikhaïl Kourkov*, cela semblait un miracle que le *Titanic* n'eût pas disparu pendant la nuit. Mais il continuait à se cramponner à la vie, même s'il s'était enfoncé de six bons mètres à l'étrave et s'il avait une gîte de près de 30° sur tribord.

« Pas de nouvelles du capitaine Prevlov ? demanda-t-il sans lâcher ses jumelles.

— Rien, Commandant, répondit son officier en second.

— Je crains que le pire ne soit arrivé, dit Parotkine. Je ne vois aucun signe montrant que Prevlov ait pris le commandement de l'épave.

— Là, Commandant, dit le second en montrant quelque chose, en haut de ce qui reste du mât arrière. On dirait un pavillon russe. »

Parotkine braqua ses jumelles sur le petit bout de tissu effrangé qui claquait dans le vent. « Malheureusement, l'étoile du pavillon est blanche et non pas rouge comme sur le drapeau soviétique. » Il soupira. « Je dois supposer que la mission d'abordage a échoué.

— Peut-être le camarade Prevlov n'a-t-il pas eu le temps de faire un rapport sur sa situation.

— Nous n'avons plus de temps. Les avions de recherche américains vont être ici dans moins d'une heure. » Parotkine, dans sa fureur, martelait du poing la tablette de la passerelle. « Sacré Prevlov ! marmonna-t-il. "Espérons de tout notre cœur que nous n'aurons pas à recourir à notre ultime option", c'étaient ses paroles exactes. Il a de la chance. Il est peut-être même mort, et c'est moi qui dois prendre la responsabilité de détruire le *Titanic* et tous ceux qui restent à son bord. »

Le visage du second pâlit, tout son corps se crispa. « Il n'y a pas d'autre solution, Commandant ? »

Parotkine secoua la tête. « Les ordres étaient clairs. Nous devons anéantir le navire plutôt que de le laisser tomber aux mains des Américains. »

Parotkine tira un mouchoir de sa poche et s'essuya les yeux. « Ordonnez à l'équipage de préparer le lance-missiles nucléaire et menez le cap sur une route à dix milles au nord du *Titanic* pour nous mettre en position de tir. »

Le second regarda longuement Parotkine, le visage dénué de toute expression. Puis il pivota lentement sur ses talons, se dirigea vers le radiotéléphone et donna l'ordre au timonier de prendre le cap 15° nord.

Trente minutes plus tard, tout était prêt. Le *Mikhaïl Kourkov* plongeait son étrave dans les creux à la position fixée pour le lancement du missile, tandis que Parotkine se tenait derrière l'opérateur radar. « Vous n'avez toujours rien repéré ? demanda-t-il.

— Huit avions à réaction, à cent vingt milles à l'ouest, se rapprochant rapidement.

— Pas de navires de surface ?

— Deux petits bateaux au cap deux cent quarante-cinq, à vingt et un milles sud-ouest.

— Ça doit être les remorqueurs qui reviennent », dit le second.

Parotkine acquiesça. « Ce sont les avions qui me

préoccupent. Dans dix minutes ils seront au-dessus de nous. La tête nucléaire est-elle armée ?

— Oui, Commandant.

— Alors, commencez le compte à rebours. »

Le second donna l'ordre par le téléphone, puis tous deux sortirent sur le pont et regardèrent à tribord tandis que le panneau d'écoutille avant s'écartait avec douceur et qu'un missile Stoski de huit mètres s'élevait lentement dans l'air frais du petit matin.

« Une minute avant la mise à feu », annonça la voix d'un technicien par le haut-parleur de la passerelle.

Parotkine braqua ses jumelles sur le *Titanic.* Il distinguait à peine sa silhouette se détachant sur les nuages gris qui se traînaient encore à l'horizon. Un frisson à peine perceptible le parcourut. Il y avait dans son regard une expression d'infinie tristesse. Il savait qu'il serait à jamais maudit parmi les marins comme le capitaine qui avait envoyé à son tombeau sous-marin le paquebot désemparé et ressuscité. Il était planté là, cramponné au bastingage, attendant le rugissement de la fusée du missile, puis la formidable explosion qui pulvériserait le *Titanic* en milliers de particules de métal fondu lorsqu'il entendit des pas précipités venant de la timonerie et il aperçut l'opérateur radio qui accourait vers lui.

« Commandant ! balbutia-t-il. Un message urgent d'un sous-marin américain !

— Trente secondes avant la mise à feu », fit la voix monotone dans le haut-parleur.

Il y avait un affolement incontestable dans le regard de l'opérateur radio lorsqu'il remit à Parotkine le message. On pouvait lire :

SOUS-MARIN US DRAGONFISH À CROISEUR SOVIÉTIQUE MIKHAIL KOURKOV ÉPAVE TITANIC SOUS PROTECTION MARINE DES ÉTATS-UNIS TOUT ACTE FLAGRANT D'AGRESSION DE VOTRE PART ENTRAÎNERA DES REPRÉ-

SAILLES IMMÉDIATES JE RÉPÈTE IMMÉDIATES SIGNÉ COMMANDANT SOUS-MARIN US DRAGONFISH

« Dix secondes, fit la voix désincarnée du technicien dans le haut-parleur. Sept... Six... »

Parotkine releva la tête, il avait l'air insouciant d'un homme qui vient de recevoir un million de roubles par le courrier.

« Cinq... quatre... trois... »

— Stoppez le compte à rebours, ordonna-t-il d'une voix claire, de façon qu'il n'y eût pas de malentendus, pas d'erreur d'interprétation.

— Stoppez le compte à rebours, répéta le second dans le téléphone de la passerelle, le visage baigné de sueur. Et désarmez le missile.

— Bon », fit seulement Parotkine. Un sourire éclaira son visage. « Ça n'est pas tout à fait ce qu'on m'avait dit de faire, mais je pense que les autorités navales soviétiques comprendront mon point de vue. Après tout, le *Mikhaïl Kourkov* est le plus beau navire de sa classe au monde. Nous ne voudrions pas le faire aller par le fond à cause d'un ordre absurde et stupide donné par un homme qui à n'en pas douter est mort, vous ne trouvez pas ?

— Je suis absolument d'accord. » Le second lui rendit son sourire. « Nos supérieurs seront heureux d'apprendre aussi que, malgré tous nos appareils de détection sophistiqués, nous n'avons pas réussi à découvrir la présence d'un sous-marin étranger pratiquement à notre porte. Les méthodes américaines de pénétration sous-marine doivent être très perfectionnées.

— Je suis certain que cela intéressera tout autant les Américains d'apprendre que nos navires de recherche océanographique transportent des missiles cachés dans leurs cales.

— Vos ordres, Commandant ? »

Parotkine regarda le missile Stoski reprendre place dans son tube. « Faites route vers notre port d'attache. » Il se retourna et scruta la mer en direction du *Titanic.* Qu'était-il advenu de Prevlov et de ses hommes ? Étaient-ils vivants ou morts ? Connaîtrait-il jamais la vérité ?

Au-dessus de leurs têtes, les nuages commençaient à virer du gris au blanc et le vent mollissait. Une mouette esseulée apparut et se mit à tourner autour du navire soviétique. Puis, comme si elle répondait à un appel urgent venu du sud, elle agita les ailes et s'éloigna vers le *Titanic.*

70

« Nous sommes faits, dit Spencer d'une voix si sourde que Pitt n'était pas sûr de l'avoir entendu.

— Répétez.

— Nous sommes faits », répéta-t-il en remuant à peine les lèvres. Son visage était barbouillé de cambouis et d'une sorte de vase rouillée. « C'est sans espoir. Nous avons rebouché la plupart des voies d'eau ouvertes par Drummer avec son chalumeau, mais la mer a martelé la coque à tel point que ce vieux rafiot prend l'eau plus vite qu'une passoire.

— Il faut le maintenir à la surface jusqu'au retour des remorqueurs, dit Pitt. S'ils peuvent ajouter leurs pompes aux nôtres, nous pouvons évacuer l'eau plus vite qu'elle n'entre en attendant que les dégâts puissent être réparés.

— C'est un vrai miracle qu'il n'ait pas coulé depuis des heures.

— Combien de temps pouvez-vous m'accorder ? » demanda Pitt.

Spencer considéra d'un air soucieux l'eau qui lui battait les chevilles. « Les moteurs des pompes fonctionnent en ce moment sur les vapeurs de mazout. Quand leurs réservoirs seront à sec, les pompes s'arrêteront. Voilà un fait brutal bien triste. » Il leva les yeux vers Pitt. « Une heure, peut-être une heure et demie. Je ne peux pas vous promettre plus que ça quand les pompes s'arrêteront.

— Et si vous aviez assez de carburant pour faire fonctionner les diesels ?

— Je pourrais probablement le maintenir à flot sans aide jusqu'à midi, répondit Spencer.

— Combien de fuel vous faudrait-il ?

— Avec mille litres, ce serait bien. »

Ils relevèrent tous les deux la tête en voyant Giordino déboucher d'une coursive et arriver en pataugeant dans l'eau qui couvrait le pont de la salle des chaudières n° 4.

« Vous pouvez parler de déception, gémit-il. Il y a huit avions là-haut à tourner autour du navire. Six chasseurs de la Marine et deux avions de reconnaissance avec radar. J'ai tout essayé sauf de faire les pieds au mur ou de me mettre à poil, et tout ce qu'ils font c'est me faire des signes avec leurs ailerons chaque fois qu'ils passent. »

Pitt secoua la tête en feignant une grande tristesse. « Rappelle-moi de ne jamais jouer aux charades avec toi dans mon équipe.

— Je suis ouvert à toutes les suggestions, dit Giordino. Si tu me disais comment faire comprendre à un type qui passe à plus de six cents kilomètres à l'heure que nous avons besoin d'aide, et vite ? »

Pitt se gratta le menton. « Il doit bien y avoir une solution.

— Sûr, fit Giordino d'un ton sarcastique. Appelle l'Automobile Club. »

Pitt et Spencer se regardèrent en ouvrant de grands yeux. La même idée leur était soudain venue au même instant.

« Brillant, dit Spencer. Tout simplement brillant.

— Si nous ne pouvons pas aller à une station service, dit Pitt, alors la station-service doit venir à nous. »

Giordino ne les suivait pas. « La fatigue vous a

brouillé l'esprit, dit-il. Où est-ce que vous allez trouver une cabine téléphonique? Qu'est-ce que vous allez utiliser comme radio? Les Russes ont démoli la nôtre, celle de l'hélicoptère est pleine d'eau et l'émetteur de Prevlov a reçu deux balles durant la bagarre. » Il secoua la tête. « Et ne comptez pas sur nos amis pilotes là-haut. Sans un pinceau et un seau de peinture, pas moyen de transmettre un message à ces zozos.

— C'est ton problème, dit Spencer d'un ton hautain. Tu regardes toujours en l'air quand tu devrais regarder en bas. »

Pitt se pencha et ramassa un gros marteau qui gisait au milieu d'un tas d'outils. « Ça devrait faire l'affaire », dit-il d'un ton tranquille, en abattant le marteau contre une des tôles du *Titanic*, ce qui déclencha une cacophonie d'échos dans la salle des chaudières.

Spencer se laissa tomber d'un air las sur la grille d'un foyer. « Ils ne vont pas y croire.

— Oh, je ne sais pas, dit Pitt entre deux coups de marteau. Le télégraphe de brousse. Ça marche toujours au Congo.

— Giordino avait sans doute raison. La fatigue nous a brouillé l'esprit. »

Pitt, sans écouter Spencer, continua à frapper. Au bout de quelques minutes, il s'arrêta un instant pour changer de main. « Prions le ciel qu'un des indigènes ait l'oreille collée au sol », dit-il entre deux halètements. Et il se remit à cogner.

Des deux opérateurs sonar qui étaient de quart à bord du sous-marin *Dragonfish*, celui qui surveillait le système d'écoute passif était penché sur sa console, la tête de côté, son esprit s'efforçant d'analyser l'étrange battement qui lui parvenait par ses écouteurs. Puis il secoua la tête et passa le casque à l'officier planté derrière lui.

« J'ai cru tout d'abord que c'était un requin marteau, dit l'opérateur. Ils font un drôle de bruit dans ce genre-là. Mais celui-ci a une tonalité nettement métallique. »

L'officier appuya un écouteur contre une oreille. Il parut surpris. « On dirait un SOS.

— C'est ce que j'avais cru comprendre, Lieutenant. Quelqu'un est en train d'émettre un appel de détresse en frappant contre une coque.

— D'où est-ce que ça vient ? »

L'opérateur sonar manœuvra un petit volant qui fit tourner les palpeurs à l'avant du submersible et regarda l'écran devant lui. « Le contact est par 307° , deux mille mètres nord-ouest. Ce doit être le *Titanic*, Lieutenant. Depuis le départ du *Mikhaïl Kourkov*, c'est le seul navire de surface qui reste dans les parages. »

L'officier lui rendit les écouteurs, s'éloigna et monta par l'escalier en spirale dans le kiosque du sous-marin, le centre nerveux du *Dragonfish*. Il s'approcha d'un homme de taille moyenne, au visage rond avec une moustache grisonnante et qui portait au parement de son col les feuilles de chêne d'un capitaine de vaisseau.

« C'est bien le *Titanic*, Commandant. Il envoie un SOS à coups de marteau.

— Pas d'erreur ?

— Non, Commandant. Le contact est solide. » L'officier attendit, puis demanda : « Allons-nous répondre ? »

Le commandant resta quelques instants songeur. « Nos consignes étaient d'acheminer les SEALs et d'éloigner le *Mikhaïl Kourkov*. Nous devions aussi rester cachés au cas où les Russes décideraient de tenter un coup avec un de leurs sous-marins. Nous serions dans une piètre position pour protéger l'épave si nous devions faire surface et quitter notre poste.

— Lors de notre dernier repérage, le *Titanic* avait l'air en assez mauvaise forme. Peut-être qu'il est en train de couler.

— Si c'était le cas, son équipage crierait à l'aide sur toutes les fréquences de leur émetteur... » Le commandant hésita, ses yeux se plissèrent. Il se dirigea vers la cabine radio et pencha la tête à l'intérieur.

« À quelle heure a-t-on reçu le dernier message du *Titanic* ? »

Un des opérateurs radio parcourut une feuille d'un livre de bord. « Quelques minutes avant 18 heures hier, Commandant. Ils demandaient un rapport de dernière minute sur la vitesse et la direction de l'ouragan. »

Le commandant hocha la tête et se retourna vers l'officier. « Ils n'ont pas émis depuis plus de douze heures. Il se pourrait bien que leur émetteur soit en panne.

— C'est bien possible.

— Nous ferions mieux de jeter un coup d'œil, dit le commandant. Remontez le périscope. »

Le tube du périscope s'éleva lentement dans un bourdonnement de moteur. Le commandant saisit les poignées et regarda par l'oculaire.

« Ça m'a l'air assez calme, dit-il. Il a une assez forte gîte à tribord et il penche à l'étrave, mais ça n'est pas assez accentué pour qu'on puisse considérer ça comme dangereux. Pas de pavillon de détresse. Personne en vue sur le pont... attendez un peu, je retire ce que j'ai dit. Il y a un homme sur le toit de la passerelle. » Le commandant accentua le grossissement. « Bonté divine ! murmura-t-il, c'est une femme. »

L'officier le regarda d'un air incrédule. « Vous avez bien dit une femme, Commandant.

— Voyez vous-même. »

L'officier vit lui-même. Il y avait bien une jeune femme blonde sur le toit de la timonerie du *Titanic*. Elle semblait agiter un soutien-gorge.

Dix minutes plus tard, le *Dragonfish* avait fait surface et mouillait à l'ombre du *Titanic*.

Trente minutes plus tard, le mazout de réserve du moteur diesel auxiliaire du sous-marin déferlait par un tuyau que balayaient encore quelques vagues et s'engouffrait par un trou hâtivement découpé dans la coque du *Titanic*.

71

« C'est du *Dragonfish*, dit l'amiral Kemper, en lisant le dernier d'une longue liste de messages. Son commandant a envoyé une équipe à bord du *Titanic* pour aider Pitt et son équipe de sauvetage. Il dit que l'épave devrait rester à flot, même avec les nombreuses voies d'eau, durant le remorquage, à condition, bien sûr, de ne pas rencontrer un nouvel ouragan.

— Dieu soit loué, c'est toujours cela, fit Marshall Collins entre deux bâillements.

— Il signale également, reprit Kemper, que Mrs Seagram se trouve à bord du *Titanic* et que son numéro était très réussi, Dieu sait ce que cela veut dire. »

Mel Donner jaillit de la salle de bains, une serviette encore sur le bras. « Voudricz-vous répéter cela, Amiral ?

— Le commandant du *Dragonfish* dit que Mrs Dana Seagram est vivante et en bonne santé. »

Donner se précipita et secoua Seagram qui sommeillait sur le divan. « Gene ! réveille-toi ! On a retrouvé Dana ! Elle va bien ! »

Seagram clignota et, pendant de longues secondes, il regarda Donner, la stupéfaction se peignant lentement sur son visage. « Dana... Dana est vivante ?

— Oui, elle devait être sur le *Titanic* pendant la tempête.

— Mais comment est-elle arrivée là-bas ?

— Nous ne connaissons pas encore tous les détails. Il va falloir attendre. Mais l'important, c'est que Dana est saine et sauve et que le *Titanic* est toujours à flot. »

Seagram se prît la tête à deux mains et resta là, recroquevillé sur lui-même. Il se mit à sangloter doucement.

L'amiral Kemper accueillit avec gratitude l'interruption que lui fournit le commandant Keith en entrant, épuisé, et en lui tendant un nouveau message. « Celui-ci est de l'amiral Sandecker, annonça Kemper. Je crois que ce qu'il a à dire va vous intéresser, M. Nicholson. »

Warren Nicholson et Marshall Collins se levèrent tous deux du canapé où ils entouraient Seagram et vinrent se grouper autour du bureau de Kemper.

« Sandecker dit : "Nos parents de passage ont été reçus et logés dans chambres d'amis. Ai reçu quelque chose dans l'œil au cours de la soirée d'hier mais ai pris du bon temps à chanter de vieux airs comme *L'Or et l'Argent.* Dites bonjour à cousin Warren et dites-lui que j'ai un cadeau pour lui. Passons de merveilleux moments. Regrette que vous ne soyez pas tous là. Signé : Sandecker. »

— L'amiral me semble avoir une étrange façon de s'exprimer, dit le Président. Que diable essaye-t-il de nous raconter ? »

Kemper le regarda d'un air penaud. « Les Russes sont apparemment montés à l'abordage à la faveur de l'œil de la tempête.

— Apparemment, répéta le Président d'un ton glacial.

— *L'Or et l'Argent,* fit Nicholson tout excité. *L'Or et l'Argent.* Ils ont arrêté les deux espions.

— Et votre cadeau, cousin Warren, dit Collins en souriant de toutes ses dents, ce doit être rien moins que le capitaine André Prevlov.

— Il faut absolument que je monte à bord de l'épave le plus tôt possible, dit Nicholson à Kemper. Dans quels délais pouvez-vous me procurer un transport, Amiral ? »

Kemper avait déjà la main sur le téléphone. « Dans trente minutes je peux vous avoir un jet de la Marine qui vous déposera sur le *Beecher's Island.* De là vous pourrez prendre un hélicoptère jusqu'au *Titanic.* »

Le Président s'approcha d'une grande baie vitrée et regarda le soleil qui se levait au-dessus de l'horizon à l'est et dardait ses premiers rayons sur les eaux paresseuses du Potomac. Il eut un long bâillement satisfait.

72

Dana, penchée sur le bastingage de la passerelle du *Titanic*, fermait les yeux. La brise de l'océan fouettait ses cheveux couleur de miel et colorait la peau du visage qu'elle offrait au vent. Elle se sentait calme, libre et tout à fait détendue. Elle avait l'impression de voler.

Elle savait maintenant qu'elle ne pourrait jamais reprendre sa place dans l'enveloppe de la marionnette peinte qui était Dana Seagram encore deux jours auparavant. Sa décision était prise : elle allait divorcer d'avec Gene. Plus rien ne comptait entre eux, du moins pour elle. La femme qu'il avait aimée était morte, pour ne jamais revenir. Elle se réjouissait de cette certitude. C'était sa renaissance. Recommencer, un nouveau départ à zéro.

« Un dollar pour vos pensées. »

Elle ouvrit les yeux et aperçut le visage souriant et rasé de Dirk Pitt.

« Un dollar ? Je croyais que c'était un penny.

— L'inflation, tôt ou tard, s'attaque à tout. »

Ils restèrent un moment sans rien dire, à regarder le *Wallace* et le *Morse* tirer sur le grand câble qui menait jusqu'à l'étrave du *Titanic*. Le premier maître Bascom et ses hommes le vérifiaient et ne cessaient de le graisser pour éviter l'échauffement. Le premier maître leva la tête et leur fit signe du bras.

« Je voudrais que ce voyage ne se termine jamais, murmura Dana tandis qu'ils lui rendaient son salut. C'est si étrange et en même temps si merveilleux. »

Elle se tourna soudain et posa une main sur celle de Pitt. « Promettez-moi que nous ne verrons jamais New York. Promettez-moi que nous naviguerons à jamais, comme *le Hollandais Volant*.

— Nous naviguerons à jamais. »

Elle se jeta à son cou et serra son corps contre le sien. « Dirk, Dirk ! murmura-t-elle. Plus rien ne rime à rien. J'ai envie de vous, j'ai envie de vous maintenant, et je ne sais vraiment pas pourquoi.

— C'est à cause de l'endroit où vous êtes », dit Pitt tranquillement.

Il la prit par la main et l'entraîna par le grand escalier dans l'un des deux appartements avec salon du pont B. « Vous êtes chez vous, Madame. Le plus bel appartement de tout le navire. Pour un aller simple, cela coûtait plus de quatre mille dollars. Des dollars, bien sûr, de 1912. Toutefois, à cause de la lumière qui brille dans vos yeux, je vais vous faire une belle réduction. »

Il la prit dans ses bras et la porta jusqu'au lit. Il avait été débarrassé de toute la vase et de tous les débris et on avait disposé dessus plusieurs couvertures.

Dana regarda le lit d'un air étonné. « C'est vous qui avez préparé ça ?

— Disons simplement que, comme la fourmi du proverbe, je suis prévoyant.

— Vous savez ce que vous êtes ?

— Un salaud, un paillard, un satyre, je pourrais vous trouver une douzaine de descriptions qui conviennent. »

Elle le regarda avec un petit sourire très féminin. « Non, vous n'êtes rien de tout cela. Même un satyre n'aurait pas autant de prévenances. »

Il attira les lèvres de la jeune femme vers les siennes et l'embrassa si fort qu'elle gémit.

Sa conduite au lit l'abasourdit. Il s'attendait à un corps qui se contenterait de réagir. Au lieu de cela, il se trouva immergé dans des vagues de chair ondulantes et déchaînées, au milieu de hurlements qu'il étouffait avec ses mains, en proie à des ongles qui creusaient des sillons rouges dans son dos et, pour finir, des sanglots doux et humides dans son cou. Il ne put s'empêcher de se demander si toutes les épouses s'épanouissent avec un tel abandon quand elles font l'amour pour la première fois avec quelqu'un qui n'est pas leur mari. La tempête dura près d'une heure, et le parfum humide de la peau en sueur commençait à imprégner l'atmosphère de cette vieille cabine fantomatique et délabrée.

Elle finit par le repousser et se redressa. Elle s'assit en tailleur. « Comment étais-je ?

— Comme une tigresse atteinte de danse de Saint-Gui, dit Pitt.

— Je ne savais pas que ça pouvait être comme ça.

— Si seulement j'avais dix cents pour chaque femme qui a prononcé ces mêmes paroles à chaque fois qu'elle a joui...

— Tu ne sais pas ce que c'est que de sentir tout ton intérieur bouillonner d'angoisse et de délice en même temps.

— Je dois dire que non. Une femme se libère de l'intérieur. Les sens érotiques de l'homme sont plutôt extérieurs. Mais quelle que soit la façon dont on voit les choses, le sexe est un jeu féminin.

— Qu'est-ce que tu sais du Président ? » demanda-t-elle soudain d'un ton nostalgique.

Il la regarda avec une surprise amusée. « Le Président ? Qu'est-ce qui t'a fait penser à lui dans un moment pareil ?

— Il paraît que c'est un homme extrêmement viril.

— Je ne pourrais pas te dire. Je n'ai jamais couché avec lui. »

Elle ne releva pas sa remarque. « Si nous avions une femme comme Président et qu'elle voulait faire l'amour avec toi, qu'est-ce que tu ferais ?

— Ma patrie d'abord, dit Pitt. Où est-ce que tu veux en venir ?

— Réponds simplement à ma question. Tu coucherais avec elle ?

— Ça dépend.

— De quoi ?

— Présidente ou pas, je ne pourrais pas me mettre au garde-à-vous si elle avait soixante-dix ans, du ventre et la peau comme un pruneau. C'est pourquoi les hommes ne font jamais de bons prostitués. »

Dana eut un long sourire et ferma les yeux. « Refais-moi l'amour.

— Pourquoi ? Pour que tu puisses laisser ton imagination courir et t'imaginer que tu te fais sauter par notre commandant en chef ? »

Elle plissa les yeux. » Ça t'ennuie ?

— On peut être deux à jouer à ce petit jeu-là. Je vais simplement faire comme si tu étais Ashley Fleming. »

73

Prevlov, accroupi sur le plancher de la cabine C-95, leva les yeux en entendant le SEAL qui montait la garde dans la coursive tourner le verrou nouvellement huilé et ouvrir la porte. Le SEAL, son M-24 à la main, inspecta du regard Prevlov puis s'écarta pour laisser entrer un autre homme.

Celui-ci tenait un porte-documents et était vêtu d'un costume bleu marine qui avait grand besoin d'être repassé. Un léger sourire passa sur ses lèvres tandis que Prevlov l'étudiait avec un regard où se peignait soudain la surprise.

« Capitaine Prevlov, je suis Warren Nicholson.

— Je sais, dit Prevlov en se remettant debout et en lui faisant un petit salut très correct. Je n'étais pas préparé à recevoir le directeur en chef de la

Central Intelligence Agency en personne. Du moins pas dans ces circonstances un peu gênantes.

— Je suis venu personnellement pour vous escorter jusqu'aux États-Unis.

— Je suis flatté.

— C'est nous qui sommes flattés, capitaine Prevlov. Vous êtes considéré comme une très grosse prise, vous savez.

— Alors ça va être un procès avec publicité internationale, le grand jeu avec graves accusations contre mon gouvernement pour tentative de piraterie en haute mer. »

Nicholson eut un nouveau sourire. « Non, à part quelques membres très haut placés de votre gouvernement et du mien, je crains malheureusement que votre défection ne reste un secret bien gardé. »

Prevlov tiqua. « Défection ? » De toute évidence ce n'était pas ce à quoi il s'attendait.

Nicholson hocha la tête sans répondre.

« Il n'y a aucune méthode par laquelle vous puissiez de mon plein gré me faire changer de camp, dit Prevlov d'un ton résolu. Je nierai à la moindre occasion.

— Noble geste, dit Nicholson en haussant les épaules. Toutefois, comme il n'y aura ni procès ni interrogatoire, une demande d'asile politique devient votre seule solution.

— Vous avez dit : « pas d'interrogatoire ». Je dois vous accuser de mensonge, M. Nicholson. Aucun bon service de renseignements ne laisserait passer la chance d'arracher à un homme dans ma position les informations qu'il pourrait leur fournir.

— Quelles informations ? fit Nicholson. Vous ne pouvez rien nous dire que nous ne sachions déjà. »

Prevlov ne savait plus où il en était. La perspective, songea-t-il. Il devait retrouver une perspective. Il n'y avait qu'une façon dont les Américains avaient pu entrer en possession de la masse des secrets des Services de Renseignement soviétiques enfermés dans les dossiers de son bureau à Moscou.

Le milieu du puzzle n'était pas terminé, mais les bords se mettaient bien en place. Il soutint le regard ferme de Nicholson et dit d'un ton tranquille : « Le lieutenant Marganine est un de vos gens. » C'était plus une affirmation qu'une question.

« Oui, acquiesça Nicholson. Il s'appelle Harry Koskoski, et il est né à Newark, dans le New Jersey.

— Ça n'est pas possible, dit Prevlov. J'ai personnellement procédé à des vérifications sur toutes les phases de la vie de Pavel Marganine. Il est né et a grandi à Komsomolsk-na-Amure. Une famille de tailleurs.

— Exact, le vrai Marganine était né russe.

— Alors votre homme est un double, un faux ?

— Nous avons arrangé cela il y a quatre ans, quand un de vos destroyers lance-missiles de la classe du *Kashin* a explosé et coulé dans l'océan Indien. Marganine était un des rares survivants. Il a été retrouvé dans l'eau par un pétrolier de l'Exxon, mais il est mort peu après que le navire eut atteint Honolulu. C'était une occasion inespérée et il nous fallait aller vite. De tous nos agents parlant russe, Koskoski était celui qui ressemblait le plus à Marganine. Nous lui avons fait subir une petite opération de chirurgie esthétique au visage pour qu'il ait l'air d'avoir été défiguré par l'explosion, puis nous l'avons expédié dans une petite île perdue à deux cents milles de l'endroit où votre navire avait coulé. Quand notre faux matelot soviétique a enfin été découvert par des pêcheurs indigènes et rendu aux Russes, il délirait et souffrait d'une crise aiguë d'amnésie.

— Je sais le reste, dit Prevlov. Non seulement nous lui avons fait quelques opérations de chirurgie esthétique pour qu'il retrouve le visage du vrai Marganine mais nous l'avons rééduqué de façon à lui faire retrouver en même temps sa propre histoire.

— C'est à peu près cela.

— Joli coup, M. Nicholson.

— Venant d'un des hommes les plus respectés dans le Renseignement soviétique, je considère cela comme un rare compliment.

— Alors tout ce plan pour m'expédier sur le *Titanic* a été conçu par la CIA et exécuté par Marganine.

— Koskoski, alias Marganine, était certain que vous accepteriez le plan, et c'est ce que vous avez fait. »

Prevlov contempla le pont. Il aurait pu savoir, il aurait pu deviner, il aurait dû se méfier depuis le début que Marganine, par de lents détours, était en train de lui faire poser la tête sur le billot du bourreau. Il n'aurait jamais dû tomber dans ce piège, jamais; mais c'était sa vanité qui l'avait perdu, et il l'acceptait

« Où tout cela nous mène-t-il? demanda Prevlov.

— À l'heure qu'il est, Marganine a exhibé des preuves solides de vos — si vous voulez bien me pardonner l'expression — activités de traître, et il a prouvé aussi, à l'aide d'indices soigneusement laissés sur place que, depuis le début, vous comptiez voir échouer votre mission à bord du *Titanic*. Voyez-vous, Capitaine, la piste menant à votre défection est soigneusement tracée depuis près de deux ans. Vous nous avez vous-même beaucoup aidés grâce à votre goût pour les raffinements coûteux. Vos supérieurs ne peuvent tirer qu'une conclusion de votre comportement : vous vous êtes vendu très cher.

— Et si je le nie?

— Qui vous croirait? J'oserais me risquer à dire que votre nom est déjà sur la liste de liquidation des Soviétiques.

— Alors que va-t-il advenir de moi, maintenant?

— Vous avez le choix entre deux solutions. Premièrement, nous pouvons vous libérer après un délai convenable.

— Je ne durerais pas une semaine. Je connais bien le réseau d'assassins du KGB.

— La seconde solution est de coopérer avec nous. » Nicholson marqua un temps, hésita, puis regarda Prevlov droit dans les yeux. « Vous êtes un homme brillant, Capitaine, le meilleur dans votre domaine. Nous n'aimons pas laisser de bons cerveaux se gaspiller. Je n'ai pas besoin de vous faire un tableau de ce que vous représentez pour les Services de Renseignement occidentaux. C'est pourquoi mon intention est de vous mettre à la tête d'un nouveau réseau. Un genre de travail qui devrait vous aller comme un gant.

— Je devrais sans doute vous en être reconnaissant, dit sèchement Prevlov.

— Votre apparence physique va bien entendu être modifiée. Vous allez suivre des cours accélérés d'argot anglais et américain en même temps qu'on vous familiarisera avec notre histoire, nos sports, notre musique, et nos distractions. À la fin, il ne restera plus la moindre trace de votre ancienne coquille que le KGB risque de reconnaître. »

Prevlov commençait à avoir l'air intéressé.

« Votre salaire sera de quarante mille par an, plus les frais et une voiture.

— Quarante mille dollars ? demanda Prevlov, en essayant de prendre un ton nonchalant.

— Ça représente pas mal de bouteilles de gin de Bombay. » Nicholson sourit comme un loup qui s'assied pour dîner avec un lapin prudent. « Je crois que si vous essayez vraiment, capitaine Prevlov, vous pourriez arriver à savourer les plaisirs de notre décadence occidentale. Vous n'êtes pas d'accord ? »

Prevlov ne dit rien pendant quelques instants. Mais le choix était évident. La peur constante ou bien une longue vie de plaisirs. « Vous avez gagné, Nicholson. »

Nicholson lui serra la main et fut quelque peu surpris de voir des larmes se former dans les yeux de Prevlov.

Les dernières heures du long remorquage se firent par un ciel clair et ensoleillé, avec un petit vent qui poussait doucement les longues houles de l'océan vers la côte et effleurait leurs dos verts et incurvés.

Depuis l'aube, quatre navires des garde-côtes s'affairaient à écarter l'énorme flottille de navires de plaisance qui sillonnaient la mer, cherchant à mieux voir les ponts usés par la mer et les superstructures rouillées de l'épave.

Tournoyant au-dessus des eaux encombrées, des essaims de petits avions et d'hélicoptères grouillaient comme des guêpes, leurs pilotes virevoltant pour donner aux photographes et aux opérateurs de cinéma l'angle parfait sous lequel prendre le *Titanic.*

D'une altitude de quinze cents mètres, le navire qui donnait toujours de la bande avait l'air d'une macabre carcasse attaquée de tous côtés par des armadas de moustiques et de fourmis blanches.

Le *Thomas J. Morse* fit revenir son câble de remorque de l'étrave du *Samuel R. Wallace* et prit position à l'arrière de l'épave, où il fixa un câble, puis laissa filer vers l'arrière pour aider à faire passer l'énorme masse par le chenal de Verrazano et remonter l'East River jusqu'au vieil arsenal de Brooklyn. Plusieurs remorqueurs du port apparurent à leur tour, parés à prêter la main, si besoin en était, lorsque le commandant Butera donna l'ordre de raccourcir à deux cents mètres le maître câble de remorque.

Le bateau pilote se rangea le long du *Wallace* et le pilote sauta à bord. Puis le petit navire continua et vint cogner contre les tôles rouillées du *Titanic,* dont il n'était séparé que par des vieux pneus pendus au franc-bord. Une demi-minute plus tard, le chef pilote du port de New York avait accroché une échelle de corde et grimpait sur le pont.

Pitt et Sandecker l'accueillirent et le guidèrent jusqu'au côté bâbord de la passerelle où le chef pilote posa les deux mains sur le bastingage et fit signe de la tête au remorqueur de poursuivre sa route. Pitt agita le bras et Butera répondit par un coup de sifflet. Puis le commandant du remorqueur ordonna « En avant doucement » et dirigea l'étrave du *Wallace* dans le grand chenal, sous le pont Verrazano qui va de Long Island à Staten Island.

Tandis que l'étrange convoi avançait dans la baie de New York, Butera se mit à arpenter la passerelle du remorqueur, inspectant la coque de l'épave, calculant la vitesse du vent et du courant, et surveillant le câble de remorque avec l'attention d'un chirurgien du cerveau sur le point de pratiquer une délicate opération.

Depuis la veille au soir, des milliers de gens attendaient le long des quais. La vie s'était arrêtée dans Manhattan, les rues étaient vides et les bureaux soudain silencieux, tandis que les employés se pressaient aux fenêtres dans une attente muette et regardaient le remorqueur remonter lentement la rade.

Sur la rive de Staten Island, Peter Hull, un reporter du *New York Times*, commença son article :

> « *Les fantômes existent. Je le sais, j'en ai vu un dans les brumes de ce matin. Comme un fantôme baroque rejeté par l'enfer, il est passé devant mes yeux incrédules. Entouré de l'invisible linceul d'une tragédie passée, comme enveloppé dans les âmes de ses morts, c'était vraiment une impressionnante relique d'un âge disparu. On ne pouvait pas le regarder sans éprouver tout à la fois de l'orgueil et une poignante tristesse.* »

Un commentateur de la CBS s'exprima de façon plus journalistique : « Le *Titanic* a terminé aujourd'hui son voyage inaugural, soixante-seize ans après avoir appareillé de Southampton, en Angleterre... » À midi, le *Titanic* passait devant la statue de la Liberté, sous les regards d'une véritable mer de spectateurs massés sur la Battery. Sur la rive, les gens chuchotaient et la ville baignait dans un étrange silence; seul, de temps en temps, le klaxon d'un taxi donnait un signe d'activités normales. On aurait dit que toute la ville de New York avait été enfermée dans une vaste cathédrale.

Nombre de spectateurs ne retenaient pas leurs larmes. Parmi eux se trouvaient trois des passagers qui avaient survécu à cette nuit tragique jadis. L'air semblait lourd et difficile à respirer. La plupart des gens décrivant plus tard leurs sentiments, étaient surpris de ne rien se rappeler sauf une étrange sensation d'engourdissement, comme s'ils avaient été momentanément paralysés. La plupart, sauf un pompier nommé Arthur Mooney.

Mooney était le capitaine d'un des bateaux-pompes du port de New York. C'était un grand gaillard d'Irlandais au regard espiègle, né à New York, et marin pompier depuis dix-neuf ans. Il abattit un énorme poing sur l'habitacle et dissipa le sortilège. Puis il cria à son équipage : « Magnez-vous le train, les gars. Vous n'êtes pas des mannequins de grands magasins. » Sa voix retentit dans chaque recoin du bateau. Mooney n'avait guère besoin d'un porte-voix. « Voici un navire qui arrive pour son voyage inaugural, non? Alors faisons-lui l'accueil traditionnel du port de New York.

— Mais, Capitaine, protesta un membre de l'équipage, ce n'est pas comme si c'était le *QE II* ou le *Normandie* remontant le chenal pour la première fois. Ce rafiot n'est qu'un navire délabré, un bateau de morts.

— Navire délabré, mon cul, cria Mooney. Ce bateau que vous voyez là est le plus célèbre de tous les temps. Il est un peu abîmé, et il arrive un peu en retard, et alors? Ouvrez-moi les lances et faites donner la sirène. »

C'était la renaissance du *Titanic*. Tandis que l'eau jaillissait en grande nappe par-dessus le bateau-pompe de Mooney et que sa sirène retentissait jusqu'aux gratte-ciel de la ville, un autre bateau-pompe suivit son exemple, puis un autre encore. Puis les sirènes des cargos à quai se mirent à hurler. Puis les klaxons des voitures garées le long des rives du New Jersey, de Manhattan et de Brooklyn firent chorus à ce déferlement de bruit, suivi par les cris et les hourras d'un million de voix.

Ce qui avait commencé avec la plainte insignifiante d'une seule sirène grossissait et grossissait, jusqu'à devenir un fracas assourdissant qui ébranlait le sol et faisait trembler toutes les vitres de la ville. Ce fut un instant dont l'écho retentit à travers tous les océans du monde.

Le *Titanic* venait d'arriver au port.

75

Des milliers de spectateurs encombraient le quai où le *Titanic* était amarré. Cette masse grouillante comme une fourmilière était faite de journalistes, de personnalités, de cordons de policiers épuisés et d'une multitude de resquilleurs qui essayaient d'escalader la clôture de l'Arsenal. Toute tentative pour endiguer ce flot était inutile.

Une horde de reporters et d'opérateurs prit d'assaut l'appontement et vint entourer l'amiral Sandecker, planté comme un César victorieux sur les marches du grand escalier partant du grand salon du pont D.

C'était le grand moment de Sandecker, et un attelage de chevaux sauvages n'aurait pas pu ce jour-là l'arracher au *Titanic*. Il ne manquait jamais une occasion de faire de la publicité à l'Agence Nationale de Recherches Océanographiques, et de celle-là, il allait en tirer le maximum. Il régala les journalistes des exploits hauts en couleur de l'équipe de sauvetage, fit front aux caméras portatives et sourit, sourit, sourit. L'amiral était au paradis.

Pitt se serait bien passé de toutes ces fanfares ; son idée du paradis pour l'instant, c'était une douche et un lit propre et douillet. Il parvint à descendre sur le quai et à se mêler à la foule. Il crut qu'il s'en était tiré lorsqu'un commentateur de la télévision se précipita en lui brandissant un microphone sous le nez.

« Eh, mon vieux, vous appartenez à l'équipe de sauvetage du *Titanic* ?

— Non, je travaille à l'Arsenal », dit Pitt en agitant les bras comme un plouc devant la caméra.

Le visage du commentateur s'assombrit. « Coupe, Joe, cria-t-il à son opérateur. Il y a maldonne. » Puis il tourna les talons et repartit vers le navire, criant à la foule de ne pas marcher sur le câble de son micro.

Six blocs et une demi-heure plus tard, Pitt finit par trouver un chauffeur de taxi qui s'intéressait plus à trouver une course qu'à reluquer l'épave.

« Où va-t-on ? » demanda le chauffeur.

Pitt hésita, regardant sa chemise crasseuse et tachée de sueur et son pantalon qui dépassait sous son caban déchiré et tout aussi sale. Il n'avait pas besoin d'une glace pour voir ses yeux injectés de sang et sa barbe mal rasée. Il s'imaginait très bien comme le parfait reflet d'un pochard du port. Mais il se dit : Et puis merde, il venait de débarquer de ce qui était jadis le plus prestigieux bateau du monde.

« Quel est l'hôtel le plus luxueux et le plus cher de New York ?

— Le *Pierre*, au coin de la Cinquième Avenue et de la 61ᵉ Rue, ça n'est pas donné.

— Alors, va pour le *Pierre*. »

Le chauffeur jeta un coup d'œil par-dessus son épaule, inspecta Pitt et fronça le nez. Puis il haussa les épaules et se lança dans le flot de la circulation. Il mit moins d'une demi-heure à arriver jusqu'au trottoir devant le *Pierre*, dominant Central Park.

Pitt régla la course, franchit les portes tournantes et se dirigea vers la réception.

L'employé lui lança un regard écœuré très classique. « Je suis désolé, monsieur, dit-il d'un ton hautain, sans laisser à Pitt le temps d'ouvrir la bouche. Nous sommes complet. »

Pitt savait que s'il donnait son vrai nom, ce serait l'affaire de quelques minutes avant qu'une meute de reporters vînt le dénicher. Il n'était pas encore prêt à affronter les épreuves de la célébrité. Tout ce qu'il voulait, c'était un sommeil ininterrompu.

« Je ne suis pas ce que j'ai l'air d'être, dit Pitt, en essayant de prendre un ton indigné. Il se trouve que je suis le professeur R. Malcom Smythe, écrivain et archéologue. Je débarque de l'avion après quatre mois de fouilles en Amazonie et je n'ai pas eu le temps de me changer. Mon valet de chambre ne va pas tarder à arriver de l'aéroport avec mes bagages. »

L'employé de la réception fut aussitôt tout miel et tout sucre. « Oh, je suis désolé, professeur Smythe, je ne vous avais pas reconnu. Toutefois, nous sommes quand même complet. La ville est pleine de gens qui sont venus assister à l'arrivée du *Titanic*. Je suis sûr que vous comprenez. »

C'était un numéro exécuté de main de maître. Il ne croyait pas un mot de l'histoire que venait de lui raconter Pitt.

« Je réponds du professeur, dit une voix derrière Pitt. Donnez-lui votre meilleur appartement et mettez cela au compte de cette adresse. »

Une carte fut jetée sur le comptoir. L'employé de la réception la prit, la lut et s'illumina comme une chandelle romaine. Puis, d'un grand geste, il déposa devant Pitt une fiche, et une clef de chambre apparut dans sa main comme par magie.

Pitt se retourna lentement et aperçut un visage tout aussi épuisé et hagard que lui. Un sourire de compréhension retroussait les lèvres, mais les yeux avaient l'expression vide et perdue d'un zombie. C'était Gene Seagram.

« Comment m'avez-vous repéré si vite ? » demanda Pitt. Il était allongé dans une baignoire, en train de boire à petites gorgées une vodka. Seagram était assis sur le siège des toilettes.

« Ça n'a pas été un grand exercice d'intuition, dit-il. Je vous ai vu quitter l'Arsenal et je vous ai suivi.

— J'aurais cru que vous seriez en train de danser sur le *Titanic* à l'heure qu'il est.

— Le navire ne signifie rien pour moi. Tout ce qui m'intéresse, c'est le byzanium qui est dans son coffre, et on m'a dit qu'il faudrait encore quarante-huit heures avant de pouvoir amener l'épave en cale sèche et déblayer les débris dans la cale.

— Alors, pourquoi ne pas vous détendre pendant deux jours et vous amuser un peu ? Dans quelques semaines, vos problèmes seront résolus. Le Projet Sicile aura quitté le tableau noir pour être une réalité concrète. »

Seagram ferma les. yeux un moment. « Je voulais vous parler, dit-il calmement. Je voulais vous parler de Dana. »

Oh, mon Dieu, songea Pitt, nous y voilà. Comment demeure-t-on impassible devant un homme quand on a couché avec sa femme ? Jusqu'alors il avait péniblement réussi à garder à la conversation un ton nonchalant. « Comment va-t-elle, après ses épreuves ?

— Très bien, je suppose, fit Seagram en haussant les épaules.

— Vous supposez ? Un hélicoptère de la Marine est venu la prendre à bord du navire, il y a deux jours. Vous ne l'avez pas vue depuis qu'elle a débarqué ?

— Elle refuse de me voir... Elle a dit que tout était fini entre nous. »

Pitt contempla la vodka dans son verre. « Et alors ? Si j'étais vous, Seagram, je me trouverais la call-girl la plus chère de New York, je la passerais en note de frais, et j'oublierais Dana.

— Vous ne comprenez pas : je l'aime.

— Mon Dieu, on croirait une lettre du courrier du cœur. »

Pitt tendit le bras jusqu'à la bouteille posée sur le carrelage et emplit de nouveau son verre. « Écoutez, Seagram, sous vos airs pompeux, vous êtes un type pas mal. Et qui sait, vous passerez peut-être à la postérité comme le grand savant miséricordieux qui aura sauvé l'humanité d'un holocauste nucléaire. Vous êtes encore assez bel homme pour séduire une femme, et je suis prêt à parier que quand vous quitterez votre bureau de Washington et que vous ferez de tendres adieux au gouvernement, vous serez un homme riche. Alors, ne comptez pas sur moi pour vous prodiguer larmes et violons à propos d'un amour perdu. Vous avez de beaux jours devant vous.

— À quoi bon si c'est sans la femme que j'aime ?

— Je vois que je ne me fais pas comprendre. » Pitt avait déjà bu un tiers de la bouteille et une plaisante chaleur commençait à lui envahir le corps. « Pourquoi vous plonger dans le désespoir à propos d'une pépée qui s'imagine tout d'un coup qu'elle a trouvé la fontaine de jouvence ? Si elle est partie, elle est partie. Ce sont les hommes qui reviennent en rampant, pas les femmes. Elles persévèrent. Il n'y a pas un homme au monde qui puisse battre une femme sur ce point. Oubliez Dana, Seagram. Il y a des millions d'autres poissons dans la rivière. Si vous avez besoin de la fausse sécurité d'une paire de nichons pour vous faire votre lit et vous préparer votre dîner, engagez une femme de chambre ; elles coûtent moins cher et donnent à la longue fichtrement moins de mal.

— Alors maintenant, vous vous prenez pour Sigmund Freud, dit Seagram, en se levant. Les femmes ne sont rien pour vous. Une relation agréable à vos yeux, c'est une histoire d'amour avec une bouteille. Vous avez perdu tout contact avec la réalité.

— Vraiment ? » Pitt se leva dans la baignoire et

ouvrit la porte de l'armoire à pharmacie, si bien que Seagram voyait son reflet dans le miroir. « Regardez-vous bien. Voici le visage d'un homme qui a perdu tout contact avec le monde. Derrière ces yeux-là, il y a un homme poussé par mille démons qu'il a lui-même fait naître. Vous êtes malade, Seagram. Mentalement malade, à cause de problèmes que vous avez grossis au-delà de toute proportion. Le départ de Dana n'est qu'un prétexte pour sombrer dans la dépression. Vous ne l'aimez pas autant que vous le croyez. Elle n'est qu'un symbole, une béquille sur laquelle vous vous appuyez. Regardez votre regard vitreux; regardez cette mollesse autour de la bouche. Allez donc voir un psychiatre, et ne traînez pas. Pour une fois, pensez à Gene Seagram. Ne pensez plus à sauver le monde. Il est temps de vous sauver vous-même. »

Seagram était tout rouge. Il serrait les poings et tremblait. Puis le miroir devant ses yeux commença à s'embuer, pas à l'extérieur, mais de l'intérieur, et un autre visage apparut lentement. Un visage étrange avec les mêmes yeux hantés.

Pitt demeura muet et vit l'expression de Seagram passer de la colère à la pure terreur.

« Mon Dieu, non... c'est lui!

— Lui?

— Lui! s'écria-t-il, Joshua Hays Brewster! » Là-dessus, Seagram frappa le miroir de ses deux poings, fracassant la glace, et sortit de la chambre en courant.

76

Pensive et l'œil rêveur, Dana, plantée devant un miroir en pied, s'inspectait avec soin. La meurtrissure qu'elle avait sur la tête était habillement masquée par une nouvelle coiffure et, à part quelques bleus qui s'effaçaient, son corps demeurait aussi lisse et parfait que jamais. De toute évidence, il supportait cet examen impitoyable. Puis elle fixa les yeux qui la regardaient dans la glace. Pas de pattes d'oie supplémentaires, pas de boursouflures. Nulle part on ne voyait trace de cet air soi-disant durci de la femme déchue. Au contraire, ils semblaient briller d'une vibrante attente qu'elle ne leur avait jamais vue. Sa renaissance comme femme libre de toute entrave avait été une totale réussite.

« Petit déjeuner ? » lança la voix de Marie Sheldon dans l'escalier.

Dana passa un peignoir de dentelle : « Juste du café, merci, répondit-elle. Quelle heure est-il ?

— Un peu plus de 9 heures. »

Quelques instants plus tard, Marie servait le café tandis que Dana entrait dans la cuisine. « Qu'est-ce qu'il y a de prévu pour aujourd'hui ? demanda-t-elle.

— Une occupation typiquement féminine : je crois que je vais aller faire des courses. Déjeuner toute seule dans un petit salon de thé tranquille, et puis passer au club de l'ANRO et tâcher de me trouver une partenaire pour une heure de tennis.

— Ça me paraît charmant, observa sèchement Marie, mais je te conseille de cesser de jouer la garce fortunée que tu n'es pas, pour commencer à te conduire comme une fille avec des responsabilités, ce qui est ton cas.

— Qu'est-ce que ça veut dire ? »

Marie leva les mains dans un geste exaspéré. « Qu'est-ce que ça veut dire ? Tout d'abord, mon chou, tu es la femme du jour. Au cas où tu ne t'en serais pas aperçue, le téléphone n'arrête pas de sonner depuis trois jours. Tous les magazines féminins réclament ton récit exclusif, et j'ai noté au moins huit demandes pour que tu viennes à des émissions de télévision. Que ça te plaise ou non, tu es dans l'actualité. Tu ne crois pas qu'il serait temps de revenir sur terre et de faire face à la meute ?

— Qu'y a-t-il à dire ? Bon, j'étais la seule femme à bord d'une vieille épave avec vingt hommes. Et après ?

— Tu as failli mourir là-bas en plein océan, et tu traites tout cela comme si tu avais remonté le Nil sur la galère de Cléopâtre. Ça a dû te monter à la tête d'avoir tous ces hommes pour satisfaire tous tes caprices. »

Si seulement Marie savait toute la vérité. Mais Warren Nicholson avait fait jurer le secret à Dana et à tous ceux qui se trouvaient à bord. Tout le monde devait enfouir et oublier au fond de sa mémoire la tentative des Russes. Mais Dana trouvait une sorte de satisfaction perverse à savoir que son exhibition sur le *Titanic* par cette nuit glacée de tempête resterait jusqu'à la fin de leurs jours dans l'esprit des hommes qui y avaient assisté. « Il s'est passé trop de choses là-bas. » Dana soupira. « Je ne suis plus la même.

— Ça veut dire quoi ?

— Tout d'abord, je demande le divorce.

— C'en est arrivé là ?

— C'en est arrivé là, répéta Dana d'un ton ferme. Je vais aussi demander un congé à l'ANRO et profiter un peu de la vie. Dès l'instant que je suis la femme de l'année, autant en profiter. Les récits personnels, les apparitions à la télé, tout cela doit me permettre de faire ce que toute femme rêve de faire toute sa vie.

— C'est-à-dire ?

— Claquer de l'argent et m'amuser en le faisant. »

Marie secoua tristement la tête. « Je commence à avoir l'impression d'avoir aidé à créer un monstre. »

Dana lui prit la main avec douceur. « Pas toi, ma chérie. Il m'a fallu côtoyer la mort pour apprendre que je m'étais condamnée à une existence qui ne menait nulle part.

« Ça a commencé, je suppose, avec mon

enfance... » La voix de Dana se perdit dans un murmure, tandis que les terribles souvenirs revenaient à sa mémoire. « Mon enfance a été un cauchemar, et j'en ai subi les conséquences pendant toute ma vie adulte. Ça a même empoisonné mon mariage. Gene en a reconnu les symptômes et m'a épousée plus par pitié que par amour. Sans s'en rendre compte, il m'a traitée plutôt en père qu'en amant.

« Je ne peux pas me forcer à revenir en arrière maintenant. Les réactions affectives qu'il faut pour bâtir et entretenir une relation durable, je n'ai pas ça en moi. Je suis une louve solitaire, Marie ; je le sais maintenant. Je suis trop égoïste dans mes rapports avec autrui. Désormais, j'irai seule. Comme ça je ne pourrai plus jamais faire de mal à quelqu'un. »

Marie la regarda, les larmes aux yeux. « Eh bien, entre nous deux, ça va faire une compensation. Toi, tu mets un terme à ton mariage et tu redeviens célibataire, tandis que moi, je renonce à la vie de femme seule pour rallier les rangs des bonnes femmes d'intérieur. »

Un large sourire éclaira le visage de Dana. « Toi et Mel ?

— Moi et Mel.

— Quand ça ?

— Il vaudrait mieux que ce soit bientôt, sinon il faudra que je commande mon trousseau à la Boutique de l'Heureux Événement.

— Tu es enceinte ?

— Ça n'est pas seulement la cuisine de restaurant qui me donne cet embonpoint. »

Dana contourna la table et vint serrer Marie dans ses bras. « Toi avec un bébé, je ne peux pas y croire.

— Tu ferais mieux d'y croire. On a essayé le bouche à bouche et des doses massives d'adrénaline, mais rien à faire : la grenouille n'a pas voulu ressusciter.

— Tu veux dire la lapine.

— Tu dates. Ça fait des années qu'on a renoncé aux lapines.

— Oh, Marie, je suis si heureuse pour toi. Dire que nous allons toutes les deux commencer une nouvelle vie, ça ne t'excite pas ?

— Oh, bien sûr que si, fit Marie. Rien de tel que de repartir de zéro avec un grand bang.

— Il y a une autre façon ?

— J'ai choisi la voie facile, mon chou. » Marie embrassa Dana sur la joue. « C'est pour toi que je m'inquiète. Ne va pas trop loin trop vite : tu risquerais de tomber du haut de la falaise.

— La falaise, c'est là où c'est drôle.

— Crois-moi. Apprends à nager là où tu as pied.

— C'est trop simple. » Dana prit un air songeur. « Je m'en vais commencer tout en haut de la vague.

— Et comment vas-tu commencer ? »

Dana regarda Marie droit dans les yeux. « Il me suffit d'un simple coup de téléphone. »

Le Président se leva de derrière son bureau dans le Salon Ovale pour accueillir avec chaleur le leader de la majorité au Sénat, John Burdick.

« John, c'est bon de vous voir. Comment vont Josie et les gosses ? »

Burdick, un homme de haute taille, mince et avec une crinière de cheveux noirs rarement bien peignés, haussa les épaules avec bonhomie. « Josie va bien. Et vous connaissez les enfants. Pour eux, Papa n'est qu'une machine à faire de l'argent. »

Quand ils se furent assis, la conversation débuta sur leurs différentes opinions à propos des programmes de budget. Les deux hommes avaient beau être adversaires politiques et se lancer des pointes en public à chaque occasion, derrière des portes closes, c'étaient des amis très proches.

« Le Congrès commence à penser que vous êtes devenu fou, monsieur le Président. Au cours des six derniers mois, vous avez opposé votre veto à toutes les dépenses proposées par le Capitole à la Maison-Blanche.

— Et je vais continuer à y opposer mon veto

jusqu'au jour où je franchirai cette porte pour la dernière fois. » Le Président s'interrompit pour allumer un petit cigare. « Regardons la vérité en face, John. Le gouvernement des États-Unis est fauché, il est fauché depuis la fin de la Seconde Guerre mondiale, et personne ne veut en convenir. Nous continuons joyeusement à amasser une dette nationale qui défie la compréhension, en nous disant qu'à un moment quelconque le pauvre malheureux qui nous battra à la prochaine élection paiera l'orchestre pour la fête des cinquante dernières années.

— Que comptez-vous que le Congrès va faire ? Déclarer l'État en faillite ?

— Il pourrait bien y être obligé tôt ou tard.

— Les conséquences sont impensables. La dette nationale est supportée par la moitié des compagnies d'assurances, les emprunts et les obligations et les banques. Tout cela serait balayé du jour au lendemain.

— Et alors ?

— Je refuse de l'accepter, dit Burdick en secouant la tête.

— Bon sang, John, vous ne pouvez pas faire jaillir l'argent du sol. Vous vous rendez compte que tout contribuable qui a moins de cinquante ans ne verra jamais un chèque de la Sécurité Sociale. D'ici douze ans, il sera absolument impossible de payer même le tiers des gens qui auront droit à des pensions. C'est encore une raison pour laquelle je m'en vais sonner l'alarme. Une petite voix dans le désert, j'ai le regret d'en convenir. Mais quand même, durant les quelques mois qui me restent avant la fin de mon mandat, je m'en vais crier casse-cou chaque fois que j'en aurai l'occasion.

— Le peuple américain n'aime pas qu'on lui annonce de mauvaises nouvelles. Ça ne vous rendra pas très populaire.

— Je m'en fous. Je me moque éperdument de ce que les gens pensent. Les sondages de popularité, c'est pour les égoïstes. Dans quelques mois d'ici, je serai sur mon ketch, à naviguer paisiblement quelque part au sud des îles Fidji, et le gouvernement pourra bien aller se faire voir.

— Je suis navré de l'apprendre, monsieur le Président. Vous êtes quelqu'un de bien. Même vos pires ennemis le reconnaissent. »

Mais le Président ne voulait pas se laisser arrêter. « Nous avons eu pendant quelque temps une grande république, John, mais vous et moi et tous les autres avocats, nous avons tout bousillé. Le gouvernement, c'est une grosse affaire, et on ne devrait pas laisser les avocats faire de politique. Ce sont les comptables et les gestionnaires qui devraient être membres du Congrès et Président.

— Il faut bien des avocats pour administrer une législature. »

Le Président haussa les épaules d'un air las. « À quoi bon ? Quelles que soient les mesures que je prenne, ça ne changera rien. »

Puis il se redressa dans son fauteuil en souriant. « Pardonnez-moi, John, vous n'étiez pas venu ici pour m'entendre faire un discours. Qu'est-ce qui vous préoccupe ?

— Le projet de loi d'aide médicale aux enfants des familles économiquement faibles. » Burdick regarda le Président droit dans les yeux

« Vous allez opposer votre veto à ce projet-là aussi ? »

Le Président se renversa dans son fauteuil et examina son cigare. « Oui, dit-il simplement.

— C'est mon projet, poursuivit Burdick. C'est moi qui l'ai présenté à la Chambre des Représentants, comme au Sénat.

— Je sais.

— Comment pouvez-vous vous opposer à un projet de loi pour des enfants dont les familles n'ont pas les moyens de leur donner les soins médicaux appropriés ?

— Pour la même raison qui m'a fait m'opposer à

une augmentation de pension pour les citoyens de plus de quatre-vingts ans, au programme de bourses fédérales pour les minorités, et à une douzaine d'autres projets de ce genre. Il faut bien que quelqu'un les paye. Et la classe ouvrière qui soutient ce pays est acculée au mur avec une augmentation de 500 % des impôts au cours de ces dix dernières années.

— Pour l'amour de l'humanité, monsieur le Président.

— Pour l'amour d'un budget en équilibre, Sénateur. Où comptez-vous trouver les fonds pour financer votre programme ?

— Vous pourriez commencer par réduire le budget de la Section Méta. »

C'était donc ça. Les petits fureteurs du Congrès avaient fini par ouvrir une brèche dans les murs de la Section Méta. Ça devait arriver tôt ou tard. Au moins, ça arrivait tard.

Il essaya de jouer l'étonnement. « La Section Méta ?

— Un réservoir ultra-secret de grosses têtes que vous entretenez depuis des années. Je n'ai sûrement pas besoin de vous en décrire le fonctionnement.

— Non, fit le Président d'un ton uni. En effet. »

Un silence gêné suivit.

Burdick finit par reprendre : « Il a fallu des mois de recherches à mes enquêteurs — vous avez masqué avec beaucoup d'habileté les filières financières — mais ils ont fini par retrouver la source des fonds utilisés pour renflouer le *Titanic* : une organisation ultra-secrète, opérant sous le nom de Section Méta, et qui en dernier ressort ne dépend que de vous. Mon Dieu, monsieur le Président, vous avez autorisé une dépense de près de trois quarts de milliard de dollars pour sauver cette vieille épave sans intérêt, et puis vous avez menti en affirmant que cela avait coûté moins de la moitié de cette somme. Et me voici qui ne vous demande que cinquante millions pour faire démarrer le projet d'aide médicale aux enfants. Si je puis dire, monsieur le Président, vous avez un bien étrange sens des priorités, c'est presque criminel.

— Que comptez-vous faire, John ? Me faire chanter pour que je signe votre projet ?

— Pour être tout à fait sincère, oui.

— Je vois. »

Avant que la conversation ne reprît, la secrétaire du Président entra dans le bureau.

« Pardonnez-moi de vous interrompre, monsieur le Président, mais vous avez demandé à revoir vos rendez-vous de cet après-midi. »

Le Président eut un geste d'excuse à l'adresse de Burdick.

« Excusez-moi, John, ça ne va me prendre qu'un instant. »

Le Président parcourut son agenda. Il s'arrêta à un nom inscrit au crayon pour quatre heures quinze. Il leva les yeux vers sa secrétaire, haussant les sourcils. « Mrs Seagram ?

— Oui, monsieur le Président. Elle a téléphoné pour dire qu'elle avait retrouvé l'histoire de cette maquette de navire dans la chambre. J'ai pensé que vous seriez peut-être intéressé par ce qu'elle a découvert, alors je l'ai glissée là pour quelques minutes. »

Le Président passa les mains sur son visage et ferma les yeux.

« Appelez Mrs Seagram et annulez le rendez-vous de 4 heures et quart. Demandez-lui de venir dîner avec moi à bord du yacht présidentiel à 7 heures trente. »

La secrétaire prit note et quitta la pièce.

Le Président se retourna vers Burdick. « Voyons, John, si je refuse toujours de signer votre projet, qu'est-ce qui se passe ? »

Burdick leva les bras. « Alors, vous ne me laissez d'autre choix que d'alerter l'opinion sur votre utilisation clandestine de fonds gouvernementaux.

Dans ce cas, je crains que vous ne deviez vous attendre à un scandale auprès duquel l'histoire du Watergate paraîtra une plaisanterie.

— Vous feriez ça ?

— Je le ferais. »

Le Président était d'un calme glacial. « Avant de vous précipiter par la porte pour gaspiller davantage des dollars du contribuable en demandant une enquête du Congrès sur mes manipulations budgétaires, je vous propose d'entendre de source autorisée de quoi s'occupe la Section Méta, et ce qu'elle produit pour la défense de ce pays qui puisse justifier nos efforts, les vôtres et les miens.

— J'écoute, monsieur le Président.

— Bon. »

Une heure plus tard, le sénateur John Burdick, tout à fait calmé, était assis dans son bureau, occupé à insérer dans une machine à déchirer le papier son dossier secret sur la Section Méta.

77

C'était un extraordinaire spectacle que de voir le *Titanic* installé dans l'énorme canyon d'une cale sèche.

Déjà, le vacarme avait commencé. Des soudeurs s'attaquaient aux coursives bloquées. Des riveteurs martelaient la coque mutilée, consolidant les réparations provisoires faites en mer aux voies d'eau au-dessous de la ligne de flottaison. Au-dessus du navire, deux gigantesques grues plongeaient leurs pinces dans l'obscurité des cales d'où elles réapparaissaient quelques minutes plus tard, serrant dans leurs mâchoires d'acier tout un assortiment de débris.

Pitt jeta ce qu'il savait être son dernier coup d'œil

au gymnase et aux ponts supérieurs. Comme on dit adieu à une année qui s'en va, il restait là, plongé dans ses souvenirs. Les efforts du sauvetage, le sang et le sacrifice de ses hommes, la fragilité de l'espoir qui finalement les avait soutenus jusqu'au bout. Tout cela allait disparaître. Puis il se secoua de sa rêverie, descendit le grand escalier et finit par trouver son chemin jusqu'à la cale avant du pont G.

Ils étaient tous là, l'air bizarre sous leurs casques argentés. Gene Seagram, émacié et tremblant, marchait de long en large. Mel Donner, essuyant la sueur qui ruisselait sur son menton et sur son cou, et regardant Seagram d'un air nerveux et soucieux. Herb Lusky, un minéralogiste de la Section Méta, attendait là avec son matériel d'analyse. Les amiraux Sandecker et Kemper, blottis dans un coin de la cale obscure, conversaient à voix basse.

Pitt contourna avec précaution les montants tordus des cloisons et enjamba les poutrelles d'acier déchiquetées jusqu'au moment où il se trouva derrière un ouvrier de l'Arsenal qui braquait son chalumeau sur un énorme gond de la porte de la chambre forte. La chambre forte, songea Pitt, dans quelques minutes maintenant ils allaient découvrir le secret qu'elle abritait. Il fut parcouru soudain d'un frisson glacé, tout ce qui l'entourait parut devenir tout froid, et il commença à redouter l'ouverture de la porte.

Comme s'ils partageaient son malaise, les autres hommes dans l'humidité de la cale se turent et vinrent se grouper auprès de Pitt, dans une attente pleine d'appréhension.

L'ouvrier finit par arrêter le jet d'un bleu ardent de son chalumeau et releva son masque.

« Comment ça se présente? demanda Pitt.

— On peut dire que c'était de la bonne construction en ce temps-là, répondit l'ouvrier. J'ai découpé au chalumeau le mécanisme de la serrure et j'ai fait sauter les gonds, mais la porte reste bloquée.

— Qu'est-ce qu'on fait?

— On fait descendre un câble de la grue, on l'attache à la porte, et on fait une prière. »

Il fallut près d'une heure à toute une équipe pour descendre un câble de cinq centimètres d'épaisseur dans la cale et pour le fixer à la porte de la chambre forte. Puis, quand tout fut prêt, on prévint grâce à un émetteur radio le grutier, et le câble commença lentement à remonter et à se tendre. On n'avait eu besoin de dire à personne de se reculer. Ils savaient tous que, si jamais le câble claquait, il balaierait la cale avec assez de force pour couper un homme en deux.

Dans le lointain, on entendait le moteur de la grue qui peinait. Pendant de longues secondes, rien ne se passa : le câble se tendait et frémissait, ses brins gémissant sous l'effort.

Pitt, au mépris de toute prudence, s'approcha. Toujours rien. L'obstination de la porte semblait aussi inébranlable que l'acier de ses parois.

Le câble prit du mou, car le grutier relâchait la tension pour monter le régime de son moteur. Puis il embraya une nouvelle fois, et le câble se tendit soudain avec un bruit métallique que tout le monde entendit. Pour les hommes silencieux qui suivaient la scène avec angoisse, il semblait inconcevable que la vieille porte rouillée pût supporter une traction aussi puissante, et pourtant il semblait bien que l'inconcevable était en train de se produire. Et puis une minuscule fissure apparut le long du bord supérieur de la porte de la chambre forte. Ce furent ensuite deux craquelures verticales sur les côtés et, enfin, une quatrième en bas. Brusquement, avec un horrible grincement de protestation, la porte céda à regret et s'arracha du gigantesque cube d'acier.

Pas une goutte d'eau ne sortit des ténèbres béantes. La chambre forte était demeurée étanche durant son long séjour dans les profondeurs de l'océan.

Personne ne fit un geste. Ils étaient là, figés sur place, fascinés par ce trou noir inquiétant. Une puanteur humide déferla de l'intérieur.

Lusky fut le premier à retrouver sa voix. « Mon Dieu, qu'est-ce que c'est ? Qu'est-ce que c'est que cette odeur ?

— Passez-moi une lampe », ordonna Pitt à un des ouvriers.

Quelqu'un trouva une torche fluorescente. Pitt l'alluma et en promena le faisceau d'un blanc bleuté dans l'intérieur de la chambre forte.

On apercevait dix caisses en bois, solidement fermées par de grosses courroies de cuir. On voyait aussi quelque chose qui les fit tous blêmir : c'étaient les restes momifiés d'un homme.

78

Il gisait dans un coin de la chambre forte, les yeux fermés et enfoncés dans les orbites, la peau aussi noircie que du papier goudronné sur le toit d'un entrepôt. Les tissus s'étaient desséchés sur le squelette et une croissance bactérienne le recouvrait de la tête au pied. On aurait dit un morceau de pain moisi. Seuls les cheveux blancs de sa tête et sa barbe étaient parfaitement préservés. Une flaque d'un fluide visqueux s'étendait autour des restes et humidifiait l'atmosphère, comme si on avait jeté un seau d'eau sur les parois de la chambre forte.

« En tout cas, c'est toujours humide, murmura Kemper, son visage exprimant l'horreur. Comment est-ce possible après si longtemps ?

— L'eau représente plus de la moitié du poids de l'organisme, répondit tranquillement Pitt. Il ne restait tout simplement pas assez d'air enfermé dans le coffre pour l'évaporation de tous les fluides. »

Donner détourna la tête, écœuré par cette scène macabre. « Qui était-ce ? » parvint-il à dire, luttant contre la nausée.

Pitt regarda la momie d'un air impassible. « Je pense que nous découvrirons qu'il s'appelait Joshua Hays Brewster.

— Brewster ? murmura Seagram, les yeux fous de terreur.

— Pourquoi pas ? dit Pitt. Qui d'autre connaissait le contenu de la chambre forte ? »

L'amiral Kemper secoua la tête, stupéfait. « Vous vous imaginez, dit-il avec respect, ce que ça a dû être que de mourir dans ce trou noir, pendant que le navire sombrait dans les profondeurs de l'océan ?

— Je préfère ne pas y penser, fit Donner. De toute façon, j'aurai sans doute des cauchemars tous les soirs pendant un mois.

— C'est abominable », articula non sans mal Sandecker. Il regardait l'expression attristée du visage de Pitt. « Vous étiez au courant ? »

Pitt hocha la tête. « J'avais été prévenu par le commodore Bigalow. »

Sandecker le regarda d'un air songeur, mais il n'insista pas et se tourna vers un des ouvriers de l'Arsenal. « Appelez le bureau du coroner et dites-leur de venir retirer ça. Puis évacuez les lieux, et interdisez-en l'accès jusqu'à nouvel ordre. »

Les gens de l'Arsenal n'avaient pas besoin de se le faire dire deux fois. Ils disparurent de la cale comme par magie.

Seagram saisit le bras de Lusky avec une violence qui fit sursauter le minéralogiste. « Allons, Herb, à vous de jouer maintenant. »

D'un pas hésitant, Lusky pénétra dans la cavité, enjamba la momie et ouvrit en la forçant une des caisses de minerai. Puis il brancha son équipement et se mit à en analyser le contenu. Après ce qui parut une éternité aux hommes qui arpentaient le pont devant le coffre, il releva la tête, ses yeux exprimant l'étonnement le plus total.

« Tout ça ne vaut pas un clou. »

Seagram s'approcha. « Répétez.

— Ça ne vaut rien. Il n'y a même pas la moindre trace de byzanium.

— Essayez une autre caisse », fit Seagram, haletant.

Lusky acquiesça et se mit au travail. Mais il obtint les mêmes résultats avec la caisse suivante, et puis la suivante, jusqu'au moment où le contenu des dix caisses eut été analysé.

On aurait dit que Lusky venait d'avoir une attaque. « Rien... absolument rien... balbutia-t-il. Rien que des cailloux, comme on en trouve dans le soubassement de n'importe quelle route. »

La stupéfaction dans la voix de Lusky s'éteignit et un silence lourd et pesant retomba sur la cale du *Titanic*. Pitt avait la tête basse et regardait les caisses sans comprendre. Tous les regards étaient attirés par cet amas de caillasse entre des caisses brisées, cependant que les esprits engourdis s'efforçaient de prendre conscience de la consternante réalité, de l'horrible et indéniable vérité que tout cela — le sauvetage, le labeur épuisant, les dépenses astronomiques, la mort de Munk et de Woodson — que tout cela avait été pour rien. Le byzanium n'était pas sur le *Titanic*, il n'y avait jamais été. Ils étaient les victimes d'une plaisanterie, d'une monstrueuse cruauté, jouée soixante-seize ans auparavant.

Ce fut Seagram qui finit par rompre le silence. Dans le dernier embrasement de la folie, il sourit tout seul dans la lumière grise, puis son sourire s'épanouit en un rire tonitruant dont les échos retentirent entre les tôles de la cale. Il se précipita par la porte de la chambre forte, ramassa un caillou et frappa Lusky à la tempe, faisant jaillir un ruisseau rouge sur le bois jauni des caisses de minerai.

Il riait encore, pris dans les griffes de la folie, lorsqu'il tomba sur les restes putréfiés de Joshua Hays Brewster et se mit à cogner la tête momifiée contre la paroi de la chambre forte, jusqu'au moment où elle se détacha du cou et lui resta dans les mains.

Comme il tenait cet horrible reste devant lui,

l'esprit torturé de Seagram vit soudain les lèvres noircies et parcheminées s'entrouvrir dans un hideux rictus. La chute fut totale. La dépression de Joshua Hays Brewster l'avait atteint à travers les brumes du temps, léguant à Seagram cet héritage fantomatique qui précipita le physicien dans le gouffre béant d'une folie dont il ne devait jamais revenir.

79

Six jours plus tard, Donner entra dans la salle à manger de l'hôtel où l'amiral Sandecker prenait son petit déjeuner et s'installa dans un fauteuil vide en face de lui. « Vous avez entendu les dernières nouvelles ? »

Sandecker s'interrompit entre deux bouchées de son omelette. « Si ce sont d'autres mauvaises nouvelles, j'aimerais autant que vous les gardiez pour vous.

— Ils m'ont coincé ce matin quand je sortais de mon appartement. » Il lança sur la table devant lui un document plié. « Une convocation à comparaître devant une commission d'enquête du Congrès. »

Sandecker prit une nouvelle bouchée d'omelette sans regarder le papier. « Félicitations.

— C'est la même chose pour vous, Amiral. Je vous parie cent dollars contre un sac de cacahuètes qu'un policier en ce moment même rôde dans l'antichambre de votre bureau, en attendant de vous en remettre une.

— Qui est derrière tout ça ?

— Un jeune trou du cul de sénateur du Wyoming, qui essaie de se faire un nom avant d'avoir quarante ans. » Donner passa sur son front un mouchoir froissé. « Ce connard insiste même pour faire témoigner Gene.

— Ça, ça m'étonnerait. » Sandecker repoussa son assiette et se carra dans son fauteuil. « Comment va Seagram ?

— Le mot technique, c'est « psychose maniaco-dépressive ».

— Et Lusky ?

— Vingt points de suture et une vilaine commotion. Il devrait être sorti de l'hôpital d'ici une semaine. »

Sandecker secoua la tête. « J'espère ne jamais avoir à revivre quelque chose de pareil. » Il but une gorgée de café. « Quelle attitude adoptons-nous ?

— Le Président m'a appelé personnellement de la Maison-Blanche hier soir. Il a dit de jouer franc jeu. La dernière chose qu'il souhaite, c'est de s'emmêler dans un tissu de mensonges contradictoires.

— Et le Projet Sicile ?

— Il est mort de mort brutale quand nous avons ouvert la chambre forte du *Titanic,* fit Donner. Nous n'avons pas d'autre choix que de déballer tout notre sac.

— Pourquoi faut-il laver son linge sale devant tout le monde ? À quoi ça avancera-t-il ?

— Ce sont les inconvénients de la démocratie, fit Donner d'un ton résigné. Tout doit se passer au grand jour, même si cela signifie livrer des secrets à un gouvernement étranger inamical. »

Sandecker se prit la tête à deux mains et soupira. « Allons, je pense que je vais chercher une nouvelle situation.

— Pas forcément. Le Président a promis de publier une déclaration expliquant que lui, et lui seul, était responsable de l'échec du projet. »

Sandecker secoua la tête. « Ça n'avance à rien. J'ai plusieurs ennemis au Congrès. Ils bavent de joie à l'idée de me forcer à donner ma démission de l'ANRO.

— On n'en arrivera peut-être pas là.

— Depuis quinze ans, depuis que j'ai atteint le grade d'amiral, j'ai dû manœuvrer avec les politiciens. Croyez-moi, c'est un sale boulot. Quand tout ça sera terminé, tous ceux ayant eu des rapports même lointains avec le Projet Sicile et le renflouement du *Titanic* auront de la chance s'ils peuvent trouver un travail de garçon d'écurie.

— Je suis vraiment navré que ça doive finir comme ça, Amiral.

— Croyez-moi, je le suis aussi. » Sandecker termina son café et tapota sa serviette contre ses lèvres. « Dites-moi, Donner, dans quel ordre les exécutions ? Qui l'illustre sénateur du Wyoming a-t-il désigné comme principal témoin ?

— À mon avis, il a l'intention de commencer par l'opération de sauvetage du *Titanic*, et puis de remonter en arrière pour aller jusqu'à la Section Méta et enfin jusqu'au Président. » Donner reprit la convocation et la remit dans la poche de son veston. « Le premier témoin qu'ils vont sans doute citer, c'est Dirk Pitt. »

Sandecker le regarda. « Pitt, avez-vous dit ?

— Oui.

— Intéressant, murmura Sandecker. Fort intéressant.

— Je ne vous suis pas. »

Sandecker replia avec soin la serviette et la posa sur la table. « Ce que vous ne savez pas, Donner, ce que vous ne pouviez pas savoir, c'est qu'aussitôt après que les petits hommes en blouses blanches ont emmené Seagram, Pitt s'est volatilisé. »

Donner fronça les sourcils. « Vous savez sûrement où il est. Des amis ? Giordino ?

— Vous croyez peut-être que nous n'avons pas tous essayé de le retrouver ? ricana Sandecker. Il s'est en allé. Disparu. Comme si la terre l'avait englouti.

— Il a bien dû laisser une trace.

— Il a bien dit quelque chose, mais ça ne rimait à rien.

— Qu'est-ce que c'était ?
— Il a dit qu'il allait chercher Southby.
— Et qui est donc Southby ?
— Du diable si je le sais, dit Sandecker. Du diable si je le sais. »

80

Pitt pilotait avec prudence la Rover de location dans l'étroite petite route de campagne rendue glissante par la pluie. Les grands hêtres qui bordaient les bas-côtés semblaient serrer les rangs pour attaquer la voiture en bombardant son toit d'acier de toute la pluie qui restait sur leurs feuilles.

Pitt était fatigué, mort de fatigue. Il s'était lancé dans son odyssée, sans savoir ce qu'il pourrait trouver, et même s'il trouverait quelque chose. Il avait commencé tout comme Joshua Hays Brewster et son équipe de mineurs, sur les quais d'Aberdeen, en Écosse, et puis il avait suivi leur route jonchée de morts à travers l'Angleterre, presque jusqu'au vieux quai transatlantique de Southampton, d'où le *Titanic* avait appareillé pour son voyage inaugural.

Il détourna les yeux du va-et-vient des essuie-glaces sur le pare-brise pour jeter un coup d'œil au carnet bleu posé à la place du passager. Il était bourré de dates, de noms de lieux, de notes diverses et d'articles de journaux arrachés qu'il avait amassés en chemin. Les poussiéreux dossiers du passé ne lui avaient pas révélé grand-chose.

« DEUX AMÉRICAINS TROUVÉS MORTS »

Voilà ce que le 7 avril 1912 les journaux de Glasgow annonçaient au bas de la page 15. Les articles, avares de détails, étaient aussi profondément enfouis dans le journal que les corps des gars du Colorado, John Caldwell et Thomas Price dans un cimetière local.

Leurs pierres tombales, découvertes par Pitt dans un petit cimetière, ne portaient pratiquement rien d'autre que leurs noms et leur date de décès. Il en allait de même pour Charles Widney, Walter Schmidt et Warner O'Deming. D'Alvin Coulter, il ne put trouver trace.

Et pour finir, il y avait Vernon Hall. Pitt n'avait pas trouvé non plus sa dernière demeure. Où était-il tombé ? Son sang s'était-il répandu quelque part dans le paysage soigné et ordonné du Hampshire, ou bien peut-être au détour d'une ruelle de Southampton ?

Du coin de l'œil, il aperçut un panneau de signalisation qui annonçait que le grand port se trouvait à vingt kilomètres.

Pitt continuait à rouler comme un automate. La route sinuait, puis suivait le cours ravissant de l'Itchen, célèbre dans le sud de l'Angleterre pour sa pêche à la truite, mais il ne le remarqua pas. Droit devant lui, par-delà les champs vert émeraude de la plaine côtière, une bourgade apparaissait, et il décida de s'arrêter là pour le petit déjeuner.

Une sonnerie d'alarme retentit au fond de l'esprit de Pitt. Il freina, mais beaucoup trop fort. Les roues arrière se bloquèrent, et la Rover décrivit un arc parfait de 360° , pour venir s'arrêter toujours en direction du sud, mais enfoncée jusqu'aux enjoliveurs dans la boue molle d'un fossé.

La voiture ne s'était pas encore tout à fait arrêtée que Pitt avait ouvert la porte et sauta dehors. Ses chaussures s'enfoncèrent dans la boue et se coincèrent là, mais il s'en libéra et regagna la route en courant sur ses chaussettes.

Il s'arrêta devant un petit panneau au bord de la route. Une partie des caractères était masquée par un petit arbre qui avait poussé devant. D'un geste lent, comme s'il craignait de voir ses espoirs brisés par une nouvelle déception, il écarta les branches et soudain tout devint clair. La solution de l'énigme de Joshua Hays Brewster et du byzanium était là, devant lui. Il resta immobile, trempé sous la pluie battante, et il comprit en cet instant que tout avait valu la peine.

81

Marganine était assis sur un banc auprès de la fontaine de la place Sverlov, en face du théâtre Bolchoï, et lisait un journal. Il sentit un frémissement et comprit sans lever les yeux que quelqu'un était venu s'asseoir à la place vide auprès de lui.

Le gros homme au costume froissé se carra contre le dossier en mâchonnant une pomme. « Félicitations pour votre avancement, Commandant, marmonna-t-il entre deux bouchées.

— Compte tenu de la tournure des événements, dit Marganine sans abaisser son journal, c'était le moins que l'amiral Sloyouk pouvait faire.

— Et votre situation maintenant ? Maintenant que Prevlov est écarté ?

— Avec la défection du bon capitaine, j'étais le choix logique pour le remplacer comme Chef du Département Analyse des Renseignements Étrangers. C'était une conclusion qui s'imposait.

— Il est bon que nos années de labeur aient rapporté d'aussi beaux dividendes. »

Marganine tourna une page. « Nous venons seulement d'ouvrir la porte. C'est maintenant que les dividendes vont venir.

— Vous devez être plus prudent que jamais.

— J'en ai bien l'intention, dit Marganine. Cette affaire Prevlov a causé beaucoup de torts à la crédibilité de la Marine soviétique auprès du Kremlin.

Tous les membres du Service des Renseignements de la Marine ont eu leur accréditation soigneusement revérifiée. Il faudra longtemps avant qu'on me fasse la même confiance qu'au capitaine Prevlov.

— Nous veillerons à ce que les choses aillent un peu plus vite. »

Le gros homme fit semblant d'avaler une grande bouchée de pomme. « Quand vous partirez d'ici, mêlez-vous à la foule à l'entrée du métro, de l'autre côté de la rue. Un de nos hommes qui excelle à piquer les portefeuilles des gens qui ne s'en doutent pas va faire le numéro inverse et glisser discrètement une enveloppe dans votre poche intérieure de veston. Elle contient les minutes de la dernière réunion du chef d'état-major de la marine américaine avec ses commandants de flotte.

— C'est du beau matériel.

— Les comptes rendus ont été censurés. Ils peuvent paraître importants, mais en réalité, la formulation en a été revue avec soin pour égarer vos supérieurs.

— Transmettre des documents truqués ne va pas améliorer ma position.

— Rassurez-vous, dit le gros homme. Demain à cette heure-ci, un agent du KGB obtiendra le même matériel. Le KGB le déclarera authentique. Comme vous aurez fourni vos renseignements avec vingt-quatre heures d'avance sur eux, cela vous fera bien voir de l'amiral Sloyouk.

— Très astucieux, dit Marganine, en regardant toujours son journal. Rien d'autre ?

— C'est un adieu, murmura le gros homme.

— Un adieu ?

— Oui. Je suis votre contact depuis longtemps. Trop longtemps. Nous sommes arrivés trop loin, vous et moi, pour relâcher maintenant nos mesures de sécurité.

— Et mon nouveau contact ? »

Le gros homme lui répondit par une nouvelle question.

« Vous habitez toujours à la caserne de la Marine ?

— Je vais continuer d'y habiter. Je n'ai pas l'intention de me faire remarquer comme un flambeur, en vivant dans un appartement luxueux comme celui de Prevlov. Je vais continuer à mener une existence spartiate sur ma solde d'officier de Marine soviétique.

— Bon. Mon remplaçant est déjà nommé. Ce sera l'ordonnance qui fait le ménage des appartements des officiers dans votre caserne.

— Vous me manquerez, mon vieux, dit lentement Marganine.

— Vous aussi. »

Il y eut un long silence. Puis le gros homme reprit dans un souffle : « Dieu vous bénisse, Harry. »

Lorsque Marganine replia son journal et le posa à côté de lui, le gros homme avait disparu.

82

« Voilà notre destination, là sur la droite, dit le pilote de l'hélicoptère. Je vais me poser dans ce pré, juste de l'autre côté de la route par rapport au cimetière. »

Sandecker regarda par la vitre. C'était un matin gris et couvert, et des bancs de brume flottaient au-dessus des parties basses du petit village. Un sentier tranquille serpentait entre quelques maisons, bordées de chaque côté par de pittoresques murs de pierres sèches... Il se crispa un peu, tandis que le pilote faisait un virage un peu sec autour du clocher de l'église.

Il jeta un coup d'œil à Donner assis à côté de lui.

Donner regardait droit devant lui. À l'avant, occupant le siège voisin de celui du pilote, se trouvait Sid Koplin. On avait rappelé le minéralogiste pour cette dernière mission au service de la Section Méta, car Herb Lusky n'était pas encore assez bien pour faire le voyage.

Sandecker sentit le léger choc au moment où les patins d'atterrissage touchèrent le sol et, un instant plus tard, le pilote coupa le moteur et les pales du Rotor peu à peu s'immobilisèrent.

Dans le brusque silence après le vol depuis Londres, la voix du pilote semblait étonnamment forte. « Nous sommes arrivés, monsieur. »

Sandecker acquiesça et descendit. Pitt l'attendait et s'avançait vers lui, la main tendue.

« Bienvenue à Southby, Amiral », dit-il en souriant.

Sandecker sourit en serrant la main de Pitt, mais il n'y avait pas trace d'humour sur son visage. « La prochaine fois que vous prenez la poudre d'escampette sans me prévenir de vos intentions, vous êtes congédié. »

Pitt feignit une expression blessée, puis se tourna pour accueillir Donner. « Mel, content de vous voir.

— Moi de même, fit Donner avec chaleur. Je crois que vous avez déjà rencontré Sid Koplin.

— Une brève rencontre, fit Pitt en souriant. On ne nous a jamais officiellement présentés. »

Koplin serra dans les siennes la main de Pitt. Ce n'était plus le même homme que Pitt avait trouvé mourant dans les neiges de Nouvelle-Zemble. Koplin avait la poignée de main ferme et le regard alerte.

« C'était mon vœu le plus cher, dit-il d'une voix vibrante d'émotion, d'avoir un jour l'occasion de vous remercier personnellement de m'avoir sauvé la vie.

— Je suis heureux de vous voir en bonne santé », fut tout ce que Pitt put trouver à marmonner. Il regarda le sol d'un air nerveux.

Bon sang, se dit Sandecker, c'est vrai qu'il est gêné. Il n'avait jamais rêvé de voir le jour où Dirk Pitt se montrerait modeste. L'amiral vint à son secours en le prenant par le bras et en l'entraînant vers l'église du village.

« J'espère que vous savez ce que vous faites, dit Sandecker. Les Anglais n'aiment pas beaucoup les coloniaux qui s'en vont creuser dans leurs cimetières.

— Il a fallu un coup de fil direct du Président au Premier ministre, pour éviter toute la paperasserie bureaucratique d'une exhumation, ajouta Donner.

— Vous allez voir, je crois, que cela méritait ces inconvénients », dit Pitt.

Ils traversèrent la route. Puis ils franchirent une vieille grille en fer forgé et pénétrèrent dans le cimetière qui entourait l'église paroissiale. Ils marchèrent quelques moments en silence, lisant les inscriptions sur les dalles usées par les intempéries.

Puis Sandecker désigna le petit village. « C'est si loin de tout. Qu'est-ce qui vous a amené ici ?

— La pure chance, répondit Pitt. Quand j'ai commencé à suivre les déplacements des gars du Colorado depuis Aberdeen, je n'avais aucune idée de la façon dont Southby pourrait prendre place dans le puzzle. Si vous vous rappelez, la dernière phrase du journal de Brewster était : « Comme j'aimerais revenir à Southby. » Et, selon le commodore Bigalow, les dernières paroles de Brewster, juste avant de s'enfermer dans la chambre forte du *Titanic*, étaient : « Dieu soit loué pour Southby. »

« Mon seul indice, et il était bien mince, c'était que Southby avait une consonance anglaise, alors je me suis mis à suivre d'aussi près que je pouvais la piste des mineurs jusqu'à Southampton...

— En suivant leurs pierres tombales, termina pour lui Donner.

— C'était comme des panneaux indicateurs, reconnut Pitt. Ça et le fait que Brewster dans son journal avait noté la date et le lieu de leurs décès, sauf, je dois dire, pour Alvin Coulter et pour Vernon Hall. La dernière demeure de Coulter reste un mystère, mais Hall repose ici, dans le cimetière du village de Southby.

— Alors vous l'avez trouvé sur une carte.

— Non, le village est si petit que ce n'est même pas un point sur la carte Michelin. J'ai simplement remarqué par hasard un vieux panneau oublié, peint à la main, qu'un fermier avait planté le long de la route il y a des années, pour annoncer qu'il avait une vache laitière à vendre. Les indications fournies précisaient que la ferme se trouvait à trois kilomètres à l'est sur le chemin suivant menant à Southby. C'est alors que les dernières pièces du puzzle se sont mises en place. »

Ils marchèrent en silence jusqu'à l'endroit où trois hommes attendaient. Deux portaient la tenue habituelle des fermiers des environs, le troisième avait l'uniforme d'un policeman. Pitt fit les brèves présentations, puis Donner remit solennellement au policeman l'ordre d'exhumation.

Ils contemplaient tous la tombe. La stèle se dressait à une extrémité d'une grande dalle de pierre qui reposait au-dessus du défunt. On lisait simplement :

VERNON HALL
Décédé le 8 avril 1912
R.I.P.

Soigneusement taillé au milieu de la dalle, on pouvait voir le dessin d'un vieux trois-mâts.

« ... le précieux minéral que nous avons arraché au prix de si rudes efforts aux entrailles de cette maudite montagne repose en sûreté dans la chambre forte du navire. Il ne restera que Vernon pour raconter l'histoire, car je m'embarque sur le grand paquebot de la White Star... » dit Pitt, récitant les propres termes du journal de Joshua Hays Brewster.

« La chambre funéraire de Vernon Hall, fit Donner comme dans un rêve, c'est cela qu'il voulait dire, et non pas la chambre forte du *Titanic*.

— C'est extraordinaire, murmura Sandecker. Est-il possible que le byzanium se trouve là ?

— Nous le saurons dans quelques minutes », dit Pitt. Il fit signe aux deux fermiers qui se mirent à déplacer la dalle avec de grosses barres d'acier. Une fois la dalle écartée, les fermiers se mirent à creuser.

« Mais pourquoi enterrer le byzanium ici ? demanda Sandecker. Pourquoi Brewster n'est-il pas allé à Southampton pour le faire charger à bord du *Titanic* ?

— Pour mille raisons, dit Pitt, sa voix retentissant d'une façon surprenante dans le silence du cimetière. « Traqué comme une bête, épuisé au-delà de toute expression, ses amis tous brutalement massacrés sous ses yeux, Brewster était poussé vers la folie tout aussi sûrement que Gene Seagram lorsqu'il a appris, au bord de la réussite, que le destin lui avait dérobé son instant de triomphe. Ajoutez à tout cela le fait que Brewster était en pays étranger, qu'il était seul et sans ami. La mort le harcelait sans répit, et sa seule chance de gagner les États-Unis avec le byzanium était ancrée à quelques milles de là, dans le port de Southampton.

« On dit que la folie engendre le génie. Peut-être cela a-t-il été le cas chez Brewster, ou peut-être a-t-il été simplement égaré par ses illusions. Il a supposé, à tort comme l'avenir l'a montré, qu'il ne pourrait jamais arriver sain et sauf tout seul à bord du navire avec le byzanium. Alors, il l'a enterré dans la tombe de Vernon Hall et a substitué des cailloux sans intérêt dans les caisses qui, à l'origine, contenaient le minerai. Ensuite sans doute a-t-il laissé son journal au curé de la paroisse avec instruction de le remettre au Consulat américain de Southampton. J'imagine que son style énigmatique devait beaucoup à la folie qui l'avait poussé au point où il ne faisait confiance à personne — même pas à un vieux curé de campagne. Il se disait sans doute qu'un esprit avisé au ministère de la Guerre déchiffrerait la vraie signification de sa prose désordonnée, au cas où il serait assassiné.

— Mais il est arrivé sans encombre à bord du *Titanic*, dit Donner. Les Français ne l'ont pas arrêté.

— À mon avis, les choses commençaient à mal tourner pour les agents français. La police britannique avait dû suivre la piste des corps, tout comme je l'ai fait, et devait être sur les talons de ceux qui le poursuivaient.

— Alors les Français, craignant un scandale international de proportions gigantesques, ont reculé au dernier moment, dit Koplin.

— C'est une théorie », répondit Pitt.

Sandecker avait l'air songeur. « Là-dessus le *Titanic*... le *Titanic* a sombré et brouillé toutes les pistes.

— C'est vrai, répondit Pitt. Maintenant il y a un millier de si qui interviennent. Si le commandant Smith avait tenu compte de l'alerte aux icebergs et réduit la vitesse, si les icebergs n'avaient pas cette année-là dérivé si étonnamment loin au sud, si le *Titanic* n'avait pas touché l'iceberg et était arrivé comme prévu en rade de New York, et si Brewster avait vécu pour raconter son histoire à l'Armée, le byzanium aurait été tout simplement déterré et récupéré plus tard. D'un autre côté, même si Brewster avait été tué, avant d'embarquer sur le navire, le ministère de la Guerre aurait sans nul doute compris le double sens des phrases à la fin de son journal et aurait agi en conséquence. Par malheur, les roues de la chance lui ont joué un sale tour. Le *Titanic* a coulé, entraînant Brewster avec lui, et les expressions voilées de son journal ont égaré tout le monde, nous y compris pendant soixante-seize ans.

— Alors, pourquoi Brewster s'est-il enfermé dans la chambre forte du *Titanic* ? demanda Donner avec étonnement. Sachant que tout geste suicidaire était un acte absurde, pourquoi n'a-t-il pas essayé de se sauver ?

— Le remords est un mobile puissant du suicide, dit Pitt. Brewster était fou. Ça, nous le savons. Lorsqu'il s'est rendu compte que son plan pour voler le byzanium avait causé la mort inutile d'une dizaine de personnes, dont huit étaient des amis proches, il se l'est reproché. Bien des hommes et des femmes se sont tués pour moins que ça...

— Attendez ! » fit Koplin. Il était agenouillé au-dessus d'un appareil d'analyse de minerai. « J'obtiens une réaction radioactive du contenu du cercueil. »

Les fossoyeurs sortirent du trou. Les autres se rassemblèrent autour de Koplin et le regardèrent avec curiosité procéder à son rituel. Sandecker tira un cigare de la poche de son veston et le colla entre ses lèvres sans l'allumer. L'air était froid, mais Donner sentait sous sa veste sa chemise lui coller à la peau. Personne ne parlait. Leur souffle sortait en petites volutes de vapeur qui ne tardaient pas à se dissiper dans la pâle lumière grise.

Koplin examinait le sol rocailleux. Il ne correspondait pas à la composition du terreau humide qui entourait l'excavation creusée dans la tombe. Il finit par se relever. Il tenait plusieurs petites pierres à la main. « Du byzanium !

— Est-ce que... est-ce qu'il est là ? demanda Donner dans un souffle. Il est bien là ?

— Du minerai à très haute teneur », annonça Koplin. Un large sourire éclaira son visage. « Plus qu'assez pour réaliser le Projet Sicile.

— Dieu soit loué ! » murmura Donner. Il s'avança en trébuchant jusqu'à une petite chapelle et se laissa sans cérémonie tomber au pied de la porte, sans se soucier des regards scandalisés des terrassiers.

Koplin examinait de nouveau la tombe. « C'est vrai que la folie engendre le génie, dit-il. Brewster a empli la tombe de minerai. N'importe qui sauf un minéralogiste professionnel se serait contenté de creuser là-dedans et, ne trouvant rien dans le cercueil que des ossements, en serait reparti.

— La cachette idéale, reconnut Donner. Pratiquement sous notre nez. »

Sandecker s'avança, prit la main de Pitt et la serra. « Merci », dit-il simplement.

Pitt parvint tout juste à répondre d'un hochement de tête. Il se sentait épuisé, engourdi de fatigue. Il avait envie de se trouver un endroit à l'écart du monde où il pourrait tout oublier quelque temps. Il aurait voulu que le *Titanic* n'eût jamais existé, qu'il n'eût jamais glissé le long des rampes du chantier naval de Belfast jusqu'à la mer silencieuse, jusqu'à la mer impitoyable qui avait transformé ce superbe paquebot en une vieille coque rouillée et grotesque.

Sandecker semblait lire dans le regard de Pitt. « On dirait que vous avez besoin de vous reposer, dit-il. Que je ne voie pas votre triste figure pendant au moins deux semaines.

— J'espérais que vous alliez dire ça, fit Pitt avec un sourire las.

— Ça vous ennuierait de me dire où vous comptez vous terrer ? demanda Sandecker d'un ton moqueur. Seulement, bien sûr, au cas où une urgence se présenterait à l'ANRO et où j'aurais besoin de prendre contact avec vous.

— Bien sûr », répondit Pitt sèchement. Il réfléchit un instant. « Il y a une petite hôtesse de l'air qui habite avec son arrière-grand-père à Teignmouth. Vous pourriez essayer là-bas. »

Sandecker hocha la tête sans rien dire.

Koplin s'approcha et saisit Pitt par les épaules. « J'espère que nous nous reverrons.

— Moi aussi. »

Donner le regarda sans se lever et dit, la voix rauque d'émotion : « Enfin ça y est.

— Oui, dit Pitt. Ça y est, c'est fini, tout. »

Il sentit un frisson le traverser, une impression de répétition qui le glaçait, comme si ses paroles étaient l'écho d'un fantôme du passé. Puis il tourna les talons et quitta le cimetière de Southby.

Ils restèrent tous à le regarder s'éloigner jusqu'au moment où il disparut dans une nappe de brouillard.

« Il est venu du brouillard et il est reparti dans le brouillard », dit Koplin, repensant à sa première rencontre avec Pitt sur les pentes du mont Bednaya.

Donner le regarda d'un air bizarre. « Qu'est-ce que vous avez dit ?

— Je pensais tout haut. » Koplin haussa les épaules. « C'est tout. »

Août 1988

LE JOUR DE GLOIRE

« Stoppez les machines. »

La sonnerie du chadburn retentit en réponse à l'ordre du commandant et les vibrations qui montaient de la salle des machines du croiseur britannique *H.M.S. Troy* s'arrêtèrent. L'écume autour de l'étrave se fondit dans le noir de la mer tandis que le navire glissait sur son erre, sans autre bruit que le ronronnement de ses générateurs.

C'était une nuit tiède pour l'Atlantique Nord. La mer était calme et les étoiles parsemaient le ciel d'un horizon à l'autre en un tapis scintillant. L'Union Jack pendait mollement à ses drisses, sans que même un soupçon de brise vînt l'agiter.

L'équipage, plus de deux cents hommes, était rassemblé sur la plage avant tandis qu'un corps sans vie, cousu dans la toile de sac traditionnelle d'une époque en allée et enveloppé dans le pavillon national, était porté à dos d'hommes et attendait, posé sur le bord du bastingage. Puis le commandant, d'une voix où ne vibrait aucune émotion, lut le service funèbre des marins. Dès qu'il eut prononcé les derniers mots, il fit un signe de tête. On inclina la planche et le corps glissa dans les bras de la mer éternelle qui l'attendait. Les notes de clairon sonnèrent, claires et pures dans le silence de la nuit; puis on rompit les rangs et les hommes s'éloignèrent en silence.

Quelques minutes plus tard, lorsque le *Troy* eut repris sa route, le commandant s'assit pour noter l'inscription suivante dans le livre de bord :

H.M.S. Troy. Heure : 2 h 20, 10 août 1988.
Position : 41° 46' latitude nord,
50° 14' longitude ouest.
À l'heure exacte du matin où le paquebot de la White Star, Titanic, *a sombré et, suivant le vœu qu'il avait exprimé sur son lit de mort de passer l'éternité avec ses anciens camarades d'équipage, les restes du commodore Sir John L. Bigalow, Chevalier de l'Empire Britannique, Retraité de la Marine de Sa Majesté, ont été immergés.*

La main du commandant tremblait lorsqu'il apposa sa signature. Il était en train de conclure le dernier chapitre d'une tragédie qui avait laissé le monde stupéfait... un monde comme on n'en reverrait jamais.

À peu près à la même heure, de l'autre côté de la terre, quelque part dans les étendues désolées de l'océan Pacifique, un grand sous-marin en forme de cigare glissait en silence bien au-dessous des vagues langoureuses. Des poissons surpris s'éparpillaient à l'approche du monstre, tandis que dans sa coque lisse et noire, des hommes s'apprêtaient à lancer une salve de quatre missiles balistiques sur une série de cibles situées à six mille milles à l'est.

À quinze heures précises, on procéda à la mise à feu de la fusée-motrice du premier des grands missiles qui jaillit à travers la houle inondée de soleil dans une explosion volcanique d'écume, s'élevant avec un fracas de tonnerre dans le ciel bleu du Pacifique. Trente secondes plus tard, il fut suivi du second, du troisième et enfin du quatrième. Puis, laissant derrière eux un long sillage de flammes orange, les quatre engins de destruction foncèrent dans l'espace et disparurent.

Trente-deux minutes plus tard, alors qu'ils abordaient leur trajectoire de descente, les missiles explosèrent brusquement, l'un après l'autre, en gigantesques boules de feu, et se désintégrèrent alors qu'ils se trouvaient encore à quelque cent cinquante kilomètres de leur cible respective. Ce fut la première fois dans l'histoire des essais de fusées américaines, qu'on se souvint jamais avoir vu les techniciens, les ingénieurs et les militaires qui contrôlaient les programmes de défense de la nation avoir applaudi à la brusque et apparemment désastreuse conclusion d'un lancement parfait.

Pour son premier essai, le Projet Sicile s'était révélé une réussite sans réserve.

Composition réalisée par EURONUMÉRIQUE

Imprimé en France sur Presse Offset par

BRODARD & TAUPIN

GROUPE CPI

La Flèche (Sarthe).
N° d'imprimeur : 9670 – Dépôt légal Édit. 14870-11/2001
LIBRAIRIE GÉNÉRALE FRANÇAISE - 43, quai de Grenelle - 75015 Paris.

ISBN : 2 - 253 - 17202 - 2 32/7202/0